解鎖師

The Lock Artist

Steve Hamilton

史蒂夫・漢密頓 ——著　周倩如 ——譯

1 繼續吃牢飯的日子

你可能還記得我。仔細想想。一九九〇年的夏天。我知道那是好一陣子的事了，但當時媒體大肆報導，我出現在全國各地的報紙裡。就算沒讀過新聞，你大概也聽過我這個人。從鄰居和同事的口中，或學校的某個人，如果你年紀比較小的話。大家叫我「奇蹟男孩」，還有文字編輯或新聞主播為了贏過對手而絞盡腦汁想出來的其他幾個名字。我在一張舊剪報上見過「男孩不思議」。另一個則是「咒怨小子」，儘管當時我只有八歲。但奇蹟男孩最為深植人心。

新聞持續報導了兩三天，但即使鎂光燈和各方記者把注意力轉移到其他新聞上，我的故事仍是會讓你念念不忘的那種。你替我覺得難過。怎麼可能不難過呢？如果當時你也有孩子，肯定會把他們牢牢抱緊。如果你自己就是孩子，八成一個禮拜睡不安穩。

到頭來，你能做的只有祝我安好。祈禱我在某個地方找到新生活，祈禱由於我年紀小，反倒成為保護我的原因，讓情況沒那麼可怕，讓我有能力釋懷，甚至把整件事拋諸腦後。小孩子天生適應力強，忍耐度高，程度是成人一輩子所望塵莫及。總之就是那些陳腔濫調。即使你花時間想過我是一個真實的人，而非新聞報導裡的稚幼臉龐，你仍會這麼想。

那時候，大家送我卡片，寫信給我，有些附上其他孩子畫的圖畫，祝我一切安好，祝我有個快樂的未來。有些人甚至想去新家拜訪我。他們似乎去了密西根州的米爾福德鎮，自以為可以在街上隨便攔下一個人詢問我的下落。說真的，到底為了什麼？我猜他們以為我能在六月的那一天倖存下來肯定有某種特異功能。所謂的特異功能是什麼，又或者那些人以為我能為他們做什麼，我都無法想像。

那些年以後，發生了什麼事？我長大了。我開始相信一見鍾情，動手嘗試了一些東西。只要是我擅長的，要嘛派不上用場，要嘛完全不合法。這也有助於解釋為什麼現在我身上穿著這套時髦的橘色連身衣，以及整整穿了九年的原因。

依我看，待在這裡對我沒有半點好處。對任何人都一樣。說來諷刺，我所幹過最糟糕的事，起碼在登記有案的紀錄上，卻是我唯一不曾後悔的事。一點兒也不。

另外，反正都已淪落至此，我想管他的，我要好好回顧過去的一切，一併寫下來。事實上，這也是我能講故事的唯一辦法。我別無選擇。你可能不曉得，過去幾年在我做過的那麼多事情之中，有一件事是我從沒做過的。我沒有出聲說過半句話。

當然，這又是另一段故事了，讓我這些年來保持沉默的「那件事」，從那天起一直深鎖心中的那件事。我無法釋懷。所以我不能說話，不能發出半點聲音。

然而在這裡，寫在白紙上……我們可以假裝像是一起坐在某間酒吧裡，就只有你和我，彼此促膝長談。嗯，我喜歡這樣。就你和我，坐在酒吧閒聊。嚴格說起來是我說你聽。真難得。我是說，你真的會認真地聽。我注意到大部分的人不知道如何聆聽。相信我。多數時候他們只是等別人閉嘴好讓他們可以重新開口說話。可是你……天啊，你會跟我一樣是個完美的聽眾，坐在這裡等待我說的一字一句。我講到不舒服的情節時，你會跟我一起屏息以待，讓我娓娓道來。你不會急著批評我。我的意思不是說你會全盤原諒我。連我都不能完全原諒自己。但至少你願意聽我說，最後願意試圖理解我。做人不能太貪心，對吧？

問題是，該從哪裡開始呢？如果直接從可憐的地方講起，感覺好像我企圖為自己的所作所為找藉口。如果先從辛辣的情節講起，你會以為我是天生的罪犯。我還沒機會為自己辯護，你就會認定我無藥可救了。

所以你不介意的話，我打算跳著講。我第一批真正的工作是怎麼搞砸的。背負奇蹟男孩的稱號長大是什麼感覺。那個夏天一切是怎麼水到渠成的。我是怎麼遇見艾蜜莉亞，怎麼發現我那該死的天賦，怎麼讓自己走入歧途的。也許你會知道我沒有太多選擇。也許你會認為你也會做出一模一樣的決定。

我唯一不能起頭的那件事是一九九〇年六月的那一天。我還不能回到那裡。無論別人多努力說服我。相信我，想說服我的人可多了，而且他們真的非常努力……我之所以不能從那裡開始講，是因為我在這裡就已經覺得夠慘了。有些日子我能做的只有保持呼吸。但說不定在我寫作的某一天，我會對自己說，好，就是今天了，今天你可以面對它，無須暖身，儘管回到那一天讓思緒飛揚。那時你八歲，你聽見門外有聲音，然後——

可惡，這比我想像的還困難。

✦✦✦

我得稍作休息，起身走一走，這附近走不遠。我離開牢房，穿過公共區，進盥洗室刷牙。這裡來了個新人，對我尚一無所知。他對我說聲嘿的時候，我知道我得小心。不回應別人的招呼在外面的世界可能是不近人情的舉動，在這裡卻是無禮至極的象徵。萬一情勢不妙，我現在八成已經翹辮子了。即使在這裡，這個地方，對我而言仍是持續的挑戰。

我做了我一貫的手勢，用右手的兩根手指示意我的喉嚨，然後動手一劃。這兒不發聲音，老兄。無意冒犯。顯然我成功活著回來了，因為我仍在寫作。

再耐心等等，如果你準備好了，這就是我的故事。我曾是奇蹟男孩。後來，有人叫過我米爾福德啞巴、金童、小鬼影、小子、開鎖人、解鎖大師。統統都是我。

但你可以叫我麥可。

2 一九九九年九月，費城郊外

所以現在的我正準備前往我第一個真正的工作。離家後，我已經在路上整整流浪兩天。我剛騎進賓州，舊機車就拋錨了。它為我貢獻良多，我不願意就這樣丟在路邊。它給了我自由，給了我隨時跳上椅墊就能跑得比什麼都快的感覺。但我還有選擇嗎？

我拿出後座的行李袋，伸出拇指。你試著不說話攔車看看，別客氣，改天試一下。為我停車的前三個人就是無法接受。無論我的表情看起來多和善，或孤單跋涉了漫漫長路後看起來有多疲憊。你以為我已經習以為常，但人們遇見一個總是沉默不語的傢伙，那嚇壞了的程度仍每每令我驚訝。

因此我花了好一陣子才來到這裡。接到電話、歷經各種麻煩和困難後已過了兩天，最後我總算現身，又餓又累，渾身骯髒。想留下好的第一印象是別想了。

這次是藍幫。他們就是鬼影所謂穩定可靠的那群人。不算最頂尖。雖然偶有失誤，但夠專業，像大多數的紐約人一樣。其他人一直都是這樣告訴我的，剩下的我就得自己發掘了。

他們擠在賓州莫爾文郊外一間只有一層樓的汽車旅館。這裡不是我見過最糟糕的地方，但我猜如果多住個一兩天，也會開始變得難熬。尤其如果你企圖保持低調，不出門，只叫披薩外送，不看看當地酒館有哪些啤酒可選，只能拿一支酒瓶輪流喝的話。不管理由為何，等我總算出現時，他們看起來並沒有很開心。

他們總共只有兩人。我沒料到人數會那麼少，但事實擺在眼前，他們就住在同間房裡，我相信這對他們的心情沒有幫助。應門的人看起來是老大，頂著一顆禿頭，起碼超重十公斤，但身材壯得仍足以把我丟出窗外。他一開口，帶著明顯的紐約客口音。

「你是誰？」他低頭瞪了我五秒，接著突然恍然大悟。「等等，你就是我們在等的傢伙嗎？快進來！」

他拉我進房，把門關上。

「你在跟我開玩笑吧？這是惡作劇嗎？」

另一個男的坐在桌邊，手上的杜松子酒喝到一半。「這小子是怎樣？」

「他就是我們一直在等的開鎖人，你看不出來嗎？」

「他看起來不過十二歲。」

「小子，你多大了？」

我舉起十根手指，再舉起八根手指。我再過四個月才滿十八，但我心想管他的，也差不多了。

「聽說你不太說話，看樣子是真的。」

「你他媽的怎麼那麼久才到。」桌邊那男的說。他的口音比第一個男的還要重，他說起話來就好像站在布魯克林的街頭。我默默替他取了布魯克林的綽號。我知道我不可能知道他們的真名。

我舉起右大拇指，緩慢地搖了搖。

「你搭便車來的？你在開玩笑嗎？」

我舉起雙手聳肩。沒辦法嘍，各位。

「你看起來超狼狽的。」第一個男的說。「你需要沖個澡嗎？」

聽起來是個好主意，於是我沖了個澡，在行李袋翻找乾淨衣服穿。打理完，我感覺自己幾乎又是人類了。我走回房間，看得出來他們剛才一直在談論我。

「今晚是我們最後的機會。」曼哈頓說。這是我替老大取的綽號。要是他們再帶上三個人，就能湊齊紐約的五大區了。「你確定要幹這一票嗎？」

「我們的目標明早回家。」布魯克林說。「不趁現在大撈一筆，整趟旅程就他媽的浪費了。」

我點點頭。我明白，各位。不然你們還想要我怎麼樣？

「你還真的不說話。」曼哈頓說。「他們沒唬我。你真的一個字都不說。」

我搖搖頭。

「你打得開那傢伙的保險箱嗎？」

我點點頭。

「我們只需要知道這個就夠了。」

布魯克林看起來沒有完全信服，但目前他也沒多少選擇。他們一直在等待他們的開鎖人。而那個開鎖人就是我。

✦ ✦ ✦

大約三小時過後，夕陽西下，我坐在一輛印有「菁英裝修」字樣的廂型車後座。曼哈頓開車。布魯克林坐在副駕，每隔幾分鐘就回頭看我。我知道這種事我得習以為常。正如鬼影說過的，這些傢伙已經做完所有吃力不討好的工作，監視目標，觀察他的一舉一動，規劃好從頭到尾的行動。而我，我只是個行家，最後一刻才出現做我的工作，乳臭未乾的模樣也毫無幫助，更別提我是個不發一語的怪胎。

所以說，是啦。我不怪他們有點疑神疑鬼。

根據我從擋風玻璃外見到的景色，看起來我們正前往某個高級住宅區。這裡想必就是鼎鼎大名的主線區了，賓城西部那些世襲富豪所居住的郊區。我們經過校門口聳立著石砌拱門的私立學校，經過坐落在高山上的維拉諾瓦大學。我發現自己好奇那所大學有沒有不錯的藝術學院。我們接著經過一片長長的斜坡草坪，草坪上為了某種派對佈置了一串串燈束和白色家具。我從未在正規合法的情況下見過這一切。

我們繼續前行來到布林莫爾，經過另一間來不及看見名字的大學，最後總算右轉離開了大馬路。房子一棟比一棟雄偉高大，但仍然沒人出現攔下我們。沒有穿制服戴名牌的人檢查我們的證件。世襲富豪居住的豪宅最大的問題就在這裡。所有房子都是在設有警衛室的「封閉式社區」發明前建造的。

曼哈頓駛進一條長型車道，一路開到底，經過通往前門的轉彎處，直接繞到房子後方，那裡有一塊寬闊的石板地，以及看起來可停五輛車的車庫。兩個男的戴上手術用手套。我接過他們給我的那雙手套，放進口袋。我從未戴手套開鎖，也不打算這麼做。

我們下車，穿過寬敞的走廊來到後門。後院種了一整排濃密的松樹。我們一靠近房子，自動感應照明燈立刻亮起，但大家都很鎮定。照明燈除了歡迎我們，什麼也沒做。各位，這邊請，讓我為各位男士照亮你們要去的地方。

他們倆在門口停下腳步，顯然在等我表演第一項專長。我從屁股口袋拿出皮套準備幹活，挑了一把扭力扳手，插進鑰匙孔的底部，然後拿出針狀開鎖器，開始對付那些鎖簧，前後摸索，把鎖簧逐一抬起，直到所有鎖簧都與截點對齊。我知道像這樣的豪宅，門鎖用的起碼是蘑菇狀鎖簧，甚至是鋸齒狀鎖簧。對齊後，我重新開始摸索那些鎖簧，再往上抬起一兩公分，一邊維持扳手本來的扭力。把其他一切統統隔絕在外，隔絕站在我身旁的兩個男人，隔絕我正在做的事，隔絕這個夜晚，就只有我和五個小小的金屬。

一個鎖簧搞定。兩個鎖簧。三個。四個。五個。

我感覺到鎖芯開始有動靜，於是更用力把扳手往裡推，整個門鎖轉動起來。不管這兩人先前對我有哪些疑慮，我都已經通過了第一項測試。

曼哈頓把我推開，進門直奔警報系統。這個環節他們必須事先靠自己解決。電子警報系統有太多可以解決的方法。避開門窗的磁性感測器，破壞警報器本身或切斷警報器的專用電話線，甚至直接去找坐鎮保全公司控制室的那個人。只要牽涉到活生生的真人，事情向來簡單得多，尤其是那個真人時薪只有六塊五美金的話。

這兩人不知怎地已經得知密碼，這是最簡單的做法了。他們可能在屋子裡有線人，管家或傭人之類的。或是他們近距離觀察過屋主，用足夠的放大倍率看著他按按鈕。不管是什麼方式，總之他們弄到了密碼，曼哈頓僅僅花了五秒就關閉了警報系統。

他對我們豎起兩根大拇指，布魯克林迅速離開，要嘛把風，要嘛去做他該做的事。這對他們而言顯然是例行公事，是再自然不過的事。我呢？我正處於全神貫注的狀態。那溫暖微弱的嗡嗡聲。那越來越快、直到最後與腦海中持續作響的低音鼓聲同步的心跳聲。那與我日夜共存、如今慢慢褪去的恐懼感。就在那珍貴短暫的幾分鐘內，一切平靜安詳，完美合拍。

曼哈頓對我招招手，要我跟上他。我們穿過屋子，這是我見過最完美的房子了。裝潢舒適卻不鋪張。大電視配上坐下就沉進去的椅子。儲滿各種酒的吧檯，架子懸掛著玻璃杯，以及鏡子、吧檯椅和畫作。我們上樓，穿過走廊，進入主臥室。曼哈頓對於該往哪裡走胸有成竹。最後我們來到兩間寬敞衣帽間當中的其中一間，一側掛滿一排又一排的深色西裝，另一側則是昂貴的休閒服飾。鞋子整齊擺放在傾斜的檯面上。皮帶和領帶掛在某種電動裝置上，只要按下按鈕就會開始旋轉，逐一映入眼簾。

當然，我們不是為了皮帶和領帶而來。曼哈頓謹慎地把幾套西裝推到一旁。我看見後方牆壁上那若隱若現的長方形輪廓。曼哈頓用手一推，輪廓彈開。暗門內是一只保險箱。

他站到一邊，讓路給我。又換我上場了。

這個環節才是他們真正需要我的時刻。如果他們真的想從後門進到屋內，沒我也辦得到，雖然可能得花比較久的時間，但他們是機智的聰明人，肯定找得到辦法。保險箱呢？卻是另當別論。找到整棟屋子的警報密碼是一回事，找出藏在主臥室衣帽間裡的保險箱號碼？不，號碼只會藏在屋主的腦袋，或老婆的腦袋。又有可能是在另一個人的腦袋，例如值得信賴的心腹或家族律師，以防萬一。除此之外……當然，你可以直接去找屋主，把他綁在椅子上，拿槍塞進他的嘴，但整個行動計畫將截然不同。如果想乾淨俐落完成這件事，就需要開鎖人幫忙進入保險箱。蹩腳的開鎖人八成會鑿開牆壁，把保險箱整個拖出來。好一點的開鎖人會使用電鑽，讓保險箱留在牆內。厲害的開鎖人嘛……這正是我希望為他們示範的。

問題是——幸好曼哈頓並不知情——我年紀輕輕活到現在尚未開過嵌入式保險箱。我知道邏輯差不多，不過是嵌在牆壁裡的保險箱，對吧？但我只有學過獨立式保險箱，身體能緊貼在保險箱旁，感覺到自己在做什麼。正如鬼影教我時多次對我說過的……開鎖就像吸引一個女人，必須恰到好處地撫摸她，知道她心底在想什麼。要是那個女人除了臉，全身都藏在一堵牆裡，你怎麼可能辦得到？

我甩甩雙手，來到密碼盤前方。我先試試門把，確定這該死的東西真的上了鎖。沒錯。

我看見保險箱的芝加哥品牌，所以撥動兩組「試用」密碼，就是保險箱出貨時的預設密碼。你要是知道有多少人從未更換密碼，肯定會大吃一驚。

兩組號碼都失敗。這名屋主很認真地設定了自己的密碼。所以現在該上工了。

我把全身貼緊牆壁，臉頰靠在保險箱的門上。我本來就預期有三個輪軸，但畢竟是初次嘗試，所以希望格外謹慎。我找到接觸區域，也就是操作桿碰觸驅動輪軸上的V形凹槽時在密碼盤上的範圍。一旦找到後，我把所有輪軸轉到那段區域的對面，再往反方向撥，細數有幾個輪軸被驅動。

一個、兩個、三個。很清楚了。三個輪軸。

我把所有輪軸歸零，然後把注意力放回接觸區域上。

這裡開始是最困難的部分，是幾乎辦不到、也理應辦不到的部分。由於沒有輪軸是百分之百的圓形，也沒有任何輪軸的大小百分之百相同，所以觸及到每個輪軸的凹槽時都會出現瑕疵。無論保險箱製造得多精良，都是不可避免的事。所以說，當你來到一個凹槽附近再回到接觸區域時，會有稍微不同的感覺，會感覺距離稍嫌短促，由於操作桿滑入凹槽的關係。

若是廉價的保險箱？感覺就像平路上的坑洞一樣明顯。但若是高級保險箱？豪宅屋主會買來嵌進衣帽間的那種高級昂貴保險箱？

差異將非常微小。小到不能再小。

我撥到3、然後是6、然後是9，以三為單位開始，逐一測試，等待那不同的感覺找上我，接觸區域的距離稍微變短的感覺。一般人根本察覺不到的那微乎其微的差異。

12。沒錯。越來越接近了。

很好，繼續。15、18、21。

我撥動著密碼盤，可以時轉快一點，需要感覺那千萬分之一的差異時就撥慢一點。我聽見曼哈頓在我後方不斷挪動雙腳的重心。我舉起一隻手，他才又安靜下來。

24、27。沒錯。找到了。

我怎麼知道？

我就是知道。短了就是短了，我就是感覺得到。

或者該說那是一種超越感受的能力。那塊小小金屬桿碰觸凹槽時，比起上回快了那麼一毫釐，我就是能在腦海中看得到、聽得到、感覺得到。

我撥完密碼盤，腦海有三個粗略的數字。我把三為單位改成逐一檢視，回頭繼續縮小範圍，直到確認是哪三個數字為止。完成後，我找到了密碼：13、26、72。

最後一個步驟雖然簡單，但有點麻煩。除了實實在在撥動數字外別無他法。好，從13－26－72開始，然後把前面兩個數字對調，再把後面兩個數字對調，以此類推，把六個可能的組合全試過一遍。六個總好過百萬個，如果沒找出那些數字的話，把密碼全試一遍就得試上百萬個。

今天的密碼組合是26－72－13。打開保險箱的總共時間？二十五分鐘左右。

我轉動門把，拉開保險箱的門，確保這麼做的同時看著曼哈頓的表情。

「幹。」他說。「你幹他媽的太強了。」

我讓到一邊，讓他做該做的事。我不曉得他期望在裡面找到什麼。珠寶？白花花的鈔票？我看見他拿走一打左右的信封，那些褐色紙袋不過比公文尺寸再大一些。

「到手了，準備離開。」

我關上保險箱，撥動密碼盤。曼哈頓在我正後方拿著一塊白布，把所有地方擦拭一遍，然後關上暗門，把西裝歸位。

他把燈關掉，我們沿原路下樓。布魯克林人在客廳，望著窗外。

「不會吧。」他說。

「就在這裡面。」曼哈頓說著，舉起信封。

「你在開玩笑嗎？」他揚起詭異的微笑回頭看我一眼。「這小子是什麼天才嗎？」

「可能吧。我們走。」

曼哈頓輸入密碼，重新啟動警報系統，然後關上後門，擦拭門把。

這就是他們打電話找我的原因。這就是他們願意等待一個素未謀面的小鬼頭騎車穿越半個國土的原因。因為這趟任務有了我，他們絕不會留下痕跡。豪宅屋主隔天回家，打開大門，會發現一切都跟離開前時一樣。他會上樓，從衣帽間拿出幾件衣服，再把燈關上。唯有等到檢查保險箱的時候，他會輸入密碼，打開保險箱看見……

裡頭空空如也。

即使到了那時，他也不會馬上理解發生什麼事。他會東翻西找一陣子，心想自己肯定搞錯了，肯定神經錯亂了。接下來他會指控自己的老婆。妳是全世界唯一知道密碼的人！或者他會打電話給家族律師質問他。我們離開了一個星期，你就決定來我們家拜訪一下是嗎？

最後，他會恍然大悟。有其他人來過這裡。到那時，曼哈頓和布魯克林已經安全返家，而我……

我會在接下來前往的任何地方。

✦✦✦

我到最後都不曉得那些紙袋裡放了什麼東西。我不在乎，一點兒也不在乎。我打從一開始就知道這份工作是固定酬勞。我們回到汽車旅館時，曼哈頓支付我一筆現金，告訴我能親眼看我工作真的是一大享受。

起碼現在我多了一些錢，夠我一陣子不愁吃穿，能好好思考找個地方住。但這筆錢會維持多久呢？

他從廂型車兩側撕下斗大的「菁英裝修」招牌，放進後車廂，拿出螺絲起子拆掉賓州車牌，換上紐約州車牌。他準備坐上駕駛座前，我把他攔下。

「怎麼了，小子？」

我從屁股口袋拿出假想錢包，再假裝把錢包攤開。

「什麼？你弄丟你的錢包？去買個新的，你現在有錢了。」

我搖搖頭，從同樣的假想錢包假裝拿出一張卡片。

「你弄丟你的身分證件？你打哪兒來的就回哪兒去。他們會幫你弄張新的。」

我再次搖頭，指著手中那張隱形卡片。

「你需要……」

終於，他靈光一閃。

「你需要新的證件，一個全新的身分。」

我點點頭。

「靠，這可跟當初說的不一樣。」

我湊過去，一隻手放上他的肩頭。拜託，朋友。你得幫幫我。

「聽著。」他說。「我們知道你替誰工作。我們也得把他的那一份分紅寄給他，對吧？我們講好這筆生意就是這樣。相信我，我們絕不會誆他。所以如果你有像這樣的問題，何不回家後再解決？」

我該怎麼解釋給他聽呢？就算我能開口說話，也很難解釋目前我所處的這種兩難狀態。我是一隻回不了家的狗，主人家的地板上、甚至後院都沒有我的一席之地。我必須不斷逃亡，在垃圾桶討廚餘維生。

而一旦主人與我聯絡。一旦他把頭探出門外，喊我的名字，我就得奔回他的身邊，信不信由你。

「如果你真的有困難，這樣吧，我認識一個傢伙。」他說。

他拿出自己的錢包，掏出一張名片，然後一支筆。他把名片翻過去，開始在上面寫字。

「你打給這傢伙，他會——」

他寫到一半停下來抬頭看我。

「喔，對了，這樣可能沒辦法。我猜你八成得親自去見他？」

我拿出他剛剛給我的那疊現金，開始數鈔票。

「等等，等等。住手。」

他回頭看了布魯克林一眼。兩人互相聳了聳肩。

「你得保證不會告訴我的老闆。」他說。「不過我想應該不成問題。」

我鑽進他們的廂型車後座。這就是我最後在紐約落腳的原因。

3 一九九一年，密西根州

時間稍微倒回去一點，別太快，到我九歲那一年就好。剛好在事情發生後不久。那時候，我肉體的傷差不多已經痊癒，除了一件沒人能弄明白的小小異常。就是我不說話那檔事。輾轉住過幾個不同的地方後，我總算得以和里托大伯住在一起。他雖然擁有這般濃濃義式情人的名字，性格卻完全沾不上邊。他是有一頭黑髮，卻總是看起來該去修頭髮的模樣。他也有長長的鬢角，髮色漸漸轉白，從他在鏡中忙亂整理鬢角的頻率，他想必覺得那是他最大的資產。回首過去，那些鬢角，他穿的那些衣服……要是他有機會結婚，那身打扮根本不可能存在。世上任何一個女人都會把他就地炸毀，從頭開始打造他。

里托大伯是我父親的哥哥，但他和我父親長得可差遠了，一點兒也不相像。我從未問過他們是否有人是領養的，或兩人都是領養的。我想這個問題可能會讓他覺得尷尬，尤其如今只剩他一個人還活著。他住在一座名叫米爾福德的小鎮，位於底特律西北方的奧克蘭縣上方。我還小的時候沒花過多少時間與他相處，而即使真的與他見面了，我也不記得他理過我。然而事情發生後，天啊，他顯然不知怎地性情大變，即使他沒有直接涉入其中。但那可是他的弟弟。他的弟弟和弟媳。而身為姪子的我，如今出現在這裡……才八歲就正式宣告無家可歸。他沒收留我的話，密西根州政府就會把我帶走，把我安置在天知道什麼樣的地方，和天知道什麼樣的人住在一起。很難想像萬一成真了，我的人生會變得怎麼樣。說不定我現在會是個模範公民，或者根本已經死了。

誰知道呢？最後，是里托大伯把我帶到他米爾福德的家，距離維多利亞街上那棟紅磚小屋大約二十公里的地方，在我稚幼人生早該結束的二十公里外。經過幾個月的嘗試和磨合，他們讓他簽署文件，於是他成為我的法定監護人。

我知道他沒有義務這麼做。他沒有義務幫我做任何事。萬一你聽到我在抱怨這位男士，也別忘了我心中有這條底線，記住嘍？不過第一個問題來了。如果你想展開新的人生，搬到二十公里外的地方是不夠的。二十公里不足以逃離你過去的人生，你遇見的每一個人也仍然知道你過去是什麼人。

萬一你因為某件事聲名大噪，而那件事卻是你想永遠遺忘的，這個距離更是遠遠不足。

至於米爾福德小鎮本身嘛……我知道米爾福德現在是年輕雅痞居住的繁榮郊區，但在當時，那裡只是藍領階級聚集的鄉間小鎮，有一座鐵路橋，以及橋下的一條曲折大街。無論架設多少閃光燈和巨大的黃色號誌燈，每個月大概平均會有兩到三起事故。大多是一些白痴酒鬼，無法控制突如其來的路面顛簸，險些撞上路旁的水泥堤坡。光是我大伯的客人就不計其數……因為他的酒水店就位於鐵橋旁邊。里托酒水店。對面是一間叫烈焰的餐廳。你在丹尼斯連鎖餐廳用過餐的話，就想像同樣的用餐環境，只是食物差了一半。你可能以為我像大多數的人一樣，在那裡吃飯的次數屈指可數，但因為烈焰離酒水店實在太近了，加上大伯對一個服務生有意思……總之，儘管這笑話聽起來老套，但要說有什麼能逼得我非開口說話不可，那肯定是烈焰的食物了。

除此之外，大街盡頭有一座公園，那裡的鞦韆和攀登架老舊生鏽，沒先打個破傷風針就去玩那可就傻了。公園地形順勢往下連接休倫河，附近散落著許多舊輪胎、購物車和一疊疊綑綁的舊報紙。河岸邊有個堤坡，鐵橋從上方穿過，許多高中生晚上會在那裡鬼混，把汽車音響開得震耳欲聾，邊喝啤酒邊抽大麻。諸如此類。

我知道，你大概覺得我在吹牛。如果你見到米爾福德現在的榮景，見到那些開發中的高級住宅，大街上林立的古董店、髮廊和健康蔬食店，肯定會覺得我瘋了。現在的公園有個很大的白色露台，夏季會舉辦演唱會。現在有人企圖在鐵橋底下抽大麻的話，警察三秒內就會出現。

我想說的是，當時那裡是個完全不同的地方，荒涼孤獨，尤其對剛滿九歲的小孩而言。沒了爸媽，與一個幾乎不認識的男人住在一間陌生房子裡。里托大伯的酒水店後面有一間平房，由淡綠色鋁板搭建而成的落魄小屋。他搬走後面暗房裡的牌桌，那裡就成了我的臥房。「看樣子我們以後不會在這裡玩撲克牌了。」他初次帶我去看那間房時說道。「不過你知道嗎？反正我老是輸錢，所以也許我應該謝謝你。」

他向我伸出手。這個舉動我不陌生，就像戲謔地打別人的臉或輕捶好朋友的肩膀那樣，你懂的，兩個男人之間的打鬧。但試探意味更重些，彷彿他不想碰我碰得太用力，或是打算保留某種可能性，盼望我會往前一步，他就可以順勢側身給我一個彆扭的擁抱。

我看得出來里托大伯費盡心思想弄清楚該怎麼與我相處。「我們就像兩個單身漢。」他不止一次這樣對我說。「過著錦衣玉食的生活。咱們去烈焰吃點東西你說怎麼樣啊？」說得好像烈焰的食物夠格稱作玉食。我們會坐在餐廳雅座內，由里托大伯鉅細靡遺地告訴我他的一天，他賣掉了幾瓶酒，需要再訂購多少瓶。我會安靜無聲地坐在那裡。想當然耳。我有沒有認真聽他說話似乎不是很重要。他只是沒完沒了持續他的單向對話，差不多每一個清醒的時刻。

「你說呢，麥可？你覺得我們今天該洗衣服嗎？」

「該上工囉，麥可。不工作可沒飯吃。我把這裡整理整理，你能在後面待著嗎？」

「日用品快不夠用嘍，麥可。我想我們得到店裡跑一趟了。你說我們順道把幾個正妹回來怎麼樣？把她們帶回這裡？開個派對？」

他這無時無刻說個不停的習慣……是我不管走到哪裡都經常碰見的情況。人生來喜歡說話，他們得花點時間才能習慣我這個人，不過一旦習慣後，話匣子一開就怎麼也停不了，絕不容許有一刻沉默。

另一方面，要是碰到那些內向的人……我總是把他們搞得尷尬得要命，因為他們知道他們無法與我匹敵。任何情況、任何場合，我都能比任何人安靜。我是無庸置疑的閉嘴冠軍，坐在那裡好像家具一樣。

✦✦✦

好，我不得不為當時的我稍作哀悼。我把筆放下，躺回床上，凝視天花板。這一向有用。不信的話有空試試看。下次你發現自己得吃上好幾年牢飯的時候。總之，回歸正題。我不會把我見過的所有醫生一個個硬講給你聽。所有語言治療師、顧問、心理醫師……回頭想想，我肯定是那些人的終極美夢。對他們而言，我是那個沉默哀傷、茫然無措的孩子，頂著一頭亂髮，一雙棕色大眼。自從死裡逃生那天後，再也沒說過半個字的奇蹟男孩。只要給予正確的治療、適當的輔導、足夠的關懷和鼓勵……那位醫生或語言治療師或顧問或心理醫師就能找到神奇的鑰匙解開我受傷的心靈。最後我會倒在他們的懷裡嚎啕大哭，而他們會輕撫我的頭髮，告訴我一切都會沒事。

這就是所有人想從我身上得到的，沒有例外。相信我，他們永遠不會明白。

每次我們離開新的診所，里托大伯在回家路上總有新的診斷結果可以對自己背誦。「選擇性緘默症」、「心因性失聲症」、「創傷後喉頭麻痺症後群」。說真的，到頭來所有的解釋都是同一件事。無論原因為何，我就是單純決定停止說話罷了。

✦✦✦

每當有人知道我在一間酒水店後面的房子長大，問我的第一件事都是「那裡被搶過幾次。」每一次，絕無例外。永遠是我收到的第一個問題。答案呢？僅此一次。

那是我剛搬進去和他住的第一年，某個暖和的初夏夜晚。除了里托大伯那輛後保險桿有個大凹痕的雙色侯爵古董車外，停車場空無一物。有個男人走進來，很快地環顧一下店內四周，確認這個地方真的像表面上看起來一樣沒人在。他一看見我站在後面房子的大門邊，赫然停下腳步。

嚴格來說，我根本不該待在那裡。當時的我才九歲，而那裡是一間酒水店。但里托大伯選擇不多，起碼傍晚時段別無選擇。大多時候，我會坐在後面那屬於我自己的小空間內，用空紙箱疊成一公尺高的牆壁，加上一盞閱讀燈。里托大伯稱之為我的「辦公室」。我每晚坐在那裡看書，大多是從街上一間店拿到的漫畫，直到睡覺時間才回家。

所以，儘管當時我根本不應該出現在那裡，遑論是每個晚上，但誰會去檢舉我們呢？鎮上所有人都知道我的故事，也知道里托大伯沒有其他後援，已經非常用心照顧我了。所以大家都對我們睜一隻眼閉一隻眼。

那男人站在那裡很長一段時間，低頭看著我。他臉上有雀斑，一頭淺紅色的頭髮。

「你需要幫忙嗎，朋友？」里托大伯的聲音從前面的酒水店傳來。

男人不發一語。他對我微微點頭，從我身邊走開。就是那個時候，我發現他身上有槍。

這一點你非得相信我不可。雖然年僅九歲，但不知怎地我就是知道。你可能會想我只是以先入為主的視角回頭看，只是因為知道接下來發生的事，所以在腦中填補了細節，把這段劇情加進了回憶裡。但我對天發誓。你可以把時間凍結在那一刻，而我早已清楚知道接下來會怎麼樣。他準備掉頭回去，右手抽出槍，對準里托大伯的腦袋，叫他把收銀機的錢統統拿出來，就像漫畫裡演的那樣。

男人轉身離開我的瞬間，我立刻把門關上。後面的房子裡有支電話。我拿起話筒撥打九一一。鈴聲響了兩次，一個女人接起電話。「你好，請問有什麼緊急情況嗎？」

緊急情況。或許這就是我需要的。或許在我真的必須說話的時候……那些話就會出現。

「喂？聽得見嗎？你需要幫忙嗎？」

我把話筒緊緊握在手中，沒有吐出半個字。我辦不到。我心知肚明，毫無疑問。與此同時，我也發現另一件事。我長久忍受的那股不適感……每分每秒都能感覺到的那股鮮明恐懼感……全部消失了。一點也不剩。至少暫時消失了，在我接下來做了那些事的幾分鐘內。自從六月那一天以來，這是我頭一次不對任何事感到害怕。

接線生仍在說話。我放掉話筒，任其隨著聽筒線懸盪時，女人的聲音也逐漸變成遠方的尖嗓。順道一提，原來光是這樣就足以讓警方趕來這裡。用這種方式撥打九一一，讓線路保持暢通，他們就非得過來一趟查看。然而這天晚上，警方的速度不夠快，來不及阻止搶案發生。

我開門出去，準備進店裡，途經擺滿酒瓶的長廊。我能聽見那男人用急促的尖銳聲音說話。

「沒錯，所有的錢。動作快。」

然後是里托大伯，用比那男人低八度的聲音說：「朋友，放輕鬆好嗎？我們不需要做蠢事。」

「那小子在後面幹什麼？他去哪裡了？」

「你別擔心他。他和這些事一點關係也沒有。」

「快把他給叫過來這裡。我開始不耐煩了，這可不是好事。」

「就算我叫了他也聽不見。他又聾又啞好嗎？別把他扯進來。」

就是這個時候，我轉彎進來看見他們。我仍記得現場的每個細節。里托大伯一手拿著紙袋，另一手抓著收銀檯拿出來的鈔票，背後是一面擺滿酒瓶的牆面。櫃檯上擺著咖啡罐、我那張貼在櫃檯邊的照片，和照片上方請求幫助奇蹟男孩的募款海報。

然後是那個男人、搶匪、罪犯。右手緊握著槍站在那裡的模樣。日光燈下閃閃發亮的左輪手槍。

他嚇壞了。我看得出來，就像看見他的表情一樣清楚。他手裡的槍本該帶走恐懼，讓他成為掌控局面的主人，卻適得其反，讓他害怕得思緒混亂。儘管當時我才九歲，這件事卻立刻給我上了一課，我永遠都不會忘記。

搶匪看了我兩秒，第三秒舉槍對準我的方向。

「麥可！」他說。「快給我出去！」

「你不是說他是聾子嗎？」搶匪說。他走向我，把我的上衣一把揪起，接著我感覺到槍管抵住我的頭頂。

「你在做什麼？」里托大伯說。「我說過我會乖乖照你的話做。」

我感覺得到搶匪的雙手在顫抖。里托大伯臉色發白，雙手直直向外伸，彷彿想抓住我，想把我拉開。那一刻，我不知道誰比較害怕。但如同我說過的，我不害怕，一點也不怕。也許時時刻刻感到恐懼有個好處……是時候真的該害怕時，突然之間終於該害怕時……就是害怕不起來。

里托大伯手忙腳亂地企圖把錢全塞進紙袋裡。「把錢拿走。」他說。「看在老天的份上，拿了錢就快走吧。」

搶匪把我推開，左手搶下紙袋，右手仍拿槍在我們之間來回揮舞。我、大伯、我。最後他慢慢朝大門往後退，與我擦身而過。我一動也沒動。他來到半公尺外時，匆匆低頭看我一眼。

我沒阻止他，沒打算從他手中把錢搶回，或搶走那把槍。我沒有把手指塞進槍口對他微笑，只是站在那裡看著他，彷彿他是水族館裡的魚。

「他媽的怪胎。」他用左手手肘把門推開，差點把那袋錢掉在地上。他回過神，奔回車裡駕車而去，開上大街時加速逃逸。

里托大伯急忙從收銀檯後方跑出來，衝向大門。等他來到門口時，車子已經不見蹤影。

他轉向我，腎上腺素如今在體內瘋狂流竄，他幾乎全身都在發抖。

「你有什麼毛病？」他說。「你到底天殺的……」

他一下子坐倒在地，拚命喘氣，直到警察現身前始終沒有離開。他目不轉睛看著我，但什麼話也沒說。我敢說他的心中肯定有很多疑問，但明知得不到答案又何必問呢？

我在他旁邊坐下陪伴他。我感覺到有隻手似有若無地扶著我的背。我們一起坐在原地等待，共享沉默。

4 一九九九年底，紐約市

一百二十八街上，那間位於八層樓華廈中一樓店面的小小中餐廳，對我而言彷彿地球上最後一個地方。經營餐廳的那家人僅有一樓租約，二樓以上本該牢牢上鎖，讓房東在將來未知的某一天安排翻修。所以不用說，那些封住樓梯間的木板被拆除，最後許多人在樓上住了下來。起初是那家人的旁系親戚，遠渡重洋來到美國、一個禮拜在餐廳工作九十個鐘頭的表親及二等表親。然後是那偶然出現的局外人，不僅看起來口風很緊，每個月還能支付那家人一筆可觀的錢。付現，當然了。

賣我新身分的那男人把我交給他認識的另一個傢伙，那傢伙又輾轉把我交給別人後，最終落到了那家人手上。我的房間在三樓，這大概是最理想的樓層了。再高一些，一樓廚房的暖氣傳不上來。況且沒人有長到足夠拉到四樓的延長線，所以那裡總是又黑又冷。再說，老鼠早已佔據了那些樓層。

我還沒考慮改變外型，那是之後的事了。但我思忖，我已經公然逃離密西根州，違反了緩刑條例，又幹下生平第一筆真正的有酬工作……沒有回頭路了，對吧？因此才有了這張印著威廉·麥可·史密斯的假名和二十一歲假年齡的紐約州駕照。我沒有用它溜進酒吧。相信我。我盡可能待在室內，因為我深信我看見的每個警察都在積極找我。即使在三更半夜聽見街上的警笛聲……都讓我以為他們終究找到了我。

天氣一週比一週寒冷。我待在室內，時而畫畫，時而拿攜帶式保險箱鎖練習解鎖，吃華人家庭給我的餐廳食物。我每個月支付他們兩百美元現金住在樓上那不屬於他們的房間，並使用廚房後面的廁所和淋浴間。我有一盞插在延長線上的檯燈，有白紙和美術用品，所有衣物仍放在行李袋裡。我有我的保險箱鎖和開鎖工具。

我有我的傳呼機。

傳呼機共有五個，全放在一個破爛鞋盒裡。其中一個傳呼機貼著白色膠帶，一個貼著黃色膠帶，一個貼著綠色，一個貼著藍色，最後一個貼著紅色膠帶。鬼影對我說過，如果前面四個傳呼機響起，就打小螢幕上的電話，仔細聽他們要說的話。他們知道你不會開口回應。如果他們聽起來一頭霧水，這是好徵兆，表示話筒那頭的人打錯了，你應該直接掛斷。假使他們是可靠的，你安靜聽他們說什麼，然後前往指定地點與他們會面。如果一切感覺仍然可行，就與他們合作，發揮所長，皆大歡喜。他們會好好照顧你，因為他們知道不這麼做，下次傳呼你的時候你不會理會。

他們也會負責把百分之十的「使用費」寄給底特律那個人。因為他們可不想白白喪命。

這是前面四個傳呼機的使用步驟。最後一個傳呼機，貼紅色膠帶的那個……是那個人他自己的傳呼機。在底特律那位。那個傳呼機響起，一定要馬上回電，照他的吩咐行事，在他所要求的時間地點準時出現。

「千萬別招惹這號人物。」這是鬼影的一字不漏的原話。「你招惹他的話，倒不如自殺算了。省得大家麻煩。」

我知道鬼影沒說謊。我見多了，知道這項建言絕對不能忘。可是等待下一個工作前該做些什麼呢？我得在這裡待多久？得在一百二十八街上這間中餐廳樓上的廢棄房間躲上多久，才會有人傳呼我，讓我有錢可賺？

我會先活活餓死嗎？還是活活凍死？

鬼影從未提到這部分。

✦✦✦

等到聖誕節來臨時，我總算開始會偶爾離開家門。我會到南邊幾個街區外的公園裡，坐在其中一張長椅上。我總算不得不買幾件新衣服。別擔心，我還沒破產。賓州那份工作的酬勞很優渥。話雖如此，我仍會盤算一下，留意金流。

雪上加霜的是，有個在餐廳工作的人告訴我，如果我希望他繼續給我食物就得幫他的忙。他給我一大疊菜單，吩咐我到附近所有的大樓，想辦法混進去，把菜單一張張塞進每戶人家的門縫底下。我知道有些大樓門口有門房，有些大樓得有住戶幫你按鈴開門才進得去。所以我不太確定怎麼有辦法發送菜單。當然，我可以找到多數大樓的後門，開鎖進去，但真的值得嗎？

「你有一張正派的臉。」男人說。他的英文還不夠流利。「沒人會攔你。」

所以我帶著我那張正派的臉和一大疊菜單走進大樓，一棟接著一棟。我心想與其遮遮掩掩，乾脆大大方方出現，讓大家清楚知道我在幹嘛。把菜單拿給他們看，做出我要把一張菜單塞進門縫底下的模樣。我三不五時會打點手語，這似乎很有用，我進得去的大樓更多了。

有一天，我沿著一條長廊工作，正當我準備把一張菜單塞進門縫底下時，門打開了。我還來不及站起來，就感覺到兩隻手抓住我的肩膀。我被推到對面的牆上，力道大得差點喘不過氣。

我抬頭看見那人的臉。他讓我想起九歲時打劫里托大伯酒水店的男人。他們眼中有同樣的原始恐懼。髒衣服的臭味、尿騷味，或者是恐懼本身的難聞氣味，全部朝我撲鼻而來。我朝他的膝蓋一踢，他連忙往後退。接著他奔下走廊，猛地打開樓梯間的門，下樓消失了。

我起身揉揉肩膀。我往敞開的門口一看，見到裡頭的慘狀。男人把整間房子弄得一團亂，翻箱倒櫃尋找有價之物，以便他能買更多毒品，或是任何在他生活中迫切需要的東西。我看見冰箱沒關，食物也被洗劫一空。我關上公寓大門後離開。

回到大街上時，我在一張菜單背面寫下那間公寓的號碼，交給門房，然後走回餐廳。

我上樓回房，算算身邊還剩多少錢。我心想，能住在這裡的時間不多了，要多久會變成闖入公寓的那個男人？

天氣越來越冷。那天夜晚下雪了。起初雪白如畫，到了早上就髒成一片。

醒來時，我聽見其中一個傳呼機嗶嗶作響。

✦ ✦ ✦

我到布朗克斯區的一家小餐館與那人會面。坐計程車橫跨哈德遜河，很快就到了。他們聯絡我用的是黃色傳呼機。先說，我知道鬼影對黃色傳呼機的說詞，所有蠢蛋差不多都可以用這個號碼聯絡到我。所以，行事必須格外小心。但怎麼說呢，現在的我覺得特別有衝勁。於是在那寒冷的下午，我走進那家小餐館，在那裡站了幾分鐘，直到有人從餐館盡頭位於廚房隔壁的雅座朝我招手。三個人坐在那裡。其中一人站起來，抓住我的右手，把我拉向他，意思意思給了我一個擁抱。

「你想必就是那小子了。」他對我說。他穿著亮綠色的紐約噴射機隊外套，戴著一條金項鍊，頂著一頭凱撒式短髮，一看就知道他大概花了很多時間打理。他的跟幫子有兩道俐落的鬍碴，在嘴唇正下方相連，形成一小撮鬍子。你懂的，一個千方百計把自己打扮得不像白人的白人。

「這兩個是我的人。」他說著示意另外兩人。「海克和傑克。」

起碼他省了我動腦筋想綽號的麻煩。他往雅座裡面挪動，替我空出位置。

「你想吃點什麼嗎？我們剛點餐。」那撮小鬍子不知怎地讓他的嘴巴看起來很大，後來我才發現他一刻也無法安靜，非得說點什麼，確切來說是說個不停。所以我馬上替他取了大嘴巴的綽號。他喚來女服務生，她拿了菜單給我。我指向漢堡。

「怎麼，你不說話嗎？」她說。

「沒錯。」大嘴巴說。「他不說話。妳有意見嗎？」

她從我手中拿走菜單，不發一語離開。

「我聽過你的事。」他等女服務生走遠後說。「你最近跟我一個朋友的朋友幹過一票。」

這回答了我的第一個問題，就是他到底怎麼會知道我在紐約市的。我忍不住想像外面還有上千個行蹤可疑的人物，每一個都知道我的所在位置。

「我不得不說。」他說。「我聽別人說你看起來很年輕，可是他媽的，還真年輕。」

海克和傑克沒說話。兩人面前擺著奶昔，看樣子一杯是巧克力口味，另一杯是香草口味。他們開心地吸著吸管，對大嘴巴說的每句話點頭附和。

「好了，目前情況是這樣。」他壓低聲音說。「我們有個夥伴……」

我心想，他真要在這裡講啊。他準備在一間小餐館裡把計畫全盤托出。

「他在上城區的一間酒吧工作，酒吧樓上有專門辦派對和大型活動的房間。就在幾個禮拜前，那裡舉辦了聖誕節派對。幾個來自鑽石區的猶太人。等一下，我剛是說幾個猶太人在開聖誕節派對嗎？」

海克和傑克聽了奶昔都噴出來。那時候我就應該起身離開才對。

「節慶派對才對！光明節派對之類的。總之，他們開了這場派對，然後有個男的，整個人喜孜孜的模樣。我的意思是，他整個人醉到不行。我的夥伴正準備幫其他人把他扛到街上，好幫他叫車。他們先把他扶到寄放大衣的櫃檯，讓他暫時坐在那裡，你懂的，他們要幫他拿外套之類的。我的夥伴離開去拿外套。趁他不在的時候，醉漢開始和他朋友說話。附近沒別人，對吧？那是私底下的對話。醉漢說他在康乃狄克州的房子藏了一大堆鑽石，好像價值上百萬美金，統統放在保險箱裡。那傢伙的朋友就叫他管好自己的嘴，別這樣到處嚷嚷，否則可能會被心懷不軌的人聽見。結果你知道嗎？醉漢繼續說什麼，喔，你們跟我做生意好幾年了，我絕對信任你們之類的。只不過他們說話的這段時間，我的夥伴一直待在轉角寄放大衣的房間裡，一字一句聽得清清楚楚！」

就在這時，女服務生端著餐點回來，所以大嘴巴閉上嘴，直到女服務生離開後，才與大家邊吃邊把故事講完。簡而言之，他朋友從邀請名單上查到醉漢的名字，進而找到他在康乃狄克州的房子，就位於康州州界的格林威治鎮。後來他朋友打電話到男人工作的地方，他們說他去佛羅里達了，元旦過後才會回來。

真沒想到，這些傢伙打算破門而入，偷走價值百萬美金的貴重鑽石。當然，前提是有我的幫助。這樣一來，海克和傑克才能在整個計畫中發揮他們的作用，把鑽石變成白花花的鈔票。他們對我再三保證，聲稱他們在珠寶業有人脈，就算刻有雷射辨識碼也能流通。

老實說，我見到這些傢伙的第一眼就已經有種不好的預感，接下來發生的一切更是令我不安。我記得鬼影說過這種情況，說過如果直覺叫我走，我就應該直接掉頭走人。

可是管他的。我終究還是得賺點錢，對吧？他們談的可是一大筆數目，而且他們看起來把一切都搞定了。

所以我跟他們上了車。好嗎？我上了車。

大嘴巴在開車。海克和傑克坐在後座。我生平頭一遭坐在副駕駛座的位置。「給大人物的榮

響座。」大嘴巴替我開門時，小題大作地說道。

這天是元旦前一天。我有提過嗎？我們在跨年夜開車前往那男人的房子。

「我的夥伴住在新羅謝爾。」大嘴巴說。「我們途中順便去接他。總共只有我們五人。聽起來差不多，對吧？」

他轉頭看我。他在九十五號公路上開著快車，直奔康乃狄克州。我猜他就像大多數的紐約人一樣，一個月開車次數不超過一次。他的開車技術顯而易見。

「所以你就專門靠開保險箱為生？真的超威的。你是怎麼開始幹這行的？」

我聳聳肩。我猜他八成不懂任何手語。

「靠，你真的一個字都不說！真是他媽的酷斃了，你們不覺得嗎？」

海克和傑克都覺得真是他媽的酷斃了。

「你就像個沉默的殺手，只不過你殺的是保險箱不是人，對吧？」

我心想，鬼影說得對，儘管掉頭走人就對了。無論報酬看起來多優渥，要是覺得不對勁，就當場掉頭走人。

「話說回來，那傢伙幹嘛把那些鑽石放在家裡啊？難道是我瘋了嗎？他這樣豈不是求別人去把鑽石拿走嗎？」

可是我現在該怎麼辦呢？我不能叫他停車，叫他把我留在路邊。

「我是說，這傢伙真是蠢到不行耶，不覺得嗎？在公眾場合大聲嚷嚷？認真的嗎？不幹這一票太說不過去了，你們說是吧？」

後座兩人繼續點頭如搗蒜。我望向窗外，看著我們與右車道的每輛車呼嘯而過。

我們不到半小時就抵達新羅謝爾，在長島海灣不遠處的一間小房子停下車。大嘴巴的夥伴走出家門，擠進後座，與海克和傑克坐在一起。他讓我想起以前在米爾福德高中橄欖球隊半數以上的球員。中產階級白人的那種大塊頭，強壯如牛，但腳程八成很慢。

「他就是那小子。」大嘴巴對他說。「握個手吧。」

公牛從後座把右手伸過來用力捏我的手。「他媽的，真的是個小子。你確定你行嗎？」

「他不說話。」大嘴巴說。「他只負責開保險箱。只做這件事。」

我們回到高速公路上，沿途經過馬馬羅內克和哈里遜兩個小鎮，以及十幾座到了冬天就關閉的高爾夫球場，最後來到康乃狄克州的州界。

「計畫是這樣。」公牛說。「保險箱就在屋主的辦公室，一樓的位置。那裡有扇已經打開的窗子在等著我們。」

「文尼為這件事提前做了一點功課。」大嘴巴說。他竟然直接講出他朋友的名字。「他呢，先去屋主的家，試了幾扇窗戶，最後發現有一扇沒鎖，對吧？他打開窗戶，跑走靜待。警報器有響嗎？條子有來嗎？他等啊等，沒人出現。所以他回去，好像是往窗戶丟了……一顆大石頭？」

「樹枝。」公牛說。

「好，樹枝。他扔了一根大樹枝到屋內，免得屋主安裝了動作感測器之類的東西，對吧？然後他跑走，躲起來，觀察有沒有人出現。沒人。所以他又回去！從窗戶直接爬進去，對吧？東走西逛，還有什麼，做開合跳。然後再爬出窗外，跑走，躲起來。沒人出現。」

「最後我才知道警報系統根本沒開。」公牛說。「所以我進屋，在裡面東張西望。我看見的第一幅畫，就掛在辦公室的牆壁上……砰！我把畫一掀開，保險箱就在眼前。」

「就像一直在那裡等我們一樣。」大嘴巴說。「我們進去，把東西拿到手。新年快樂。」

「我覺得我應該分多一點。」公牛說。「畢竟我事先幹了那麼多活兒，冒著生命危險爬進屋內。更別提屋主一開始就是我發現的線索。」

講到這裡，我已經沒聽他們說話。他們爭論著酬勞的同時，我開始細數所有可能出錯的環節。計畫聽起來頗簡單。只要公牛所說的一切都是真的，我們應該能在半小時內進屋拿走保險箱的鑽石離開。唯一的問題大概是拿到屬於我的那一份，但我想管他的。我知道如果退出，什麼也拿不到。我今天本來就已經一無所獲。但如果加入，起碼有機會見到一大筆錢。

又一個思慮不周的想法，我知道。大錯特錯的想法，我知道！

我們越過州界，進入康乃狄克州。房子就在幾分鐘車程外的地方。我猜錢賺得越多，就能住得離紐約市越近，即使在不同的州也不例外。

公牛指引大嘴巴來到房子的所在位置。那是一棟以紅磚砌成的都鐸式豪宅，坐落在一大片斜坡草坪的頂端。我們開車經過，繼續開了大約八百公尺後，繞回豪宅後院對面的公園遊樂場。我不喜歡從這看向後院的視線，但現在外頭氣溫零下一度，太陽準備西下，至少遊樂場空無一人。

大嘴巴在路邊停車熄火。我們所有人在車裡坐了幾分鐘，等誰說點什麼。

「我們真的要這樣搞了。」大嘴巴終於開口說。「你們相信嗎？」

「小事一樁。」公牛說。「我們還等什麼？」

「你是專家。」大嘴巴對我說。「你怎麼想？直接進去還是再等一會兒？」

果然是一群業餘的傢伙。我搖搖頭，打開車門，其他人跟了上來。等所有人下車後，我舉起雙手攔住他們。

「什麼？怎麼了？」

我舉起一根手指，指著雙眼，作勢往四面八方查看的模樣。接著指向車子的方向盤，假裝用力按喇叭。

「有人得留在這裡把風？你是這個意思嗎？」

我對他舉起兩根大拇指。不是海克就是傑克負責這個任務，其餘的人往房子出發。我們慢慢朝後院前進。我不停環顧四周，想找出潛在危險。一切看起來很安全。

來到房子後院時，我再次攔下所有人，指著我的雙眼。仍然跟在我們身邊的海克或傑克被派到房子角落站崗，從一個方向可以看著車子，從另一個方向可以看著街道。於是剩我、大嘴巴和公牛進屋。

公牛小心翼翼抬起他事先打開的窗戶。我思忖，也許我應該讓我們所有人再等一下。後來又想，算了，直接進去吧，就當這蠢蛋真的做了他該做的事，警報系統真的沒開。有錢人去佛羅里達度假怎麼會有不開警報系統的道理？因為就像大嘴巴說的，有些人單純就是蠢得可以，出了事也是活該。這是大嘴巴那天唯一說對的一件事。

公牛率先爬進窗內，粗手粗腳的樣子正如我料。我接著進去，大嘴巴殿後。我們已經站在辦公室裡。公牛立刻走向對面牆壁離我們最近的那幅畫。一艘與大海搏鬥的帆船，反正就是常見的那種高級垃圾。他浮誇地把一根手指放上畫框，從牆壁抬起。那裡確實有個保險箱，嵌進牆面幾公分的深度。

「上工了。」大嘴巴對我說。「要花多久時間？」

我走向保險箱，公牛讓到一邊。我把手放上密碼盤的時候，可以感覺到他們直盯著我的背。保險箱是我沒見過的牌子，名字看起來像歐洲貨。我的腦海閃起一絲疑慮。萬一這個保險箱跟我以前開過的每個保險箱都不一樣怎麼辦？我肯定不知道預設密碼，所以也沒辦法先試那些數字。這點實在可惜，因為會忘記打開警報系統的人就跟買了保險箱從不更換密碼的是同一類人。

不過要事優先。試試門把，看看這該死的東西是不是真的上了鎖。我把手放上去，輕輕一扳。我其實不認為門把會動，只是習慣先這麼做，剔除可能性。

門把動了。

我當場愣在原地。頃刻間，我在腦中看見整件事的後續發展。公牛初次抵達這裡找到保險箱的時候，他連門把都懶得拉。如果我現在打開門，給他們看見門沒上鎖，他們就會知道他們根本不需要我。連後門都不是我幫他們開的。我們是從該死的窗戶爬進來的。

接下來會怎麼樣？他們會立刻跳進來，拿走鑽石。他們起碼會載我回紐約。但願如此。然後他們會把我丟在路邊說：什麼忙也沒幫上，真是謝了。當然了，除非他們是高尚的竊賊。我看機會渺茫。又除非他們之後想繼續跟我合作。同樣機會渺茫。對他們而言，這種千載難逢的好機會可不是天天都有。

我感覺到門閂已經縮進門內，只要輕輕一拉門就會開。我慢慢把門把滑回原位，然後回頭偷看大嘴巴和公牛一眼。

「這是很複雜的保險箱嗎？」大嘴巴說。「你行嗎？」

我甩甩雙手，轉動脖子，彷彿準備大展身手。我指指雙眼，再指向房間的一邊，然後指指雙眼，再指向房間的另一邊。你們兩個快出去把風。

他們看起來不太願意離開，但我很堅持。我動也不動，直到他們離開，然後吐了一口氣。

我走回保險箱前，把門打開。裡頭有一個黑色絨布袋，就像電影裡會看到的東西，就像你會預期看見價值百萬的鑽石裝在裡面的東西，對吧？上頭還有條小細繩？完美。

我解開細繩，往內一看。二十顆、甚至可能有三十顆閃閃發光的寶石。跟我想像的不太一樣，但我哪懂鑽石呢？我拿出一些，考慮替自己留幾顆，後來想想這麼做八成很蠢。我拿了鑽石也做不了什麼，只是減少整體收入。所以我束起細繩，把絨布袋放到地上，回到保險箱前。我知道我需要打發幾分鐘，所以我想我乾脆研究一下閉鎖裝置。我把密碼盤轉個幾次，假裝保險箱上了鎖，試圖解開。我撥動密碼盤，算出有三個輪軸，目前為止都很常見。我把密碼盤歸零，開始逐一撥動數字，找出接觸區域。依我看相當明顯。第一次碰到距離變短的時候，我馬上就感覺到了。這個保險箱並不困難。沒機會破解讓我有些惆悵。

我心想，管他的，至少下次我再看見一樣的就會知道了。另外，也沒必要把時間拖得太長。讓他們覺得你解鎖的速度真的很快很快吧。

我把密碼盤擦乾淨，關上門，把牆上的畫作歸位。我離開房間，發現大嘴巴站在大門邊，隔著小窗往外看。我拍他的肩膀時，他差點跳穿天花板。我把絨布袋交給他，他才恢復正常。

「什麼？你在開玩笑嗎？你已經打開了？」

他往袋裡一看，似乎變得啞口無言，也許是他生平頭一遭。

「新年快樂。」最後他說。「他媽的新年快樂。」

✦✦✦

我們和大家集合返回車內。我依然坐在副駕駛座上。這次，我們一開上高速公路，我就把手放上大嘴巴的臂膀，要他別猛踩油門。大家都有點過度興奮，我可不希望我們在回程路上死掉。

「他辦到了！」大嘴巴放聲大喊，這大概是第三次或第四次了。「花了多久時間？四分鐘？五分鐘？這小子真是他媽的天才！」

「他是高手。」公牛說。「我得承認剛開始我抱有疑慮，但這小子真是他媽的高手。」

「嘿，我剛剛想到一件事。」大嘴巴的目光從路面移到我身上。「你一個人在裡面的時候，應該沒有把鑽石放進自己的口袋，對吧？」

「我可以搜他的身。」公牛說。「你說呢？」

「不、不。我只是說說。他只需要看著我的眼睛，跟我說他沒有把鑽石放進口袋，我們就沒事了。」

車內陷入沉默。所有人盯著我看。我抬起雙手，像在說：你們搞什麼鬼？我該怎麼做？

然後所有人開始放聲大笑。尷尬的一刻過去，廣播響起，眾人輪流喝著一瓶杜松子酒。我婉拒他們。大嘴巴始終開得太快，我得一而再再而三把手放在他的臂膀上，提醒他開慢點。我們沒有停靠新羅謝爾送公牛回家。這一晚他得和他的夥伴們在一起，通宵慶祝。

我們回到城裡時，我指了指漢密爾頓橋的路牌。他們似乎渴望能幫我做任何事，所以他們立刻出發，載我過河，來到一百二十八街，讓我在中餐廳對面街道下車。

「你真的該搬到好一點的社區了。」我下車時大嘴巴說。

那天晚上我剩下最後一張牌要打。我心想管他的，這可能是我從這份工作所得到的唯一報酬。我站在人行道上，拉出左右兩邊的口袋。

「靠，你怎麼不早說？」大嘴巴拿出錢包，叫車上其他人比照辦理。他湊了三百塊左右的現金交給我。這筆數目對他而言似乎不太夠。他停好車，叫所有人立刻前往轉角的銀行。

「能領多少是多少。」他說。「聽到了嗎？盡你們的極限。這至少是我們能為那小子做的。」

他們四個人加起來，總共又多領了一千塊美金。

「這只是預付金，小子。等我們把那些鑽石賣掉！我會用傳呼機聯絡你過來拿你那一份！我保證！錢一到手，我立刻聯絡你！」

後來又是一陣擁抱和握手，接著他們魚貫回到車上，開往大街。

他們離開視線後，我穿過馬路走進餐廳，付給那家人這個月欠他們的兩百塊美金，接著上樓回到空蕩蕩的房間慶祝元旦新年。我忍不住想起里托大伯，好奇他現在在密西根做什麼。大概忙著賣香檳吧。

當然，我也想起了艾蜜莉亞。

接著我拿出紙筆開始畫畫，把一整天發生的事畫在白紙上，一張接著一張，為她重播所有片段，給她看看我經歷的大小事。我幾乎天天這麼做，為了讓自己保持理智，為了它賦予我的微小希望，也許有一天這些畫紙會輾轉到她身邊。她會一張張看，明白我必須離開她的原因。

完成最後一張畫，我回想起這整件事，只覺得荒謬可笑。我越想越覺得我大概再也聽不到他們的消息了。他們根本沒理由聯絡我去拿我的錢，對吧？

我告訴自己，再也不要跟業餘的傢伙合作了。絕對不要。即使今天你確實賺了一千三百塊美金。

我關上燈，爬進冰冷地板上的睡袋，閉起眼睛，繼續想著艾蜜莉亞。我願意付出一切代價換得她陪在我身邊。一個鐘頭就好。我願意付出我的性命。

祝我新年快樂。

✦✦✦

隔天早上，黃色傳呼機把我吵醒。我下樓用公共電話撥號碼。號碼跟我昨天用的一樣。

「嘿，小子。」大嘴巴說。「希望我沒吵醒你。你好嗎？」

我等他自己慢慢發現他不會得到回應。

「抱歉，我有點宿醉，腦子不清楚。總之，你能來餐館一趟嗎？越快越好？我們出現一點小問題。」

5 一九九一年至一九九六年，密西根州

搶案過後，里托大伯替自己買了一把槍。那是一把手槍，但跟搶匪用的槍大不相同。搶匪的左輪手槍，那閃閃發亮的金屬槍身……看起來像典型的六發式左輪手槍，在西部電影裡會看到的那種。里托大伯的是一把半自動手槍，沒有轉輪彈巢，沒有閃爍的金屬槍身，黯淡漆黑，看起來不知為何加倍致命。

他把槍藏在收銀檯後方，以為我絕對不會發現，結果不到五分鐘就露餡了。他沒有談起那把槍，沒有談起跟搶匪有關的任何事，但我看得出來他一直掛念在心上。接下來的幾個星期，每當他安靜不語的時候，我知道他正在腦海把整件事重播一次。不只是搶匪本身，還包括我面對搶案的詭異反應。

回想過去，我不得不為他感到同情，畢竟他沒有其他人可以傾訴我的狀況。密西根州有個女人會過來拜訪察看我的近況，但她頂多一個月來一次。等第一年結束，她就索性不來了。但即使她持續來訪，又能拿我怎麼辦？綜觀一切跡象，我看起來過得還行。不怎麼樣，但還行。我有吃東西，儘管大半時間在烈焰吃。我也有睡覺，而且沒錯，我終於回學校上課了。

這個地方叫希金斯學院，來這裡的絕大部分是聽障孩子。我是說，有錢的聽障孩子。除了他們，還有一些所謂「溝通障礙」的孩子，某種缺陷阻止了他們的聽力或口說或兩者的能力。我歸屬在那一類。我有「障礙」。

別忘了，當時我九歲，已經一年半沒有上學。我告訴你，身為學校的轉學生就夠糟了，試想身處一個幾乎沒人跟你說話的學校是什麼情況，而你也沒辦法回應。

結果，這就是學校企圖修正的第一個問題。我必須學習一些溝通方法，一些比起下半輩子隨身攜帶紙筆更好的方法。這就是我開始學習手語的原因。

這對我來說並不容易。一來，我不是非用不可。我回家不曾使用手語。除非在學校，否則我也不會練習。與此同時，所有的聽障孩子卻完全沉浸在手語的世界，那是他們的文化，他們自己獨特的秘密暗號。所以我不只是「新來的」孩子。我是幾乎不懂手語的外來侵入者。

除此之外，學校裡仍有一大堆心理醫生和諮詢師打探我，從沒少過。每天我都得坐在某人的辦公室起碼四十五分鐘以上，穿著毛衣和牛仔褲的大人。麥可，讓我們回想一下。我們就待在這裡好好了解對方，怎麼樣啊？如果你想要跟我聊一聊……聊一聊的意思是你可以寫些話給我，或畫張圖給我，怎樣都行，麥可。

我想要的只是他們別來煩我。因為他們都犯了一個大錯。所謂我年紀太小不懂得「處理」創傷這回事，所謂我得把創傷埋在小小心靈的後院，直到有人前來幫我挖掘出來這回事……到現在，我光想都還是覺得生氣。他們的傲慢，那無可救藥的無知。

事情發生在我八歲的時候。不是兩歲，不是三歲。我八歲了，就像所有同齡的孩子一樣，我非常清楚自己發生了什麼事。每一分、每一秒，我都知道發生了什麼事。等事情結束，我可以回到腦海重播一遍，重播每一分、每一秒。隔天，仍然可以。一個禮拜後，還是沒問題。一年後，五年後，十年後，我仍可以回到六月的那一天，原因很簡單，因為我從未放下。

真相沒有被壓抑，我不必挖掘才能找到它。真相一直在那裡，無時無刻陪伴我，是我的得力助手。每個醒著的時刻，更多睡著的時刻……我都能回到六月的那一天，無論過去、現在或未來。

從未有人明白這一點。沒有人。

回想過去，我對大家可能太嚴苛了。他們只是想幫我，我知道，但我並沒有提供任何反饋讓他們能繼續下去。問題在於，我不覺得他們幫得上忙，一點都不覺得。所以老天啊，我只是搞得所有人不自在，你懂嗎？就像他們不能原諒發生在我身上的遭遇，不能放下他們想到這件事的時候心裡的感覺，所以他們企圖幫我，好讓他們自己能好過一點。

對，就是這樣。那麼多年來，我一直就是這麼想的。他們被我的遭遇給嚇壞了，只是想讓自己好過一點。我想這也是最後他們放棄我的原因。在希金斯學院待了五年後，由於我的「回應」不夠理想……或許打從一開始要你來這裡就是個錯誤，他們說。或許你自始至終都該待在會說話的孩子身邊，這樣一來或許……有一天……

他們是這麼說的。就在他們把我踢出去，安排我去米爾福德高中就讀前。

✦ ✦ ✦

想想我的那年夏天，只能默默倒數九月來臨的日子。我是說，我在學院已經是怪人了，走在公立高中的走廊上會多像個怪胎？

那年夏天只有一件事能轉移我的注意力。是這樣子的，酒水店後面的房子有一扇鐵門，打開通往停車場。送貨卡車來的時候，就是用這扇門運送紙箱。平時鐵門上鎖，但卡車來的時候，里托大伯就得開始擺弄那無彈簧的門閂以便把門打開。開門需要訣竅。你必須把門閂往反方向轉個四分之一，然後把球形門把用力一拉，同時把門閂轉回原來的位置，只有這樣，那該死的東西才會合作。從外面拿鑰匙開門更是想都別想。有一天，大伯終於受夠了，買了全新的鎖。我看他把舊鎖拿出去，把兩塊分開的零件丟進垃圾桶。他裝上新鎖，第一次試用就完美地轉動起來。

「感覺一下。」他說。「就像奶油一樣滑順。」

但我感興趣的是那把舊鎖。我把兩塊零件從垃圾桶撿起來重新接上。我立刻看出它所設計的運作方法。概念多麼簡單。鎖芯轉動時，凸輪跟著旋轉，門閂往回縮。鎖芯往另一個方向轉動時，門閂便再次伸長。後來，我成功把鎖芯拆開，看見裡面的五顆小鎖簧。你只需把那些鎖簧排列正確，鎖芯就能自由轉動。起碼這是我把灰塵和黏糊物清乾淨、再噴了一些油在鎖芯裡之後，讓舊鎖順利轉動的方法。里托大伯大可重新裝回門上，就能再次正常運作。可是他已經買了新鎖，所以除了繼續玩弄舊鎖、把鑰匙插入看看鎖簧是怎麼被推上正確的位置外，也別無他用。最後，真正有意思的部分來了，所有環節中最引人入勝、最令人滿足的部分……我只要用迴紋針之類的普通玩意兒在鎖芯施加一點扭力，然後用從直尺邊緣取下的一片薄薄的金屬，一顆接一顆抬起鎖簧，讓扭力把鎖簧固定住，不往回掉，直到最後五顆鎖簧全部完美對齊。不必用上鑰匙，就能讓鎖順利轉動，神奇打開。

有時候我好奇要不是後門的那把舊鎖，我的人生會變得如何。如果那把鎖沒卡得那麼厲害，或是里托大伯懶得換新鎖……我還會找到「那個時刻」嗎？那些堅硬又棘手的金屬零件，刻意設計得動彈不得……然而只要使用正確，讓鎖簧一一對齊，天啊，打開的那瞬間，那突如其來平滑的鬆脫，那轉動的聲音，和在你手中的感覺。想像某樣東西牢牢鎖在一個金屬箱子裡，進不去也出不來的感覺。

而等你終於打開箱子的那一刻……

等你終於學會如何開鎖的那一刻……

你能想像那種感覺嗎？

6 二〇〇〇年一月一號，康乃狄克州

那天我沒有必要回到那間餐館。我知道。但我還是去了。我真的不認為這跟年少無知有任何關係。純粹是好奇心使然。我是說，他們已經拿走屋主的鑽石了，對吧？還能有什麼大問題呢？換現金時碰到麻煩嗎？有可能，但如果這是問題所在，為什麼聯絡我？只是想讓我知道我有一陣子拿不到我的那一份？或是我的那一份會比預期少得多？不管怎樣，這表示我起碼拿得到一份，他們沒打算騙我。

該死，我心想。這些傢伙會不會以為非給我錢不可？否則後果不堪設想？如果他們找得到我，八成也知道底特律那個人，對吧？我不只是身上帶著傳呼機的普通小子。他們說不定以為其他傳呼機上有很多大人物，其中有些人只要一聲令下，馬上可以把他們的腳灌上水泥，丟進哈德遜河。沒錯，我心想。千萬別惹那個小子，讓他們這麼以為吧。

總而言之，我又坐上了計程車，在晴朗冷冽的紐約市早晨，前往河岸的另一端。我給司機在布朗克斯區相同的地址，就寫在一張紙上。他一路上談論著「千禧蟲」，談到西元兩千年的第一天，理應一切癱瘓，然而所有事似乎都運轉得很好。我坐在後座，頻頻點頭。抵達餐館後，我付了錢趕緊下車，走進餐館。我的四個新朋友坐在一起，這次位置比較大，因為現在我們是五人小組了。我走過去，坐進海克和傑克旁邊。大嘴巴和公牛坐在對面。四個人看起來糟透了。

同一名女服務生出現。她好像認出我來。我指指煎蛋捲。其他人似乎已經吃過了，但我不管。他們都把我大老遠叫過來了，說什麼也要吃點早餐作為補償。

「問題是這樣。」大嘴巴終於開口。他穿著同一件綠色紐約噴射機隊外套。

「別在這兒說。」公牛說。

「我只是讓他了解大概的情況。」

「怎麼，你想讓餐館的每個客人都知道我們昨天幹了什麼事嗎？別多事，好嗎？」

他們昨天可沒這個顧慮，我心想。但話說回來，昨天公牛不在這裡。他顯然是這群人之中唯一有腦的人。

我的早餐送來時，餐桌瀰漫著一股不安的沉默。我對不安的沉默終生免疫，但對大嘴巴來說彷彿度日如年。他坐在兩手上，看著窗外，身體前後搖晃。公牛只是坐在那兒斜眼看他。海克和傑克看起來一副要吐了的模樣。

我一吃完，大嘴巴立刻重重放下幾張鈔票，把我們全部趕出餐館。他坐上駕駛座。這次坐在副駕的是公牛。海克和傑克等著看我會不會進後座。

「上車吧。我們要找個安全的地方談一談。」大嘴巴對我說。「那是解決得了的問題。真的。你想要你的那一份，對吧？」

我坐進後座。海克和傑克從左右兩邊上車，於是我被卡在中間。雖是小事，但已經讓我後悔赴約了。

大嘴巴發動引擎，出發上路。幾分鐘過後，我們來到九十五號公路上，朝東開往康乃狄克州。我拍拍他的座椅，舉起雙手。各位，到底搞什麼？

「好，事情是這樣的。」他說。「我們偷走的那些鑽石全是假貨，連高碳鑽都算不上，只是一堆垃圾。我在座的專家酒一醒，只花三秒鐘就發現了。」

兩人都不發一語。我左邊那個緩緩搖了搖頭。

「沒道理。」公牛說。「那傢伙一天到晚買賣鑽石，為什麼要放一堆假石頭在他的保險箱裡？」

「所以我們懷疑──」大嘴巴說。

「我懷疑──」公牛打斷他說。「就像我今天跟這些傻蛋說過的，我懷疑屋子裡是不是有另一個保險箱。比較難找、裡面放了真鑽的保險箱。你明白我的意思嗎？」

我不得不認真想了一下，然後情況突然明朗。公牛說得對。那個保險箱放在那麼明顯的位置，第一眼就能看見的地方，太容易找到了。加上保險箱本來就是開的，當然這些傢伙根本不知道。門把一轉……完美精緻的小小黑色絨布袋裝著──

該死，我當初怎麼沒看出來？那是最後一道完美防線，完美得讓你差點忘記屋主對其他環節竟能如此草率。各位，鑽石就在這裡！價值百萬的鑽石！統統都是你們的！離開時小心別撞到頭！

「所以我們在想，」大嘴巴說。「你介不介意再跟我們跑一趟……」

「屋主不可能已經回家了。」公牛說。「他出門度假去了對吧？誰會在元旦回家呢？」

我聽見鬼影在我腦中的聲音。快走，大紅人。趕快掉頭走人吧。

現在的我奔馳在高速公路上，倒也不是想走就能走。

但你不能被同顆石頭絆倒兩次，對吧？這豈不是自找麻煩嗎？

不過這次也許不算數。我們並沒有真的被石頭絆倒過，對吧？

回到康乃狄克州那棟房子的途中，我腦中來回打轉的就是這些狗屁想法。有些事就是得狠狠跌一跤才學得會。

✦✦✦

我們在房子後方的同一座公園遊樂場停好車。今天的房子看起來同樣空無一人。我想公牛說得大概沒錯。如果屋主昨天不在，今天八成也不在。

這次沒有人待在車上。「一定要找到第二個保險箱。」大嘴巴說。「我們需要所有的人手。」

當然，這又是個錯誤。現在可不是打馬虎的時候，但我不打算起爭執。所以我們五人沿著一排樹木走向屋子。同一扇沒上鎖的窗戶。公牛把窗推開，大嘴巴爬進去。我接著進去，以為起碼有個人會待在屋外把風。我是說，不可能那麼蠢對吧？事到如今，我猜我早該學乖了才對，但那一刻，我滿腦子只想找到第二個保險箱，好讓我們能拿到真正的酬勞，然後趕快離開那裡。

我知道在辦公室是找不到的。我走到屋子前面，然後上樓。這間豪宅有典型的氣派大樓梯，玄關懸著巨大的水晶燈，但我沒時間欣賞。我直接走上長廊，查看每個房間。臥房、臥房、臥房、浴室。所有裝潢都是博物館等級，看起來沒人住過的樣子。最後，我終於找到主臥室。我直奔衣帽間，把衣服推到一邊，仔細觀察每面牆壁，卻一無所獲。

我走出衣帽間，看見大嘴巴正在摸找藝術品底下，掀開牆壁上的每幅畫，再放回原位。直覺告訴我他找不到他想找的東西。那樣行不通。如果偽品藏在畫作後方，真品就不會在那裡。

大嘴巴翻遍整個房間，看起來越來越著急，最後甚至開始把所有靠牆的家具弄翻。他來到梳妝檯，至少打翻了五十個瓶子，瓶子掉在實木地板上，幾乎全都摔個粉碎。幾秒鐘後，價值上千塊美金的高級香水味朝我撲鼻而來。

「該死的保險箱到底在哪裡？」他說。「如果你是有錢的猶太王八蛋，你會把你的保險箱藏在哪裡？」

他越激動，我就越鎮定。我翻找放在書桌上的幾封信，拿起當中的五、六封遞給大嘴巴。

「什麼？這是什麼？」

我指著印在每個信封上的名字。羅伯特・A・沃德。

「他姓沃德，那又怎樣？」

他突然恍然大悟。

「喔，什麼？所以他不是猶太人？這是你的意思嗎？好吧，抱歉，他不是有錢的猶太王八蛋。他是他媽有錢的異教徒王八蛋。你開心了嗎？麻煩你別鬧了，幫我找找那個該死的保險箱？」

我指向床鋪。那是一張特大號雙人床，底下是一張波斯地毯。房間裡唯一的地毯。

「什麼？你覺得他把鑽石藏在床墊裡？你又想要寶嗎？」

我掀起地毯的一角，等他拿起另一角。我們一拉，地毯和上方的床一起滑過光滑的實木地板。等拉得夠遠了，我繞回去查看被我們掀開的地板。

就在那裡。如果那是全世界對你而言最珍貴的東西，無論有意或無意，你都會希望睡覺時東西就在你的正下方。

地板有個隱藏式門把，門把是鐵環的造型，就像老式的暗門。我把鐵環用力一拉，打開暗門。門是圓形的，直徑大概只有十五公分。保險箱像這樣深深埋在木板底下……雖然聽起來有點奇怪，但真的讓我產生幽閉恐懼症。直到今天，我始終認為保險箱應該放在空曠處，好讓肉眼能看見全貌，雙手能觸摸到外殼每個地方。

我必須躺在地板上，盡量把臉靠近保險箱，然後我得把手指放在密碼盤上。保險箱的門把是簡單的球形把手，不必轉動，只要輸入正確的密碼，直接往上拉即可。我很快拉了一下，但我知道這次門不會開。

「施展你的魔法吧。」大嘴巴對我說。「看你這次能不能開得更快，夠？」

想太多了，我的朋友。我開始撥動密碼盤，讓所有輪軸恢復初始位置，然後撥往反方向。我驅動了一個輪軸、再一個、再一個、再一個。

再一個。

五個輪軸！我從來沒見過有五個輪軸的保險箱，表示這保險箱不容易開。

我找出接觸區域，把輪軸歸零，開始上工。回到接觸區域，轉到3，回接觸區域。已經中一個了嗎？

我轉到6。該死，這可真難。我覺得自己彷彿把手伸進一口井。

「你覺得要花多久時間？」大嘴巴不辜負自己的綽號開口問道。「完成一半了嗎？四分之一？」

我暫時坐直身子，甩動雙手。

「開了嗎？」他滿臉興奮。

我搖搖頭，舉起雙手，把他趕走。

「好、好。」他說。「我會乖乖待在這裡，像老鼠一樣安靜。」

我才不信，我心想，但我會盡量假裝你不在這裡。

我回到密碼盤前，繼續工作。我十分確定接觸區域的位置，但距離什麼時候感覺變短了實在難以判斷。我不得不讓脖子維持不舒服的角度，用右手撐住身體大部分的重量，以便貼近保險箱。右手一直發麻，我得時不時停下來甩一甩。

「我們麻煩越來越大了。」大嘴巴現在坐在床邊。「我敢說其他人在樓下開始焦急了。」

這次當我抬頭看，發現他已經脫掉外套，一把手槍塞在他的腰間。我心想，不會錯了。鬼影列過一份清單，叮嚀我哪些跡象清楚表明了我所合作的團隊只是一群將會害所有人進監獄或死掉的業餘人士……嗯，這些傢伙剛剛勾齊了清單上的所有選項。

我深吸一口氣，再次投入工作。我心想，這次真的得專心了。進門，出門，離開，然後絕不回頭。

總算完成第一輪測試後，我心裡已經有了四個數字。我知道我還需要一個。自行設定密碼可以使用同樣的數字兩遍，但大多數的人不會這麼做。

我從頭再來，繼續縮小現有數字的範圍。我轉到27的時候，感覺到26變短了，28也是。啊哈，我心想，可給我找到了。仔細想想，我現在有了1、11、26、28、59。這樣總共有一百二十種可能的密碼組合，但我賭你用了你的生日，外加你老婆的生日，或許再加上你結婚那一年的年份？如果前面的密碼用的是生日，那就不是一百二十種可能了，而是只有四種。為此我會非常感謝你。

我從第一個可能的組合開始，1—11—26—28—59。撥動五組數字的密碼得花很長的時間，因為第一個數字必須轉四圈，第二個數字三圈，然後第三個數字兩圈，第四個數字一圈，接著轉到第五個數字後，才能往反方向轉，拉開門把。我一路撥動所有的數字，握住門把一拉。失敗。

我聽見大嘴巴站起來，開始在房間來回踱步。我不理他，繼續撥動第二組可能性，1—11—26—59—28。四圈，三圈，兩圈，一圈，反方向，拉。失敗。

大嘴巴說了些話，但現在的我什麼也聽不見。我在很遠很遠的地方，在大海的深處。我就快打開藏寶箱了。

第三組可能，1—11—59—28—26。四圈，三圈，兩圈，一圈，反方向，拉。失敗。

砰、砰、砰。就像這樣，從海面某處傳來的聲音。

「該死。」大嘴巴的聲音衝破水面。「幹他媽的。」

他的雙腳踩在木地板上咚咚作響。我被拉回水面，拚命眨眼喘氣。最後四組密碼被我留在海底，來不及撥動。我快速挪到大嘴巴剛才站立的窗邊，看見胡亂停在大門前那輛黑色廂型車，駕駛座兩側的車門大開。

接著又是那個聲音，這次響亮許多，隔著緊閉的窗子也聽得見。砰砰砰。

我連忙爬起來，看見有人衝到車道上。是海克或傑克，不管是誰，他的名字都準備刻在墓碑上了，因為有另一個人從他的後方出現。以他的體型而言，移動速度相當敏捷。他穿著一件灰色外套，背上印著一排白色字母。我還沒看懂那些字母寫些什麼，只見他蹲低身子，伸長手中的槍，兩手緊握槍柄的模樣可以得知他經常做這件事，練習過一次又一次，可能是射擊在靶紙上，但輪廓是一樣的。他開了兩槍，目標距離他十五公尺遠，但我看見小黑點出現在海克或傑克的背。他張大雙臂往前倒，彷彿準備朝硬地來個直體跳水。

另一個身穿灰色外套的男人映入眼簾。他看了一眼倒在地上的屍體，槍手便轉身奔向大門。一秒過後，我聽見在我正下方的大門打開，這表示現在該是時候落跑了。

我離開主臥室，以最迅速且安靜的方式沿著走廊前進。我來到走廊盡頭看見從這裡下樓通向玄關。大門現在是開著的。我沒看見任何人，但能聽見不遠處的腳步聲。我還不想冒險衝下樓，樓梯太長，不管誰在一樓都能輕鬆射中我，開槍前甚至還有時間拉張椅子坐。

我知道這種感覺，坐著等待，保持安靜。這是我最熟悉的領域。

樓下再次傳來聲響，流暢的機械聲，金屬相接，然後是腳步聲，緩慢移動。

一聲撞擊。一記叫喊。踩在地板上的慌忙腳步。接著傳來爆炸聲，掩蓋世界上所有的聲音。等到耳邊的嗡嗡聲逐漸消失，我聽見痛不欲生的慘叫，不像人類的聲音，甚至動物的聲音都算不上。

我退回走廊上時，慘叫聲仍不絕於耳。腳步聲如今往樓梯上來了。我必須做出抉擇。跳出窗外？冒著跌斷雙腿的風險？肯定有別的方法可以出去，另一組樓梯或通往另一個房間的另一扇門。沒有人會這樣蓋房子，只有一條猶如死亡陷阱的長走廊。但我沒時間尋找另一扇門了。

除非我賭上一把，靜觀其變。我打開一扇門，是浴室，再打開另一扇門，是一個房間。我進去，輕輕關上身後的門。又一扇高窗。這扇窗眺望房子的側面，又一個距離地面九公尺的落差。好，冷靜。他不知道房子裡有多少人。這點對我有利。雖說等一下……大嘴巴下樓了嗎？剛才是他在慘叫嗎？

我來到門邊仔細聽，一分鐘過去了，兩分鐘過去了。我心想，如果他打開這扇門，我就躲到門後，用力嚇他。這是我唯一的機會。

又一分鐘過去了，最後傳來一個聲音。

「我投降！」大嘴巴在走廊某處說道。「別開槍，好嗎？我沒有武器！」

沒有回應。

「我現在要出來嘍！我會高舉雙手，好嗎？沒理由對我開槍！」

一扇門打開。走廊傳來腳步聲。

「看？我沒槍，老兄！我投降。你逮到我了。」

接著是比較沉重的腳步聲，從另一個盡頭傳來的，越走越近。

「嘿，等一下。嘿，別衝動。我們別做任何傻事，夠？嘿，別這樣。」

腳步聲越來越大，越來越近。大嘴巴的聲音近乎歇斯底里。

「不！等一下！等等！」

前一秒我還站在門後，下一秒門就炸開，把我往後撞。大嘴巴倒在我身上。他緊緊抓著我，彷彿打算把我當成擋箭牌。我打掉他的雙手，他又站了起來。他正準備走回門邊時突然停下腳步，拿著獵槍的男人出現在他的正前方。灰色外套上別著銀色徽章。但他不是警察。不對。他是私人保全，這表示此時此刻他什麼事都可能做得出來。他手中的雙管怪獸瞄準了大嘴巴的胸口。

我正好有時間看見那男人的臉，猙獰且漲紅。臉上那抹邪惡的微笑彷彿他已經等了很久，總算可以把槍用在活生生的血肉上。

下一秒……大嘴巴把手伸向腰間。接下來的那聲巨響，除了聲音貫穿我的耳朵外，還有一個堅硬的金屬物品。大嘴巴半邊的腦袋不見了。不是被炸掉了，也不是掉落，就只是……不存在了。突如其來的血塊和碎骨濺在牆壁和窗戶和窗簾和我的眼睛上。大嘴巴的身體依然站立著，甚至還沒意識到發生了什麼事。後來身體才開始往旁邊傾斜，倒在五斗櫃上，彷彿一個倚著路燈的男人，最終倒在地上。他那雙腿對折、上半身往後仰的模樣，只有死人才做得出來。

拿著獵槍的男人站在原地看著這一切，等事情結束後，他似乎才終於注意到我。我蹲在對面的牆邊。他看了我一會兒，一動也不動。

「你他媽的只是個孩子。」他說。

我不知道這是不是表示他決定放我一馬。接著，彷彿要回答這個問題似的，他把獵槍拆開，左手在口袋東翻西找。我用盡所有力氣往牆壁一頂，朝他直直衝過去。

他企圖揮動槍托，但由於槍身已經拆解，他無法發揮槓桿作用，也沒有可以抓握的地方。我在最後一刻壓低身子，對準他的下盤，攻擊他的兩個膝蓋。我企圖從他兩腿之間穿出去，但他用右手抓住我，並用雙腿壓住我。

我對他拳打腳踢，最後成功掙脫。我爬起來，沿著走廊往下跑，一邊想像他抓起子彈替獵槍重新填入彈藥。我奔下樓梯，每一步都在跌倒的邊緣。樓梯底部有一大灘鮮血，公牛殘破的屍體躺在血泊中。又傳來震撼人心的巨響，聲音穿破水晶燈，碎玻璃有如大雨在我四周灑落。

我穿過敞開的大門，投入冷空氣中。就在這時，不知道從哪裡冒出一樣東西朝我揮過來。另一個灰外套男人的手臂有如遠方樹林所見的一根樹枝，擊中我的脖子。

現在的我躺在地上，仰望著天空。天空看起來彷彿正在逆時鐘旋轉。我不禁回想起生平另一次像這樣被逮捕的時刻。只不過那時候我不必擔心自己的性命，不必猜測他們會不會命令我靠牆站好，用獵槍轟得我四分五裂。

我感覺到自己被翻過去，手銬緊緊扣住了我的手腕。

「逮到你了。」一個聲音說。「你哪裡都別想逃。」

7 一九九六年至一九九九年，密西根州

酒水店的幾條街外有一間古董店。店裡有幾把舊鎖，經營那間店的老人似乎已經認識我，所以我不必打那套手勢向他解釋。我找到許多鎖，有些附帶鑰匙，有些沒有。我把鎖全部拿到櫃檯，老人看了一眼，總共收我五塊美金。

我把鎖拆開再組回去，用簡陋的工具練習解鎖。如今我有四個開鎖器，兩個扭力扳手，所有工具只是我用銼刀所銼成不同尺寸的薄長金屬，再插進橡皮擦作為握把。我在反覆測試和失敗中學習，花不了多久時間我就明白訣竅在於手法。必須施加多少扭力，如何一顆接一顆抬起鎖簧，直到整個鎖芯開始轉動。

我變得越來越厲害。真的。那是我的夏天。就我和一堆生鏽的破銅爛鐵。

然後，那一天終於到來。勞動節過後的星期三。那陣子學校準備進行整修，所以你一定要相信我在這裡形容的畫面。首先是一棟四、五十年沒有動過的主建築物。暗灰色的磚牆，窗戶太少又太小。建築物四周圍繞著水泥、築圍牆的材料和高聳的電線桿。然後是四處停放的拖車，彷彿被人隨便亂丟似的。那些拖車就是應付過多學生的臨時教室。

讓我換個說法吧。我來到現在這間牢房的那一天，我踏出矯正署巴士，排隊進入拘留中心的那一天……我心裡早已有個底。我之所以心裡有底，是因為以前我經歷過非常類似的情況。那所學校放眼望去，淨是讓人意志消沉的灰色。更糟的是，我一想到得花那麼多時間待在那裡，無法

離開，腸胃就一陣翻攪。

沒錯，我早有經驗。就在勞動節後的那個星期三，在我走下校車、成為米爾福德高中新鮮人的時候。

我注意到的第一件事是喧鬧聲。在學院待了五年後，我突然發現自己的身邊圍繞著超過兩千個嗓音健康又正常的孩子……走廊就像噴射引擎一樣吵鬧。開學第一天，所有人都在聊天、吼叫。有些男孩在互相追逐，把對方推向置物櫃，朝彼此的肩頭出拳。我覺得我彷彿走進一間瘋人院。

當然，學校還有很多一年級新生。多數人大概看起來都和我一樣不知所措，說的話大概也不比我多。即使這樣，沒多久我就顯得特別醒目。我上的每堂課，老師都會小題大作地介紹我，告訴其他人關於我的「特殊情況」。我勇敢面對的「挑戰」。我們一起歡迎麥可，好嗎？只是別期待他說謝謝。哈哈。

我不確定我是怎麼熬過第一天的。現在回想起來全是一片模糊。我記得我沒吃午餐。我不停在走廊上走來走去，最後發現自己回到置物櫃前。我站在那裡，轉著置物櫃上的密碼鎖，一遍又一遍，覺得失魂落魄，無比孤獨。

隔天早上，當我準備回到那所學校的時候，我承認……我開始出現自殺的念頭。我坐上校車，在其他孩子的吵鬧聲中，安靜地躲在自己小小的保護罩裡。

隔天回家後，我真的開始東張西望，看能不能找到一些藥丸。里托大伯有他自己的浴室。我沒理由通常不會進去，但那天下午，他在顧店的時候，我拿走了他藥櫃裡的庫存。裡面有阿斯匹靈、咳嗽藥水、宿醉藥、止癢藥膏和其他成千上萬的藥品，但沒有夠強的藥讓我能完成心裡的盤算。

我還不會開車，但我考慮或許我可以開走他的車，然後加速衝向一棵樹。或是隨便啦，衝向鐵橋底下的那些水泥堤坡。那可是公認的危險場所。我最擔心的是車速不夠快，或先撞上其他東西，到頭來受重傷，闖大禍，卻仍活得好好的。

我知道我的故事突然間急轉直下，但那基本上就是我高中第一學期一再重複的情節。沒有人跟我說話。一個人都沒有。隨著那學期一天天過去，天氣越來越冷，天色也越來越黑。我每天早上六點在一片漆黑中起床，搭六點四十分的校車趕在七點十五分前到校。每天得去自己痛恨的地方還不夠，更慘的是還得在太陽出來前趕去。

光是回想我人生中的那段日子就覺得心痛。我有多寂寞。每分每秒我都覺得自己格格不入。

第二學期返校時，我發現學校有了新教室，也有一批新學生開始習慣我不發一語地坐在教室後面。而且很快地，我有了新課程。高．美術，不好意思，應該說基礎美術。美術老師叫馬丁。他比學校大多數的老師年輕，留著鬍鬚，眼睛總是紅紅的。第一堂課大部分的時間，他都在喃喃自語說著他頭痛的程度、狀態及性質。

「第一天上課先別太興奮，嗯？」他在課桌椅之間走來走去，從一個大本子撕下一張張畫紙。他走到我面前時，撕下一張畫紙，我大概拿到百分之八十左右的畫紙，其中一角仍在大本子上。「我不管你畫什麼，今天儘管畫點東西吧。」

他從我身邊走過，沒有多看我一眼，沒有像大多數的老師一樣停下腳步打量我，所以我已經對他有好感。幸運的話，這堂課我終於可以與背景融為一體。

他回到他的桌前，頭往後一仰。「現在能來根菸就太好了。」他說著，閉上眼睛。

每張桌子上都有一小籃美術用品。我的籃子裡有幾支斷掉的蠟筆，看起來像炭筆，還有幾支鉛筆。我拿出一支鉛筆，開始在白紙上畫畫。白紙有三個直角和一個參差不齊的邊角。

「你得給我們一個主題啊。」一個坐在前排的女孩說，顯然擁有代替我們所有人說話的地位。「我們不知道要畫什麼。」

「無所謂。」馬丁老師說。「畫風景。」

「風景？」

馬丁老師抬頭看了女孩一眼，臉上帶著遺憾的表情，遺憾他學了多年的美術最終讓他在一月的早晨來到這裡，來到這間教室，窗外天色仍黑，再半小時太陽才會升起。「對。」他說。「風景。一個地方，懂嗎？畫一個地方，畫你在這世上最喜歡的地方。」

「我上個學校的美術老師向來會給我們一個具體的主題。某個我們看得見的東西，放在我們面前。我們從來沒有憑記憶作畫。」

他嘆一口氣，起身走到一個櫃子前，拿出他最先碰到的兩樣東西。一個大約三十公分高的灰色圓柱體和一個等高的灰色三角體。他走到教室前方的空桌，把圓柱體放下，再把三角體擺在旁邊。

「想畫靜物的人就畫這個吧……」他坐回位子上，再次閉上眼睛。「其他人就自己看著辦。」

前排的女孩再次舉起手，但這次他不打算再犯相同的錯誤去理睬她。最後，她只好作罷，開始畫畫，八成是要解決三角錐旁邊那個圓柱體的難題。

同時，坐在我隔壁的孩子已經開始畫起一間房子。先是一個長方形，裡面是許多小長方形當作門窗。接著他畫了煙囪，上方冒出一縷輕煙。

我拿起鉛筆，思考該畫什麼。我可以畫擺在教室前方的迷人靜物。但不，我開始描繪市中心的鐵橋。我想像自己站在橋的另一邊，離酒水店遠遠的。在那裡我看得見烈焰餐廳，看見碩大的招牌用粗體字寫著「烈焰」兩字，正下方則用小一點的字體寫著「二十四小時營業」。我在腦海一面想像，一面浮現更多細節。橋邊堤坡的閃爍燈光，透過拱門看過去若隱若現的酒水店大門，前窗的鐵欄杆。

這裡絕對算不上我那位好老師所建議的，是我在世界上最喜歡的地方，但讓我覺得熟悉。這裡比任何地方更有家的感覺，尤其是那條曲折大道，以及坐落在破爛鐵橋對面的破爛酒水店。我開始畫下一些深色面積，就像鐵橋會在餐廳門口投下的陰影那樣。放報紙的紙箱在外面排成一列。畫面上需要一些垃圾，一些隨意丟棄的瓶瓶罐罐在停車場發出格格聲響。需要泥土、灰塵、污漬和絕望感。我想就算我在這裡花上一整天的時間，用完籃子裡的每支鉛筆，都不能準確繪出全貌。

接著，正當我沉浸在白日夢裡，專注於畫紙上，沒意識到周遭發生的事情時……馬丁老師已經站起來，請全班同學在他暫時離開教室時別搗蛋。我一直沒多加留意，直到沒一會兒他經過我後方走出門外時，突然重新在我後方出現。他越過我的肩膀看著我拚了命想要畫出腦海中的畫面。我過了一下子才發現他站在那裡。

他一句話也沒說。他伸出一隻手放在我的肩頭，輕輕把我挪開，好讓他能夠把畫看得更清楚。

於是，我人生中唯一美好的篇章開始了。

✦✦✦

兩年半，這份美好維持了兩年半。想想也挺有意思，人生可以像這樣靠一樣東西改變，靠一樣連自己都不曉得的天賦。

到了星期五，學校已經重新安排我的課表。本來要上一堂高一新生課的我，現在變成午餐過後的下午連上兩堂進階美術專題研究。這變成我一天之中最開心的時光。一整天唯一不必提心吊膽的機會。

我甚至交到一個朋友。沒錯，一個如假包換、活生生的人類朋友。他的名字叫格里芬・金。他是進階美術課其他十二名學生之一。我是唯一的高一生，他是唯一的高二生。他有一頭長髮，舉手投足表現得不在乎這世界的一切，除了有一天成為一名藝術家。這在密西根州的米爾福德鎮是很艱難的想法，相信我。上課的第二天，他走過來在我隔壁坐下，看著我正在努力完成的畫作。我剛開始嘗試畫肖像畫。畫的人是里托大伯。格里芬看著我吃力地畫啊畫，直到我終於停筆後才開口。

「還不錯。」他說。「你畫過很多肖像畫嗎？」

我搖搖頭。

「這個模特兒是誰？他坐在那兒讓你畫的嗎？」

我搖搖頭。

「什麼？你憑記憶畫的？」

我點頭。

「太屌了吧，老兄。」

他彎下腰看個仔細。

「不過有點平淡。」他說。「你得多畫點陰影襯托五官。」

我抬頭看他。

「我只是建議。我是說，我知道這不簡單。」

我放下鉛筆。

「話說回來，你學校生活過得怎麼樣？」

我又看他一眼，兩手一攤彷彿在說，你沒聽說過我嗎？

「我知道你不說話。」他說。「順便告訴你，我覺得很酷。」

什麼？

「我說真的。我太愛說話了。我真希望我可以……閉上嘴。像你一樣。」

我搖搖頭。我抬頭看時鐘，想知道下課前我們還有多少時間。

「對了，我叫格里芬。」他伸出右手。我與他握握手。

「你怎麼打招呼啊？」

我看著他。

「我的意思是，你一定懂手語對吧？你怎麼打招呼的？」

我緩緩舉起右手對他揮舞。

「喔，好吧。嗯，也是。」

我把手放下。

「你怎麼說，『我討厭這座小鎮和小鎮的一切，我希望所有人去死？』」

別忘了，我一直不太擅長手語，但隨著我每天教他幾個手語，所有記憶開始一一回到腦海。最後，有幾個手語變成他的最愛。我們在走廊相遇時，他會冷不防對我亮出那些手語，彷彿是我們的秘密暗號。握住大拇指搖晃代表「爛」。扭兩下鼻子代表「無聊」。如果有個女孩經過，從嘴邊把手抽走代表「正」。他也自己發明了抽走兩隻手的手語，我猜是代表「超正」的意思。

我們天天一起吃午餐，然後一起去上美術課。我和我的朋友。你一定得明白這對我的意義。我以往從未有過這種經驗。一邊與格里芬玩在一起，一邊搞藝術——天啊，我簡直像過著充實的生活。學校裡的每個人也開始用不同的方式對待我。當然，我不是說我突然變成運動明星之類的。擅長藝術或音樂的孩子在學校的地位不高，但起碼我不再是隱形人了。不再只是那個奇蹟男孩，過去擁有神秘創傷的啞巴小子。現在我只是個會畫畫的安靜小夥子。

如我說過的，這是我人生中極其罕見的一段時光。某種程度上，我甚至不想把我的故事繼續往下說。就停在這裡，讓你覺得，喔，這孩子終究過得還不錯。雖然童年艱苦，但總算找到人生的目標，一切都迎刃而解了。

當然這不是事實，離事實可遠了。

✦✦✦

快轉到我高二那一年。格里芬高三。那時我十六歲半，頭髮總是凌亂不堪，最後不得不把頭髮剪短，才能看清楚前方的路。我看得出來學校的女同學現在看我的眼光不同了。據說我是個長相斯文的傢伙，儘管那時候的我聽都沒聽過。但管他的，如果加上一點神秘色彩，我猜我大概可以理解別人多看我一眼的原因。我甚至想過約會的可能性。我們美術課班上有個新來的女孩娜汀。她一頭金髮，長得漂亮，似乎是網球校隊的一員。跟美術課的其他女孩完全不一樣。每次我在走廊上見到她，她總會對我露出羞澀的微笑。

「老兄，她喜歡你。」有一天，格里芬在我耳邊說。「約她出去啊。唉唷，不管了，我幫你約。」

現在我有車了。里托大伯的雙色侯爵古董車。我們可以一起去看場電影之類的。只是……我說不上來。一想到看電影前一起坐在一家餐廳裡，或看完電影載她回家的畫面。當然，我會聽她說話，不管她想說什麼我都會仔細聽。然後呢？她不可能永遠說個沒完。沒人可以，即使是美國女高中生也不例外。等沉默終將降臨，我該怎麼辦？給她寫紙條？

所以，也許我還沒準備好面對那種場面。但我仍不排斥任何可能。反正娜汀哪兒也不會去。同時，有幾個人和我在走廊上擦身而過時開始跟我打招呼。我的作品現在放在學校進門的大展示櫃裡展示。當時我仍畫很多鉛筆和炭筆畫。格里芬在那裡也展示了一幅很大的油畫，畫中充滿大膽的用色。我不確定下一年該怎麼辦，到時候我是高三生，而格里芬早已去藝術學院就讀，但我還不想去操心。

結果那學期，我們一起修了體育課。全世界那麼多地方，我的人生就在那裡開始轉變……那天是學期的第一堂課，我們正準備打開休息室置物櫃上的轉盤式密碼掛鎖。我忍不住發現，如果我一邊撥動一邊把掛鎖往下拉，轉盤似乎會卡在十二個不同的位置上，而其中一個位置恰巧就是密碼的最後一個數字。這是我的想像嗎？還是那個數字和其他十一個數字真的感覺有點不一樣？

那天晚上回到家，我仍在腦海撥動著那個密碼鎖，想像裡面是怎麼運作的。那時，我對鑰匙鎖幾乎已經瞭若指掌。我是說，我很肯定我能打開任何鑰匙鎖。但這是全新的挑戰，我不禁想起當初剛開始對鎖如此著迷的原因。當我把密碼盤往順時針撥，再往逆時針撥時，可以感覺到這麼做能讓裡面不同的轉軸轉動。我不禁好奇在不知道密碼的前提下，要打開這該死的東西有多困難。

於是我回到同一間古董店，買下幾個密碼鎖，再一一拆解。我就是這樣學會的。

✦ ✦ ✦

同一學期的十一月，迎來與萊克蘭高中的比賽週。要知道，萊克蘭是這一區的新高中，在東邊幾公里外的地方。米爾福德高中的橄欖球向來很強，自萊克蘭高中建立以來，我們一直是比賽的常勝軍。我猜基於我們的校園又破又爛，能在任何領域把萊克蘭高中打得落花流水感覺一定很棒。但去年情況改變了，萊克蘭高中終於頭一遭贏了比賽。由於校隊選手通常只打兩年，這表示米爾福德的高三學生只剩一次機會。

我們學校最厲害的球員是高三的布萊恩・豪森，綽號「銅牆鐵壁」。我和布萊恩算不上同一個社交圈，但那星期在校園裡連我也看得出來他興奮異常，為了高中生涯最後一場比賽做足準備。我和格里芬仍煎熬地上著那學期的體育課，而我們的課剛好是最後一堂，所以我們在換衣服時，橄欖球隊也通常準備要練習。格里芬總是興致勃勃在休息室另一邊聽著整支球隊大聲喧譁。他會針對球員說的話為我做實況報導，評論他們的對話有多成熟，對異性有多體貼等等。他會壓低音量，因為他不想到頭來被塞進置物櫃裡。但今天，我們聽得出來整支球隊衝勁十足，尤其是布萊恩・豪森發出極大聲音，像瘋子一樣拚命拍打他的置物櫃。

「幹你娘兔崽子！智障死玻璃！」

然後是他隊友傳來的聲音。

「死玻璃！死玻璃是什麼鬼玩意兒？」

「新詞喔，豪森。」

「我知道死玻璃是什麼——」

「不，老兄，別說。我不想知道死玻璃是什麼。」

「我以為他們的智商已經到極限了。」格里芬對我說。「結果他們又超越了自己。」

又是更多的敲打聲，然後是隨之而來的大笑聲。我不知道格里芬是中了什麼邪，在這個節骨眼跑去一探究竟，總之他繞到最後一排的置物櫃，一邊扣著上衣鈕釦。我跟了過去。

我們躲在牆角偷看，發現布萊恩用拳頭拚命敲打置物櫃，櫃子隱隱約約可以看見凹痕。隊上其他人差不多都換好衣服，但布萊恩仍穿著自己的衣服。

「怎麼了？」他的一個隊友問他。「你忘記密碼了嗎？」

「密碼整整有三個數字。」另一個人說。「我明白這對你是種挑戰。」

「去你們的。」布萊恩說。「我沒忘記密碼。這是新鎖，好嗎？」

「你有沒有看一下後面的小貼紙？你第一次就是這樣記住的。」

有人伸手準備拿鎖確認，但布萊恩把他的手打掉。

「沒有啦，天才。我把密碼留在家裡了，可以嗎？我買了新鎖，因為舊的鎖爛得要死。今天早上我把密碼記在腦袋，可是現在我……幹。」

「你要怎麼辦？找一把鋼鋸來嗎？」

「何不打電話給你媽？說不定她能找到寫著密碼的那張紙。」

「密碼有個十七。」布萊恩說。「該死，然後是……等一下。」

「仔細想啊，老兄。仔細想。」

「你們他媽的能不能閉嘴？我不能專心了。」

好，我知道格里芬三不五時會做些瘋狂的事，但我完全沒料到他會從牆角走出去，大剌剌走進一群橄欖球隊員之間。我簡直無法想像他的腦袋在想什麼……直到他張開嘴巴，把我扯入其中。

「嘿，布萊恩。」他說。「你需要幫忙嗎？」

布萊恩．豪森大約一百九十三公分，起碼一百一十公斤。大家叫他「銅牆鐵壁」不是沒有原因的。他這個人算有點面惡心善，以前是個胖小子，及時在十三歲停止發育前抽高，成了好幾年的運動員。

「你想幹嘛？」

「你不介意的話，我的夥伴可以解開你的鎖。」格里芬說。

「你的夥伴？」

你大概猜得到……沒錯。在我打開古董店買的那些鎖，並明白鎖的運作方式後，我非得向某個人炫耀不可。所以有一天我抓起格里芬的鎖，替他把鎖打開。前後大概花了兩分鐘。

我顯然犯了大錯。如今我站在這裡，眼睜睜看著他向布萊恩．豪森推薦我的開鎖才能，而我即將為這個錯誤付出代價。

「快過來啊。」格里芬對我說。「讓他看看你的厲害。」

如今整個橄欖球隊都在看著我。我想我別無選擇。我看著格里芬，腦中出現一把想像的槍，然後扣下扳機。

「別害羞。」他說。「大家都是兄弟。」

我心想，他在羞辱他們。他在取笑他們，他們卻毫不知情。

「你他媽的打算怎麼做？」布萊恩說。「把一千個密碼全部試一遍嗎？」

其實應該是六萬四千個，我心想，但誰在乎呢？我走到他的置物櫃前，拿起他的掛鎖。我把掛鎖往下拉，撥動輪盤，忽略沒用的數字，尋找真正的卡點。

我不會勉強你聽完所有細節，但基本上是這樣。我體育課置物櫃上的密碼鎖剛好是30—12—

26，而我在古董店買的那兩個鎖的密碼是16－28－20和23－33－15。首先，注意所有數字要不是奇數就是偶數。再來，注意第一個數字和最後一個數字是同一個「家族」，而中間數字是相反的家族。我的意思是0、4、8、12、16、20等等是一個家族，而2、6、10、14、18等等是另一個家族。一旦你靠手感從十二個「卡點」找到最後一個數字，利用那個數字倒回去解鎖，從同個家族的數字開始，再來是另一個家族的數字，最後再輸入最後一個數字，把所有密碼全試過一遍。一旦你知道第二組輪軸可以一次撞擊四個數字，無須從頭開始的話，甚至可以「超速撥動」所有中間數字。只要稍加練習，你就能從任何抽屜裡隨便拿出一個密碼鎖，在幾分鐘之內打開。

懂了嗎？

所以我從布萊恩的密碼鎖找出最後一個數字是23。目前為止一切順利。把輪軸歸零，轉到3，然後開始使用超速撥動。

「誰去找一把鋼鋸過來。」布萊恩說。「我看他要在這裡耗上一整天了。」

「給他一個機會嘛。」他的一個隊友說。「說不定他有第六感之類的。」

「你在說什麼鬼話？這才不是什麼第六感。」

所有人都給我閉嘴，我心想。統統給我離開，讓我安靜幾分鐘。我轉回9，然後23，然後13－23，接著是17－23，循序漸進撥動密碼盤，撞擊第二組輪軸，感覺輪軸移動得恰到好處，流暢平穩，確保沒有偏離位置。

砰！布萊恩在我旁邊的置物櫃捶了一拳。「你真的可以打開這個鎖？這是你要跟我說的嗎？」

「他什麼話都不會跟你說的。」格里芬說。「你沒注意到嗎……」

「好，我知道，他是個該死的啞巴。」

我抬頭看了他一眼，注意力回到鎖上，繼續摸索中間數字，向天祈禱中間的數字不會太大，祈禱自己真的有辦法成功。話說回來，格里芬到底在想什麼？我到底為什麼非得在所有人面前幹這種事？

接下來是7。我撥動7—13—23。

我聽見有人打開休息室的門。

「媽的，教練來了！」

貝利教練走進休息室。「這裡是怎麼回事？」他說。「布萊恩，你怎麼還沒換衣服？」

我撥動7—13—23。

鎖解開了。

「年輕人，你在做什麼？」貝利教練對我說。「你現在成了他的貼身僕人嗎？他連自己的置物櫃都不會開嗎？」

貝利教練一隻手裡拿著比賽手冊。我對他比劃出寫字的動作。他從手冊撕下一張白紙交給我，再從口袋撈出一支筆。我在紙上寫下7—13—23遞給布萊恩，然後把筆還給教練。沒人開口說一個字。

「所有人出去吧，讓豪森同學換衣服。」貝利教練說。「你們忘記這禮拜是什麼日子嗎？」

這就是一切的起源。我之所以記得那麼清楚，是因為我差不多能回想起那幾分鐘之後會發生什麼事。如果我能早點知道的話……

但是沒有，我還沒學到教訓。我還沒學到有些天賦是不能原諒的。永遠不能。

8 二〇〇〇年一月，康乃狄克州

這是我人生中第二次被上手銬。那男人把我拉起來，推回房子裡。我們踩過水晶燈的碎片，經過公牛屍體倒臥其中的那一大灘血。

「我操。」男人說。「有沒有搞錯啊。」

他的同事站在玄關前，剛剛從樓上走下來，獵槍仍擺著射擊姿勢，槍管指著我的胸口。

「把槍放下。」第一個男人說。

他的同事一動也不動，出了神似地直盯著我，臉上仍掛著那似有若無的邪惡笑容。

「榮恩，把槍放下！」

這一吼似乎讓榮恩清醒過來。他的眼神重新聚焦。他把槍放下。

「榮恩，我實在不知道該說什麼才好。你報警了沒？」

榮恩搖搖頭。

「走吧。」男人對我說。他帶我走進廚房，讓我坐在中島旁一張高腳椅上。他拿起電話開始撥號。從我所坐的位置可以看見榮恩仍站在玄關前。他低頭看著地板，看著他所製造的大屠殺。

男人聯絡上警方，給了他們地址，並事先提醒等他們抵達現場時，會有一場恐怖的場面等著他們，不過最後一個生還的嫌疑犯已經被捕，他說。我一邊聽他講電話，一邊感覺冰冷的金屬手銬勒著我的手腕。

男人掛上電話。「榮恩，警方準備過來了！」

他走向我，雙手抹抹臉，然後在中島上的小水槽前彎下腰。有那麼一下子我以為他要吐了，但他重新站直身體，朝我看過來。

「剛剛到底發生了什麼事？」他說。「他殺了多少人？四個？」

男人走到冰箱前打開冰箱，拿出一罐可樂打開拉環，一口氣喝了半罐。

「榮恩，你在那裡幹什麼？你還好嗎？」

他等著榮恩回答。幾秒鐘過後，我們聽見榮恩喃喃說了幾句話，但聽起來他似乎離我們越來越遠。

「你何不過來我們這邊？你在哪裡？」

我們慢慢拼湊出他在說什麼，聽起來像「嫌犯有武器我看見槍。嫌犯有武器我看見槍。嫌犯有武器我看見槍。」一遍又一遍。

「老天啊。」男人說著走向我，把那罐可樂放在我正前方的中島上。他走到我後方，解開一邊的手銬。我不知道他到底想幹嘛，直到他拿著解開的手銬，往水龍頭把手下方一銬。

「乖乖待在這裡，孩子。我馬上回來。」

接著他離開廚房去看看他的同事在搞什麼花招。留下我一個人。就只有我和手銬。

我仔細觀察手銬，突然想起我另一次被銬上手銬的時候在想什麼。多簡單，手銬上的棘齒天衣無縫地拼進棘輪，而棘輪似乎是鎖住手銬的唯一東西……

我聽見男人在呼喚他的同事。我不知道我還有多少時間。

我看見中島盡頭有一把剪刀。如果我伸長手臂搆得到嗎？我站起來試試看。再伸長一點，可惡。再幾公分就好。

我感覺到手銬勒著我的左手腕，但我再一次奮力往前伸，一根手指總算搆到剪刀握柄。我把剪刀拉過來，放在我的面前，接著拿起可樂罐，交到被手銬銬住的那隻手上。我再次拿起剪刀，把銳利的尖端刺進柔軟的鋁罐。

我開始剪啊剪。可樂灑得到處都是，但我不在乎。等我剪出大約五公分長、一公分寬的鋁片，便把罐子放下，開始把鋁片往手銬的棘輪塞。

我心想，如果能把鋁片塞進棘齒上方，棘輪就再沒有任何可以抓握的東西。整個手銬應該會立刻滑開。

鋁片單薄又脆弱，花了我太多時間。該死！這下我能聽見遠方的警笛聲。警方很快會到達。放輕鬆。集中精神。別急。把鋁片慢慢塞進去，塞到那些棘齒上面。很好。再來。再來。再穿過一個棘齒——

蹦！解開了。

同一時間，我看見男人回到廚房的臉。他瞠目結舌地見我推倒高腳椅，往後門奔去。我推開後門，來到沁涼的戶外，拔腿跑向森林。男人在後面對我大喊。

我看見最後一個人的屍體，海克或傑克，湊齊第四個人。這具屍體躺在花園邊緣，我跳過他的時候，那失去生氣的眼神直盯著我看。男人仍大喊著要我停下來。我跑進森林，枝葉揮打我的臉。我死命奔跑，熬過痛苦的臨界點，直到再也喘不過氣來。自始至終頭也不回，直到確定只剩我一個人了才罷休。

✦✦✦

我繼續往森林深處前進，直到太陽下山仍不停歇。我盡量加快腳步，時不時回頭查看。我找到一條小溪，洗掉臉頰和雙手的血漬。溪水冷得讓我皮膚刺痛。我的外套仍沾有大嘴巴的腦漿，怎麼洗都洗不乾淨。我只得脫下來，儘管天氣已不夠溫暖，這樣長時間待在森林裡是行不通的。

我聽見遠方的警笛聲，跌跌撞撞走到一排樹後躲起來。我想像有一組人馬在追趕我，一路上不斷撥開灌木叢前行，由一群吠叫的獵犬帶領著。

最後，我來到一座車站。車站前面停了許多計程車，一群群的司機站在一起抽菸。我繞到車站後面，從鐵軌那一邊進入車站。眼下沒有半輛火車，但我希望有機會搭上一輛火車回紐約。

我推推候車室的門，但門上了鎖。指示牌告訴我大廳營業時間於九點結束，沒有車票的乘客可以到火車上購買。我看一眼時鐘，發現已經快十點了。我不知道下一班火車何時會來。一陣寒風吹來，我忍不住發起抖來。

我看向那群計程車司機，知道自己不可能接近他們。一個十七歲的孩子，沒外套，頭髮仍濕漉漉的。警方肯定在找我，並從我被逮捕的短暫期間掌握了清楚的外觀描述。搭火車可能都是個風險，但我有什麼選擇呢？

我靠著冰冷的磚牆坐下來，等著聽見火車的隆隆聲。我坐在那裡顫抖，另外覺得好餓。我肯定不知不覺睡著了，因為我記得的下一件事情是被火車的煞車聲給驚醒。火車就這樣出現在我面前，發出低鳴的龐然大物。我慢慢站起來，覺得身體僵硬得有如九十歲的老人。車門打開，乘客紛紛開始下車。大多是穿著體面的男性乘客，也有幾位女性。所有人搭著晚班車從城裡返家，現在準備好與家人共享美味的一餐。我站在這幅景象的邊緣，宛如一隻流浪狗。

就在這時，我發現這輛火車是從城裡往東行駛而來的，接下來將會繼續往東行駛，進入康乃狄克州。我心想，不管怎樣也許我都應該上車，先趕快離開這裡再說。

不行，我又想。我不想這麼做。我想回家，即使所謂的家不過是中餐廳樓上的一間單人房。當時那個房間是世界上我唯一擁有的東西，我願意付出一切代價回到那裡。

現在大部分的乘客都已經上了自己的車，啟動引擎，打開車燈離開。有幾位乘客搭計程車。我現在有兩個選擇。要嘛等待往西行駛的火車，要嘛裝作我剛下這輛火車，混進這裡的人群中，坐上一輛計程車，付錢請他把我一路載回紐約。

我知道路程不到六十五公里，不算太誇張，尤其是我先對司機亮出一些鈔票的話。我身上有幾百塊美金，有些是大嘴巴前一晚給我的。我拿出五張二十塊，走到最後一個等計程車的男子後方。輪到我時只剩下一輛計程車。好兆頭，我心想。他會很慶幸有我這個客人。

「先生要去哪兒？」司機是黑人，一口柔柔的加勒比海口音。可能是牙買加人。

我做出寫字的動作。他先是困惑地看著我，後來才恍然大悟。他拿出一支筆，把他放在前座的筆記本撕下一頁，然後看著我在紙上寫字。他的表情饒富趣味，像在說，真是有意思的轉折，一個寫字條給我的男子，接下來會發生什麼事呢？我通常很討厭這種場面，但這一晚，我只希望他能盡快理解我的意思。

我要到城裡，我寫道。我知道車資不便宜。

我把紙筆還給他，讓他看我手裡的二十塊。

「你要我把你一路載到那裡？」他的語氣充滿抑揚頓挫。「我必須收你往返的錢。」

我點點頭。沒問題，善良的先生。我們上路吧。

他動也不動，上下打量著我。

「你沒事吧，年輕人？你看起來不太好。」

我舉起雙手。我好得很，完全沒問題。謝謝關心。

「你又濕又冷。來，快上車吧。」

樂意之至，我心想。我上了車，開始算起秒數，直到他終於啟動車子，離開車站才停止。我的耳朵仍因為獵槍的轟炸聲而嗡嗡作響。我仍能聞到血腥味。我不確定司機有沒有聞到，又或者只是我的幻覺。我下半輩子大概再也甩不掉這個氣味。

司機打開收音機。完了，我告訴自己。車行調度人員肯定會知道警方在搜找逃走的第五人。司機會回頭看我，然後馬上就會發現。幸運的話，他不會嚇得把車開出馬路，只會叫我坐好，別耍把戲，因為他得掉頭，帶我到警察局。

然而不知怎地，調度人員沒聽到風聲。謝天謝地，幸好執法機構和大眾交通工具之間溝通不良。司機繼續開著車。但我仍無法放鬆，因為每當有聲音穿破收音機的雜訊時，我就猜想新聞報導總算傳來了。也許是我不知道的特別暗號，但司機知道。暗號九十九或之類的鬼暗號，意思是注意在逃嫌犯。萬一嫌犯在你的車上，請以正確暗號回覆，警方將為你設立路障。

暗號始終沒有出現。司機一路把我載進城裡，途中不斷哼著輕柔的曲調。我從他那裡拿回紙張，寫下距離中餐廳幾條街外的一處地址。別讓他知道我真正要去的地方，多一層防備，以防萬一。

車資包含小費最後總共是一百五十塊美金。司機向我道謝，叫我快進屋內，天氣太冷，別像個傻瓜沒穿外套跑來跑去。他似乎還想告訴我其他事，但我舉起想像的帽子對他道別，逕自走開。

等他離去，我走下街道，轉過街角，餐廳映入眼簾。餐廳裡的燈光在黑暗中閃閃發光。即使已是深夜，客人仍在櫃檯大排長龍。我從側門進去，爬上樓走進我的小房間。

鞋盒裡，白色傳呼機正在嗶嗶作響。

9 一九九九年六月，密西根州

這天是上學的最後一天。當然，我還有一年要讀，但對我而言仍像重要的日子。格里芬將去威斯康辛州的藝術學院就讀。雖然不夠遠，無法滿足他想離家的心願，但他顯然沒有太多選擇。我不確定少了他我會不會過得好。但那天，馬丁老師把我帶到一旁，告訴我有幾所藝術學院在打聽我的消息。他們在全學區作品審查日那天見過一些我的作品，而且很喜歡我的「特殊情況」。我猜這對他們是一種很棒的觀點。從藝術得到救贖的奇蹟男孩。

「這可能是你的大好機會。」他說。「你知道你在藝術學院會怎麼樣嗎？」

我搖搖頭。

「你那些與生俱來的技巧？那些栩栩如生的細節？他們會直接從你身上拔掉。他們會對你心生威脅，讓你開始像隻猴子一樣在畫布上丟顏料。等你畢業，唯一能做的就是去高中教美術。」

好吧，我心想。我很高興他替我感到興奮。

「往好處想，你大概能常常打炮。」

我對他點點頭，豎起兩根大拇指。他拍拍我的肩膀，離我而去。

那天接下來的時間，我不停在思考這件事。也許最後我會和格里芬一起在威斯康辛州念書。不管了，只要能把我從這個地方帶走，哪所藝術學院都行。我的胸口有種如氦氣般輕飄飄的感覺，是以往從來沒有的體驗。學校放假，漫長暑假在所有學生面前綿延展開，我好奇這天晚上會怎麼樣。當然會有一堆派對。我不是什麼派對動物，正如你所想的一樣，但我知道格里芬和其他美術課的同學都會做些什麼。

他計畫晚餐過後到酒水店接我。他開著配有格紋椅墊的紅色雪佛蘭新星轎車抵達時，我已在外面等待。他一下車，我就指指自己，然後做出開車的動作。

「不，我來開。」他看了一眼里托大伯老舊的侯爵轎車。「來吧，上車。」

我指指他，做出喝酒的動作，在兩個耳朵旁邊轉動雙手，然後模仿一個人像瘋子在開車的樣子。他大概明白我的意思，這就是我們最後坐在侯爵裡的原因。當然，這輛車時髦極了，淺棕和深棕的雙色烤漆。後面擋泥板有個大凹痕，里程數剛剛超過十六萬公里，聞起來像香菸工廠。在密西根州米德福德鎮上學的最後一天，我想不到比這更好的方式度過夏夜。

我們開到一個美術課女同學的家門口。她家有十幾個人坐在折疊椅上，看起來很無聊。我們待了幾分鐘，然後開車前往下一家。太陽下山了，空氣漸漸轉涼。

我們繼續到處串門子，最後來到另一個美術課同學家。情況一直不太明朗，但在這裡，總算是漸入佳境。首先，現場有很多人。而漸黑的夜色對所有人而言彷彿是真正的派對才剛開始的訊號。後院傳來震耳欲聾的音樂聲，烤肉的煙裊裊升上天空。我找到同學，和她握手。她伸出雙手環抱我時我沒有往後退。她在我耳邊低聲說只要我繼續努力，將來沒有得不到的東西。只有在空腹灌下幾杯黃湯後才會說的話。

她把我拉到後院，那裡音樂吵得讓人耳朵痛。我記得她最近迷上難以理解的電子音樂，所以所有的孩子都隨著音樂擺動或跳時尚舞或其他我看不懂的鬼玩意兒。六、七個孩子在蹦床上跳上跳下，互相撞來撞去，差點從那該死的東西上掉下來。在場唯一的大人正在烤肉架上翻動漢堡，耳朵戴著厚重的耳機。

我的同學扯著喉嚨企圖對我說些什麼。我聽不清楚她說的話，她只好放棄，指向站在遠處角落的一群女孩。娜汀看見我，揮手叫我過去。

我擠過人群往前走的途中，某個在跳機器人舞的傢伙給了我一記拐子。等我終於抵達另一邊時，看見那些女孩全圍著一個裝滿冰塊和啤酒瓶的銀色大桶子。娜汀從其他女孩身邊脫隊走向我，兩手各拿著一瓶酒。今天她穿著短褲和無袖上衣，看起來比較像網球選手而不是美術課的學生。她把一瓶酒遞給我。

我打開喝了一口，啤酒夠冰，所以味道不錯，儘管酒精仍不是我的心頭好。天天看見一大堆醉醺醺的爛泥走進酒水店容易讓人對酒反感。可是今晚……高興就好，對吧？

她想對我說些什麼，但吵鬧的音樂讓我聽不見。我傾身靠近，她直接湊到我的耳邊說話。「很開心在這裡見到你。」我們的臉貼近時，我能聞到她散發的淡淡香味。我能感覺到她在我脖子上的氣息。

我們站在那裡好一陣子，看著大家跳來跳去，享受愉快的時光，或只是站在一旁努力裝酷。我到處不見格里芬，但我想他有辦法照顧自己幾分鐘。天空漸漸出現星星。我才喝了半瓶啤酒，不過下肚的速度太快，足以讓我覺得微暈。感覺不壞。

但也許最棒的是，我可以站在娜汀旁邊而不用說半句話。事實上，派對上的每個人都跟我一樣成了啞巴，因為反正不管你說什麼都沒人聽得見。

娜汀又去幫自己拿一瓶啤酒。我忍不住好奇在我來這裡之前她已經喝了多少瓶。她回來時，把一隻手放在我的手臂上，沒收回去。我不確定該有什麼反應。

音樂暫時停下來。突如其來的寧靜在我耳邊嘶吼。

「麥可。」她說。

我低頭看著她。

「過來。」

我知道我肯定看起來一頭霧水。她離我不到四十五公分。我還能過去哪裡？

她抓住我的上衣把我拉近，然後她親了我。

「我想這麼做很久了。」她說。「希望你別介意。」

我沒有做任何回應，只是一直盯著她。音樂再次響起，跟剛剛一樣響亮。與她在一起的其他女孩把她從我身邊拉走。她對我揮手要我跟她們走。於是我跟了上去。我在出去的路上看見格里芬，便朝他擺了擺頭。快過來。我們回到前院，遠離音樂的侵擾。娜汀對我說她們所有人要去另一個派對，而我應該一起去。我站在那裡，對那輛侯爵轎車有點難為情。

娜汀上了她的車。她其中一個朋友坐前座，另外四個女孩擠進後座。有幾個人看起來已經精疲力盡，但現在根本連十一點都不到。

我和格里芬坐上我的車，跟著她們開車穿過市區。

「你覺得怎麼樣？」他說。「就是今晚了嗎？」

我轉頭看他。

「你和娜汀？來場火辣的夜晚？」

我不理他，卻忍不住發現她的吻仍在我的嘴唇上留著餘韻。

我們往西行駛，朝試驗場前進。娜汀轉彎開上一條泥土路。我跟在她後面，她的車子在我的車燈前揚起一片塵土。最後她把車停在路邊一整排車輛的後方。我一下車，立刻看見眾多車子綿延不絕停在一條長長的車道上。這裡顯然是今晚最熱門的派對所在地。

「我們在哪裡啊？」格里芬說。「這是誰家？」

我舉起雙手。不知道。

「你真的要進去？」

我看著他，像在說，不然咧？

「我想是可以去看看啦。」

我們追上娜汀和她的朋友。我和她並肩走著。她頻頻撥弄頭髮，把頭髮塞到耳後。一想到要牽她的手我就嚇得要命。她不停對我微笑。

房子是木頭建成的，但不是像林肯住的鄉下小木屋，而是那種比較別緻、有很多窗戶和挑高天花板的木造住宅，眺望著綿延至遠方森林線的一片遼闊草坪。房子旁邊停放一輛無人的警車。

為了驅蚊，路上每隔幾公尺就放著燃燒的香茅蠟燭。現場播放著音樂，當然了。穿過大門時，我可以感覺到沉悶的重低音，但幸好這次的音量不大。放的也不是奇怪的電子音樂，而是傳統的白人搖滾樂。范．海倫、槍與玫瑰、AC/DC。屋內人山人海，幾乎沒有地方站。

娜汀的朋友排成三角隊形，開始帶領我們進屋。我看見牆上掛著一幅州警的照片，他穿著全套制服，驕傲地站在他的德國牧羊犬旁邊。經過餐桌後，前方有一扇敞開的拉門。那裡似乎就是我們的目的地。

裡面就跟外頭一樣擁擠，一張巨大橫幅掛在曬衣繩上，至少三公尺長、一公尺寬，用斗大字體寫著「米爾福德超殺（Milford Kicks Ass）」。再加上畫了一隻腳踹著一個屁股的插圖，免得有人不明白標題的意思。橫幅正下方有個放滿冰塊的小桶子。娜汀和她的朋友都拿了紅色塑膠杯排起隊伍。她遞給我一個塑膠杯，我站到她的身邊。就在這時，我感覺到一隻強勁的手放上我的肩頭。

「不會吧！這不是我的好兄弟麥可嗎？」

布萊恩．豪森，銅牆鐵壁本人，高三的風雲人物，去年秋天我幫他開過鎖，就在他和球隊其他成員被萊克蘭高中痛宰一頓的那場大比賽之前。他穿著一件用盡了所有藍色和綠色的夏威夷襯衫。看來這晚，他光是拼湊一句完整的句子都得格外努力。

「老兄你還好嗎？真高興見到你來了！你跟誰一起來的？」

他很快掃視一遍。有娜汀和她的朋友，以及格里芬。

「很好。」他說。「這下全都到齊了。嘿，我可以跟你談一下嗎？有件事我一直想問你。」

我看向娜汀和格里芬。

「各位小姐，恕我們失陪一下。」他對娜汀說。「還有你，抱歉，再說一次你叫什麼名字？」

「格里芬。」

「好，這不需要花太多時間。我們要去這裡的VIP室。你先去喝點啤酒。庫存還有很多，別擔心沒得喝。」

布萊恩帶我到他的「VIP室」。所謂的VIP室原來是他後院架高的露天平台，柱子上綁了一條真正的紅色絨繩。布萊恩解開一邊的繩子讓我過去，然後在我們走上階梯時重新繫上。那裡有一張架著綠色大傘的庭園桌，四周放著有軟墊的椅子和一個按摩浴缸。另外兩個高三生坐在浴缸邊，腳踩在水裡。是四分衛崔伊．托爾曼和隊裡的另一個傢伙丹尼．法樂利。

「嘿，看我找到誰。」布萊恩對他們說。

丹尼從浴缸邊緣光腳站起來的時候，差點摔了一大跤。

「麥可，我的兄弟！」彷彿我是他失散已久的朋友。

「你認識丹尼和崔伊吧。」布萊恩說。「橄欖球隊的。」

「我想告訴你一件事。」丹尼說著，把我從布萊恩身邊拉走，一手摟住我的脖子。他的呼吸瀰漫著濃濃的酒精甜膩氣味。「你很棒，你知道嗎？真的。你就像我的靈感泉源。」

「好了，別煩他。」崔伊說。「你的口水快流遍他全身了。」

「來來來。」布萊恩說著，把我拉回去。「你想喝點什麼嗎？崔伊，你那壺調酒還有剩嗎？」

「當然有。」崔伊說著，從桌上抓起一個杯子，再拿起旁邊的酒壺倒了滿滿一杯。「喝喝看，你馬上就會精神百倍。」

我從他手中接過杯子小酌一口，喝起來就像普通的水果調酒。

「我們叫這調酒『殺客同盟』。」布萊恩說。「別喝太快啊。」

「他媽的。」丹尼說。「他可真是個藝術家。」他回到按摩浴缸旁，一腳放回水裡。「米爾福德的林布蘭。幹，這水好燙。」

「別像個娘砲一樣。」崔伊說。「你不會融化的。」

「你沒下水，沒資格說我。」

「是啊。我告訴你，光是只有我們幾個男的，要我脫光衣服想都別想。」

「VIP室耶！我們到底什麼時候才要找些女的上來啊？」

「我問你。」布萊恩把他的朋友拉到一邊說。「你記得幫我開鎖那一天嗎？」

我點點頭。

「你怎麼辦到的？」

他們全都目不轉睛地看著我，彷彿以為我真會回答似的。我兩手一攤。

「很複雜。」布萊恩說。「你的意思是這樣嗎？你就是知道？」

「他是藝術家。」丹尼說。「畫畫和解鎖的藝術家。」

我又喝了一口調酒，滋味甜甜的，很順口。平台開始在我腳下旋轉，只有一點點，不到天旋地轉的地步。

「那我再問你。」布萊恩說。「你能打開其他種類的鎖嗎？」

我對他半聳肩、半點頭。

「鑰匙鎖呢？你打得開嗎？不過你大概需要工具，對吧？」

「我賭他可以。」丹尼說。「告訴你，他是個藝術家。」

「你需要什麼樣的工具？」布萊恩說。「我只是好奇。」

我沒把自製工具帶在身邊。我早該直接對他揮手離開，去找格里芬和娜汀。不過好笑的是，當你不能說話時，要轉移話題並不容易。你只能困在原地聽別人說話。

「我去把我老爸的工具箱拿過來，你能示範給我看嗎？我覺得你能開鎖真的太厲害了。」

「他是很厲害。」丹尼說。「他是厲害的藝術家還有……呃，等等，讓我想想……」

「你能不能閉嘴啊。」崔伊說。

「你只是嫉妒因為你不厲害。」

「來，我們下去。」布萊恩說。「我去拿工具。」

他簡直是用拖的把我拖下樓。丹尼和崔伊跟在我們後面。我企圖尋找格里芬和娜汀，但到處也找不到他們。我正要進屋的時候，布萊恩拿著一個工具箱回來擋住我的去路。我開始覺得有點緊張，於是又喝了好幾口調酒。這八成不是最好的主意。

「所以你需要什麼？」布萊恩說。「我什麼都不懂。」

我暫時閉上眼睛，深吸一口氣，開始覺得有些飄飄然。我睜開眼睛，跪在工具箱旁，拿出一把扁長的螺絲起子充當扭力扳手。我翻找其他工具，但沒有任何稱得上可用的開鎖器。

「你在找什麼？你需要什麼？」

我把手指併攏再打開，好像握著某個又長又直的東西，然後用一隻手做出刺東西的動作。

「別針？你需要別針是嗎？」

我對他豎起大拇指。

「馬上回來。」

所有人現在開始在我身邊聚集。音樂仍然砰砰作響。除了院子裡燃燒的蠟燭外，四周一片漆黑。我湊著杯子又喝了一大口。

「我找到一個安全別針。」布萊恩從外頭回來時說。「可以嗎？」

我再次對他豎起大拇指，拿走他手中的別針後打開，用尖嘴鉗把尖端折成四十五度。

「哇靠。」布萊恩說。「你真的可以用這個東西開鎖嗎？你能開什麼？像是那邊那扇門嗎？」

他走向巨大的玻璃拉門前，把幾個人推開，然後把門拉上。他把手伸進口袋拿出鑰匙圈，翻找出正確的鑰匙，鎖上拉門。

「這扇怎麼樣？」他說著搖晃門把，確認拉門已經牢牢上鎖。「你能現在就打開嗎？」

我走到門前，在門把邊跪下時，感覺雙腿發出嘎嘎聲。我放下杯子檢查鎖。那是一般的廉價鎖，八成只有五個普通的平頭鎖簧。正常情況下，我大概不用一分鐘就能搞定，但現在用的是替代工具，所有人又看著我，再加上殺客同盟調酒在血液裡翻騰……我不確定我辦得到。

「嘿，把音樂關掉。」布萊恩說。

音樂沒有停止。

「嘿，我說把那該死的音樂關掉！這裡有個藝術家在做事呢。」

就算剛才大家沒有關注我在幹嘛，現在肯定也注意到了。我看見玻璃門內的眾人開始在門邊聚集，感覺到後院的人來到我正後方的平台上。

「給他一些空間。」丹尼說。「讓他施展魔法。」

我把螺絲起子插進門鎖，盡量貼緊底部，好讓我能搆到所有鎖簧。我轉到恰到好處的位置感受那股扭力，然後把弄彎的安全別針插進門鎖，開始幹活兒。我邊摸索邊尋找最後面的鎖簧，用別針把它往上抬，感覺它固定好沒掉下來。一顆解決了。

「加油。」丹尼說。「加油……加油……加油……加油……」

所有人一起加入他，在我解決下一顆鎖簧時反覆大喊。

「加油、加油、加油、加油、加油、加油、加油。」

我感覺到汗水從頸背流下。

「加油、加油、加油、加油、加油、加油、加油、加油。」

我來到第三顆鎖簧。就在這時我感覺到別針刺進手指。我把工具全抽出來，甩掉雙手的緊繃感。

我就是在這個時候終於看見站在人群中的格里芬。娜汀站在他旁邊。格里芬臉上掛著得意的微笑，但娜汀顯然不知道該怎麼解釋這幅景象。我大可放棄。我大可起身，聳聳肩，把工具還給布萊恩。但我繼續下去。我對娜汀微微點個頭，注意力回到門鎖上。

「大家安靜。」布萊恩說。「你們害他分心了。」

我重新施加扭力，再次從最後一顆鎖簧開始，抬到恰到好處的位置，再繼續解決下一顆，從頭到尾握著螺絲起子維持足夠的扭力，因為那就是成敗的關鍵。擁有那份手感。我把一切隔絕在外，站在我周圍的觀眾，肚裡越來越強烈的暈眩噁心感。所有一切。我把鎖簧一顆接一顆抬起，用手指去感覺它們，周遭一切也隨之煙消雲散。每一顆都必須往上滑到正確的位置，我才能繼續往下一顆推進。我就是在這時候得知門鎖用的是一般鎖簧還是其他更複雜的鎖簧。如果是蘑菇狀鎖簧，表面會有額外的小凹槽，我必須繼續維持恰到好處的扭力，重新再把每顆鎖簧抬起第二次。但沒有。最後一顆鎖簧抬起時，門鎖似乎已經自行彈開，彷彿一直想被打開。我轉動門把，把門拉開，所有人在我四周歡騰大叫，欣喜若狂，彷彿我剛剛拆除了一顆致命的定時炸彈。

感覺很棒，好嗎？我承認。感覺很棒。

「厲害，兄弟。」布萊恩拉我站起來，在我背上大力一拍。「太厲害了。」

「這是我見過最酷的事情了。」丹尼說。「我沒騙你，簡直酷斃了。」

「我得承認這可真是了不起。」崔伊說著，輕打我的肩膀。「你就像超級間諜，對吧？想去哪裡就去哪裡。」

格里芬仍站在人群後方搖著頭，臉上掛著相同的微笑。娜汀不見了。我指向他旁邊的位置，他在平台附近東張西望，聳了聳肩。

我想她應該離開一陣子了，或許她氣我把她獨自留在隊伍裡等著拿啤酒，而我跑到樓上的VIP室。又或許我根本不知道她在想什麼。她或世界上任何一個女人。

我進屋，穿過餐廳來到前門，到處尋找她的蹤影。我感覺到越來越多人在拍我的背，大家說的話彷彿在四周打轉，來得太快讓我無法理解。就在這時，一個聲音突破重圍，從其他聲音之中傳出來。

「千真萬確。」那個聲音說。「醫院宣判他死亡，好像死了二十分鐘。所以他才不能說話。他大腦受損。」

我停下腳步，企圖尋找聲音的來源，但我的周圍湧入太多人。任何人都有可能。

「來吧。」格里芬說著，推擠人群走過來。「我想你需要一些空氣。」他抓住我的手肘，帶我走出門外。

我差點從前門的樓梯上摔下去。我重新恢復平衡，站在原地對著門廊刺眼的燈光拚命眨眼。

「你沒事吧？」

我點點頭。

「你剛剛的表演可真精采。突然間，你就變成米爾福德高中的王子了。」

我看著他，像在說，你喝太多啤酒了。

「我覺得他們在盤算某個瘋狂的主意。你準備好了嗎？」

他還來不及解釋，布萊恩、崔伊和丹尼就從前門走出來。布萊恩拆下「米爾福德超殺」的橫幅，正準備捲起收好。

「老兄，我們想到一個超讚的點子。你一定得幫幫我們。你怎麼說？」

我一個接一個看著他們所有人。

「走啦。」布萊恩說。「我會在路上解釋。」

他帶我們來到停在他父親那輛州警警車隔壁的雪佛蘭大黃蜂。我忍不住好奇那晚他父親人在哪裡，但我沒時間想這個或別的事，因為幾秒鐘後，布萊恩已經打開後座的門，等我們坐進去。

「等一下。」他看著格里芬說。「這輛車只夠坐四個人。」

「好吧。」格里芬說。「那我們走了。」

「慢著。」布萊恩說。「知道嗎？或許我們不應該開這輛車。有點高調。你們懂我的意思嗎？」

「有道理。」崔伊說。「城裡每個人都知道這是豪森的大黃蜂。」

「你們誰有車？」

所以你猜得沒錯。這就是最後變成我在開車的原因。布萊恩和我坐在前座。丹尼、崔伊和格里芬擠在後座。

「我們只是要對一個人開個小玩笑。」布萊恩對我說。他摸摸捲起的橫幅。「別擔心。跟情色暴力無關。」

我看著後照鏡，與格里芬四目相交。他兩手一攤，像在說，有何不可？

布萊恩叫我往市中心去。我們開過大街，經過酒水店。我仍感覺得到調酒的後勁，所以後來穿過鐵橋底下時，不得不緊急煞車。有一瞬間，我以為我們肯定會撞上堤坡全數死光，幸好我及時恢復神智。

「我討厭這該死的鐵橋。」布萊恩說。我們來到小鎮邊緣，布萊恩叫我繼續往前開。現在我們是這條路上唯一的車，只有樹林從兩側呼嘯而過。我們正朝著東邊前進。

「你猜得到我們現在要去哪裡嗎？」布萊恩說。

我搖搖頭。

「有個人我們一定要把橫幅交給他。」

我再次搖頭。

「就在前面。」他說。「等等左轉。」

我們經過一個寫著「歡迎來到薛伍德湖」的招牌。這裡是最早幾個大型房產開發區之一，興建於假豪宅開始從各地出現以前。更重要的是，來到薛伍德湖就表示我們已經跨越了分隔兩個學區的分界線。米爾福德高中和萊克蘭高中的分界線。

「那裡在辦派對。」崔伊說。「最好像樣點。」

「看到了、看到了。」我們來到停滿整排車的馬路上時，布萊恩叫我停車。我們能看見燈火通明的大房子和後院的游泳池。約有二十到三十個人正在狂歡。

「就是那裡。」布萊恩朝馬路正對面的另一棟房子點點頭說。那間房子近乎全黑，只有前窗開著一盞燈。

「你確定他們都不在？」崔伊說。

「他們都去了麥基諾島。給我們朋友亞當的一個小小畢業禮物。」

現在一切都明朗了。這裡是布萊恩的宿敵，亞當．馬西的家。無論在球場或摔角墊上布萊恩都打不過的男人。

「我沒看見前院草坪有任何警告標誌。」崔伊說。「你懂我的意思嗎？讓人知道這裡設有警報感測器的標誌？」

布萊恩沒有回答他。他正忙著解開花襯衫的鈕釦。他在襯衫底下穿了一件深藍色T恤。

「好了麥克。」他說。「這就是現在我想請你幫忙的事。你覺得你能把我們弄進亞當家，讓我們把這個禮物給他嗎？」

我注意到他手裡拿著我當初用來開他家拉門的螺絲起子。我再仔細看，發現弄彎的安全別針在另一隻手裡。

「我們只是要把橫幅掛在他房間。這樣等他回到家……砰！一眼就能看見。他在米爾福德的朋友送給他的小小告別禮。」

我心想，沒人可以在球場上打敗他，所以這是他們想得到的最好方法。

「你能想像嗎？」崔伊說。「他一定會嚇到尿褲子。」

「去他的密西根州大獎學金。」布萊恩說。「我知道他一定有用類固醇。你有看到他從去年到現在長高多少嗎？」

「喔，絕對不會錯。他在嗑藥。」

「真的要這樣幹嗎？」丹尼說。聽起來他到這裡的路上酒已經醒了一半。「這算非法闖入不是嗎？」

「我們沒有要搶劫。我們什麼事都不會做，只是把橫幅留在他房間而已。」

「我只想說，我覺得這是個爛主意。」丹尼說。

有好一會兒，沒人說半句話。我企圖透過後照鏡與格里芬對上眼，但他隔著車窗正在凝視馬西家的房子。我們可以聽見遠方狂歡的人群在游泳池戲水的微弱聲響。

「你覺得呢？」布萊恩說。「你是格里芬，對吧？真要命，要我記住像這種鬼名字。你要跟丹尼一樣像個孬種退出嗎？還是你要加入我們？」

「我加入。」格里芬說。

布萊恩轉身與格里芬握手。「我正式宣布，先生，你不再是搞藝術的娘娘腔了。」

「謝謝你，魔法師先生。我會像錫樵夫一樣得到證書嗎？」

「什麼？」

「沒事。」

「你呢？」布萊恩回頭對我說。「今晚你是我們的夥伴嗎？少了你，我們可辦不成。」

「為了全校師生。」崔伊說。「這是我們搞這個王八蛋的最後機會。」

我向窗外看著馬西家的房子。高窗、完美的草坪，在我眼中有如一座城堡。我想都沒想過能住在像這樣的房子裡。

我開門下車。

「好樣的。」布萊恩說。

「我要留在車上。」丹尼說。「我不去。」

「隨便啦。」布萊恩邊說邊關上車門。「我們不需要你。」

於是就我們四個。我、布萊恩、崔伊和格里芬。兩個運動健將，兩個搞藝術的怪胎。調酒的威力到現在差不多消退。我感覺自己越走越清醒。我們準備非法進入某個人的家，某個我素未謀面的人。

我們走了一小段路，抵達時立刻溜到籬笆後面。到處充滿了光線。街燈綿延數百公尺，對街房子的燈光也全照在我們身上。當時我還天真得不覺得危險，還不知道那些所謂的照明燈本該是用來阻撓我們的，這晚卻成了我們最好的朋友。你照亮了房子前院，讓沒有在照明路徑上的一切形成完美的隱形斗篷。你照亮了房子後院。反正本來就沒人看得見後院，只是讓企圖闖入的人行事更方便了。

後門有一把好鎖，但我兩分鐘內就打開了。我三個夥伴站在那裡前後搖晃，每隔幾秒就回頭張望。他們天真得不知道緊張。沒有人看得見我們在這裡。我們就算搭起網子玩排球也無所謂。

後門打開後，我們魚貫進入，在廚房整整站了一分鐘，把環境看清楚。這裡的光線正好足以看見巨大的金屬爐和上方的抽油煙機、雙門冰箱，以及彷彿自行發光的大理石檯面。

「幹。」布萊恩說。「我們真的要這麼做了。」

「走吧。」崔伊說。「去找他的房間。」

「我不敢相信。」布萊恩說。「現在事情真的大條了。」

「別像個膽小鬼，兄弟。你到底來不來？」

我知道要是在其他情況下，崔伊絕對不敢那樣跟他說話。人們發現自己處在像這樣的情況時，反應和平時簡直大相逕庭。這是我學到的第一課。握有發言權的傢伙可能突然成了怯場的那一個。順道而來的其中一個傢伙則突然發現自己躍躍欲試。不知為何，總之他在這場局面挺身而出，也許有點熱心過了頭。另一個順道而來的傢伙則是連下車都不敢。

格里芬？我看不出來他在想什麼。他只是站在原地，不發一語。

至於我？我什麼感覺也沒有。我向你發誓，我們一踏進這棟房子，所有感覺就從體內消失。那無所不在的嗡嗡聲，從我人生那一刻起接連在腦海重複播放的噪音，彷彿內心的收音機不斷傳出的干擾雜訊……就在我打開陌生人的家門踏進屋內後……全部煙消雲散。

後來的我開始明白那種感覺，或該說那種缺乏情緒的感覺。我漸漸變得非常熟悉。然而這天晚上，我只是呆站在一個有錢人的廚房裡，崔伊撞了布萊恩一下催促他往前走。格里芬仍舊動也不動。

「我覺得我們應該留在這裡。」最後他對我說。「當把風的。你說呢？」

光線太暗，我看不見他的臉。

「好吧，這可能是個錯誤。」他說。「我很抱歉。我們不該同意這種事。我只是以為這會是……我不知道，難得的經驗。你懂我的意思嗎？你難道不覺得嗎？」

我不想站在那裡聽他說。我想看看房子其他地方。

「你要去哪裡？」他說。

我沒回答他。我離開廚房，走進客廳。那裡有個壁爐，上方掛著一幅巨大的海報。一個女人身穿緊身無袖洋裝，帽子遮住她的雙眼，旁邊是一隻繫著皮帶的發亮黑豹。真有品味。

客廳妝點著奶油色的真皮家具，還有我見過最大臺的電視。客廳另一頭甚至有個更大的水族箱。打氣機嗡嗡作響，箱底放著一個每隔幾秒就會打開蓋子釋放泡泡的藏寶箱。我算了算魚的數量，共有四隻。我站在那裡看著魚在明亮的長方形箱子裡游來游去。

直到箱子突然爆裂。

我還來不及思考發生了什麼事，水浪已經弄濕我的褲子。幾秒鐘過後，我在本來放著玻璃水族箱的另一端看見崔伊的臉。他拿著壁爐邊的撥火棒。

他低頭看著自己造成的殘局，臉上掛著冷酷的微笑。那不顧後果、純粹為了破壞而破壞的時刻讓他開心不已。我恨死了。我把它當成疾病一般痛恨。我知道我永遠不會忘記。

一個語帶怒氣的聲音從樓上對我們低聲說：「崔伊！你他媽的在幹什麼？」

「只是跟魚打聲招呼。」崔伊說。

「你到底有什麼毛病啊？我們的計畫是讓他們進屋看見那該死的橫幅，然後嚇一大跳才對！你把一切全毀了！」

「那我們就在房間裡幹點更過分的事吧。」崔伊說著，對我眨眨眼，丟下撥火棒，接著兀自上樓。我在原地站了一陣子，看著腳邊跳上跳下的魚。我撿起兩隻魚拿到廚房。

「那是什麼鬼東西？」格里芬說。他仍站在門邊動也不動。

我走到水槽前，放了一些冷水，把魚丟進去。我回到客廳，再撿起兩隻放進水槽，然後關掉水龍頭。四隻魚又像沒事一樣游來游去。

「我覺得我們得趕快離開這裡。」格里芬說。「就別管那幾個白痴了，嗯？」

我舉起一根食指，再次離開廚房往樓上走。我把頭探進第一個房間，看樣子是縫紉室之類的，完好無損。

我沿著走廊繼續走，把頭探進主臥室。裡頭有一張加大尺寸的四柱床和兩個衣帽間。我往主臥浴室看了一眼，看見按摩大浴缸、乾濕分離的淋浴間和鑲金的大理石洗手台。這棟房子就是這種類型。

我踏進最後一個房間。記住，這裡是萊克蘭高中學生的房子，所以我對他家一無所知。我不知道亞當有個弟弟，至少這是我第一個想法。我猜測這是小男孩的房間，牆上貼滿我沒聽過的搖滾樂團海報。接著，我注意到床鋪是鮮紅色的，上面放了一個黑色的心形大枕頭，連同十多個絨毛娃娃。

「麥可！你在哪裡？」格里芬的聲音從樓下傳進耳裡。我不理他，注意力全集中在床頭櫃上的大型畫袋。我知道那是什麼東西。我自己就有一個，用來攜帶我的畫作。我解開細繩攤開，手伸到牆邊把燈打開。

「麥可！快下來！」現在聲音更大聲了。但就算耳朵裝了擴音器，我也不會移動半步。我已經沉浸在這些作品當中。

第一幅畫是個年輕女孩。她坐在一張桌前，抬頭看著畫框外的某個人或某樣東西，表情同時流露恐懼和希望。第二幅畫是兩個站在小巷的男人，一人正在幫另一人點菸。接下來是一幅簡單的靜物畫，一顆獨自放在桌上的蘋果，上面插了一把刀子。

這些作品畫得很好，才華洋溢，而且不僅這樣。我記得馬丁老師對我說過，我必須找個方法把更多的自我特色放進作品裡，我卻總是盡量避免這麼做。

原來如此，我心想。畫畫就是要這樣才對。即使只是畫一個年輕女孩，或兩個男人，或插把刀的蘋果也不例外。無論這是誰的作品……她也在這些畫紙裡。

我正準備闔上畫袋時，又注意到放在下面的第二個畫袋。不同於上面的畫袋是學校送的那種便宜紙板，底下的畫袋是黑色皮革所製，三邊有拉鍊。我猶豫半晌，接著拉開拉鍊。

「麥可，我們馬上得走了！」如今聲音急得不得了，但我沒注意到，連聽都沒聽見，直到一個鐘頭後我在腦中回想整件事時才恍悟。

有個女人出現在好幾幅畫中。她大概三十歲左右，非常美麗，是一種悲傷又疲倦的美麗。長髮往後綁起，一抹緊張害羞的微笑。第一幅畫裡，她坐在一張椅子上，雙手交疊倚著大腿。是室內畫。第二幅畫她坐在戶外的長椅上，臉上流露相同的表情，彷彿不太自在。還有更多這個女人的畫。根據畫紙的類型和鉛筆的濃淡，我猜這些畫是長時間日積月累完成的。你甚至能看見畫家在畫功上的進步。

最後一幅畫……新主角。年輕人。從畫紙磨損的程度和邊緣的折痕，及眼周和嘴角的橡皮擦痕看來……我知道畫家對這幅畫下足了功夫，經常一而再再而三回來修改。我幾乎感覺得到畫家的努力，企圖在這幅簡單的人臉畫中捕捉到某種特質。

這就是她，我赫然發現。這是一幅自畫像。這是我第一次看見艾蜜莉亞的臉。

外頭某處傳來輪胎在柏油路上緊急煞車的刺耳聲響，然後是在牆上掃來掃去的車頭燈，我才總算回到現實。我把畫放下，回到走廊，走下樓梯。我隔著客廳窗戶看見那輛車歪斜地停在車道上。我從後門跑出去。錯了。如果想逃跑的話，你應該避開所有的門，到房子最偏僻的地方找一扇窗戶。

他們共有兩個人，在後院把我撲倒，撞得我上氣不接下氣，整整一分鐘無法呼吸。九年前那股熟悉的感覺又回來了。你不能呼吸了，麥可。你不能呼吸了，你死定了。

「其他人在哪裡？」一個聲音在我耳邊激動地說。我慢慢恢復呼吸。

「快說他們去哪兒了？有誰和你在一起？」

我沒跟他們說半個字。所以他們只好把我拎起來，拖我到警察局去。

10 二〇〇〇年一月，洛杉磯

隔天早上去公車站之前，我一口氣剪掉大部分的頭髮。再也沒有亂成一團的頭髮要處理了。我貼著頭皮盡量剪得越短越好，打算給自己的外表來個徹頭徹尾的大改造。完成後，我看起來像剛做完最後一輪化療的病人。

我也買了一副我所能找到鏡片顏色最淺的墨鏡，以便隨時戴著。加上短髮，我看起來真的成了截然不同的人。雖然我感覺沒有不同，但有些事要改變沒那麼容易。

我買了一條新的牛仔褲、一件新上衣和一件新外套，把以前穿的衣服全丟進垃圾桶。我知道我必須管好我的錢，但人總得穿衣服對吧？況且我又不是在高級百貨公司購物。

我把家當統統打包起來，又多帶了一些內衣和襪子、一雙鞋、一支牙刷、半條牙膏、一塊肥皂、一瓶快用完的洗髮精、練習用的保險箱鎖、塞滿扭力扳手和開鎖器的皮套，以及一個厚厚的文件夾，裡面是我在餐廳樓上那間房子獨處時畫的每張畫作。就這樣。這就是我所有的家當。

喔，還有我的傳呼機。我收好白色、紅色、藍色和綠色的傳呼機，鐵了心想把黃色傳呼機留在窗台上，隨它去嗶嗶叫，直到電池耗盡。或管他的，也許那戶華人家庭某個新來的成員會發現它，打電話到小螢幕上的號碼，說起中文或破英文。也許話筒另一端的菜鳥會掛斷電話，免除了腦袋從身體炸飛的血光之災。

但我沒這麼做。最後我把黃色傳呼機也帶走了。我收齊所有東西，在市中心叫了一輛計程車前往紐新港務局。我用現金買了車票，邊等客運邊買些東西吃。我坐上客運，在車子離開時對紐約說聲再見。你可能以為我很慶幸能擺脫這裡，以為我會發誓自己再也不要踏進紐約。但老實說，離開這個地方讓我一陣遺憾。儘管經歷那麼多悲慘遭遇，但我倖存下來。我對自己證明我做到了，證明如有必要，我也能靠自己過活。

客運徹夜不停往前行駛。我時睡時醒。白天我看見玉米田、卡車和大型廣告看板，晚上我看見牛隻和紅土。漫漫長路在腳下匆忙駛過。

到了第二天結束前，我來到了洛杉磯。

✦✦✦

這趟旅程真夠漫長，但我們現在談的可是白色傳呼機。這些傢伙是鬼影所謂穩賺不賠的大客戶，如假包換的專家，高手中的高手。我心想我簡直走大運了，沒想到在黃色傳呼機的災難後，接下來聯絡我的會是他們。我已經準備好換個環境，好好做對一件事。

電話裡的男人給了我一個在洛杉磯的地址，告訴我那是格倫代爾附近一家還不錯又乾淨的汽車旅館。他告訴我櫃檯的人會恭候我的到來，說我得告訴他我叫史東，他就會帶我到旅館後面的一個房間。他和他同事會來旅館找我，敲我的門，到時候再跟我詳述任務的細節。

一切如他所說順利進行。我下了客運，寫下地址交給計程車司機。他開上高速公路，中午的交通把道路擠得水洩不通。我們顛簸行駛將近一個鐘頭，最後總算抵達旅館。我付錢下車。這天洛杉磯乾燥晴朗，不過在三十七度的高溫下，景色看起來焦黃乾癟。空氣中飄著淡淡的刺鼻煙霧。

旅館有兩層樓，外觀不是太廉價，但也算不上麗池酒店。游泳池看起來很乾淨，但沒人在游泳。停車場停滿一半的車。我走進去，在一張紙寫下兩個字：史東，電話那頭的男人給我的名字。交給櫃檯後方那個人，他立刻從椅子上起身。

他堅持親自從停車場送我到房間。房間在二樓。他打開門，向我介紹電話的位置、浴室的毛巾，和其他我自己可以輕易找到的東西。他把鑰匙給我，告訴我如果需要任何東西都不必猶豫打電話跟他說。我不確定他有沒有發現我從頭到尾都沒有跟他說半句話。

等他離開後，我坐在床上好一陣子，回想自己是怎麼來到這裡的，從東岸到西岸，無事可做，除了等陌生人來敲門。

話說回來，相較一百二十八街那間中餐廳樓上的房間，這裡有很大的進步。房間有電視、兼鬧鐘的收音機和乾淨毛巾。天啊，還有浴缸！我想不起來上次泡澡是什麼時候。即使在里托大伯的房子，我也只有一個淋浴間。

我走進浴室，開始放熱水。我看著窗外的停車場和茂盛的棕櫚樹。水滿了，我脫掉衣服進去。經過一番舟車勞頓，泡個澡感覺真好。

泡完澡，我擦乾身體，腰間圍著毛巾坐在床上，數一數身邊還剩多少錢。我打開電視，拿出一些紙開始畫畫。

我接下去畫著目前的生活，第二趟前往康乃狄克州的旅程。我畫下一切分崩離析的過程和我成了唯一倖存者的原因。

我心想，如果艾蜜莉亞有機會看到這些畫，不知道她會作何感想？

✦✦✦

我等了兩天。我看電視、畫畫、玩鎖、到街上買食物帶回房間吃。到了第三天，我聽見房門傳來敲門聲。

我一直很好奇這些人長得會是什麼模樣，這群據稱是頂尖高手的專業竊賊。是時候得知真相了。

我打開旅館房門看見的第一張臉是個女人的臉。事實上，是一張非常迷人的臉蛋。年輕、拉丁美洲裔。豐厚嘴唇和深色大眼。她在微笑，好像剛剛有人說了什麼有趣的話。她一見到我，笑容立刻消失。

接著，我看見另一張臉。一個男人，和女人一樣年輕，說不定更年輕，但仍長我幾歲。下巴長滿鬍碴，戴著墨鏡，一頭看起來跟我相像的捲髮，至少在以前我有頭髮的時候。

「你是小鬼影嗎？」他說。

「他是個小小孩。」女人說。「他是，怎麼說，還在包尿布嗎？」

他們越過我身邊踏進房間，兩人都穿著黑色皮衣。我準備關門，但迎賓隊伍尚未結束。又一個穿著黑色皮衣的男人走進來。他瘦得像竹竿，差不多年輕，但從他臉上的疤痕看得出來他見過不少世面。他一邊的脖子上有個蜘蛛網的刺青。

然後是第四個，也是一個年輕女人，穿著黑到不行的皮衣。說來誇張，但她看起來甚至更世故。她模樣疲倦，像吸了毒那樣神智恍惚，一邊眼皮微微闔上，牙齒缺了一角。但她並不醜。我的意思是，她散發著某種氣質，一種無論她怎麼對待自己都抹滅不了的原始野性美。

好吧，眼前是四個充滿古怪魅力的人類，沒有一個人看起來像超過大學生的年紀。他們有可能是鬼影一直以來讚不絕口的白幫嗎？

「你說這個地方不錯。」第一個男人對第二個男人說。他望著窗外頹靡的棕櫚樹。

「還不錯啊。」第二個男人說。他湊著我繞圈圈，上下打量我。

「我叫朱利安。」第一個男人說。先不管這群人到底是何方神聖，他顯然是他們的首領。

「幸會。」他脫下皮衣，底下露出一件袖子被剪掉的黑T恤。他全身沒有一點脂肪。每吋肌肉、每條肌腱都看得一清二楚。

「他是甘納。」

「那位是雷夢娜。」朱利安示意年輕的拉丁女人說。她對我點個頭，然後在床上坐下。

「那位是露西。」

她來到我面前，近得只有幾公分的距離。我能聞到香菸和公路的味道，以及某種熟悉的香水味。她用那雙不對稱的眼睛看著我，一根手指抵著我的下巴往上一抬。然後她放過我。

「那麼，小鬼影。」朱利安說。「你叫什麼名字？」

我拿出皮夾，抽出駕照，交給朱利安。

「威廉・麥可・史密斯？」他拿起駕照湊到窗前。「你在開玩笑對吧？我沒看過比這更假的東西了。」

我呆站原地，以為那是完美的偽造證件，但我又懂什麼呢？我走過去，拿回他手中的駕照，指向中間的名字。

「麥可？這是你的真名？」

我點點頭。離開密西根州至今，這是第一次有人叫我麥可。

「所以謠言是真的。」朱利安說。「你真的不說話。」

我再次點頭。

「真是他媽太酷了。什麼叫最佳策略，這就叫最佳策略。」

隨你怎麼說，我心想。接著，我想該是時候把事情搞清楚了。因為我還是不太相信目前所發生的事。我指指他，指指甘納、雷夢娜，指指露西，然後把兩手一攤，像在說，你們到底是誰？

朱利安對此微微一笑，逐一看著他的朋友，然後轉身面向我。「鬼影第一次見到我們的時候也是半信半疑。後來等他和我們合作……我想說的是，我們最終幫他賺進了一大筆錢。他效力的那傢伙……就是你效力的那傢伙。你有親自見過他嗎？」

我點點頭。嗯哼，我見過他。

朱利安顫抖著身體，彷彿某種卡通人物，彷彿見到吸血鬼似的。「你不覺得他是你見過最他媽恐怖的人類嗎？我說真的。我們再三確認鬼影和我們合作的每筆生意他都有拿到他的那一份。我猜稅率還是一樣吧？還是他今年漲價了？」

「他哪知道？」甘納說。「我們在十萬八千里遠的地方。」

「請別理會那邊的小夥子。」朱利安對我說。「他還沒親眼見過你的老闆，所以他不懂。」

「我才不在乎那個人是誰。」甘納說。「我也不是什麼小夥子。」

「跟我說說。」朱利安說著，當甘納是蚊子似的把手一揮。「鬼影確切來說是怎麼形容我們的？他有沒有告訴你我們是高手中的高手？」

我點點頭。

「還有呢？我超想知道的。」

我聳聳肩。他說過哪天我真的見到他們，千萬不能被他們的外表矇騙。如今總算說得通了。

「好吧，不過你預期見到的是一些外表正直又嚴肅的傢伙對吧？白白淨淨的就像，那個人叫什麼名字？演那部電視劇的男主角？」

「勞勃．韋納。」雷夢娜說。

「沒錯，《神偷諜影》對吧？優雅的紳士？總是穿得西裝筆挺？百家樂玩到一半開溜去偷寶石？」

「你改天也該穿穿西裝。」她說。

「我說不定真的會穿，世事難料。」

「可以說重點嗎？」甘納說。「眼前這個青少年真的開得了保險箱嗎？」

「這上面說他已經二十一歲了。」朱利安說著，把駕照還給我。「說真的，老兄，我們非幫你換一張新證件不可。」

「少說廢話。」甘納說。「我是說，你們看看他的樣子。」

「我跟你說過了，你要相信鬼影，好嗎？」

「我想先親眼看他試一次，這樣我就相信了。」

「他當然會先試一次。」朱利安說。「你以為我們是一群菜鳥嗎？快走吧，這間垃圾房讓我起雞皮疙瘩。」

「我可不載他。」甘納說。「由你接手。」

「你會騎摩托車嗎？」朱利安問我。

我點點頭。

「我說的是真正的摩托車喔？」

我再次點頭。

「雷夢娜，妳覺得呢？他能騎妳的車嗎？」

「你他媽在跟我開玩笑嗎？」

「別這樣，他是我們的客人。他大老遠來到這裡，妳要委屈他坐後面嗎？」

「你要委屈我坐後面嗎？」

「妳以前很喜歡坐在後面給我載，記得嗎？兩手環抱著我？怎麼樣？」

我知道這樣超不合理。你不能叫別人把自己的車拱手讓人。他在測試她嗎？還是在測試我？

雷夢娜看著他看了很長一段時間。我好奇她打算先攻擊他身體的哪個部分。

她走到我面前，揪起我的上衣。「要是你弄壞我的車。」她說。「我發誓你就死定了。」

停車場停了四輛哈雷機車，以及額外一頂專程為我準備的安全帽。我們跨上機車，出發上路。撇開別的不說，能再騎車感覺實在太棒了。

他們起步很快，我得把油門催到底才能追上他們。他們騎進繁忙的街道，開始在車陣中穿梭。露西頻頻回頭，但那兩個男的似乎已經完全忘了我，開始互相飆起車來。我們經過西好萊塢，接著來到比佛利山莊。高聳的棕櫚樹，氣派的大房子，褐黃的草地。整座城市彷彿可以用一根火柴燃燒殆盡。

正當大海離我們越來越近，他們轉進一條安靜小巷。他們接連拐了幾個彎，最後在格蘭街上一棟普通的小房子前停車。房子本身佔了大部分的土地，狹小的前院佈滿碎石子，四周圍了一圈柵欄。朱利安脫下安全帽，為我們打開柵門。

「路上還好嗎？」他說。

我很快對他點點頭，把安全帽交給他。進入房子後，我才發現房子外觀僅是掩人耳目。屋內配有最高級的廚房，一個紅酒滿至架頂的大酒架，天花板懸掛著許多超現代化的聚光燈。這些人真是小偷的話，他們靠這行過得相當優渥。

「你想喝點什麼？」朱利安說。「紅酒？雞尾酒？」

我婉拒所有選項，最後接受了冰啤酒。第一口讓我瞬間回到那年在密西根州的夏夜，我初次被捕的那一晚。我坐在那裡喝啤酒時，朱利安一直看著我。

「你就像藝術品一樣。」最後他對我說。「看看你，你實在太完美了。」

呃……謝了。應該吧。

「而且你真的好……安靜，像一尊活佛之類的。我辦不到。」

我又喝了一口啤酒。

「雷夢娜。」他對她說。「過來仔細看看麥可的眼睛，妳看到什麼？」

她走到我面前，彎下腰，像露西在旅館做過的那樣一根手指抵著我的下巴。她直視我的雙眼，然後搖了搖頭。

「La fatiga（疲倦）。」她說。

「很像他已經見過太多風風雨雨。」朱利安說。「雖然他才幾歲，我猜十七歲？十八歲？」

「你多大？」她對我說。

我舉起十根手指，然後是七根。

「你怎麼過來這裡的？」

我始終抬頭看著她。

「好吧，我們先說。」她說。「朱利安，告訴他你的生平事蹟。」

「就這樣直接說了？」他微笑著說。

「對。我相信他是能保守秘密的人。」

於是接下來的幾分鐘，他鉅細靡遺地娓娓道來。他生於有錢人家，一路就讀私校，高三時在校成績名列前茅，不是去佩博戴恩大學就是剛薩加大學。他無法決定。後來他因為第二次酒駕被捕，結果在一個少年輔導機構待了一個月。他在那裡認識了雷夢娜、甘納和露西，三人都來自一貧如洗又會打小孩的破碎家庭。他和雷夢娜從那時就一直在一起。他們倆的案底被撤銷後，甘納和露西繼續三不五時惹事生非。最後等他們也洗白後，便重新聯絡上朱利安。四人從那時開始就一直住在他這棟房子裡。

他沒告訴我他們後來是怎麼成為專業竊賊的，或他們是怎麼認識底特律那個人或是鬼影。那段故事得等到之後才會大白。

「我們應該找時間談正事，是吧？不過要事優先。」

他帶我來到房子後牆的一面書架前。

「我對天發誓。」他說。「我把房子買下來的時候，這就已經存在了。」

他朝書架一推，整面書架就像旋轉門一樣兜轉起來，後方出現一個密室。我走進去，看見牆上釘著許多地圖和照片。檔案櫃。電腦和印表機。而在密室的角落，是一個堅固金屬製的……徹底令人感動的……保險箱，大約一百二十公分高。

「歡迎來到蝙蝠洞。」朱利安說。

「你太大意了。」甘納說。「我是說，我們才剛認識這傢伙。」

「雷夢娜說他能保守秘密，所以我相信他。況且你希望他證明他有辦法打開保險箱不是嗎？」

「把保險箱拖出去叫他在客廳開不就得了。」

「我倒想看你怎麼把保險箱拖出去。」

「各位。」雷夢娜說。「別吵了。」

他們不必告訴我接下來該怎麼做。我早在保險箱前跪下。我這麼做的同時，從我們騎回這棟房子至今尚未開口說話的露西也在我旁邊跪下。我準備伸手觸摸保險箱，她看起來想阻止我。

「沒關係，露西。」朱利安來到她背後，開始輕揉她的肩膀。「沒事的，儘管看著吧。」

甘納把朱利安從她身邊推開。我才發現這四人之間的互動比鋼琴線還緊繃。我大概一輩子也無法理解。

「你真的和鬼影一起工作過？」露西問我。

我點點頭。

「在底特律那邊？有八個保險箱的地方？」

正是。

「我去過那裡，你知道嗎？他向我示範該怎麼做。我費了好大的心力……」

嗯，我知道那有多費心力。

「這就是我們打算破解的保險箱。」她握著門把說。「一模一樣的型號。我們不能冒任何風險。」

合情合理。由此可以初判，這些看似瘋狂的傢伙真的知道他們在做什麼。

「所以你行嗎？你真的能在不破壞她的前提下打開這個保險箱？」

她用「她」稱呼保險箱。她真的在鬼影的手底下學習過。或起碼她努力過。

「示範給我看。」

我深吸一口氣，開始上工。我撥動密碼盤，讓輪軸回到初始位置以細算輪軸數量。她仔細看著我。我知道她很清楚我做的每個步驟。這對我而言是種奇怪的感覺，但也令人安心。她知道。

總共有四個輪軸。轉到0，回到接觸區域。這已經成了我熟悉的步調。她全神貫注地看著，但當我閉上雙眼，開始感覺那微乎其微的差異時，我知道我已經把她遠遠拋在後面，因為這個環節她用肉眼是不可能看得見的。

我繼續撥動密碼盤，尋找距離變短的數字，一路轉到100，然後回頭檢驗，把範圍縮小到確切的數字。

我做出寫字的動作。她給我一張紙和一支筆。

我寫下每個數字時，她的眼眶盈著淚水。我確定她知道密碼，八成是她親自設的。她也知道，此時此刻，最重要的就是找到數字。找出正確的順序倒簡單。

她從我手中把紙搶走，揉成一團。

「他寫對了嗎？」甘納說。

「對。」

甘納點點頭，二話不說。

「你沒辦法示範給我看你是怎麼辦到的。」她對我說。「這種事會就是會，不會就是不會。」

我只是盯著她看。這個當下，我真的希望我能示範給她看。

「很好。」朱利安說。他的聲音安靜許多。「這就是麥可出現在這裡的原因。露西，妳知道妳在這裡也是有原因的。妳是知道的，對吧？」

她沒回答。她起身離開。

朱利安緩緩搖了搖頭，然後看一下手錶。

「如果我們打算這禮拜行動的話。」他說。「那現在就得開始準備。我們都必須進入角色。」

他朝我伸出一隻手，把我從地上拉起來。

「我很慶幸我們和你聯絡。」他對我說，帶我走到牆邊的一張地圖前。整個洛杉磯就攤在我們眼前。

「歡迎來到天使之城。」他說。「我來告訴你今晚我們要佔領的是哪一塊。」

11

一九九九年，六月和七月，密西根州

於是這就是我最後的下場，坐在一輛警車的後座，銬著一對閃亮亮的手銬。畢生的第一次。他們沒有把我的雙手銬在背後，所以我能坐在那裡研究那對手銬，好奇若要解開有多困難。

等兩名員警放棄從我嘴裡套出任何話來之後，他們就把我安置在車子後座，對我背誦我的米蘭達權利，你有權保持沉默等等之類的。當他們問到我是否明白我的權利時，情況突然變得很有意思。我點點頭，但其中一名員警告訴我這樣不夠，我必須給他們口頭承諾。但我只是對他們打了一連串的手語，但願他們明白我的意思，儘管手腕銬著手銬。

「他是聾子。」該名員警對另一名員警說。「我們現在該怎麼辦？」

「他得閱讀自己的權利然後簽署一份聲明表示他明白了。我想是這樣吧。」

「那就把你的米蘭達小卡給他，讓他讀一讀。」

「我沒帶，把你的給他。」

「什麼？我也沒帶。你怎麼會沒帶？那你剛剛是怎麼讀給他聽的？」

「我沒有用讀的。我已經背下來了。」

「喔，該死。我們現在該怎麼辦？」

「反正帶他到警局就對了。他們會知道該怎麼處置他。」

我本來打算告訴他們我不是聾子，但後來想想，管他的。說不定這樣他們會別一直跟我說話。接著，又有兩輛警車停好車。如今對街派對上的每個人都聚集起來看著我們。

他們帶我來到位於大西洋街上的米爾福德警局，事實上就在酒水店轉角的不遠處。時間超過午夜。他們把我困在一間審訊室將近一個鐘頭，直到最後那兩個逮捕我的員警連同另外兩人走了進來。其中一人是一名警探。他一見到我，立刻露出一頭霧水的表情。另一個人是專業的手語翻譯員，看起來彷彿剛被拖下床。逮捕我的其中一名員警開始說話，翻譯員也開始上工，打著手語告訴我，我現在人在米爾福德警局。我顯然早就自己猜到了，但他們得確定我明白我的權利後，才能進一步審訊。

輪到我回應的時候，我那塵封已久的手語正好足以傳達一個重要訊息，一個他們到最後非得明白的訊息。我指指自己，把雙手伸到面前，然後把它們分開，像棒球裁判判決安全上壘的手勢。一根指頭擺在右耳，然後雙手手心朝上，疊在一起。

「我不是聾子。」翻譯員說。他還沒理解我在說什麼就不自覺替我發言。

「你是麥可。」警探說。「里托的姪子對吧？住在酒水店那邊？」

我點頭表示肯定。

「你們這些笨蛋，他聽得見你們。」警探對員警說。「他只是不能說話。」

這下子惹得在場所有人一陣尷尬，氣呼呼的翻譯員也被請了出去。警探把我的權利讀給我聽，讓我簽署一份聲明表示理解，與此同時那兩名員警一直盯著我看，彷彿我是刻意耍了他們，讓他們沒面子。接著，警探給我一本空白橫線簿，問我有沒有什麼話想說。我寫了大大的「沒有」，把簿子推還給他。

他們採集我的指紋，替我做酒測，儘管那時我很肯定我清醒得不得了。然後他們要我拿著一個寫了我名字和案件號碼的小牌子，替我拍了兩張照片，一張正面，一張側面。最後他們把我獨自放在拘留室裡，打電話給里托大伯。

我在拘留室待了一小時左右，直到聽見走廊盡頭傳來腳步聲。那裡有一扇嵌有小觀察窗的門。我看見里托大伯的臉出現在玻璃窗後方，他的雙眼圓睜，頭髮高高豎起，像卡通裡會出現的髮型。又過了半小時。一名員警來到拘留室，帶我來到另一間審訊室。有個女人正在等我。現在時間肯定已經凌晨兩點，但這女人看起來非常清醒，一身正裝。

「你大伯雇用我做你的代理律師。」我在她對面坐下時，她對我說。「警方釋放你之前，我們得先討論幾件事。首先，你了解目前為止所發生的一切嗎？」

她為我準備好一本橫線簿。我拿筆寫下了解。

「我聽說你還沒簽署任何聲明給警方？這是真的嗎？」

對。

她深吸一口氣。「警方想知道這件事還有哪些人涉案。」最後她說。「你願意告訴他們嗎？」

我猶豫半晌，然後開始寫字。如果我什麼都不說會怎麼樣？

「麥可，你得明白，如果你不告訴我事情發生的來龍去脈，我就沒辦法幫助你。我必須知道有誰和你在一起。」

我別開目光。

「你要告訴我嗎？」

我想回家睡覺，我暗想。明天再想辦法。

「聽說你闖入的住家對面有場派對正在進行。我敢說警方目前正在跟那裡的所有人談話。總有人會看見你的……那些朋友逃走。」

一個朋友，我心想。一個朋友和兩個我毫不在乎的人。但我看不出來該怎麼在供出那兩人之餘不把格里芬牽扯進去，即使事到如今他已經回到威斯康辛州。他們仍會找到他，把他帶回來。

「你的車。」她說。「就停在馬西家前面那條街上？」

我點點頭。

「你到底認不認識馬西家的人？我相信你大老遠開車到這裡闖進他們房子肯定有個理由吧？而且還是自己一個人，如果你覺得有人會相信的話。」

我閉上眼睛。

「好吧。」她說。「我們明天再談。我先把你保出去，讓你回家休息。」

又等了半小時後，我便離開拘留室。律師載我們回家。里托大伯坐在前座，不發一語。我坐在後座。到家後，他向律師道謝，下了車。我溜下車跟上他。我一直在等他大發雷霆。你是哪根筋不對，你到底在想什麼……諸如此類。甚至是一些肢體衝突，有史以來的第一次。但他只是打開前門，讓我進去。

「去睡吧。」他說。「明天早上再來處理這件事。」

我回到屋子後面的房間，脫掉衣服。我關燈躺下時，在門邊看見他的人影。

「你知道請這個律師要花多少錢嗎？」

我凝視著漆黑的天花板。

「我不曉得事情這麼嚴重，麥可。我是說，我知道你都經歷了哪些事……」

不，你不知道。

「我以為你已經釋懷了。我以為你現在過得很好。」

他關上門離開。我在半夢半醒間，再度看見水族箱碎裂。水流散一地，魚躺在地上，張口結舌。

✦✦✦

隔天我抱著最壞的打算，很晚才起床。我猜今天過後，我就會被押去坐牢，或某個專門送少年犯去的地方。我不知道的是，這天早上郡檢察官已經開始想方設法解決第二件令他頭痛的事了。

「好，目前情況是這樣子。」我們在律師的辦公室剛坐下，她就對我們說。「警方相信昨天馬西家是在晚上十點半左右的時候遭人闖入。」她看著黃色本子說道。「嫌犯有麥可和人數未知的幾名共犯。」

「我要名字。」里托大伯告訴我。「聽到了嗎？我要你把名字統統寫下來，現在就寫。」

「先等一下。」她說著，回到她的本子上。「根據警方的說法，對街派對上有多位目擊者反映巡邏警車抵達時，有少至兩名、多至五名的年輕人逃離現場。從不同人的嘴裡得到不同的數字很正常。但無論如何，有好幾位目擊者都說其中一個年輕人的體型非常巨大。」

她看著我，評估我的反應。

「警方根據這點認為米爾福德高中一位名叫布萊恩．豪森的學生曾經出現在現場。據說他和亞當有些過節。這些有沒有讓你想起什麼啊，麥可？」

我一動也不動。

「儘管指控成立，但現場並沒有強行進入的明顯徵兆。」她說。「因此警方認為後門沒上鎖。對於想進屋的人剛好走運。」

我心想，沒人提到安全別針或螺絲起子。我被逮捕時，警方把這些東西從我身上拿走，但我猜他們想都沒想到我會用這些東西開鎖。

「客廳有個大水族箱碎成一片，顯然是被壁爐的撥火棒砸碎的。地毯和家具也因此受到一定程度的損害。不過卻在廚房水槽裡發現毫髮無傷的魚。我猜呢，怎麼說？你打破水族箱之後突然覺得魚很可憐？或者整件事只是一場意外？」

我現在真的可以感覺到里托大伯的目光要把我穿出一個洞了。

「亞當．馬西的房間裡留下一張大橫幅。大意是米爾福德高中超殺之類的。除此之外，沒有進一步損害，房子也沒有東西據報遭竊。」

「所以不算竊盜罪。」里托大伯說。「我的意思是，如果沒有東西被偷……」

「嚴格來說，非法闖入別人家進行犯罪仍是以竊盜罪名起訴。」

「但沒那麼嚴重吧？」

「仍是重罪一條。如果警方選擇往那方面操作的話。」

我感覺到里托大伯把手擱在我的手臂上。「麥可，還有誰跟你在一起？我們需要他們的名字。我們會告訴法官是他們逼你的。就是這麼回事，對不對？那個警方提到的大塊頭，就是那個孩子嗎？布萊恩……叫什麼名字來著？」

「布萊恩．豪森。」她說。

「布萊恩．豪森。是他嗎？是他叫你這麼做的嗎？」

「其實呢。」她說。「我不太確定目前這個問題急需一個確切答案。」

「什麼意思？」里托大伯說。「為什麼不需要答案？」

「因為無論他有沒有參與其中……這樣說好了，如果問題沒解決，說不定對我們有利。」

「我不懂。」

「現在情況是這樣子。」她放下本子。「今天早上我跟檢察官談過了。首先我們談到我覺得警方逮捕麥可的方式不甚妥當，聯絡你的時間也拖得太久。儘管過程中有小小的『誤解』，對警方的形象還是不好，尤其是牽涉到未成年的青少年。」

「所以這代表什麼？」里托大伯說。「他足以逃過一劫嗎？」

「不，他沒有『逃過一劫』。不過如果再加上他們的另一個麻煩，我們有很大的機會能讓他們從寬處理。」

「他們的另一個麻煩是什麼？」

「布萊恩．豪森。要知道，警方還沒從麥可這裡得到聲明，他們就已經去過豪森他家了。如我說過的，他們依據的是目擊者的證詞和私人過節。我只能說，他們真的操之過急了。」

「為什麼這算是個麻煩？」

「你知道布萊恩·豪森的父親是密西根州警嗎？」

「不知道。這很重要嗎？」

「豪森先生堅稱布萊恩整晚都待在自家派對上，從未離開房子。」

「他在掩護他兒子。難道妳覺得身為一個父親不會這樣做嗎？」

「也許他會吧，我也確定這不是第一次了。但從警方的角度來看好了，他們有一名州警聲稱自己的兒子不可能涉案。」

「所以這一切到底是什麼意思？」

「意思是沒人特別焦急想看到這個案子繼續往下辦。檢察官甚至連碰都不想碰。」

「那就快點給他一張紙。我們讓他立刻把名字都寫下來。」

律師猶豫片刻。「讓我這麼說吧。」她說。「不管麥可有沒有供出其他孩子，他註定得受到某種刑罰。如果他獨自承受，其他人都能輕鬆很多。」

「所以他要一個人把責任扛下來？這是妳的意思嗎？」

「我的意思是……考慮到涉案當事人的動機……更不用說麥可他個人過去的特殊情況……」

好一陣子沒人說半句話。我能聽見窗外街道上車水馬龍的聲音。

「所以底線是什麼？」最後里托大伯說。「我們要面臨什麼樣的刑罰？」

「一年緩刑，然後就撤銷起訴，意思是案底從紀錄中完全刪除。」

「就這樣？」

「他得做一些社區服務。」她說。「你知道的，清掃高速公路旁的垃圾之類的。除非法官想來些更有創意的做法。」

「例如？」

「例如來些修復式正義，現在很流行，讓加害人為被害人做些好事。」

「像是修復損害？」

「有可能。修復式正義幾乎什麼都有可能。得看法官和觀護人，以及被害人馬西先生的意思。」

所以就是這樣。我學到天大教訓的一天，我將銘記在心、永生不忘的教訓。如果你以為司法體系只是一套繁複法規，那就大錯特錯。正確來說是一群人坐在一起，彼此交談，決定要怎麼處置你。等他們做好決定後，再拉出需要的法規。跟這些人唱反調你就必死無疑。他們會把停車罰單變成前往監獄的車票。換句話說，如果他們決定救你一命對他們有利，那你就安全了。

這就是事情的進展。我繼續禁足了幾天，其他人繼續商量了幾天。最後，我站在巡迴法院裡，我的律師開始進行認罪答辯。我聽著法官對我說我能有這個機會洗心革面是多幸運的事。

隔天，我和觀護人以及遭我闖入家中的屋主諾曼．馬西先生一起坐在一間會議室裡。他高大黝黑、聲音宏亮、精神抖擻。難怪他兒子是高中校園的橄欖球明星。馬西先生願意的話，當場就能把我宰了。只要看他一個眼神，你就不會懷疑我誇大其詞。但這場會議的重點只是確保所有人都了解程序，了解我已經認罪，這個夏天將替馬修先生工作作為補償。馬西先生抬頭挺胸坐在椅子上，一身西裝革履看起來瀟灑時髦。道別的時候到了，他和我握手，手勁有力，卻不至於把人弄痛。

「我想這對我們兩人都會是一種正面的經驗。」他說。「也許這能教我寬恕的意義。我也希望我能與面前這位年輕人麥可分享一些我的人生經驗。」

總而言之，他說的全是漂亮的場面話，我相信觀護人一定感動得要命，把這次會面視作一場勝利，甚至想像他將從各家媒體贏得的好評，幫助奇蹟男孩重回正軌。又一個做著白日夢的心理醫生。

✦ ✦ ✦

犯下那次重罪至今將近過了兩個禮拜，我獨自攬下所有責任，準備好在隔天中午十二點整前往馬西家報到。前一晚我來到酒水店外，坐在里托大伯的後車廂上。這晚相當炎熱，熱浪來襲的前兆。橋下堤坡的兩盞黃燈忽閃忽滅。一閃、一滅、一閃、一滅。

我看著一輛輛車子駛過大街，有些車窗大開，音樂響徹夜空，窗後飄著香菸的菸灰。我好奇有多少人正要回家，準備邊看電視邊吃晚餐。某輛車子裡想必有某個人正在前往距離密西根州的米爾福德很遠很遠的地方。如果他碰巧見到坐在酒水店廉價燈光底下的我，或許會以為我只是另一個這輩子哪裡都沒去過的當地小孩。他不會知道我的過去，不會知道六月的那一天，或是我已經沉默九年的事實。他也不會知道我哪裡也去不了，因為如今的我正式成了緩刑犯。

一個鐘頭過去，夜晚拒絕變涼，一度也不降。對明天不是好預兆。最後，一輛車駛來，車頭燈非但沒有從我身邊一閃即逝，反而直射我的臉龐，令我眼花。車子轉進空地停下來。引擎熄滅後，仍就著餘溫滴答作響。駕駛沒有下車，只是坐在那裡。

我認識那輛車。配有格紋座椅的紅色雪佛蘭新星。我在那裡坐了好一陣子，好奇他最後會不會硬著頭皮打開車門。整整一分鐘過去了，接著又過了一分鐘，我從里托大伯的後車廂滑下來，朝他走去。

格里芬坐在駕駛座上。映在他臉上的燈光剛好足以讓我看見他在哭。我走到副駕駛座那一頭，打開車門，在他旁邊坐下。

「我能待在這裡嗎？」他說。

我兩手一攤。為什麼不能？

「我的意思是，這樣安全嗎？」

我雙手握拳在胸前交叉，然後再攤開。臉上表情寫著，當然安全。

「我想自首。」他說。「我真的想。」

我把雙手放下。

「我是認真的。我要去自首。」

我用右手比了個Y，在額頭前晃了晃。別傻了。

「我還是可以這麼做，麥可。你希望我去自首嗎？這樣能幫到你嗎？」

我搖搖頭。

「你確定？我可以告訴他們所有來龍去脈。」

我朝他的肩膀打了一下，力道比我預期的重。

「那幾個傢伙。」他說。「我敢說他們一點也不內疚。我敢說他們不像我一樣內疚得快死了。」

我聽完點了點頭，心中暗想，是啊，多謝了。我望向窗外。

「我還是覺得很糟。我就要出發去威斯康辛州了。你知道的，秋天開學前的暑期課程。我覺得自己好像把你拋棄在這裡。」

他說完思考了一會兒。

「不過，」他說。「我是說，再過一年你就畢業了，然後你就可以去上藝術學院了，對吧？說不定可以來威斯康辛州跟我一起？那一定很酷，對吧？」

我聳聳肩。他又停止說話一陣子。

「我欠你一次人情。」最後他說。「好嗎？我說真的。任何事只要你開口，我欠你一次天大的人情。」

我再次點頭，接著下車，目送他開車離開。我不禁好奇，這次見面有沒有讓他覺得好過些。

不，他仍會覺得一樣內疚，我心想。說不定比以往更內疚。他在我身邊再也不會感到自在。我這輩子唯一擁有的真正朋友……他現在要離開了，而我永遠不會再見到他。

我說對了。

✦✦✦

隔天，我開車前往馬西家。我知道遲到是大忌，所以我於十一點五十七分抵達。重新回到同一棟房子感覺很怪。光天化日下，房子看起來更大了，白牆乾淨得必須戴上墨鏡才能直視。我把車停在路邊，與我前幾晚所停的位置僅僅相隔幾公尺。我走向大門，感覺烈日直射頭頂。我敲門等待。

馬西先生前來開門。今天的他少了一身筆挺的西裝，而是穿著一件白色無袖運動上衣和一條藍色緊身運動短褲，頭上束著頭帶讓造型更趨完整。

「是你。」他說。「你來了。」

「到這邊來。」他把門開著，轉身離去。我關門跟上他。

我有得選嗎？

「等你看過這個，我們就去我的辦公室聊一聊。」他說。他帶我穿過客廳，水族箱已經換新，同樣幾條魚在裡面游來游去，彷彿沒事發生過。其他遭到破壞的地方顯然也修繕完畢，沒有一絲被闖入的痕跡。

「一千兩百塊。」他說。「包括新的水族箱，淹水的地毯和家具……」

他站在原地，等我做出一點反應，等我明白他在說什麼。

「我應該等著讓你去修復，可是這樣做完全沒道理。你能怎麼辦？把玻璃一片片黏回去嗎？」

這下你和自己吵起來了，我心想。我最好做點反應。於是我把雙手稍微抬起幾公分，然後從身體兩側落下。

「當然，你沒錯。還能說什麼呢？」

他轉身來到樓梯口旁邊的一扇門前。他開門示意我進去。這是上次沒見過的房間。一面牆擺著深色的木製書櫃，另一面牆掛著一台巨型投影電視。第三面牆是可以眺望後院的大型落地窗，第四面牆上則是我畢生見過最龐大的魚類標本，屬於那種大西洋藍槍魚，魚身起碼兩公尺長，加上額外近一公尺的長喙，經過填充、固定、上漆，模樣栩栩如生，彷彿仍滴著水。

「坐吧。」他指著書桌正前方的訪客皮椅。他在書桌後坐下，那條大魚就在他的後腦勺。他拿出小小的壓力球開始捏啊捏。好長時間不發一語，只是邊看著我邊捏著球。

「我在基韋斯特捕到那該死的東西。」他終於開口說話，頭也懶得抬起看那標本一眼。「我和牠整整纏鬥了三小時。」

他繼續捏著小球，目光始終沒有從我身上離開。

「好吧，我承認，我現在有點掙扎。一部分的我仍想把你宰了。」

他暫時停下來看著我，想必是在衡量他這番話的效果。

「另一部分的我只想把你打成重傷。」

我心想，事情不該這樣發展，我的觀護人不是這樣說的。

「我問你，你家有沒有被人闖入過？」

我搖頭。

「你知道那是什麼感覺嗎？」

我再度搖頭。

「感覺就像受到侵犯，像有人把手伸進你的內臟……」

他舉起他的壓力球，用盡力氣使勁一捏。

「就像有人奪走你的某樣東西，而你再也拿不回來。你對於安全的概念，你對於待在自己家裡的平靜感。你明白我的意思嗎？」

我坐在那裡看著他。

「話說回來，不說話是怎麼回事？你想表達什麼？」

他伸長空著的那隻手，拿起背對我的一幅相框。

「我有個跟你同齡的女兒。」他說。「自從那次非法闖入……自從這棟房子受到侵犯……」

他把相框轉向我。我看見她的臉孔。

「我想說的是，她一直過得很辛苦。在她母親離開後。」

他停了一會兒。

「在她母親尋短自盡後。就在幾年前。我跟你說這些是想讓你知道她的日子已經不好過了，懂嗎？從那之後，艾蜜莉亞就一直活在自己的世界裡。或許已經慢慢好轉了，我不曉得。可是現在……你他媽的闖進這裡……我無法想像她有多害怕。你什麼都不知道，對吧？你他媽的什麼都不知道。」

照片裡，她穿著一件寬大的連帽運動衫，背景湖面上的風吹散她的秀髮。她沒有微笑。但她美麗動人。

「我希望有天你也有孩子。我希望你有個女兒，就像我的艾蜜莉亞。然後我希望你也遇到幾個卑劣的混蛋闖進你家恐嚇她，這樣你才知道我現在的感受。」

艾蜜莉亞。這是我第一次聽見她的名字。艾蜜莉亞。

他把相框轉回去背對我。我的胃有種不舒服的感覺，空洞、發疼。我不希望她在自己家裡感到害怕。她經歷過至少一部分與我相同的遭遇。她畫出了我在她房裡見到的那些畫。

「現在，我的兒子……亞當……」他拿起桌上的另一個相框，是之前那個的兩倍大，當下我就應該從中看出端倪。

「他得到密西根州立大學的全額獎學金，我的母校。他已經在那裡接受暑期訓練。」

他把相框轉向，讓我可以瞻仰他兒子的全盛光彩。亞當穿著他的萊克蘭高中制服，一手抱著頭盔跪在地上。

「我知道這是怎麼回事。」他說。「我知道你們這幾個傢伙為什麼闖入這個地方，為什麼覺得非得把那張橫幅放進亞當的房間。四年來，他在球場上把你們打得落花流水，感覺一定很挫折吧。我想這部分我能理解。」

說到這裡，他頭一次露出微笑。他把亞當的照片放回桌上，小心翼翼調整到正確的位置，接著打開桌子抽屜，拿出一個小本子和一支高爾夫球造型的筆。他把兩樣東西滑過桌面，擺在我的正前方。

「所以我要問你一件事，麥可。你能不能幫我寫下一些名字呢？」

他往後靠在椅背上，開始把壓力球在兩手之間傳來傳去。

「我知道法庭上名字沒有曝光。我要說的是，這就當成你我之間的秘密，不會傳出這個房間。我知道布萊恩．豪森是那天晚上和你在一起的那幫人之一。我們就別假裝他沒來過這裡了。目前為止都清楚嗎？」

我靜靜坐著。

「他的好兄弟，那個四分衛……崔伊．托爾曼？傳球傳不過四十碼的那個？他也有份，對吧？」

又是一陣沉默。

「他們以前本來是朋友，你知道嗎？亞當和布萊恩。國中的時候。」

他停下來想了想。

「後來布萊恩去了不同的高中，開始用下三濫的手段對付亞當。你知道他有一次差點弄傷亞當的膝蓋嗎？本可能毀了他的球員生涯。真好笑，一個孩子要變成混蛋的速度可真快。我猜是家族遺傳吧。你見過他爸爸嗎？那個州警？兩父子都是沒用的死胖子。總之我知道你替他背黑鍋，麥可。我知道，你也知道。所以就像我說的……這就當你我之間的秘密……我到現在都沒說錯的話就點點頭。」

他們之間的較量與我無關，天知道那些傢伙從未因為我扛下罪名而謝過我。可是……

「我在等。」

可是，去他的混帳東西。我紋風不動。

「好了，麥可。別那麼傻。這不值得。」

我心想，我可以在這裡坐上一整天。你繼續講你的，我會動也不動坐在這張椅子上。

「好吧。」最後他說。「你想這樣跟我玩就對了。」

他起身走向我。我始終一動也不動。我等他伸手勒住我的脖子。

「你知道嗎？我只要一通電話，他們就會找別的辦法處置你。萬一我跟他們說你在這裡不是個守規矩的緩刑人，你懂我的意思嗎？他們會把你送到那種行為矯正中心，跟其他未成年罪犯放在一起。我相信你不說話的特色一定會受到他們熱烈的歡迎。這是你想要的嗎？」

我總算抬頭看他。

「你真的讓我的處境很難堪。你有哪些時間是屬於我的？中午十二點到下午四點，一個禮拜六天？還不趕快離開椅子到外面來。」

我站起來跟他走。他帶我經過廚房，穿過我用螺絲起子和安全別針打開的同一扇門。他開門準備走進後院時，突然停下腳步，看著門把。

「順道一提……你們是從這扇門進來的，對吧？」

我點點頭。

「門沒鎖嗎？」

我搖搖頭。

「那你是怎麼打開的？」

我假裝各別在兩隻手中拿著某樣東西。

「什麼？你有鑰匙之類的嗎？」

我搖頭，把動作重複一次。兩隻手。一手拿著一個工具。

「你的意思是你會開鎖？」

我點點頭。

他彎腰仔細檢查門把。「你說謊，門把上連一條刮痕都沒有。」

隨你怎麼說好了，我心想。就當我說謊吧。

「看樣子我們第一天相處得不是很順利。」他說，差點笑出聲來。「我只能這麼說。」

他站在原地看了我一會兒。

「最後機會。你要不要告訴我還有誰闖進我家？」

我連警察都沒說，我心想。憑什麼要告訴你？

「好吧。」他說。「我想我們只能來硬的了。」

12

二〇〇〇年一月，洛杉磯

機車魚貫停進朱利安家後院盡頭的車庫裡。一輛鐵灰色的紳寶汽車駛出。對這些人而言，這輛車似乎有點低調。但或許有時候低調有其必要。

我們一群人上了車。朱利安開車，雷夢娜坐在副駕。我、甘納及露西坐在後座。甘納選了中間的位置，一看就是想把我和露西隔開。我老早感受到一股潛在的不滿情緒，無論他們是不是大我六、七歲，他從一開始都只把我看成一個迷路的孩子。

時至傍晚。太陽懸在海面上。我們回到比佛利山莊，但這次往北前行，途經月桂谷大道，進入好萊塢山。我們越開越高，道路跟著曲折蜿蜒。兩側房屋林立，昂貴的豪宅，大膽前衛的現代建築，有些甚至蓋在懸崖邊上，賭地震不敢把他們翻下山谷。

我們經過穆荷蘭大道，然後是一條隔著鐵門的私人道路，衣冠楚楚的警衛坐在他小小的白色警衛室裡。我們往上拐過一個又一個髮夾彎。朱利安把車停在路肩。所有人下車。大家似乎都了解自己在這場戲中扮演的角色，清楚知道他們在什麼時間該做什麼事。朱利安謹慎地四處張望，確認沒人看著我們。他走向路肩的碎石子地，那裡長滿了密密麻麻的鼠尾草、灌木叢和其他奇形怪狀的植物，一直延伸至山谷裡。甘納和朱利安一起來到路邊。他匆匆給了朱利安一個擁抱，回頭對我們其他人揮了揮手，便消失在灌木叢間。

雷夢娜拿著望遠鏡仔細查看整座山谷。朱利安拿出一支手機。兩人持續觀察甘納在山谷底下的進度時，露西突然從後車廂現身。

「給你。」她說著，把千斤頂遞給我。「有點貢獻吧。」

我示意四個輪胎。哪一個？

「沒差，隨便你選。」

右後胎看樣子停在平坦的地面上，所以我把千斤頂架在那裡，把卸胎棒裝上鋼圈，開始轉動。我發現這是個好主意。如果有人開車經過，我們出現在這裡就看起來再自然不過。真有需要的話，我們甚至可以真的換上新輪胎，開車離去，然後晚點兒再回來。

「我們的目標在樓上。」雷夢娜說。「我沒看見保鑣。」

她繼續觀察。朱利安拿著手機準備就緒。我也準備好如果聽見有車開上來，就假裝忙著換輪胎。露西一邊來回踱步，一邊自言自語，看起來比其他人加起來還要緊張。

終於，手機傳來低沉的嗡嗡聲，彷彿從朱利安的手中跳起。他按下按鈕接聽。

「我們正在確定保鑣的位置。」他說。「再等會兒。」

雷夢娜拿著望遠鏡慢慢地前後移動，不斷仔細查找。

「有了。」最後她說。「保鑣在樓上。」

我低頭看著山谷，發現一條位於住宅區內的馬路，距離我們下方約莫四百公尺。馬路盡頭矗立著另一棟超現代化的豪宅，壯觀程度數一數二。整棟屋子全用耀眼的金屬和玻璃所建造而成。庭院鋪滿碎石，樹木以日式風格修剪。馬蹄形的車道停放一輛黑色長型轎車，大門擋住部分車身。

看著看著，我看見有個人影穿過馬路，步伐很快但不著急，迅速但不倉促。他繞過車子，直接在大門前停下腳步。

「你安全了。」朱利安朝手機說。

甘納打開門，踏進門內，再把門關上。

就在這時，我聽見一輛車開上山路。我敲敲後車廂提醒其他人。他們收起望遠鏡和手機，我則繞到車子旁，假裝在檢查輪胎。

一輛小小的紅色保時捷瘋狂換檔，急轉而上。我看見一副墨鏡和一頭金髮，接著車子就不見蹤影。駕駛完全沒有減速。

雷夢娜繼續拿出望遠鏡查看。

「他現在一個人。」她說。「你看到什麼嗎？」

「沒有。」朱利安說。「我沒看見半個人，哪兒都沒看見。」

「幹、幹、幹。」

「他沒事。」朱利安說。「妳知道他沒事的。」

「我確定那混蛋家裡有槍。」

「甘納沒事。」

「我需要喝一杯。」

「那幫不了什麼。」

「幫不了你。」

「各位，拜託。」露西對他們倆說。「閉嘴個一分鐘好嗎？」

「他沒事的。」朱利安說。「大家都別自己嚇自己。」

「我說閉嘴！」

這讓所有人安靜了幾分鐘。我好奇如果這些傢伙總是這副德性，怎麼可能是高手中的高手。露西拿走雷夢娜的望遠鏡，低頭凝視那棟房子。朱利安繼續掃視山谷，望著遠方的其他房產，想必擔心最終有人會注意到站在這裡的我們。

這時，他的手機再次響起。他低頭一看，沒有接聽。

「他進去了。」他說。「他沒事。」

「我們快離開這裡吧。」雷夢娜說。

她把露西從山路邊拉開，替她打開後座的門。我收回千斤頂，放進後車廂。幾秒鐘後，我們統統回到車內，朱利安開回路上，碎石飛濺四散。

「開慢點。」雷夢娜說。「別害死大家。」

「我好討厭這個環節。」露西說。「我們應該全都待在一起。每分每秒都在一起。」

「這是唯一的辦法。」朱利安說。「他會沒事的。」

「現在幾點了？」雷夢娜說著，看一眼她的手錶。

「我們有幾個鐘頭要打發。」朱利安說。「大把時間可以換裝。」

「那他呢？」雷夢娜說著，回頭看我。

「這我們也有時間。」他說。「麥可，你說我們去逛個街怎麼樣啊？」

✦ ✦ ✦

我還是不曉得計畫該怎麼進行。甘納才剛潛入某人的家，我們剩下的人顯然就這樣把他丟在那裡。去逛街。

好，如果故事聽到現在，這些人彷彿在牽著我的鼻子走，你必須理解……我想說的是，沒錯，鬼影深植了種種規則在我腦海。你是專家。承諾任何事之前，確認你已經完全理解事情的來龍去脈。如果感覺不對勁，立刻掉頭走人。然而，他同時也告訴我在白色傳呼機另一頭的這些傢伙厲害得沒話說。沒錯，很矛盾，但這可是穩賺不賠的生意，所以我該怎麼辦呢？不管對錯，我決定放手一搏，起碼以現階段來說。

因此，我們來到比佛利山莊。朱利安把車停在羅迪歐大道上，一群人拉著我走進他們所找得到的第一家貴得離奇的服飾店。

「很好，別搞砸了。」朱利安說。「直接把他扒了，完事閃人。」

我不知道他那句話是什麼意思，但不用多久我就明白了。兩個女的拽著我到時髦的西裝區，開始拿起一套套西裝往我身上比劃，好像我是洋娃娃似的。露西選了一套紅色西裝，我對天發誓，這絕對是你在服飾的世界裡所能找到最鮮豔的紅色。

「哈囉？」雷夢娜說。「黑色怎麼樣？」

「黑色太普通了。」露西說。「用點想像力。」

「他會看起來像聖誕老人，寶貝。這可不是我們要的效果。」

「他不會看起來像聖誕老人，他會看起來像撒旦，看起來邪惡至極。」

「我們可沒有一整天。」朱利安說。「就拿那套黑色西裝好嗎？露西，妳要的話去挑件紅襯衫。」

因此，這就是最後我穿著一套歐式剪裁的黑西裝和緊身紅襯衫的原因。沒有衣領，兩條金鍊，黑色細皮帶，黑皮鞋沒穿襪。沒時間修改尺寸，所以在我身上有點鬆垮。但朱利安說不要緊，說這樣別有效果。

他付錢買下所有衣服，對此我只有一件事想說。別當什麼專業的開鎖人了，在比佛利山莊開一間服飾店比較實在。工作環境好得多，賺的錢也多得多。

接下來，他們匆匆帶我到一間美髮沙龍，請其中一位設計師替我隨便打點一下。他看著我和我那頭自行修剪的髮型，說我已經沒救了。朱利安塞了幾捲二十塊大鈔，他突然變得積極不少。

「好，最後一樣東西。」我們回到人行道上時朱利安說。他脫下我的廉價墨鏡丟進垃圾桶，我們走進一間時髦的「精品眼鏡」店，兩位女士便展開這天下午的第二次爭吵，這次是為了我的新墨鏡。起碼我發揮了作用，讓她們暫時忘記了困在山谷那棟房子的可憐甘納。

最後，我的鼻梁掛著一副貴得離譜的全新金邊墨鏡。他們全看著我，好幾次要我轉身，最後宣布我尚可接受，我們便上了車，開回聖塔莫尼卡的房子。

我坐在椅子上，覺得頭昏腦脹，老實說還有點嚇壞了，其他人則分頭離開去換衣服。我在心中暗想，這種時候我真恨不得自己能說話。沒錯，這種時候說話特別有用。當然，直接起身離開大門也有用。

朱利安走下樓，穿得比我更時髦有型。西裝是新鮮的奶油色，穿著有衣領的紫色絲綢襯衫，整套衣服看起來就像為他量身訂製而成。他拿著一瓶古龍水噴在自己的雙手，然後抹上我的兩頰。

「你看起來很潮。」他說。「看起來像屬於這個城市的人。」

他到廚房水槽清洗雙手，然後斟了幾杯紅酒，遞一杯給我。他沒坐下，而是走到窗邊，看著窗外，再走回廚房，看著時鐘，然後又走到窗邊。

半小時過去了，兩位女士終於一起下樓，高跟鞋踩著樓梯叩叩作響。雷夢娜一身黑衣，露西穿著閃爍微光的深酒紅色。緊身，露腿，露胸，頭髮盤起，紅唇和纖長的黑色睫毛，眼影幾乎在發光。露西化上這些妝簡直完全變了一個人。她那雙眼睛如今更凸顯出它們的不對稱，但也反而讓她冷豔動人。

朱利安看著她們微笑。「你覺得怎麼樣？」他對我說。「她們有沒有及格？」

「過多久了？」露西說。「甘納現在一定急得快瘋了。」

「妳知道他的能耐。」朱利安說。「他可是禪宗大師。」

「快走吧。我等不下去了。」

我們蜂擁回到紳寶轎車上。現在天色已暗，洛杉磯一月份的一個沁涼的星期四晚上。我們又開車來到聖塔莫尼卡大道，如今交通變得更加擁擠。看樣子週末假期已經展開。

朱利安轉向北邊，帶我們直入好萊塢市中心，往右來到日落大道，經過一家又一家大排長龍的夜店，最後開進一個停車場，就位於籐街盡頭。他選擇大馬路附近的車位，車頭朝外停好。

「好。」他說。「認真的時刻到了。麥可？只要裝得很無聊就行了，這是你唯一的任務。」

我們逐一下車。這家夜店就像日落大道上其他夜店一樣排著長長的人龍等著進去。所有人都穿得前衛又時髦。朱利安帶我們直搗隊伍最前方，那裡站著一名保鑣，衣服被撐得鼓脹的典型肌肉男。他朝朱利安看了一眼，對他微微點頭，解開繩索，讓他進去，接著也對雷夢娜和露西點個頭。輪到我時，他只是隨便瞥了我一眼，但沒有把我攔下。我們經過排隊的人潮時，我回頭一看。大家似乎都不太樂見我們插隊，但看樣子也沒打算引發騷動抗議。

我們一進店內，我的耳朵立馬遭音樂轟炸。你能感覺到強烈的重節奏從雙腳往上竄，直入體內。到處燈光灼灼，聚光燈和雷射燈隨著音樂完美閃動。我們離舞池仍有六公尺，但朱利安已經把雙手舉到空中，沿路推擠人潮來到夜店後方的角落，那裡有一條狹窄的旋轉樓梯通往二樓高的陽台。樓梯頂端有另一名保鑣。他和前一名保鑣一樣，對朱利安點個頭就讓我們通過。

陽台上大多數的座位都已經有人，富商名流及俊男美女，又或者那只是我的推斷，因為在我看來，他們和樓下那些人沒什麼不同。朱利安走到角落的桌子，有專屬於自己的小籠子，就像老戲院裡會有的那種私人包廂。他解開繩子讓我們走進籠子，裡頭空間剛好只容得下我們四人。

上百人在我們正下方跳舞，彷彿為了我們表演。燈光不停把整間夜店染紅、然後是黃、藍、綠。我坐在那裡，盡情欣賞這一切，一邊納悶到底是怎麼回事，納悶這跟甘納溜進山谷那棟房子到底有什麼關係。

「女士們，喝點什麼？麥可？」

雷夢娜和露西想要以香檳開啟這個夜晚。我聳聳肩。香檳，什麼都行。我沒差。

籠子邊框設置了一顆小按鈕。朱利安一壓，約莫五秒鐘後，一個穿著像黑色潛水服、拉鍊在胸前半開的女人應聲而來。

朱利安點了一瓶水晶香檳，她隨即離開。兩分鐘過後，她拿著一瓶放在冰桶裡的香檳和四只香檳杯回來。她砰地打開香檳倒酒，接下來就是乾杯的時刻。朱利安凝望著雷夢娜的雙眼說了五個字。

「A la Mano de Dios。」

我們聽完這句話乾杯。接著朱利安坐回椅子上，一邊望著跳舞的群眾，一邊隨著節奏擺動肩膀。後來，一個黑影出現，探進我們的籠子。

「開始狂歡吧！」

他身材高瘦，穿著一套細條紋的灰西裝，白襯衫最上面三個鈕釦敞開，頭髮往後梳成馬尾。大海某處，有隻鯊魚失去了冷酷的雙眼，因為被這個男人給佔為己有。

朱利安起身與男人握手，側身擁抱。男人親吻雷夢娜的手背，接著露西的，最後來到我面前。

「我有榮幸認識你的朋友嗎？」

「當然。衛斯禮，這位是米哈爾，大老遠從莫斯科來的。」

「幸會。」他說。「旅途還順利嗎？」

「他不會說英文。」朱利安說。「他連一個單字都不肯學。」

這似乎讓男人深感佩服。「希望今晚你會喜歡我店裡的招待。」他說著與我握手。「雖然我知道你根本不曉得我他媽的在講什麼。」

他對自己的笑話放聲大笑，然後在朱利安的耳邊竊竊私語幾句就離開了。

「他對你印象深刻。」朱利安對我說。「他還說你很傻。」

「美國人對俄國人來說都是笨蛋。」雷夢娜說。

只得隨機應變了，我心想。終於有那麼一次，我慶幸自己不會說錯話。

朱利安啜飲一口香檳，然後看著他的手錶。

「現在既然確定我們的目標衛斯禮先生在現場……」

「我們走吧。」露西說著，起身抓住我的手。「你和我。」

朱利安和雷夢娜留在座位上。我站起來的時候，看見我們的夜店老闆在陽台的另一邊，大力招呼另一桌的客人。我朝他點頭示意，朱利安對我微微一笑。

「沒錯。」他說。「那位就是我們今晚要拿下的目標。」

13

一九九九年七月，密西根州

馬西先生帶我走進他家後院。當然我以前來過這裡一次，但那時夜色漆黑，我沒有特別注意周遭環境。大白天底下，我能看見草坪重新種植過，上千株綠苗正從一層薄薄的稻草冒出頭來，六百坪左右的面積，延伸至盡頭的一排樹林，看起來似乎是一座老蘋果園。

「你們這些傢伙也毀了我的新草皮。」他說著，指向一大塊嶄新的稻草。「早知道就該等你來整修。」

我低下頭，看見四組不同形狀的腳印。

「總之，如果你真的想獨自扛下所有責任，你在這裡就將格外孤單了。」

意思是什麼？

他往後院走，在距離房子十八公尺外的地方停下腳步。他拿起顯然是他刻意留在那裡的鏟子。鏟子是全新的，有黃色的強化玻璃把手和尚未沾上泥土的閃亮表面。幾公尺外有一輛手推車，其中一個把手上仍掛著價格標籤。

「他們要求我找些工作給你做。」他說。「整個暑假，一週六天，一天四小時。這可是很長一段時間。」

他把鏟子遞給我。

「我已經做了記號。」他說。「確保你不會偏離我標註的線。」

我完全聽不懂他在說什麼，直到我注意到他腳邊的麻繩。麻繩纏在一長串距離地面兩公分高的木樁上。我的視線沿著麻繩往前延伸，約莫九公尺後往右轉，然後再右轉三次完成一個大長方形。

「別擔心深度。儘管先動手，我們再看情況怎麼樣，知道嗎？手推車要是裝滿了就推到林邊倒掉。」

這裡將變成一個游泳池。這男人竟然要我替他在後院挖個游泳池。

「水龍頭旁邊有個塑膠水桶。」他說。「你需要的水在那邊。需要尿尿就到樹林解決。下午四點到了我會過來通知你。有問題嗎？」

他等了幾秒，彷彿以為我真會開口說點什麼。

「我們再把最後一件事說清楚。」他說。「你有任何問題直接找我。除非有我的允許，否則不准踏進房裡一步。至於我女兒，但願她看見你在這裡幹活後，會明白你沒那麼可怕。你聽清楚了嗎？我希望她看到你只是一個低劣的小混混而不是魔鬼，好讓她晚上得以入睡。除此之外你和她一點關係都沒有。要是我發現你敢斜眼偷看她，我就殺了你。懂了嗎？」

我拿著鏟子，看著他，感覺到陽光直射我的背。

「至於我兒子……正如我說過的，他已經在東蘭辛，所以你大概碰不到他。事實上，你最好祈禱你不會碰到他，因為要是他回家看見你……這麼說吧，我就再也不必煩惱要不要幹掉你了。」

他說完，搖搖頭，沒能忍住微笑的衝動。

「我晚點兒再來檢查你的進度。」他說。「記住，只要我一句話，你就會被送去感化中心，所以你最好乖乖地挖。」

我目送他從我身邊離開。他沒有回頭。他打開門消失後，我呆站在原地好一陣子，望著標記在我周圍草坪和稻草堆上的巨大長方形。頭頂沒有半朵雲飄過，也沒有樹林提供遮蔭。我用力嚥下一口口水，把鏟子插進地面。我挖起一小堆泥土，扛到手推車旁，泥土落入手推車裡發出空洞的撞擊聲。

挖了一下，還剩七百萬下。

✦ ✦ ✦

有些監獄會安排囚犯每天離開牢房幾個鐘頭，去幫忙一些工程之類的。例如清理拆除工程的碎石瓦礫，如果你有技術的話，甚至可以幫忙做營建。這是離開監獄的機會，你能搭公車來到真正的大街，看見真正的女人走在人行道上，抵達目的地後能做些真正有建設性的事情。大多數的囚犯為了得到這種機會，都樂意在別人背後插上一刀。

現在不如以往了，他們不像從前會讓囚犯從頭開始親手建造新新懲教所，或拿鞭子抽打任何偷懶的傢伙。不，他們不再幹那種事了。再也沒有累死人的勞動工作，沒有堆石頭和拿大槌碎石，沒有鞭刑。他們肯定也不會叫你獨自待在一塊土地上，要你開挖一座游泳池。這種殘忍又不人道的懲罰會讓這年頭的典獄長在第一天下班前就被開除。

但我人不在監獄。我在馬西家的後院。除了星期日外，我天天都會在這裡，以度過剩餘的暑假。這件事我覺得我沒有太多選擇。我也絕對不想知道感化中心的威脅是真是假。因此我繼續把鏟子插進土裡，腳往下踩，挖起泥土，倒進手推車。

我不停地挖啊挖。我填滿手推車，推到樹林邊倒掉，然後推回去，再次拿起鏟子。填滿第二車時，我開始挖到石頭。有些石頭實在太大，我不得不放下手邊所有工作，耗費接下來的幾分鐘處理石頭，直到最後有足夠的槓桿力把那該死的東西撬開。我的雙手已經開始發疼，背也是。我很確定我還挖不到半個鐘頭。

烈日折磨著我。我放下鏟子，拿著塑膠水桶到房子邊，打開水龍頭。冷水流過雙手時感覺舒服極了。我跪下捧水洗臉，把水桶裝滿喝了一大口。我關掉水龍頭時，聽見馬西先生從房裡傳來的聲音。他在對某人怒吼。我沒聽見有人回應，所以猜他想必是對著話筒怒吼。我聽不清楚他的話，只知道他很憤怒。

我心想，如果他現在走出來看見我坐在房子旁邊八成不妙。我把水桶拿回去繼續挖洞。我看見我到現在不過在地上挖出一個凹痕。這種事想都不能想，完全不能想。我告訴自己，只管關閉自己的大腦繼續挖就對了。

又過了半小時，又挖了幾車的泥土，從木樁底下推到樹林邊越來越高的土堆上。汗水開始刺痛雙眼。我沒看見馬西先生從房子走出來，他就突然站在我的後方。

「你會把你的背給曬傷的。」他對我說。「像你這樣絕對撐不過兩天。」

我停下來看著他。他拿著一杯飲料，某種加了水果和大量冰塊的夏日調酒。

「用你的腳。」他說。「背打直，用你的腳。這樣你或許可以撐過三天。」

我把鏟子插進土裡，用膝蓋往下壓，又碰到另一顆大石頭。

「你沒辦法獨自做這件事。你心知肚明。」

我把臉一抹，開始處理石頭周圍的土。這顆感覺是目前最大的石頭。

「你在做傻事。」馬西先生說著，湊著杯緣喝了一大口，然後抬頭瞇起眼睛看著天空。「太陽會把你搞死。你有聽見我說話嗎？」

我停手抬頭看他。

「我奉勸你，把其他人供出來……我就讓你坐在一把傘下。」

我回頭繼續處理石頭。

「好吧，你繼續挖。」他說。「等你準備重新考慮的時候再讓我知道。」

他搖搖頭，走回屋內。我花了接下來的二十分鐘費勁拖出一顆籃球大小的石頭。在那之後，情況變得有點模糊。我記得頭頂有兩隻鳥，我能聽見其中一隻對另一隻高鳴。我抬起頭，看見那隻鳴叫的鳥正在追逐另一隻體型大得多的鳥，在藍天劃過黑糊糊的影子。大鳥大可遠走高飛，或回頭教訓那隻小鳥，扭轉局面。但牠似乎不想這麼做，也許是自尊心的問題。小鳥繼續追逐大鳥，一次又一次地高聲叫著同樣的音調。

你辦不到，有個聲音從我過熱的腦袋某處傳來。別說飛了，你連那種聲音都發不出來。任何鳥類或低等動物都做得到的基本事情……卻超出你的能力所及。

我開始挖到跟我的手臂一樣粗的樹根。我用鏟子銳利的邊緣敲打，卻無法把樹根截斷。我停下來，把水桶重新裝滿。我把頭探到水龍頭底下，用冷水給自己一點刺激，好一會兒沒有起身。

我坐在原地休息，頭一抬看見馬西先生隔著後窗看著我。他雙手抱胸，臉上的表情無須多做解釋。我連忙站起來回去工作。

又過了一個鐘頭。我沒有放慢速度，但眼前看見的景象都染上了奇怪的微黃色調，頭頂的鳥彷彿變成禿鷹，一面看我，一面等待。我繼續挖著長方形游泳池的其中一個小角落，竭盡所能把那塊位置挖深，好讓自己看起來有所進展。直覺告訴我，如果把力氣分得太散，最後成果只會像是在表面刮掉了五公分的泥土。這樣一來我肯定會發瘋的。

接下來的症狀是暈眩。每次我低下頭，都覺得自己要昏倒了。我能感覺烈日隔著上衣直射進來。我拚命喝水，繼續上工，喝水，上工。她從我身後慢慢接近的時候，我沒聽見半點聲音，絲毫沒有察覺，直到轉身伸手拿水桶，才看見她的黑色球鞋。我抬起頭，看見一條膝蓋破洞的淡藍色牛仔褲，一件光可鑑人的露肩白襯衫，讓她看起來像個海盜。然後是她的臉。艾蜜莉亞的臉，不在畫上或照片裡，而是在現實生活中第一次出現。

她的雙眼是深褐色，頭髮是淺褐色，像我一樣有點凌亂，但可能沒那麼捲，更像一頭難整理的蓬鬆秀髮，非得從眼前撥開才能好好看人一眼，嘴巴總是擺出一副剛剛吵贏你的姿態。

我把她形容得頗為平凡。一個平凡的十七歲少女，還有點不修邊幅，或許是剛經歷那種典型的過渡期，不肯微笑，不肯梳頭。如果你以為你大概明白我在說什麼，那我肯定把她形容得不好。因為她有一種遠遠超越外表的氣質，我一看就看見了，即使她只是站在坑洞邊，隻手遮眼避免日曬。

當然，我知道提前見過她的畫也是一大因素。我是說，怎可能沒影響呢？但此時此刻這種感覺只是一股直覺，相信她有種異於他人的特質，相信她或許見過一些我也見過的事物。瘋了，我知道。還沒見到本人前，是不可能光從幾幅畫就了解一個人。如今她在這裡，準備對我說出她的第一句話。

「你看起來超級狼狽，你知道嗎？」

我站在那裡看著她，不敢想像我的樣子有多糟。比她更凌亂的頭髮，整張臉沾滿泥土和汗水，像中世紀的街頭頑童。

「我已經聽說過你了。」她說。「我是說在你還沒闖進我們家之前。你就是米爾福德高中那個不說話的傢伙，對吧？」

我沒有回答。我是說，連點頭或搖頭都沒有。我看著陽光灑在她皮膚上閃閃發亮的樣子。

「是……什麼原因？到底是怎麼回事？是因為你小時候發生什麼事嗎？」

我無法動彈。

「我一眼就能看穿你，看穿你那不說話的舉動。因為相信我……你其實想要談談你小時候的遭遇吧？改天我們可以交換一些故事。」

某處傳來聲響，一扇玻璃門砰地滑動關上。

「或許我猜錯了，你並不想談。因為這樣你就得開口說話了，對吧？」

她父親奔過草坪，絆到一堆鬆掉的稻草，差點跌個狗吃屎。

「對了，你非法闖入的手法可真是乾淨俐落。幹得好。」她說。

「艾蜜莉亞！」她父親抓住她的手臂。「離他遠一點！」

「我只是想看看他長什麼樣子。」她說。「那個傳說中的可怕大壞蛋。」

「馬上進屋去。」

「好啦，好啦！放輕鬆！」她把手甩開，朝屋子走去。她回頭看我一眼。我看不出來她在想什麼，但我知道一件事……馬西先生對她的說法，說她光想到我闖進她家就痛苦萬分？說她有多擔心害怕？

不知為什麼，她沒有給我這樣的感覺。

「我警告過你。」他對我說。「我是不是警告過你？」

呃，是的，我心想。你是警告過我。

「如果再讓我看見你……」

然後他突然愣住了。他準備說什麼？如果再讓我看見你跟她說話？看見你像石頭一樣站在那裡聽她羞辱你？

「聽著，這行不通。」他說。「我們就廢話少說，你可不想天天來這裡做這件事，對吧？」

我望向他的身後。艾蜜莉亞站在拉門旁邊。她在看著我。我拿起鏟子，插進土裡。

「好，好吧。」他說。「如果你堅持要這樣的話。看樣子你在淺水區這一端挺有進展的喔？等你挖到深水區那一端就知道了。」

他從我身邊轉身離開，後來又停下腳步。

「你在這裡還有一個鐘頭。」他說。「我要的是完整的六十分鐘，不是五十九分鐘。我話就說到這裡。」

我扛著滿滿一鏟的泥土倒進手推車裡。

「最後一次機會。」他說。「我認真的。我知道我一直說我是認真的，但這真的是你最後一次機會。你可以馬上進屋，寫下名字，我們就扯平了。你聽見了嗎？就這麼簡單。」

我接下來的舉動……我不知道我是哪來的勇氣。那不是我平常會做的事，再過一百萬年也不會。可能是頂著盛夏挖洞挖了整整三小時的後遺症，加上有一個穿著緊身短褲的有錢中年混帳第七次說要給我最後一次機會。我用左手打出F的手語，右手打出K的手語，把兩隻手湊在一起，然後做出把兩個字母往他的臉上一丟的動作。當然，或許有其他更簡單的方法，用一根手指頭就辦得到。但要是問我打了五年手語學到什麼，那就是如何帥氣有型地罵人了。

接下來，我轉身背對他，把手推車推向樹林。

「那是什麼？」他對我大喊。「那到底是什麼意思，你這愚蠢的怪胎？」

我回來時他已經離開，我也到處不見艾蜜莉亞。接下來的一個小時，我頻頻往屋子看，但她沒有出現。

我在四點整結束工作離開。開車回家的途中，努力想要把她的臉記在腦海。我連忙拿起畫紙捕捉她的模樣。畢竟我非常擅長憑記憶作畫。就像馬丁老師說過的，那是我的「特殊天賦」，擁有重現細節的能力。只要畫出基本輪廓，讓所有細節重現腦海。

今天，我辦不到。生平頭一次，我無法畫出某個人的臉。我繼續嘗試，繼續失敗，不停把畫紙揉成一團，然後重新開始。我告訴自己，你太累了。你連眼睛都快睜不開。於是我放棄去睡覺。

隔天早晨醒來時……這輩子最大的錯誤。我的背僵硬不已，差不多是用滾的下床。我的兩腿痠痛。兩隻臂膀也痛，但那天早上，從來沒有、我是說從來沒有任何部位比我的雙手更痛的經驗了。

首先，我無法打開手指，但也不能完全握拳。接著我沖了個澡。當熱水打到身上的水泡時，我差點跳穿天花板。換好衣服後，我在酒水店後面的房子裡東翻西找，發現一雙老舊的工作手套。總比沒有好，我心想。里托大伯看了我一眼，差點沒昏倒。

「他們對你做了什麼？」他說。「你的臉紅得像龍蝦。我要馬上打電話給那個白痴觀護人。不管了，我要打給法官。」

我抓住他的肩膀，把他嚇得魂飛魄散。我緊緊抓著他搖頭。我不希望他打給任何人或做任何事害我這天不能回到馬西家。我無論如何都得再見到她。

我吃了點東西好讓自己有點力氣，接著上車開回馬西家，途中一直努力活動雙手。抵達時，剛過中午幾分鐘。馬西先生在車道上等我。

「你遲到了。」他說。「跟我來。」

是、是，我心想，我馬上回游泳池那裡。只要跟我說你女兒今天會在家就行了。

「我要向你介紹一個人。」

他帶我繞到房子後面。那裡有個男人正蹲在門邊。

「這位是藍道夫先生。」馬西先生說。「他是一名鎖匠。」

鎖匠起身，調整他的棒球帽。「馬西先生告訴我是你打開了這道門鎖。」他說。「我沒看見半條刮痕，我說啊他在吹牛。」他有微微的東歐口音，所以吹牛說起來像「催牛」。

「怎麼樣？」馬西先生說。「你想示範給我們看你是怎麼辦到的嗎？」

我兩手一攤投降。不，我不想。

「門沒鎖。」鎖匠說。「我說對了嗎？這扇門一開始就沒鎖，所以你們直接大剌剌走進屋裡。」

我早該讓事情過去，反之我卻搖搖頭，做了個手勢，好像我在空中打開一個隱形的鎖。

「少來了。」鎖匠說著，偷偷對馬西先生眨了眨眼。「你不可能有辦法打開這道鎖。連我都得花上不少功夫。」

「讓他證明一下。」馬西先生說。「讓他用行動來證明。」

鎖匠放聲大笑。「我給你賭現金一百塊，貨真價實的美元大鈔，就是現在。」

「你今天別想拿走我的錢。」馬西先生說完，轉身面向我。「這樣吧，麥可。你只要打開那道鎖，我就放你一天的假，好嗎？你願意嗎？立刻把鎖打開你就能回家了。」

「來，你可以用我的工具。」鎖匠說著，拿出一個像放大版的錢包交給我。「業界最高級的工具。」

我拉開皮套的拉鍊後攤開，在原地站了好一會兒，看著裡頭的東西。我從未見過如此精美的工具收藏。

「你知道怎麼使用那些工具對吧？別客氣，讓我們見識你的能耐。」

眼前至少有十幾個開鎖器可供選擇。三個針狀開鎖器、兩個球狀開鎖器、一個雙球狀開鎖器、起碼四到五個鉤狀開鎖器。我還不曉得這些工具的名稱，要等後來才會知道了。

「好，加碼到一千塊吧。」鎖匠說。「我給你一賠十的賠率。」他正準備從我手上拿回皮套，但我轉身背對他，拿起其中一個鉤狀開鎖器。連扭力把手也有四種不同選擇，於是我在門鎖旁跪下，一邊揣測最適合的尺寸是哪一個。我以前從來沒有選擇的必要，向來都是手邊有什麼廢金屬就用什麼。

我拿出其中一個扭力扳手，不是最大也不是最小的。我把扳手插進鑰匙孔的底部，一根手指貼在右側，一點一滴往前推。接下來，我拿起鉤狀開鎖器，開始摸索那排鎖簧。不用說，我已經開過這個鎖，所以完全知道該怎麼做。結構非常基本，六顆鎖簧，最裡面那顆閉合得比較緊，但都算不上棘手。我用螺絲起子和弄彎的安全別針開鎖一共花了三分半鐘，現在有了這些完美的工具——要命，我不用三十秒就能打開。

「他好像知道自己在做什麼。」馬西先生說。「你想該不會……」

「絕對不可能。」鎖匠說。如今他的微笑已經消失。「我跟你保證。」

我成功推開最後面那顆鎖簧，謹慎地來到第五顆。拜專業的扭力把手之賜，固定最後一顆鎖簧變得輕而易舉。我一路往前推動每顆鎖簧，聽著那令人滿足的喀噠聲。我感覺得到我差不多完成一半。我也知道使用蘑菇狀鎖簧的門鎖得回頭再推一次。如今阻撓我的只剩小小的金屬柱了，六顆小鎖簧上的六個小凹槽，然後整個鎖芯就會轉動。

兩個大男人現在安靜無聲。我由後往前，重新開始推動鎖簧。我正準備抬起最後一顆鎖簧之際，一個念頭突然迫使我停下來。

我在心底思忖，仔細想想，你真的想證明給這些傢伙知道你只要心血來潮就可以闖進這棟房子嗎？闖進任何一棟房子？這是你想讓所有人知道的事嗎？

「就這樣？」馬西先生說。「你放棄了嗎？」

「遊戲時間結束。」鎖匠說。臉上掛著一抹冷笑。「下次你想吹牛說大話的時候，別忘了這次的教訓。」

你這樣對我說話可就不對了，我心想。我直視鎖匠的雙眼，抬起最後一顆鎖簧。我轉動門把，把門打開，把工具還給他。

接著，我戴上手套，走進後院開始挖洞。

✦ ✦ ✦

我拿起鏟子上工的時候，聽見馬西先生和鎖匠吵得面紅耳赤。幾分鐘後，鎖匠離開了，只剩馬西先生站在那裡看我。現在他手中拿著一杯飲料。我堆滿今天第一車的泥土，推到樹林邊倒掉。回來時，他已經離開。

今天又更炎熱些。我來到水龍頭邊把水桶裝滿。水停止流動時，我聽見馬西先生又像昨天那樣對話筒大吼。我在這天才明白一個顯而易見的事實。絕對不要信任一個會對著話筒大吼大叫的人。

接下來的兩個鐘頭，我繼續挖洞，推手推車，一邊好奇自己能不能熬過這一天。我覺得比昨天更虛弱了。這種情況勢不可免。我心裡有數，這是簡單的生理和物理學概念。到最後，我就是沒辦法再挖下去。這不是放慢節奏就能解決的問題。我是說，一個人在挖洞的時候能節省的體力有限，少了最基本的力氣，根本連挖都挖不動。

眼前一切又開始轉黃，眼睛太疲勞或被太陽曬得太久或天知道什麼原因。我持續把水桶加滿，盡量補充水分。

你會昏倒的，我告訴自己，就像太陽從東邊升起一樣不容質疑。你會昏倒，而他們會過來把你救醒。休養幾天後，你會前往馬西先生說過的那間感化中心。到那裡他們不會把你操得那麼兇。見鬼了，到哪裡都不會有人把你操成這樣。但以各方面來說都會更加悲慘。最重要的是，你再也見不到艾蜜莉亞。

「我不明白你為什麼要這樣。」

我轉過身，看見她站在那裡，那同一個位置上，未來有一天會成為她的游泳池畔。今天她穿著及膝牛仔短褲，同一雙黑色網球鞋。豔陽底下一雙雪白的小腿和腳踝，黑色T恤上印著某種卡通機關槍的圖案。今天實在太過炎熱，完全不適合穿黑色。

我挖著挖著停下來擦臉。

「你永遠也挖不完的，你得花上一年的時間。而且就算你成功了又怎樣？你以為我們真的會用後院的游泳池嗎？」

我另有動機，我在心中暗想。非常謝謝。但天啊妳好漂亮。

「亞當已經離家上大學去了。我再過一年也會離開。到底有誰會用？」

我站在原地，只見她東張西望，搖了搖頭，最後展開正題。

「所以你今天打算開口說話嗎？」

我把鏟子插進土裡自行站立。

「我說你在虛張聲勢，好嗎？我知道如果你想說話就能說話，所以說點什麼吧。」

我把手繞到褲子後面的口袋，拿出鉛筆和一本筆記本。我知道你可能會以為隨時攜帶寫字工具在身上這種事對我而言稀鬆平常，但說實話，我很少這麼做，如今依舊如此。我就是不喜歡為了取代真正的對話，唐突地寫紙條給別人。不好意思，我不能說話，所以我會把我需要對你說的每一句話寫在這本專為這種情況所隨身攜帶的筆記本上！謝謝你很有耐心地在我細心寫下一字一句的時候臉上帶著稍微困惑的表情乖乖站在那裡，好讓你能讀那些文字，假裝我們像兩個正常人一樣在溝通。

我才不在乎。

但今天不一樣。我在口袋準備好筆記本就是為了防止陷入這種情況。我打開筆記本開始寫字。

我真的不能說話。我向妳保證。真的。

我把筆記本遞給她。她看了兩秒，然後伸手要筆。當然，這毫無道理，因為合理來說，寫字只需單向進行即可，但我還是把筆交給她。

她把便條紙擱在大腿上開始寫字。

「艾蜜莉亞！」

屋內傳來一個聲音，打斷她書寫，打斷我欣賞她低下頭時秀髮垂落的模樣。不用說，是馬西先生，正準備出來警告我滾遠點。

不對，是比較年輕的聲音。有個與我們年齡相仿的人，正一步步離開房子，穿著東方式外套和垮褲。這種大熱天穿成這樣簡直荒唐。一頭長髮綁在後腦勺。注意，不是一大束馬尾，而是許多小束，看起來就像頂著雷鬼頭。表情一臉自以為是。從我見到他的第一眼，就知道他是個完全沒出息的混蛋。下一秒，我恍然大悟，感覺就像一匹馬踢中我的肚子一樣難受。這人是艾蜜莉亞的男朋友。

「妳在這裡做什麼？」他說。「妳不是不應該接近這個罪犯嗎？」他的口氣並非真心焦慮，更像一石二鳥的羞辱，不僅罵我是個罪犯，卻又是不值得當真的罪犯。我忍著拿鏟子往他臉上敲下去的衝動。

「我只是在問他問題。」艾蜜莉亞說。「我以為你在畫廊。」

「今天無聊死了。有人在家嗎？」

「不知道。我想我爸出門了。」

「是嗎？」

「別打歪主意。他隨時會回來。」

「他的車很吵，我們聽得見他回來的聲音。」

「我跟你說過了，齊克……」

對話停頓了一會兒。我被迫聽著這段你來我往的親密對話，更誇張的是他那可笑的名字，齊克！

「走吧。」他說。「留這個惡徒繼續挖洞。」

「他的名字是麥可。」她說。

「隨便啦。」

她把寫到一半的那張紙揉成一團朝我扔來，接著跟他一起離去。她停下腳步回頭看我，直到齊克伸手摟住她的腰窩。他們離開後，我撿起紙團。她劃掉我寫的字，在底下寫了自己的話。

你上次試著開口說話是什麼時候？

✦✦✦

那天過得很辛苦，真的很苦。我是說，除了雙手發疼，後背痠痛，覺得再過兩分鐘就要心臟病發之外。我正在幫一個有錢人挖游泳池，在這棟我永遠不可能居住的豪宅後院，像奴隸一樣工作。還有艾蜜莉亞……讓我想到就痛的她。如果有什麼方法能接近她就好了，讓她知道我其實不是個惡徒，或怪胎。

我心想，如今只有一個辦法了。我必須畫點什麼送給她。無論我得工作得多辛苦，這是我唯一的機會。

不知怎地，這個想法給了我最後一個鐘頭繼續挖洞的體力。我把最後一車的泥土推到樹林邊，再推回坑洞旁。經過整整八小時的挖掘，現在果真看起來像個真正的坑洞了。我把鏟子放進手推車，繞回房子正門，我就是在那個時候第一次看見齊克的車停在車道上。那是一輛櫻桃紅的BMW敞篷車。車頂是開的，所以我能看見內裝的黑色皮椅和陽光下閃閃發亮的排檔桿。然後，就在幾公尺外，是車身生鏽的雙色侯爵古董車。

回家後，我沒有走進酒水店。我不希望里托大伯看見我的模樣，又開始威脅要打電話給法官。我直接進屋，沖了澡，吃了點東西，然後坐下來畫畫。

前一晚企圖在畫紙上捕捉艾蜜莉亞身影的我徹底失敗……感覺似乎是不可能的事。

你太刻意了，我心想，你要把她畫成蒙娜麗莎了。只管像你畫其他人那樣畫她就行了，別把她想成每次見到就心神不寧的那個人。

到了半夜我仍在畫。我好累，但我快完成了。或許這就是我所需要的，累到兩眼發直，不得不憑直覺行事，只管動筆讓畫面順其自然出現。

畫中的她站在坑洞邊緣。她穿著她的及膝短褲、黑色網球鞋和印有機關槍的黑色T恤。披頭散髮的。一隻手臂繞過身體摟著另一隻手臂的手肘。她的身體語言曖昧不清，目光微微朝下，看著我又沒有完全看著我。

沒錯，這樣好多了，我抓住她的神韻了。更重要的是，我慢慢抓住我對她的感覺，知道我在心裡是如何看待她的。事情簡直順利得不可思議。

現在我要做的就是好好思考該怎麼把畫送她。我能不能想個辦法，把畫捲起來，藏在褲子裡？或是放進一個大信封，讓畫保持平整……總之我必須隨時帶在身上，一逮到機會就送給她。沒錯，就是這樣。只要有耐心，機會就會降臨。現在暫且拖著你那如廢人般的身體上床補點眠，為明天做準備。

隔天早上醒來時，我覺得身體和前一天一樣糟，但沒有惡化。我吃了點東西後，開車到馬西家。整個送畫的想法在半夜似乎是個完美的計畫。現在在大白天底下，我卻忍不住懷疑這是不是一個天大的錯誤。不過管他的，對吧？我有什麼損失呢？

我準時抵達。那張畫放在巨大的棕色信封袋裡，藏在衣服底下，平貼著我的背。我打算趁我推著手推車到樹林邊的第一趟，把信封拿出來藏在樹林裡，免得我的汗水把畫毀了。如果下午某個時間艾蜜莉亞經過這裡，我就能拿過去送她。我只能向天祈求她會收下，祈求她會打開信封袋看看。這個請求應該不算過分。

馬西先生正在等我，鎖匠也在旁邊。夠了吧，我心想，今天我不需要這個。

「你還記得藍道夫吧。」馬西先生對我說。

我點點頭。今天鎖匠的臉上掛著了然於心的微笑，彷彿他為我準備了一個小禮物，等不及要看我拆開。

「再去一趟吧。」馬西先生說。「你不介意的話。」

我感覺這件事我別無選擇，於是跟他們走。鎖匠的工具皮套擱在後門邊。舊鎖已經被拆解，一塊塊擺在地面上。閃亮的新鎖就定位置，等待著我。

「工具，麻煩。」馬西先生說。

鎖匠拿出前一天的皮套，用力交到我攤開的手掌心上。

「你對鋸齒狀鎖簧怎麼看，小子？」

鋸齒狀鎖簧？這我可是第一次聽到。

「你把鎖簧的結構告訴他了。」馬西先生說。「我以為這是你大展身手的時刻。」

「我不擔心。」鎖匠說著對我微笑。「要是他沒開過這種鎖，就算知道裡面的結構也幫不了他。」

我打開工具箱，拿出鉤狀開鎖器和一支扭力把手。我如果彎腰解鎖的話，我心想，他會不會看見塞在我背後的信封袋啊？我乾脆直接放棄算了，承認失敗，回去抄鏟子。

「快啊。」馬西先生說。「你還在等什麼？」

我起碼得做做樣子，花個一分鐘解鎖，同時確保背後的衣服不要往上滑，再起身把工具還給鎖匠。這是我現場的即興計畫。於是我單膝跪下，安置好扭力扳手，開始工作。不用多久我就摸索出共有六顆鎖簧。搞什麼嘛，我心想，這個鎖感覺沒有比上一個鎖困難太多。事實上，這些鎖簧一點都不緊，也沒有故意擺得一高一低讓解鎖變得複雜。如果這些不是一般的鎖簧，我敢說不是，每顆鎖簧會各有一組錯誤的位置，讓我得重新再抬第二次。我始終維持一定的扭力，把最後一顆鎖簧以毫釐之差往上抬起，再來到下一顆，繼續如法炮製，一直來到最前面那一顆。

好了，你最好思考一下你在幹嘛，我心想。別管最前面那顆鎖簧了。快舉高雙手，搖搖頭，把工具還給鎖匠。讓他以為他用這個鎖把你打敗了。讓馬西先生以為他終於找到一扇我打不開的門了。你再也不必天天面臨這種鳥事，尤其是你還打算把衣服底下的畫偷帶出去的話。

「我跟你說過他打不開。」鎖匠說。

「真可惜。」馬西先生說。「我本來以為這小子真的能做出什麼了不起的事。」

我抬頭看著那兩人，看著他們志得意滿的微笑，接著回頭繼續解鎖。我把最前面的鎖簧往上抬，感覺它牢牢固定住。現在只要轉動鎖芯就大功告成了。

然而，鎖芯沒有轉動。

我把工具全抽出來，感覺到鎖簧一顆顆掉回原位，鎖匠在我肩後放聲大笑。我舉起一隻手要他安靜，把工具插回鑰匙孔，重新開始。抬起一顆再一顆鎖簧。我知道這些是要誤導人的假位置。我知道我得重新把每顆鎖簧再往上抬第二次。專業的好鎖就是這樣運作的。先抬高到假的位置，然後是真的位置，鎖就開了。

我又回到最前面的那顆鎖簧，感覺它被抬到恰恰好的位置。就是那裡。每顆鎖簧應該都已經就定位。鎖芯應該可以轉動了。

還是沒有轉動，這該死的東西沒有轉動。

「永遠別派孩子去做男人的工作。」鎖匠說。「我有沒有跟你說過？」

「你是說過。」馬西先生說。「但是得了吧，你又不是打敗了世界級的珠寶大盜之類的。」

「你可能說得沒錯，但維護我這門技術的尊嚴——無論如何對我而言是一件極其重要的事。」

「隨你怎麼說。趕快拿走你的工具讓這小子可以回去挖洞。」

我企圖揮手把他趕走，讓自己再多試一下，但他從我手中搶走工具。「放棄吧。」他說。

「這不是玩具，你打不開的。」

我站在原地望著那扇門，望著閃亮的新鎖。我不想離開。

「走吧，回去工作。」馬西先生對我說。「遊戲時間結束了。」

最後，我總算轉身離開時，腦中仍不斷重播剛才的畫面。那道鎖的一舉一動我看得清清楚楚，鎖簧絕對沒有頂過頭。

我的腦袋咚咚作響。我無法呼吸。

這是生平第一次，我企圖打開一道鎖，卻失敗了。

14

二〇〇〇年一月，洛杉磯

酒吧有另一道通往後門的樓梯，顯然是VIP專用的樓梯。露西打開後門，我們來到停車場。夜晚氣溫更冷了，一道微風從海上吹來。

我們坐進車內。我在露西旁邊正襟危坐。她駛上籐街。

「你表現得不錯。」她說。「繼續維持，保持冷靜。」

她駛回日落大道，突然向右一個急轉彎，開進山裡。我們沿著今早的原路線折返，朝月桂樹峽谷大道往上開，在同一個轉角轉彎，在同一個地點停車。天色已黑，山腳下整座城市放眼望去，一片燈火通明。

「下車。」她對我說。

她等我繞到車的另一側，她的所站位置。

「把衣服脫掉。」

妳說什麼？

「你可不想弄髒這身新衣服，對吧？」她打開後車廂，拿出兩件黑色連身工作服，等著我脫掉西裝、襯衫和長褲。

「鞋子也要。我這裡有幾雙鞋給你試穿。」

她拿走我的衣服，放進後座。我站在馬路邊，除了內褲外一絲不掛。她上下打量我後，把連身工作服和一雙黑色跑鞋遞給我。我穿上簡單的一身黑後，她便摘掉我臉上的墨鏡。

「甘納身上有手機。」她說。「你們結束後他會打給我。萬一基於某些理由他不能打電話，拿走他的手機，按下九就能聯絡到我，讓我知道該去接你們了。如果我沒聽見說話聲，就知道是緊急情況。遇到這個情形，我會不惜一切代價，想辦法直接進到屋子裡。明白了嗎？」

我點點頭。

「按下哪個鍵？」

我伸出九個手指。

「好孩子。」她一把抓住我，在我嘴巴上用力一親。

「我真的很討厭你。」她說。「但衛斯禮說得對。你確實很俊。」

接著，她把我轉向漆黑的鼠尾草叢和通往山下那棟房子的長坡。

「他會在後門等你。」她說。「快給我下去吧。」

說完，她把我推下路肩。

✦✦✦

我沒花太多時間就來到了山腳。地心引力真有意思，從五十度的斜坡滑下去的同時可以讓速度變快。抵達後，我覺得自己彷彿被一條長長的帶刺鐵絲反覆鞭打過。

我暫時停下來喘口氣，一邊張望馬路兩側，接著往對面的房子走去。我繞到後院，那裡有一座游泳池。水面下約有十幾盞圍繞在泳池四周的燈。從欄杆眺望出去的風景美不勝收，可惜我沒心情欣賞。房子內部灑落出更多的光線，多的是敞開的窗戶但沒有窗簾，看上去就像一座巨大水族館。我走到後門，還沒敲門，甘納就把門打開，僅留三十公分左右的門縫讓我穿入。

「動作放慢。」他低聲對我說。

我溜進屋內，看見一條自門頂環繞門框一圈的電線。那是線圈一斷就會啟動警報器的電磁開關。看樣子甘納在連接開關兩側的電線上各劃了一道細小刻痕，然後在兩者之間接上一條跳線。線路仍舊完整的情況下，他開了門警報器也不會鈴聲大作。

我注意到的第二件事，是這棟房子熱得要命。

「仔細聽。」他說。「你看見對面牆壁上的裝置了嗎？」

我望向盡頭的牆壁，看見那個長邊約十公分、短邊約七公分的長方形裝置，上半部內嵌一個小螢幕，下半部有一個黑色小圓圈。

「這棟房子的第二套保全系統用的是人體紅外線，意思是你經過裝置的視線範圍時，它會偵測到你的體溫。我已經盡量把室內溫度升高，好中和你的體溫和氣溫之間的差異。不過你還是得非常小心。」

他想必是利用警報延遲的時間從藏身處溜出來調整了恆溫器，我心想。在那之後，剩下的就是屏息靜候了。

「保險箱在另一個房間。」他說。「跟我走，但速度不能比我快。」

他在地面緩緩跨出一步。我跟在他後方。要是少了熾熱的氣溫，我們根本沒機會成功，即使再努力，走得再慢也一樣。儘管有高溫掩飾，我們仍目不轉睛地盯著那個感應裝置。只要亮一次紅燈，我們就得考慮終止整個行動。

「隔壁房間還有另一個紅外線感測器。」他說。「所以千萬不能鬆懈，你得持續放慢動作。」

我們一步一步慢慢離開房間，來到轉角處時，我見到房子的主區域。我看見一座大壁爐，眾多現代畫作掛在牆上，看起來就跟我的老朋友格里芬以前畫過的作品如出一轍。我看見高大的窗戶和戶外閃閃發亮的游泳池，甚至能看見城裡的燈光。一時之間，我忍不住好奇哪一盞燈是從朱利安和雷夢娜等待的那間夜店為我們而點亮的。

我們總算拐過另一個轉角，那裡有張黑色大桌子，上頭懸著兩盞太空樣式的吊燈。成排的書架，更多的畫作。而距離我們幾公尺外的牆上，是另一個紅外線感測器。

以及一個保險箱。

正如朱利安所說的，保險箱就和他在密室裡給我看過的是同一種型號。計畫必須滴水不漏，他這麼說過。當時我曾質疑他的準備工作是不是過於小題大作。如今我很慶幸我有過練習的機會。

「動作要非常慢。」他說。我們經過距離感測器不到一公尺的地方。我一直等著紅燈亮起。我覺得好熱。這東西怎麼可能沒察覺到我們在房間裡？甘納一腳踏出去，慢慢轉移重心，然後踏出另一隻腳，再度轉移重心。我們光是經過那個感測器就花了五分鐘。

我們來到保險箱前，我立刻跪倒在地，找到空檔喘口氣，擦掉眼睛的汗水。真奇怪，原來動得那麼慢會如此累人。

「是同一種保險箱。」他說。「你應該有辦法打開。」

還用你說，我心想。我把手放在密碼盤上撥動起來。

「因為如果你打不開的話，我們大概全都死定了。」

謝謝你的信心喊話。現在給我安靜閉嘴。

我把注意力回到保險箱上，感覺到背後滑落的汗水。我彷彿回到在馬西先生後院的那段美好舊時光。密碼盤在手中又濕又滑，但我知道我有辦法打開。那次練習讓我知道保險箱有四個輪軸。我也已經知道距離變短大概是什麼感覺。我只需要按部就班地撥動密碼盤，一旦找到數字，轉出正確的密碼順序，所有麻煩都將迎刃而解。

暫時迎刃而解。

我輸入正確的密碼後，便轉動門把，準備把門拉開。甘納伸出一隻手攔截。我忘了要小心。

我們同時回頭看著感測器。紅燈沒有亮起。

「拿著。」他說著，從屁股口袋慢條斯理地拿出一個黑色垃圾袋。「做你該做的事。」

門完全打開後，我明白所謂「該做的事」將是接連不斷地拿出一疊又一疊的鈔票放進袋子裡。

「你想知道的話，這就是七十五萬美金的模樣。」

看上去還不錯，我心想。每一疊是一百張二十元鈔票，表示共有三百七十五疊。我開始把鈔票掃進袋子，一次一大把。

「別著急。」他說。就在我以為他準備屈身幫忙的時候，他突然停下動作。「你有聽到嗎？」

我停下來仔細聽。我搖搖頭。我什麼也沒聽見。

「這就是我的意思。現在比剛剛更安靜了。」

我們暫時靜止不動。甘納率先發現異狀。

「是壁爐。壁爐的火熄了。」

他說得對，那持續嗡嗡作響的背景聲音，現在已經安靜下來。

「加緊腳步把袋子裝滿吧。」他說。「但小心點。」

同時辦到這兩件事簡直痴人說夢，但我仍盡力而為。我把袋子拿高湊到保險箱前面，抓了一疊又一疊鈔票，一次掃進去。

「大概是爐內過熱。」甘納說。「管他的，大概是沒燃料了。是我的錯覺嗎？還是這裡現在沒那麼熱了？」

我真恨不得那只是他的錯覺，但恐怕不是。我已經不再流汗，即使我拚了命地把鈔票裝進袋子裡。室內溫度要多久才會降回正常值？

「我們得更小心了。」甘納說。「你準備好了嗎？」

我對他點點頭。他伸手撿起袋子。我關上保險箱站起來。他開始移動，我也跟了上去。走一步，換腳。走一步，換腳。

我們再次接近感測器時，我屏住呼吸。氣溫肯定變涼了，絕對不會錯。甘納踏出一步，然後再另一步。

燈開始閃起紅光。

「停。」他說。

我們同時靜止不動。

燈光熄滅，不再閃爍。現在是決定性的一刻，端看警報系統如何設置，要嘛允許偶一為之的騷動，要嘛就是當下立刻聯絡中控室。警鈴悶不作聲，我們不得而知，除非聽見保全車輛在大街上奔馳而來。

「再慢一點。」甘納向前傾，觀察感測器。這一次，他用他的腳滑過地面，兩公分，再兩公分。現在我們的移動速度已經慢到不能再慢，回到大門會花上好幾個鐘頭，甚至好幾天。

要有耐心，我告訴自己。就算你在這世上一無所有，你還有耐心。

現在我們來到感測器正前方。一歪頭就會觸動，一眨眼也會觸動。你是一座雕像，唯一能撼動你的是自轉的地球。你頭髮變長的速度都快過你的動作。

慢慢來。慢慢來。

時間彷彿經過一世紀之久，但我們終於通過感測器。並不是說情況已經撥雲見霧，我們仍得繼續走個七、八公尺的距離，繞回牆角，走進廚房，當心遠處的感測器，不恣意揣測，不得寸進尺。如果紅燈再度亮起，我們大概就得拔腿開跑了。

慢慢來，一步接著一步，穿過廚房，往後門前進。恆溫器就在門邊的牆上，於是甘納伸長手調回正常溫度，另一個掩護我們行蹤的做法。他暫時停下腳步喘口氣，我看見他的雙腿在顫抖。後來他又開始移動，繼續往前來到後門。他伸手輕輕把門拉開。等門縫開得夠大了，他側過身，亦步亦趨離開後門。我能感覺到冷風一下子吹進屋內。

「現在，動作要放得非常非常慢。」他說。我明白他的意思。好消息是冷風會幫忙讓屋內的室溫降回正常值，這樣一來甚至沒人會察覺到恆溫器被調高過。壞消息是我們現在陷入前所未有的險境。

一分鐘過後，他整個身體已經離開門外。我自顧自地慢動作側身滑行。等我好不容易來到門外，甘納抬高了手，把他裝設的跳線輕輕地拉到門邊，然後開始慢條斯理關上後門。後門差不多闔起前，他火速扯下跳線，同時關上後門。要嘛電磁開關保持原狀，要嘛我們就得祈求警報系統內建了容錯功能，接受系統偶然出錯。

無論如何，我們都得趕快閃人了。

我們繞到房子側邊，在前往大門口時暫時停下腳步，朝馬路仔細查看。周遭萬物依舊安靜無聲。

我們一起過馬路。冷空氣吸進肺腑的感覺真好，但我們沒有時間好好享受。我們低頭躲進濃密的灌木叢，準備沿著山坡爬回去。爬著爬著，我看見他拿出手機按下快速撥號鍵。

「我們在路上了。」他掛斷電話，繼續攀爬。

我們緊抓樹枝、藤蔓和石塊，把自己一點一滴往上拉，最後終於爬回山路邊。露西站在車旁等待。

「怎麼那麼久？」她說。

甘納匆匆親她一下，叫她快回駕駛座。他繞到副駕駛的位置上車。我鑽進後座。我們一上路，甘納拾起袋子，扔到後座給我。

「我說真的。」露西說。「你們他媽的怎麼搞那麼久？」

甘納開始放聲大笑。如果我能大笑，肯定加入他。

露西載我們回到山路，再一路開回日落大道。我脫下連身工作服，扭曲身體穿回那套時髦西

裝。現在已趨午夜，但街上仍然車水馬龍。所有跑趴人士正準備大顯身手，人行道上的隊伍始終大排長龍。

我們停在原本的停車位上。露西把車子熄火，這才回頭第一次好好把我看個仔細。

「你看起來糟透了，你知道嗎？」

她用舌頭弄濕手帕，企圖幫我擦乾淨。

「快進去吧。」甘納說。「先去廁所一趟就得了。」

「他看起來就是一副剛從山上滾下來的樣子。」

「去吧。」他說。「我把車開回家。你們幾個會叫計程車，對吧？」

「沒問題，寶貝。」她又親了他一下。這次是個長吻。

「我好高興你沒事。」她說。

「很值得。」

「我不管。你成功逃出來了，這才是最重要的。」

兩人依依不捨好一陣子，最後他才終於把我們踢下車。

「等一下。」她說著，目送車子離我們遠去。「如果你是這副德性，我也得配合你。」

她彎下腰，兩隻手撥弄頭髮。重新站起來時，她的頭髮變得一團亂。

「走吧，麥可。抱歉，應該是米哈爾。是時候進行第二階段了。」

15 一九九九年七月，密西根州

開鎖失敗後……我以為這一天最糟不過如此。

我簡直大錯特錯。

我回到坑洞邊繼續工作時，拿出上衣裡的信封袋，放在手推車底下的地面。我開始挖洞，把土倒進手推車裝好裝滿。我把泥土推到樹林邊倒掉，然後把信封袋藏在一棵樹後。

見到艾蜜莉亞從家中走出來時，我已經在殘酷的正午烈日底下整整工作了兩個鐘頭。她沒有過來找我，沒有來到我附近，反倒是待在後院的小露台上，轉動曲柄，打開桌子上方的大陽傘。

該喝水休息了，我心想。走到她附近把畫交給她的完美藉口……

但我還來不及行動，她就走了，回到屋子裡幾分鐘的同時，我一邊挖洞一邊觀察。等她再次出現，身邊多了三個人。又是討人厭的齊克，另外還有一個頂著淺金色龐克頭的男生和一個把頭髮染成像粉紅色棉花糖的女生。他們四人在桌邊坐下，談笑風生，喝著大壺裡的冰茶之類的飲料。躲在大陽傘底下乘涼，年輕風趣，完美無缺。他們似乎完全沒有發現不到二十公尺外的我。

這時的我已經渴到不行，但我不敢接近他們。我繼續挖洞，努力不去聽他們的談笑聲。等周遭變得安靜，我抬頭看見金髮男和棉花糖女正在接吻，而齊克和艾蜜莉亞坐得很近。那一刻他們沒有親吻對方，但看樣子齊克正在凝視艾蜜莉亞的雙眼，一邊輕撫她的秀髮。

他們又說說笑笑了幾分鐘後，緊接而來的是一陣沉默。但我不敢再抬頭看。等我總算鼓起勇氣抬頭，發現他們全在盯著我。不，比這個更糟，他們在畫我。他們四人顯然是萊克蘭高中美術幫的成員，各自拿著一本筆記本和一支鉛筆，全神貫注地看著我，企圖把眼前景象永久捕捉下來。年紀輕輕的青少年緩刑犯正在償還社會和遭他非法闖入的家庭。悲慘可憐，汗流浹背，骯髒不堪，簡直比畜生還不如，只是一頭負重的野獸。

「別停！」齊克對我大喊。「這可不是靜物畫！」

更多笑聲傳來。

我又開始覺得頭暈目眩。陽光狠狠曝曬著我好久好久。我不知道我是怎麼熬過那一天的。我真的不知道。

工作結束後，我從樹後拿回信封袋，放在手推車的土堆上，然後把最後一鏟泥土傾倒而上，辦場恰如其分的葬禮。

✦ ✦ ✦

那天對我的衝擊再怎麼形容都不為過，真心不騙。當初剛入學，覺得我彷彿一無所有的時候，確實是一段難熬的日子。但現在不僅是一無所有的問題，而是清楚知道什麼是自己沒有的，是自己一輩子得不到的。那天我確確實實親眼看見了，於是連多看一分鐘的念頭都無法忍受。

不知怎地，一切似乎都得回溯到那只該死的鎖。彷彿當初要是我能解開它，凡事都會有不同的結果。

很瘋狂，我知道，但我盤旋著那個想法入睡。那只內建鋸齒狀鎖簧的鎖……那只打敗我的鎖……

我醒來，在床上坐直身子，環顧漆黑的房間。

原來如此，我心想。原來那就是我打不開那只鎖的原因。

我下床，抓起手邊找到的第一套乾淨衣物。時間剛過凌晨兩點。我在書桌上東翻西找，找到我的自製工具，彎成各種形狀的金屬片。我把工具放進口袋，拿了鑰匙和手電筒，偷偷溜出房子。

我駛在城裡漆黑無人的大街上，沒有要緊事，只有一個單純的想法，瘋狂到我甚至無法阻止自己。我一路開到馬西家，像初次見到它時在黑夜中映入眼簾。只不過這次我只有一個人，抱持著不同的任務要完成。

我把車停在遠在四百公尺外的路邊，開始往前走，步伐規律，不疾不徐。快接近房子大門時，我悄悄溜進後院，一路走到樹林邊，順道拿起鏟子，找到我堆起的最後一墩泥土，然後把土撥開，開始挖啊挖，尋找被我掩埋的信封袋。

當心，我心想。信封袋已經被你毀得很慘了，可別再火上加油。

我找到信封袋後，連忙拾起，撥掉上面的泥土，走到一棵更大的樹後，打開手電筒。信封袋看起來有點皺，想當然耳髒得不得了，但仍然相當平坦。我打開信封袋，拿出那張畫，就著手電筒的細小光束仔細檢查。邊角稍微受損，有些輪廓線被磨得模糊不清，但大致看起來不算太糟。總有一天，我得寫封信給信封袋的製造商，好好向他們道謝。

現在棘手的來了。我關掉手電筒，摸黑走到房子旁。我來到後門，腦袋貼著門邊的窗戶聆聽。我最不需要的就是馬西先生站在廚房，突襲冰箱找消夜吃。

無聲無息。一片寂靜。是時候了。我拿出工具，開始解鎖。我摸索著鎖簧的同時，才開始體會到鎖匠的工具有多好用。此時此刻我願意付出一切代價把它們拿到手。但不用了，我心想。手邊這些工具就夠了。只要我的邏輯正確，就一定行得通。

鋸齒狀鎖簧，鎖匠是這麼說的。如果說蘑菇狀鎖簧有一個凹槽，那麼鋸齒狀鎖簧肯定有一個以上的凹槽對吧？這就是「鋸齒狀」的意思。所以每顆鎖簧八成不只有一個誤導人的錯誤位置，而是有很多個。多少？三個？四個？五個？

該是找出答案的時候了。我抬起最後一顆鎖簧，開始逐一往前，把六顆鎖簧統統搞定後，再回到最後一顆鎖簧，重新再抬一次。這裡你必須格外小心，維持恰到好處的扭力讓每顆鎖簧固定在原位，過猶不及。我嘗試著第二次抬升，來到上次的進度，也就是鎖匠在肩後放聲大笑的那一刻。但這一次，我知道我不可以就此罷手。

再度回到最後一顆鎖簧，準備抬第三次，一路往前。該死，這就像平衡一座用撲克牌堆疊而成的紙房子。不得半途而廢，但每放一張牌，難度就逐漸升高，只要一個不慎就全盤瓦解。

第三輪差不多來到尾聲時，我突然失去扭力，感覺到後面的鎖簧開始鬆脫。我得重新調整後面的鎖簧，同時還得固定住前面的鎖簧，這實在太難了。我放手讓鎖簧統統滑落，深吸一口氣，甩動雙手，環顧空無一人的後院。我聽見有機車發動引擎的聲音，約莫在八百公尺外。我重新開始。

這次，我進步到要第四次抬起鎖簧的時候，又感覺鎖簧開始搖搖欲墜。一堆外行工具，我心想。一堆沒用的金屬片。

我站起來活動筋骨。這真的太好了，我心想，你現在該怎麼辦？

試試車庫？如果解得開車庫大門，室內的門應該不難破解，說不定根本沒有上鎖。可是該死，如果是自動門的話，你該怎麼進去？可惡，我告訴自己，要不是當初你愛現把門打開，馬西先生就不會換鎖了。你現在人早就在房子裡。

最後一次，我心想。最後一次機會，再打不開我就放棄，像個笨蛋開車回家上床睡覺。

我再從最後一顆鎖簧開始。只是這一次……管他的，我何不一次到位？鎖簧有幾個凹槽就抬幾次……

不，這行不通。仔細思考。一旦輪到第二顆鎖簧時，你就得減輕扭力，導致第一顆鎖簧鬆脫。

等等，先等一下……

我抬起最後一顆鎖簧，一次抬到底。凹槽共有五個。最後一個凹槽才是真正的解鎖位置。如果我不停留在那個位置……而是再往上抬呢？要是我把每顆鎖簧都抬過頭，然後稍微放掉一點扭力……

我放手一搏。這就像反過來解鎖。我把最後一顆鎖簧抬過頭，然後是前面那一顆，然後逐一往前，直到抬起所有的鎖簧。現在我有六顆抬過頭的鎖簧，只要把扭力放得恰如其分……

六次細微的喀噠聲，六顆鎖簧全數與截點對齊。鎖芯轉動，門開了。

我踏進廚房，我曾經闖入的這間廚房，至今已經過多久了？同樣的感覺重新湧上。我的心越跳越快，呼吸越來越淺，所有一切清晰可見。我的頭腦好久沒有如此清醒，自從……自從上次闖進這棟房子之後。只是這一次，我身邊沒有三個跌跌撞撞、拿撥火棒敲碎水族箱的同夥。這一次只有我，我感覺一切都在掌控之中。

不得不承認，感覺真好。

我在廚房站了很長一段時間，仔細聆聽是否有任何動靜。我聽見隔壁房間的時鐘在滴答作響，除此之外什麼也沒有。我穿過房子，來到樓梯前，再次停下來聆聽。接著我緩緩上樓。走廊的其中一個插座上插著一盞夜燈。我來到艾蜜莉亞的房間，暗自慶幸我很清楚是哪一扇門，先前的犯罪行為派上用場。我在她門前駐足聆聽，拿出藏在上衣的畫，打算塞進底下的門縫。那本會是這晚我最後一次勉強做對的事，然而我卻伸手轉動門把。門上了鎖。

我看著門把，上面甚至沒有鑰匙孔，只有門把中心的一個圓孔。我拿出開鎖器，插進圓孔，碰撞唯一的解鎖桿，再慢慢把開鎖器抽出來，免得發出任何聲音。我這輩子沒開過比這更簡單的鎖了。

我推開一條門縫，站在原地聽著她的呼吸聲。她仍在熟睡。我再把門推開幾公分，剛好能窺進房內看見她的床。一道微弱月光透過窗戶照進來。她穿著短褲和一件T恤，整個人裹著棉被，彷彿剛剛和一條紅尾蟒蛇纏鬥過。

我往前幾步進入她的房間，把畫放在她的床頭櫃上，看起來很合適，合適得讓這趟冒險值回票價。我駐足幾分鐘，看她睡覺，抵抗想觸摸她的衝動。我應該覺得羞愧，因為侵犯她的隱私而羞愧內疚。我肯定不願意讓世界上任何人這樣對待她。誰敢闖進她房間，趁她睡著時站在她身邊，我一定會跟他拚個你死我活。

我退出房間，按下房門的鎖後關上。我安靜又敏捷地下樓，回到廚房，走出後門。我也鎖上了後門的鎖，不留一絲痕跡，除了我那沒署名的禮物。

我是瘋了，但我不笨。

✦✦✦

隔天我累得半死。抵達馬西家的時候，我知道情況可能有兩種發展。第一，艾蜜莉亞起床，看見那張畫，嚇得半死。她告訴她父親，天下大亂。我得裝傻，假裝自己從沒見過那張畫。但願他們會相信我。但願他們相信我不可能再次冒險闖進屋子裡。或許他們會去找那個藝術家男友齊克談談。

或是第二，她看見那張畫，自己留起來。至少暫時不提。

中午，我把車開上車道時，第二種情況看起來贏面很大。大門前沒有警車在等我，馬西先生也沒有空手拍打著一根球棒。

我繞到房子後院，拿起前一天留在那裡的鏟子。我還來不及鏟進土裡，後門開了。不是馬西先生出來找我，是齊克，他走得很急。今天他穿著另一件外套。這件更醜，眼花撩亂的圖案，看起來就像灑上了所有顏料。他的頭髮仍往後紮成辮子。他直接朝我走來，企圖抓住我的雙肩。我把他推開。

「你天殺的對她做了什麼？」他說。「啊？你幹了什麼好事？」

好，我心想，這可有意思了。

「我不知道你有什麼毛病，但你最好離她遠一點。聽到了嗎？」

沒很清楚，你最好再說一遍。

「相信我，你一定會後悔。我向你保證。你給我離她遠一點，否則……」

否則怎麼樣？

「我是說，就是……你等著瞧。」

他轉身走回屋內。艾蜜莉亞在裡面等他。她氣沖沖地看他一眼，然後回頭，看我。

她的眼神。

她沒有透漏太多情緒，但已經足夠。

對我而言已經足夠。

✦ ✦ ✦

幾個鐘頭過去，不用說，又是更多辛苦的挖掘工作，但這天下午是我第一次待在坑洞裡卻不覺得像徒步邁向死亡的過程。天氣依舊炎熱，也許是我已經變得越來越堅強，也許跟艾蜜莉亞也有點關係。

我不斷觀察她會不會再度露面，但她沒有。到處不見她的蹤影，不見齊克的蹤影，甚至馬西先生也無影無蹤，聽不見他對話筒大吼大叫的日常。就我所知，現在房子空無一人。

約莫一個小時之後，我聽見車子停進車道的聲音。艾蜜莉亞，我心想。拜託是她。我只是想再看看她。我走到水龍頭前裝水，聽見馬西先生在屋子裡吼叫。世界再次恢復正常。幾分鐘後，一個男人從後門走出來。他穿著正式的白襯衫，領帶沒打，只是掛在脖子上。他和馬西先生年齡相仿，但看起來不像個風采不再的運動員，倒像天生適合賣二手車的行家，整個人看起來能言善道，自信文雅。他來到我工作的地方，站在旁邊點起一根菸。

「你認真的嗎？你打算徒手挖這個東西？」他說。

我把鏟子拿給他看。

「好吧，用鏟子挖。你懂我的意思。天啊，我以為我的工作已經夠慘了。」

我繼續挖洞。

「他叫我出來冷靜一下。這裡多熱，三十度嗎？該死的白痴。」

他吐出一縷長煙。

「你替他工作很久了嗎？」

我搖搖頭。

「你不太說話是嗎？」

我再次搖頭。

「我支持你。這世界需要更多人懂點事理把嘴閉上。」

馬西先生從後門出現叫他。

「他就是很好的例子。」男人說。「待會兒再聊，看樣子你會在這裡好一陣子，對吧？」

我沒有抬頭。我不認為自己會再見到他，我也不在乎。天真如我。

兩個男人一起開車離去，留下我一個人。接近下午四點時，我實在受不了高溫，提早幾分鐘離開。畢竟我還有重要的事要做。我直接回家，拿出畫紙，坐在原地凝視了很長一段時間。我告訴自己，你已經得到她的注意，下一步呢？畫些會讓她驚訝、讓她感興趣、讓她瘋狂愛上我的東西。小菜一碟，對吧？

我又開始畫她的臉，再次試圖捕捉她在我心中的模樣。努力了幾分鐘後，我才發現自己畫的又是同一幅肖像畫。我擱置一旁，拿張白紙重新開始。

我可以畫我自己，我心想。畫張自畫像可以幫助她看見真正的我。讓她知道我不只是在她家後院挖洞的髒啞巴。自畫像對我而言一直很困難，但我努力畫了整整一小時，然後也把那張畫擱到一邊。我去找東西吃，回來，重新開始。

我知道我用力過頭。我知道我不可能憑一張畫贏得她的芳心，無論有多渴望一樣於事無補。但我不知道還有什麼方法。我很快畫下自己坐在書桌前想畫畫的草圖，畫下身體冒出火焰的樣子。這就是我真實的感覺。怒火！憤怒！我畫艾蜜莉亞在我頭頂上方的空中飄浮，臉上散發光芒。然後我又畫了自己，捧著胸口，頭上是一顆破碎的心。淨是無意義的愚蠢塗鴉，看看能不能想到一些點子。

我回想初次見面時，艾蜜莉亞第一次和我說話的情景。她站在我後方，稍微高過我。我畫下那個畫面，畫得很快，捕捉大概的輪廓，不去糾結細節。好，她對我說了什麼？她確切說了哪些話？

「你看起來超級狼狽，你知道嗎？」

沒錯，就是這句。我在她頭頂上方寫下那句話，接著用泡泡框圈起來，最後在整個場景外圍畫了一個方框。我的第一格漫畫完成了。

你得明白，在我還小的時候，漫畫仍有一定的影響力，是在酒水店後面房間度過漫漫長日時，讓我得以陶醉其中的利器。當時我不知道漫畫已經是時下最酷的玩意兒，甚至連「圖像小說」都沒讀過。我記得美術課有個同學畫過像是漫畫的作品，被馬丁老師用言語狠狠羞辱了一番。「低級可笑的爛貨。」我記得他是這麼說的。所以我當然不會刻意朝漫畫的方向發展，事情就只是自然發生了。

我越畫越多，發現效果出奇地好。下一格是我挖洞挖到一半抬頭，轉身初次見到她本人的場景。

第三格比較寬。我直覺知道必須使用不同視角。我們兩人都出現在這一格，她再次開口說話。「我已經聽說過你了，在你還沒闖進我們家之前。你就是那個不說話的傢伙，對吧？」

下一格是我的特寫，臉上沾滿泥土。先粗略畫畫就好，別總想要畫得完美。因為現在是你回答她的機會。你總算有機會能對她說點什麼了，即使只是在一個泡泡框裡……

不要扭扭捏捏的，你這笨蛋。說啊。

「天啊，她本人又更漂亮了。」

對，就是這樣。下一格分鏡，回到她身上。用力回想。回想她的一字一句。

「到底是怎麼回事？是因為你小時候發生什麼事嗎？」

現在怎麼辦？我該說什麼？我畫下自己朝她別過頭，暗自想著「是」。又是她的分鏡。「全是在裝模作樣，對吧？我一眼就能看穿你。因為相信我……你其實想要談談你小時候的遭遇吧？改天我們可以交換一些故事。」

從我背後看過去的視角，她的表情隔著我的肩膀清晰可見，這裡我得晚點兒再回來畫仔細。我的頭上又冒出一個泡泡框。「要是她知道我們之間有很多共同點就好了……」

接下來的分鏡是我目送她轉身離開，然後把鏟子插回土裡。這一頁的最後一格分鏡，最後一個泡泡框，我絞盡腦汁想了許久，鼓起勇氣寫下台詞。

「如果她要我把這個洞一直挖到地球的中心，我也願意。」

天啊，太荒謬了。很好，把這一句也寫下來，承認那句話聽起來有多荒謬。第二個泡泡框，在第一個泡泡框的右邊，稍微低一點。「天啊，太荒謬了，但我想我是認真的。」

很好，我心想。很好，起碼你現在跟她說話了。這說不定真的有用。

我又畫了幾個鏡頭，填補畫裡的所有細節，把臉部表情描繪清楚。泥土的質地。幾個地方的背景，畫得低調些免得喧賓奪主。完成後，我把作品放進一個大信封袋，然後把鬧鐘設定到凌晨兩點。

我試著補點眠。鬧鐘響起時，我立刻跳下床，穿上衣服，溜出屋外，然後上車。我已經天天走這段路，但現在看來即使是這樣的頻率仍然不夠。我轉彎來到艾蜜莉亞家的那條街時出現一輛警車。我屏氣凝神，繼續往前開，目光始終直視前方。警車與我擦身而過。我來到那條街的盡頭，再掉頭往回開，又一次把車停在她家的一段距離外。下車，走在黑夜中，又一次佯裝自己是屬於這裡的居民。

我低頭溜進房子後面，拿出開鎖工具，再次把鎖解開。今晚感覺就像用鑰匙一樣簡單自然。

我來到廚房，又站在那裡聆聽一段時間。我感覺心越跳越快，那同樣的感覺如今變得如此熟悉。我告訴自己，你會上癮的，光是這段環節。

我上樓，在她門前駐足，等了一分鐘聆聽。這次我轉動門把時，門沒鎖。我頓時有點慌張。我忍不住想她是不是在房門的另一邊等著我，說不定準備把燈打開，準備扯破喉嚨大叫。

沒有。我把門推開時，看見她正在熟睡。我踏進房間，把信封袋放在床頭櫃上。我聽見門外傳來聲音，一下子愣住了。我靜靜等待。艾蜜莉亞翻個身，繼續睡。我聽著她的呼吸聲。

我又湧上那股奇怪的感覺，想到有人闖進房子，站在她的臥房裡看她睡覺。我並非不知道我出現在這裡是錯的，但不知怎地，這個想法感覺並不適用於我，因為我知道我在這裡是為了「正當」的理由，而且我絕對不可能做任何事去傷害她。我只是覺得沮喪，闖進這裡竟是那麼簡單，任何有心人士都能在明晚跟隨我的腳步，取代我站在這裡。

沒有人是安全的。沒有人。無論身在何方。

我溜出門外，經過走廊，走下樓梯，穿過後門，進入黑夜裡。我回到車上，一路開回家，企圖睡一會兒，卻是事與願違。

清晨來臨。我筋疲力盡，連鏡子都不想照。我沖了個澡，換上乾淨衣服，好奇她對我畫的連環漫畫會有何反應。今天我覺得自己彷彿犯下了有歷史記載以來最嚴重的錯誤。

「如果她要我把這個洞一直挖到地球的中心，我也願意。」我竟然真把這句話白紙黑字寫了下來。

我抵達馬西家，直接繞到後院，拿起鏟子上工。現在坑洞漸漸有兒童泳池的雛形。我甚至還沒開始挖深水區呢，但不管了，今天我不打算煩惱這件事。我東張西望尋找艾蜜莉亞，卻到處不見她的身影。

我把她嚇跑了。這整件事就是大錯特錯，愚蠢至極。我乾脆直接拿這個鏟子把自己打死算了。

接下來的四個小時，我滿腦子都是這些瘋狂的想法。又是個大熱天，又有半噸的泥土等著運到樹林邊。我至今仍不知道我是怎麼熬過去的。下午四點一到，我拖著疲倦身軀回到車上。我心想，我受夠了，我無法在這裡再多待一天。

我打開車門時，在原地站了一會兒，不確定自己看到什麼。駕駛座上有一個信封袋，是我留在艾蜜莉亞房裡的那個。我拾起信封袋，坐上駕駛座，在手中拿了一會兒。我的心怦怦作響，然後我打開信封袋。

是我的連環漫畫，顯然是「不用了，謝謝你」的意思，退回寄件人，你的投件目前暫不符合我們的需求。

可是等一下，裡面還有其他東西。信封袋裡放了第二張紙。我抽出來，一探究竟。是另一張連環漫畫？更多的分格鏡頭？

沒錯，就是連環漫畫。

艾蜜莉亞畫了第二頁。

✦✦✦

這麼多年過後，就算那張漫畫不在身邊，我也能清楚告訴你上面的情節。我只要閉上眼睛就能再次看見那一格又一格的分鏡，每一個小細節。與我相比，她畫得更好，這是我注意到的第一件事。也許不是技巧方面，但就漫畫這個形式，她有化繁為簡、去蕪存菁的天賦。線條乾淨簡潔。她的臉蛋，我的表情，我肩膀後方的鏟子，一手放在把手上的模樣。

她的第一格分鏡是站在坑洞邊的她說著：「因為這樣你就得開口說話了。」那天她離去前對我說的原話，我在畫中遺漏了。第二格，她轉身離去，臉上帶著怒氣，頭頂冒著一團黑色的扭曲線條。

第三格，她回到屋內。討人厭的齊克手拿啤酒坐在電視機前。他的頭髮披垂在胸前。「怎麼了？」他說。艾蜜莉亞回答：「沒事。」

接著是艾蜜莉亞的特寫，齊克的話從格子外出現。「我覺得今晚我們應該去看那場表演。琳達超酷的，我認為她才華洋溢。如果我們到那裡……」然後那些話就消失在艾蜜莉亞的後腦勺。她完全不理會他，她心中的對話框裡寫著：「我可能對他太兇了。」他指的是我。

下一格分鏡，更多的話從格子外朝她傳來。「妳有在聽我說話嗎？妳今天是哪裡不對勁？」艾蜜莉亞已經站起來，看著窗外心想：「我們沒那麼不同，對不對？如果他真有可以傾訴的對象，那個人應該是我。」

最後一格是隔著窗戶被她凝視的我。我彎著腰，用鏟子鏟起一堆泥土。艾蜜莉亞的想法出現在格子底部。「為什麼我會那麼在意他選擇傾訴的對象是不是我呢？」

故事結束。我坐在座位上看了好久，最後抬起頭時，看見馬西先生正在前廊盯著我看。我連忙打檔，倒車離開車道駛去。

到家後，我把艾蜜莉亞的那張漫畫攤在書桌上，又仔細研究了十幾次，仍舊不敢相信這是真的。我把漫畫放到一邊，開始忙著畫第三頁。

好，接下來該怎麼做……或許可以從我回到她家的第二天開始。我在左上方的角落寫下「第二天……」。那天她說了什麼？她對我說挖游泳池是浪費時間，根本沒人會用，接著她切入正題。我就從那裡開始。

所以第一格，又是她看著我的鏡頭，穿著那天的T恤和短褲。「所以你今天打算開口說話嗎？」

下一格，我抬頭看她。

第三格。她緊接著說了什麼？「我說你在虛張聲勢，好嗎？我知道如果你想說話就能說話，所以說點什麼吧。」

那天，我就是在這個時候拿出我的小筆記本，寫下我真的什麼都說不出來的事實，交給她。那是現實生活發生的事。然而，在這張畫紙上，我可以隨心所欲對吧？我可以創造我自己的替代現實。

所以第四格……我開口說話。沒錯，我張開嘴巴大聲說了兩個字。在紙上畫對話框就和畫泡泡框一樣簡單。我沉默九年後的第一個字……她叫我說點什麼，於是我說了。「什麼。」

第五格，她露出驚訝的表情。「你真的能說話。」她說。

第六格，我的回答。沾滿泥土的臉上帶著一抹微笑？不，不要微笑，只管說實話。「我能跟妳說話，艾蜜莉亞。只有妳，沒有別人。」

我想繼續畫下去，我想一次畫滿十頁交給她，但這樣是不對的。這就像佔據了談話的主導權，是我從未做過的事，你大概也猜到了。不行，我只能畫一頁，接下來該輪到她了。

我回頭重新檢查每格分鏡，添上細節，這次仿照艾蜜莉亞的方式仔細斟酌。時間過得飛快，正當我準備設鬧鐘時，我停下來思考自己在做什麼。你不必每晚闖入她家，我驚覺。你只要把信封留在車上，她會找到的。

但這麼一來你就得多等一天，對一個畢生期待這種事發生的人而言……

不，如果你每天中午到她家時，她第一件事就是知道去找信封袋的話，她就有四個鐘頭的時間親手畫畫然後還給你，假設她對這件事仍有興趣的話，那你就再也不必冒些愚蠢的風險。

我知道這是正確的做法，但同時也對這合理得多的主意感到遺憾。那股每次開鎖後踏進漆黑廚房時湧上的感覺……我有好一陣子感覺不到了。

✦✦✦

隔天總算來臨。我提早幾分鐘抵達馬西先生家。我下車，把信封袋留在儀表板上，所以她絕對不會找不到。她只需要從前窗望出去就行了。

我走到後院，看見萊克蘭高中那票美術幫成員又坐在大傘底下時，感覺整個計畫分崩離析。齊克和艾蜜莉亞在那裡，連同頂著淺金色刺蝟頭的傢伙和今天的髮色從棉花糖粉變成青蘋果綠的女生。我竭盡所能忽視他們，卻不得不聽見嘻笑怒罵和其中一人擺明在鼓掌歡迎我出現的聲音。

接下來的半小時左右，我不停挖土。每次鼓起勇氣偷看時，艾蜜莉亞似乎都很專業地不與我有任何眼神接觸。後來，我第二次推著手推車回來時，注意到她不見了。

又過了半個小時。另外三人繼續忙著他們正在忙的事。時間分秒過去，笑聲逐漸消失。我發現齊克凝視著我。大約再過五分鐘左右，他起身進屋。再過十分鐘，他走出來對金髮男和綠髮小姐說了幾句話，那兩人便收拾東西離開。接著，齊克開始朝我走來。

「我以為我跟你說過離她遠一點。」

我繼續挖土，頭也沒抬。

「我在和你說話。」

我停下動作，手作杯狀捧著耳朵像是我聽不見，然後鏟起一堆土丟進手推車裡。

「你這該死的小兔崽子。」

接著他朝我衝來。我轉身，拿起鏟子指著他的脖子。這樣就已足夠。

「我一定會搞死你，你這王八蛋。你等著瞧。」

說完，他離開了。

我回頭繼續工作，每隔幾分鐘抬頭看向屋後的窗戶，但願能見到艾蜜莉亞，卻沒能如願。我走到水龍頭邊裝水時，聽見馬西先生對著話筒大吼大叫。

快要四點前，我看見後門打開。我的心一下子躍到喉頭，然後才發現是馬西先生。他一手拿著一杯酒，另一隻手抓著一張折疊椅來到坑洞前。他把椅子放得離洞口有點太近，準備坐下時差點栽進土堆裡。他挪動椅子的位置，再次坐下，這次好好坐穩了。

他看著我挖土看了一陣子，一大口一大口喝著杯裡的酒，直到快見杯底。

「你為什麼要這麼做？」最後他說。

我抬頭看他。

「最近我有各式各樣的人替我工作，做開發建造的，做交易的，你明白我的意思嗎？各式各樣的人在各式各樣的地方，而你知道怎麼著嗎？」

他搖晃杯裡的冰塊，一飲而盡。

「我告訴你吧。如果每個人都抱著像你一樣的工作態度，我就完全沒有任何問題了。我會有錢得要命，毫無煩惱。」

他拿出兩顆冰塊，朝我的方向丟過來。冰塊越過我的頭頂，在半公尺外落下。

「瞧瞧你！你每天出現在這裡。盡自己的本分。該做事的每一分鐘你都在做事。每一分鐘。而且從頭到尾他媽的不發一語。不抱怨，不頂嘴，不把我叫過來告訴我你無法做一件簡單的小事，因為這樣，因為那樣，因為誰說了什麼，絲毫沒有這類的鳥事，一丁點都沒有。你明白我在對你說什麼嗎？」

我靜止不動。我不確定正確的反應該是什麼，也不確定他是否會注意到。

「誰料得到呢。」他說。「這些應當為我工作的傢伙待遇相當優渥，然而做得最好的人竟然是必須無償做事的一個少年罪犯。你能想像嗎？」

不，我不能想像。

「你想喝杯酒嗎？」他說。「一杯貨真價實的酒？來，我幫你弄點什麼。」

我舉起雙手。不，謝了。差不多四點了，我等不及回到車上，看有沒有留下什麼。

「你確定嗎？我調的馬丁尼可好喝了。」

我再次舉起雙手。

他從椅子上起身，往前踩進洞裡。他離我好近，我能聞到他氣息中的酒味。

「我不是真的想要你幫我挖個游泳池。你是知道的。我是說，我要游泳池做什麼？」

又一次，完全靜止不動似乎是唯一的出路。

「你贏了，好嗎？不用再挖了。把鏟子拿走，把手推車拿走。你已經大功告成。你贏了。遊戲結束。」

遊戲結束。然而他還是站在那裡。

「很抱歉我這樣對你。你願意接受我的道歉嗎？」

他似乎是真心的。我還能怎麼辦？我點了點頭。

「我們現在可以變朋友了嗎？」

好吧……我不確定現在該怎麼想。

「說我們可以變朋友。」

管他的。我點點頭。

「握手言和？」他把杯子換到左手，伸出他的右手。

我和他握手，他的手因為那杯酒握起來又濕又冷。

「你明天回來的時候，我會想點別的事給你做，好嗎？更有趣的事情？更有意義的事情？」

他真的真的喝醉了，我心想。或是真的真的瘋了。到了明天，他有可能全盤忘光。否則今天將會是有意思的一天。

「現在還有點早。」他說。「但你先回去吧。我們明天見。」

他話不多說，退後一步，抓起折疊椅拖回房子。我站在原地好一陣子，目送他離去，等著事情來個大逆轉，但沒有發生，於是我只是把鏟子扔進手推車裡，繞過房子回到我的車上。

車上是空的，沒有信封袋。

我在腦中跑過各種情節。艾蜜莉亞恢復了神智，或是齊克用了什麼方法讓她回心轉意，或是……說不定是齊克發現了我們的小遊戲，把信封袋從車上拿走了。

想到這裡，腸胃差點翻攪不已之際，我聽見後方傳來動靜。關門聲？不對，是窗戶。我抬起頭，看見棕色信封袋從半空中飄下。窗戶已經關上，窗後的人也已經離開。

我撿起前門草坪上的信封袋，坐上車，奔馳離去。馬西先生的瘋狂舉止已經被我忘得一乾二淨，因為這件事重要太多太多。我把車停在路邊，打開信封袋。第一頁是我畫的、第二頁是她、第三頁又是我……

第四頁。

我知道她第一個鐘頭必須應付齊克，所以沒什麼時間可畫，但她還是畫出來了。我以為她可能會從我結束的地方接著畫，也就是她站在坑洞邊，聽完我說出第一句話之後開始，但場景卻截然不同。第一格畫的是四個人坐在戶外的陽傘底下。今天？她畫的是今天嗎？在一段距離外的，是我，正在埋頭工作，齊克和另外兩人看著我大笑。畫中只見他們的後腦勺，前景是艾蜜莉亞的側臉。她的泡泡框裡……「你們這些可笑的人根本看不見。他比你們任何一個人有才華多了。而且他也挺帥的。」

靠，我在心中暗想。媽呀，靠。

第二格。艾蜜莉亞站起來，齊克一臉驚訝地抬頭看她。她在那格分鏡描繪他的模樣，彷彿他是有史以來最可悲又荒謬的人類。這又讓我的心情更愉悅了。

第三格，場景來到房子裡。艾蜜莉亞背對著齊克說：「出去，我不想再見到你。」

第四格。「稍晚……」兩字寫在左上角。艾蜜莉亞在房間，坐在自己的床上。泡泡框裡……「他來過這裡，就在我的房間。連續來了兩晚。」

我用力嚥下口水，繼續往下讀。

第五格。艾蜜莉亞躺在床上的剪影，下方為了更多想法遺留了很多空間……「半夜偷偷溜進我的房間，絕對是不可接受的行為，絕對是過分至極的混帳行為沒錯。所以昨晚，他沒有到這裡來……」

第六格，來自窗外的視角。艾蜜莉亞在窗內往外看，大聲把話說出口……「真是太難熬了。」

一頁畫紙。漂白紙漿，壓成薄薄的一層，再用畫筆上的石墨摩擦留下痕跡。就這麼簡單。你也明白。

✦✦✦

我把大伯的破車停在密西根米爾福德郊外的路邊，坐在車內把畫紙拿在手中五分鐘左右。炎熱的正午漸漸轉變為炎熱的傍晚。等我終於能夠重新呼吸時，便把所有畫紙放回信封袋，提醒自己駕駛汽車的正確程序，接著打檔，踩下油門，一路開車回家。

我走進房間，再度打開信封袋，拿出畫紙放在書桌上。這位於老房子後方、瀰漫菸味的孤單房間。這些畫紙光是能存在於這孤單房間的四面牆壁內就已經是一大奇蹟。

我坐下，面前放著一張白紙。要是我有能力大笑，早已經笑個不停。我天殺的到底該畫什麼回應她？得畫六格什麼樣的內容？

我畫下幾個不同想法。如果我再次闖入她家，我們之間可能會發生什麼事。如果我趁半夜溜進她的房間。我把每一張紙揉成一團扔到地上。每一張。

後來，我低頭趴在雙臂上。我得暫時閉上眼，一分鐘就好。我遁入夢鄉時，可以聽見水灌進房間，從牆壁流下，從窗戶滲入，在地面形成水窪，一點一點地緩緩上升，直到我淹沒其中。

正如我的每個夜晚、每場夢境。

我再次抬起頭，已是午夜過後。

我甩甩頭讓自己清醒。你快搞砸了，我心想。你就要讓這大好機會溜走了。

我知道我必須畫點什麼。什麼都好。我還剩一小時，也許一個半小時左右，然後就得出發去她家了。

你現在真正的感覺是什麼？這是我必須問自己的問題。只要思考這簡單的問題然後開始動筆。

我拿出一張白紙，在右下角畫下自己，我垂著頭，就像一分鐘前那樣。我的頭頂上方有一個大大的夢境泡泡框，佔滿了剩餘頁面。

沒錯，就是這樣。不畫六格分鏡圖。只畫一格。風險很大，或許吧，或許是徹底瘋了。但成品就在這裡，就用一頁畫紙讓她清楚知道我是怎麼看她的。每個深夜，她在我水中夢境裡的模樣。

16 二〇〇〇年一月，洛杉磯

酒吧後門上了鎖，所以我們只好繞到前門。保鑣見到我臉上的傷勢時愣了一下，但他顯然記得我們。他解開絨繩，讓我們進去。

我找了一間廁所，到鏡子前查看傷勢。我洗去臉上的泥濘，朝頭髮潑點水，讓自己稍微清醒一番。我整理完畢，回到外頭找露西。我們一路推擠穿過舞池的同時，可以看見朱利安和雷夢娜就高坐在我們上方的那張桌子邊。衛斯禮和他們坐在一塊兒。朱利安見到我們，頓時卸下酷樣，但很快又恢復氣勢。

我和露西走上旋轉樓梯，經過陽台的警衛，一路來到桌前。衛斯禮如紳士般起身，把位置還給露西。

「我們還在想你們跑去哪裡了。」他說。

「我跟你說過了。」朱利安說。「這位先生有正事要辦，確保一切準備就緒。」

「你怎麼了？」衛斯禮說。「你看起來像被什麼東西輾過去一樣。」

你聽不懂英語，我告訴自己。對他說的話別一副似懂非懂的樣子。

「喔，你沒猜錯。」露西說著，手指掃過她凌亂的秀髮。「他確實被狠狠輾了一頓。」

接著，為了證明她的說法，露西把手伸過來，用指甲在我的臉上抓了一把。我痛到不行，卻讓衛斯禮露出微笑，滿意地點了點頭。

「好了，正經點。」朱利安說。「我想該是時候停止胡鬧了，你說是吧？」

我稍晚才發現，這一切都是作戲。故意激怒那傢伙，表現得過分焦慮，急著成交，彷彿一分鐘也不願再等。

朱利安轉向我，用俄語說了幾句話。也可能只是他胡謅的，但起碼聽起來像俄語。

「我同意。」衛斯禮說。「來談生意吧。」

我等了一下，然後對他點點頭。

「那麼我們在哪裡交貨？」朱利安說。

「我去趟自動提款機。」衛斯禮說。「你們幾個就在這裡待一會兒，好嗎？」

「我無所謂。你能再送一瓶酒過來嗎？」

衛斯禮給了他一個大大的微笑。「馬上來，我的朋友。」

他離席，朝樓上那名保鑣走去。我目不轉睛看著他。他回過頭時，我能看見他臉上突然閃現的傲慢。那表情說著，我們都只是一幫孩子，要我們實在易如反掌。

就在這一刻，整個布局才慢慢變得清晰。我才明白朱利安和他的同夥所做的一切，乍看之下似乎很瘋狂，卻再聰明不過。你不「等」目標把錢放進保險箱，而是「讓」目標把錢放進保險箱。你靠近他，認識他，找出他想要的東西，然後告訴他他有機會得到那樣東西。你告訴他你認識某個人，那人認識另一個人知道取得那樣東西的方法。你告訴他你會安排這場交易，這麼一來大家都是贏家。你巧妙地安排這一切，讓他毫不懷疑他比你聰明，讓他相信他才是搶得先機的那個人。

是什麼東西也不重要。以這個情況，他要的是搖頭丸。不是隨便一間酒吧都能找得到的便宜藥丸，而是貨真價實的好貨，純度百分百。這讓你突然間成了藥頭了嗎？當然不是！就算是要月亮上的隕石也沒差，因為你根本不會運送任何東西。

當然，你的目標有各種值得懷疑的理由，畢竟話說回來，你他媽的是什麼東西，莫名其妙冒出來，還告訴他他能得到想到的東西？所以他知道……他知道你有可能是個滿嘴屁話的傢伙。如果這他都不懂的話，就不會有今天的地位。但他暫且配合，因為管他的，說不定你真的有貨。他心想，反正他沒損失，因為他是聰明人，而你只是蠢到不行的小混混，他會確保一切照他的計畫進行。所以你順其自然。他要什麼就給他什麼。你想看樣品嗎？沒問題。你要我們在某個時間帶東西到某個地方？都行，到時見。

你讓他發號施令，讓他湊足了錢等待，讓他把錢收在口袋，直到你證明你能如你所說送來任何東西。他絕對不會有損失，因為在他知道這是場安全交易前，他連碰都不會去碰他的錢。

絕對不可能有任何損失。

除非……喔，我們來想像一下……這麼說吧。他把那一大筆錢收進口袋備用之際，有其他人捷足先登，趁交易前拿走了。沒錯，這可能是導致壞事的一個小小問題。

這就是朱利安擬定的計畫。完美得萬無一失。你的目標看你笨手笨腳地想要擺酷，一邊安排交易。趁他這麼做的同時，派其他人溜到他的背後，摸走他口袋裡的錢。即使所謂的「口袋」是由兩組獨立保全系統所保護的三百多公斤鐵箱。

✦✦✦

兩位女士暫時離席。朱利安繞過桌子，在我旁邊的椅子坐下。他傾身靠近，在我耳邊低語。

「你做得很好。」他說。「你是天生好手。今晚你還沒說錯半句話。」

他在我肩頭輕輕一捶，拿起露西的香檳杯高高舉起，等我像他一樣高舉我的香檳杯。

「A la Mano de Dios.」

這次我聽懂了。敬上帝之手。這類型的任務就是這麼稱呼的。一群年輕騙徒和年輕竊賊湊在一起犯下完美罪行。

「接下來的環節很重要。」他說著，再次傾身靠近。「等他回家拿錢發現錢不見的時候……肯定會氣得暴跳如雷，對吧？這時，我們的任務就是比他更氣，跳得比他更高。我們指控他是他媽沒用的騙子，抱怨這是什麼爛招之類的。你懂我的意思嗎？」

他停頓片刻，啜飲一口香檳。

「我們就當著他的面一路演到底，演到走出那道門為止。」

兩位女士回到桌邊。雷夢娜摟著朱利安，彷彿整晚不打算放手似的。露西湊過來環抱我的頸子。她的秀髮、氣味、肌膚貼上我臉頰的觸感讓我不知所措。

我知道她只是在演戲，但仍叫人難以招架。

「再喝點香檳吧。」她對我說。「酒精會麻醉疼痛。」

我不確定她所謂的疼痛指的是什麼。是這晚我做的一切所導致的身體疼痛？我心裡的痛？或是完全不相干的痛？

不管怎樣，我又喝了一些香檳。這一夜，在這座城市的這間酒吧裡，隨著閃爍的燈光和下方舞池轟隆作響的音樂……我不禁好奇接下來還會發生什麼事。看著這些奇特又美麗的人們……感覺什麼都可能發生。

衛斯禮回來了。他滿臉通紅，馬尾鬆散。朱利安起身，很快對我眨了眨眼。然後我看著他們兩人開始起衝突。衛斯禮兩手拚命揮舞，朱利安一根手指直指著衛斯禮的臉。陽台保鑣不得不擋在兩人之間，下一秒場面一片混亂，直到我們所有人跌跌撞撞走下後方樓梯，進入夜晚的空氣中。

朱利安叫了一輛計程車，大夥兒魚貫擠進後座。雷夢娜給了司機一個地址，我們隨即出發，奔馳在日落大道上。在香檳、眾人及夜色本身的夾擊下，我開始迷失方向。

我們往東開上高速公路。路燈從兩旁呼嘯而過。

接著，我們緩緩駛過一條眾人正在手舞足蹈的狹窄街道。他們不得不一個個寸步讓開，好讓我們通過。

最後我們下計程車，走進另一間酒吧。這間酒吧叫El Pulpo。裡頭人聲鼎沸，充斥辛辣食物的氣味，而每個人都在說西班牙語。

下一秒，我開始跳舞。我，竟然在舞池上跳舞。我跳一跳停下來喝了一瓶墨西哥啤酒，接著繼續跳。

我跳著舞，覺得充滿暖意，心情好得不得了，簡直妙不可言。差不多可以說是我這輩子最美妙的一次經驗。

那麼多陌生人圍繞我身邊，說著我聽不懂的語言，我卻覺得自己屬於這裡。這一晚除了位於洛杉磯東邊這間擁擠悶熱的小夜店外，我哪裡都不想待。

露西來到我的面前。她的雙手高舉空中，臉上帶著淡淡的微笑。她在跳舞，與她如此貼近的感覺很好。我伸手觸碰她，兩手擱在她的腰間。

另一個男人伸手放到她的肩上，把她轉向自己，在她耳畔說了幾句。她牽起他的手，動作流暢地把他的手扭了一大圈，直到他跪倒在地，然後她再朝他肚子踢了一腳，便放他走。他爬著離開，她轉回我的面前，好像沒事發生一樣。

音樂越來越大聲，所有人都在咆哮。

我繼續跳著舞。我和露西之間的默契，是從艾蜜莉亞之後就再也沒有感覺到的。不只是她，還有朱利安和雷夢娜。即使是現在仍忙著擦掉臉上汗水的甘納也不例外。就在我們一起在豪宅裡數著那一大筆錢的時候。

更多咆哮聲，一次比一次響亮。

我突然出現一個念頭。要是我真的開口說話……將會是像這樣的一個夜晚。我會自然而然張開嘴，然後——

露西正在對我說些什麼，我靠近聆聽。

「你現在是我們的一員了。」她說著，嘴唇磨蹭我的耳朵。「你屬於我們。」

17 一九九九年七月，密西根州

直到現在，當我回想起那一天……艾蜜莉亞把最後一頁交給我的那一天……我生平頭一次感受到的那股希望。那是我最想牢記在心的部分。那股希望真實得彷彿觸手可及，彷彿近在眼前。我手裡拿著那張畫紙，默默度過幾個鐘頭，等待夜晚到來，既恐懼又充滿疑惑，完全不曉得接下來會發生什麼事，卻又懷抱希望相信事情會如我想像的一樣美好。

太陽下山。我等待午夜來臨。接著是凌晨一點。我逼自己等待，我告訴自己千萬不能比往常早到。誰知道那棟房子的人熬夜熬到多晚？之前凌晨兩點潛入很安全，所以我會繼續比照辦理。

我在一點三十五分離開，開車前往馬西家。可想而知，我把工具帶在身上。我不停告訴自己，冷靜，放輕鬆，否則你永遠開不了後門。但等我總算抵達那裡時，後門沒有上鎖。又是一件新鮮事，給我的一個小小訊息。我仔細聆聽幾分鐘，然後開門進去。

我穿過廚房，來到樓梯口，安靜走上每道階梯，進入走廊，到她的房間。我轉動門把，一樣沒有上鎖。我把門把轉到底，但沒有立刻推開房門。我赫然停下腳步。

我在最後一刻疑惑了。因為這整個主意……實在美好得難以置信。這全是陷阱，是一場騙局。這扇門的另一邊肯定有台攝影機。燈光會突然打開，也許美術四人幫會在那裡等我。

我該開門還是轉身逃走？現在就是決定性的一刻。

我把門打開。

她的房間一片漆黑。我進去，關上身後的門，站在原地很長一段時間等待。我帶著信封袋，裡面裝了我新添的那一頁。我把信封袋放在床頭櫃一貫的位置上。

「你總算來了。」黑暗中傳來一個聲音。

我不敢輕舉妄動。

「你有鎖門嗎？」

我把手伸出去，鎖上房門。

「過來啊。」

我朝那聲音往前踏一步。我還沒能看見她。我的雙眼還沒適應黑暗。

「我在這裡。」

微弱的喀噠聲傳來，然後是一束光打在天花板上。我看見她坐在床上，握著手電筒。

「我本來以為你今晚不會來了。我不小心睡著了。」

我站在離她兩公尺外的地方，一動也不動。

「你要不要坐下啊？」

我在床邊坐下。她穿著短褲和一件舊T恤，如往常一樣。

「我不會咬人。」

我稍稍朝她挪近。

「我猜從我第一次見到你開始，就一直在等待像這樣的事情發生。」她說。「不過現在你真的出現在這裡了……」

她換個姿勢，盤腿坐著，赤裸的膝蓋和我僅有幾公分的距離。

「我猜這有點怪，喔？」

我一手放在胸前，然後指向房門。

「不，你不必走。我是說，我還沒看見你新畫的那一頁呢。」

我站起來，拿起床頭櫃上的信封袋交給她。我看著她打開信封袋。她一隻手拿著手電筒，另一隻手翻著漫畫，翻到新的那一頁時，她拾起頁面仔細閱讀。

「這是……我。」

她拿著手電筒在頁面上來回移動，照在我打從心底認真畫出的這張畫上。

畫上是一隻美人魚，配上艾蜜莉亞的臉。水底下的她，秀髮跟著流水隨意漂動，為了雅觀，一隻手臂橫擺在胸前。她的尾巴彎成長長的U字形。

我閉上雙眼。我不知怎地完成了不可能的任務，畫出既情色卻又孩子氣的一幅畫。史上最荒謬的作品。

「我不知道該說什麼才好。」

說妳討厭這幅畫？我應該馬上離開？

「好美。」她說。「太神奇了。你怎麼知道的？」

我張開眼睛。

「你怎麼知道我一直想變成一隻美人魚？」

她抬頭看我。手電筒的光讓她半邊臉籠罩在陰影之下。

「這是你眼中真正的我嗎？在你夢到我的時候？」

我點點頭，動作輕得不能再輕。我看著她的嘴巴。

「如果你想吻我，最好趕快行動——」

我一手捧住她的頸後，把她的嘴湊到我的嘴上。我的腦海沒有其他想法，只是迫切地想要吻她，一刻也不能等。她伸出雙手摟住我的腰，把我拉近。我感覺到我們慢慢傾向她的床鋪，然後倒下。我們的舌頭相互碰觸，周遭一切開始融化。融化，一個我在許多書上讀過的詞，形容情侶在一起的時候，感覺果真是這樣。我們在床上伸展開來，身體交纏，找到彼此的雙手。十指緊扣時，手差點滑開，彷彿動作太過激烈。

「喔，天啊。」她的聲音離我的耳朵好近。「你不知道我多希望這件事能成真。」

記住，我只有十七歲。在今晚以前，我只有親過一個女生大約兩秒的經驗。當時我甚至還沒意識到事情的發生就結束了。如今我在這裡，在艾蜜莉亞本人的床上，我知道事情該怎麼進行，老天知道我有多渴望，但我沒有接下來該做什麼的實際想法。

「你還好嗎？」

我點點頭。她坐直身子。

「我保證我不會再問第二次……你真的真的一個字都不能對我說？」

我搖搖頭。

「連發個聲音都不行？」

我用力嚥下一口口水。

「沒關係。」她說。「真的沒關係。我想這樣只會讓你更迷人。」

我們沉默了一陣子。手電筒躺在床上，細細的光束從牆上反射，在我們身上投下淡淡光暈。艾蜜莉亞的臉龐半掩在她秀髮後面。她再次靠近我。我吻了她，這次動作很慢很慢。她的滋味，她的體香。我真的不是在做夢。她再次把我推倒，我的腦海立刻閃過十幾種不同的念頭。接下來可能怎麼樣，接下來將會怎麼樣，除非我們其中一人做點什麼去阻止事情發生。

就在這時，我們聽見一個聲音。是走廊傳來的腳步聲，接著是開門的嘎吱聲。艾蜜莉亞一根手指湊到唇邊要我別出聲，然後才發現自己這麼做多沒意義。「等等。」她對我低聲說。「是我爸。」

我們聽見馬桶的沖水聲，然後是馬西先生回房的腳步聲。我不禁好奇，要是他早點醒來，發現我鬼鬼祟祟出現在他的房子裡，他會如何對付我，進一步好奇我會被送進哪種監獄，監獄的人能不能接受今晚被打成殘廢、必須一輩子坐輪椅的我。

我們多等了幾分鐘，確定他已經回房睡覺。這時，魔咒似乎已經消失一半。我不知道一切是否到此結束。至少就今晚而言。

後來，她站起來，抓住衣服下襬，拉到頭頂脫掉。她的肌膚映著窗邊的微弱月光閃閃發亮。我吞口口水，伸手觸摸她。我把雙手放上她的鎖骨。她舉起雙手放在我的手背上，慢慢往下滑到她的乳房。她閉起眼睛。

她伸手拉我的上衣，我們一起褪下衣服，然後是我的長褲，最後是我的內褲。她脫下她的短褲，一腳踢開。

她牽起我的手，帶我回到床上。

✦✦✦

「這太瘋狂了。」在那之後，她說。「你再也不必半夜偷偷溜進我的房間了。雖然我也滿怪的，竟然挺喜歡你這樣。」

她把我拉起身。我們彼此擁抱，站在她的房間中央。房裡好暗，木地板的顏色好黑，我們彷彿漂浮在外太空。

「暑假一下子變得好有意思。」最後她說。「你會繼續為我畫畫嗎？」

我點點頭。

「我也會。我想現在換我了。」

她又吻了我，然後把我放開，走到門邊，打開幾公分的門縫，望向走廊。

「走廊沒人。」她說。「還是小心點。」

我從她旁邊溜過，一步踏在厚重的地毯上，彷彿又回到地球表面。下樓走到一半時，我聽見背後傳來動靜，立刻停下腳步，以為會聽到馬西先生開口說話，一邊祈禱他的房子裡沒槍。我回過頭，看見艾蜜莉亞低頭望著我。她向我微笑，揚起一邊的眉毛，然後揮手道別，關上房門。

從一個夏日夜晚……到次日早晨。真沒想到世界打擊你的速度竟如此迅速。我願意付出任何代價讓一切靜止，靜止在我待在艾蜜莉亞房裡的那幾個小時，讓故事講到這裡結束，闔上筆記本，劇終。

✦✦✦

然而事與願違。

監獄待久了你就知道，你可以閉上眼睛，想像事情如你所願的實現。接著你醒過來，現實一下子回到身邊。那份孤立和深鎖的鐵門和四周石牆帶給你的沉重壓迫感統統湧現，而且感覺比之前更糟。

所以要是你人在像這樣的地方時根本不該做夢，總之不該是這類的夢。除非你不打算醒過來。

✦✦✦

當晚我離開她家。我開車回家，走進屋內，非常肯定整晚都沒闔眼。我不停聞著她殘留在我身上的氣味，獨自待在漆黑的房間裡，心跳仍快得有如蜂鳥。直到太陽終於升起，我再次起身，準備返回她家。

那天早上開車過去感覺挺怪的。我忍不住擔心在大白天底下，所有事情都將分崩離析，擔心她一見到我就搖頭，舉起雙手彷彿在說，喔不，一切只是天大的錯誤，快回後院繼續挖洞，忘了事情發生過。

我停好下車時沒看見她。我在車道上站了幾分鐘，等她的臉在其中一扇窗前出現。她沒有出現。

車道停著一輛陌生的車。有人剛進城。我沒多想，繞過房子，想起馬西先生前一天對我說過的話。他說我游泳池快挖完了，說他會找些其他事給我做。其他更有意義的事，他是這麼說的。天知道那是什麼意思。

我心想他應該只是醉了。到了今天，他就會忘記整段對話，我會繼續回去工作，填滿那輛手推車，把泥土倒進樹林裡。

但在後院等著我的，是一個大驚喜。

我先看到的是那頂白色帳篷。是參加戶外婚禮時會見到的那種白色大帳篷，大到足以覆蓋我這幾天來挖掘的區域。我眨了幾次眼，把後院看個仔細，最後才終於看見有兩個人站在帳篷的陰影底下。是馬西先生和我的觀護人。

馬西先生一見到我，立刻走到陽光下。「麥可！快過來！」他的臉上掛著大微笑。

「看看是誰來了。」他說著，示意我的觀護人。「我們正聊到我們在後院進行的小工程。」

觀護人往前一步與我握手。他仔細端詳我的臉。「很高興見到你，麥可。老天，你的臉看起來有點紅。」

「我跟這孩子說過，你天天都應該擦防曬乳，對吧？皮膚癌？黑色素細胞瘤？你想他會聽我的嗎？」

馬西先生像在鬧著玩似地往我的肩頭打了一拳。

「後來我幫他弄了這座帳篷。」他說。「反正我一直想買一個。」

「一看就是好東西。」我的觀護人說著，抬頭望著帳篷。帳篷在陽光底下白得刺眼。「把你整個後院變得像真正的綠洲。」

「你的用字真精準。」馬西先生說。「就是綠洲。如你所見，我們正想在這裡做些特別的事。麥可幫了大忙。」

「一定會很壯觀。我最好別帶我老婆過來，否則她會馬上叫我去挖我們的後院。」

他們兩人頻頻對著我笑，牙齒就像帳篷一樣白得刺眼。我別過臉不看他們，總算有機會注意到眼前被拖到後院的所有東西。地面上放著數十盆盆栽，一盆比一盆高大，一盆比一盆枝繁葉茂。一張黑色防水布垂放在洞裡。我的手推車裝滿大如排球的石頭。

「馬西先生正在對我形容完工後的模樣。」我的觀護人對我說。「我等不及看你搭起噴泉了。話說回來，你要怎麼……」

他看著腳邊的稻草和剛長出來的短草。「你這裡到時候需要輸電線吧？」

「喔，沒錯，沒錯。」馬西先生說。「當然，那是最後的步驟。我們會請個電工從房子裡接線出來。」

觀護人想像一條連接到屋內的電線，肯定地點點頭。「可惜你不能自己來。」

「工會可高興了，是吧？」馬西先生把手放在我的頸後。我能感覺到他手指的力道。

「嗯，很高興見到事情進展得如此順利。我很高興能把這件事匯報為一件成功故事。」

「我昨天才跟麥可說……我花了那麼多錢請了那麼多人替我工作，卻沒有一個人比他還認真。」

「那好，那真是太好了。」

「就像你說的，這是個成功故事，再貼切不過。」

我仍不懂到底是怎麼一回事，但那兩個人相互握手，再對彼此笑了笑，接著馬西先生就送觀護人回到他的車子前。把人送走後，他繞回後院。我站在假綠洲旁，對眼前幻象所投入的大量心血敬佩不已。我不敢走到帳篷下，猜想即使陰影我也不配享受，猜想如今我的觀護人已經平安離去，他會立刻把整個帳篷拆光，拉開防水布，叫我趕快繼續回去幹活兒。

意外的是，他回到我面前，兩手放在我的臉頰上，捧著我的臉。「你猜怎麼著。」他說。「年輕人，今天你的身價節節高漲。」

最後，他在我臉上輕輕一拍，把我放開。「暫時放鬆一下。大約半小時之後我要請你到屋裡一趟。」

放鬆一下，他說。我不知道該怎麼放鬆。我在帳篷周圍走來走去尋找鏟子，最後在樹林邊找到它。看見鏟子躺在那裡而不是緊握在我的手中感覺真怪。不過管他的，對吧？看樣子今天游泳池暫時停工了。我拋下鏟子，回到帳篷邊，抬頭看窗戶。

拜託快出現吧，我心想。要是我能看到妳對我笑，一秒也好，一切都會好得太多太多。

最後，我走進帳篷底下，坐在坑洞邊，雙腳踩著塑膠防水布。我繼續等待。

終於，馬西先生在後門重新現身。

「快進來！」

他替我扶著門。我進屋，突然感覺到一陣冷風襲來——是冷氣。

「這邊，麥可。」

他帶我來到他的辦公室，我們初次長時間交談的那個房間，大約是鏟了七千次泥土前的事。同一隻魚標本在那裡，動也不動掛在他書桌上方的巨大藍槍魚。

「請坐。」馬西先生說。「你要喝點什麼嗎？」

我舉手婉拒。

他看起來不打算接受拒絕。「可樂好嗎？還是沙士？我知道一定有些什麼，讓我瞧瞧。」

他走到對面牆壁的調酒吧檯，在小冰箱裡東翻西找。「你要冰塊嗎？」

我想無論我說要或不要都不重要。我連阻止他的力氣都省了。

「好了。」他說著，把一罐可樂倒進裝滿冰塊的玻璃杯。杯子看起來像水晶做的。他遞給我，把那罐可樂放在我面前的桌上，然後在桌子後方坐下。

「讓我告訴你我請你來這裡的原因。今早我女兒艾蜜莉亞跟我說了一些關於你的事，非常有意思。」

喔，該死，我心想。來了，沒想到死期來得這麼快。

「她說你是非常厲害的藝術家，又說你不應該把所有時間花在幫我們的後院挖洞。這些就是她說的話，一字不差。」

我又能呼吸了。

「麥可，你天天都給我驚喜。就這麼簡單。你已經向我證明你有顆忠誠的心。做了那麼多天的苦工……不肯出賣你的朋友……對了，我昨天道過歉了，對吧？我道歉了嗎？」

我點點頭。

「我實在對之前發生的事很不高興，就是你和那些米爾福德高中的小混混幹的好事。」

他顯然費了一番功夫阻止自己繼續說下去，接著他把雙手放到桌面上。

「可是這都不成虐待你的理由。我只是想解釋我當初那麼生氣的原因好嗎？你懂吧？你願意原諒我，對吧？」

我再次點點頭。

「謝謝你，麥可。我真的很感激。你何不喝點可樂呢？」

我喝了一小口，感覺氣泡衝上鼻腔。

「所以接下來是這樣的。首先，我說到做到，你挖游泳池的日子已經結束了，知道嗎？不用再挖洞了。相反地，嗯，我想既然你是那麼厲害的藝術家……」

他停頓片刻，靠回椅背。那條大魚就在他的正上方。

「艾蜜莉亞有個朋友……齊克。齊克．以西結。不管他叫什麼。你大概常常在這裡見到他，對吧？反正我想他已經是過去式了。我不難過。我是說，他家很有錢沒錯，但他對我而言有點太怪了。總之，既然他不在了……嗯，我知道艾蜜莉亞向來喜歡有人陪她一起搞藝術。所以我想……你明白我這些話的用意嗎？」

不，我心想。我完全不明白你這些話的用意。因為我不敢相信你認真考慮要給我這個機會。

「艾蜜莉亞一直過得很辛苦。我是說，自從家裡只剩我們三人之後。不，如今亞當離家，就只剩我們兩人了。她太多時間都是獨自一人度過。我有時候真的不知道該如何親近她，你懂嗎？」

不會吧。你不會真的打算託我幫忙這件事吧。

「所以我想說的是，如果你能過來，與其挖洞……倒不如花點時間陪她，陪她畫畫，或看你們想做什麼都行。這會讓我心情好很多，知道她有人陪著，有人可以說話。我敢說你是很棒的聆聽者，對吧？」

是，我是。

「現在，如果你擔心你的觀護人……」

不，我不擔心我的觀護人。

「我會簡單跟他說你在幫我做其他工作，到健身俱樂部那邊。我保證會把事情搞定，保證你在這裡不會有問題，完全沒問題。」

代價要來了。這裡頭肯定有鬼。

「今晚我辦了一場烤肉會。你想你能留下來參加嗎？有個人我想讓你認識。他是施萊德先生。事實上他是我健身俱樂部和其他幾項事業的合夥人。這些日子忙得焦頭爛額。我想他會很高興認識你。你怎麼說？」

這就是代價？我得和你的合夥人見面？

「說不定……我不知道。說不定哪天我們有什麼問題，你可以幫我們解決？你覺得有可能嗎？我是說，你願意幫我們嗎？」

很好，來了。

「我只是說說啦。你有很多技能。我猜施萊德先生一定很有興趣見識那些技能。你想你能表演給他看嗎？也許就在今晚？烤肉會結束之後？」

就在這時，我聽見腳步聲。我頭一抬，她就在那裡，站在門邊。她穿著牛仔褲和一件沒紮進褲頭的簡單白T恤。脖子掛著項鍊，頭髮綁成馬尾。

「這樣吧，你先考慮一下。」馬西先生對我說。「你考慮考慮，我們晚點兒再談。」

「他要考慮什麼？」艾蜜莉亞說。

「我們的工作合約做了些調整罷了。」馬西先生說。「我想所有人都會開心得多，包括妳。」

她一臉不信服的模樣。我很快就會發現她有多了解他。儘管她愛他，雙親也只剩他一個，但她知道他起碼有一半的時間滿嘴謊言。

「你們先離開吧。」馬西先生說。「去做些藝術品之類的。」

「他今天不用挖洞嗎？」

他對他女兒微微一笑，然後偷偷對我眨了個眼。

「不了，今天不用。」

我不知道當時我發現了沒有，但我都還來不及從椅子上站起來，就已經掉進他的圈套。我不知道他要我幫忙做什麼，或要我幫誰的忙。一切得等到後來才會明朗。

但就目前為止……沒錯。他打出艾蜜莉亞這張牌，而他這張牌出得好極了。

我已經掉進他的圈套。

18 二〇〇〇年年初，洛杉磯和蒙特雷

我滿十八歲的那個月，人仍待在洛杉磯。那是二〇〇〇年的二月。露西問過我的生日。我心想只是出於好奇，壓根兒不知道他們在偷偷籌備什麼。但到了生日當天，朱利安一行人用眼罩把我蒙住，帶我來到街上。他們一拿掉眼罩，禮物就在眼前。一輛座位繫著大紅蝴蝶結的哈雷重型機車。我這輩子見過最美的摩托車，比我大伯送我的那輛山葉中古車還要讚。

我已經搬進車庫旁邊的那間小公寓。我沒花多少時間把所有東西搬了進去，當時我的家當仍靠舊機車上的兩個行李袋就能打發。朱利安因為空間狹小而向我致歉，可是媽的……自從隻身離開家鄉，我一直以為自己會住在各個汽車旅館或天知道什麼鬼地方……沒有哪裡比這裡更像我所夢寐以求的一個真正的家。

我對這四個人仍有諸多疑問。這些白幫成員。首先，竊取有錢人的財富不可能佔據一個人生活中所有的時間。他們其餘時間都在做什麼？

後來我才知道，原來朱利安在一個愛好紅酒的家庭長大，所以在這樣的背景下，他把紅酒變成一門生意。他在瑪麗安德爾灣有家店面，店裡的地下室有一間溫控酒窖，收藏的紅酒價值超過一百萬美金。全世界最高檔、最昂貴的紅酒都在裡面。只有金字塔頂端的有錢人才會考慮購買的那種東西。這就是他最開始接觸鉅富人士的方法，主要來自於那些把遊艇停靠在港口的有錢人，同時也是他把偷竊得來的錢洗出去的方法。

仔細想想，這彷彿我生命的某種平衡。一個賣廉價酒的男人在我最需要他的時候收留了我。現在則換成一個賣高檔紅酒的男人。

雷夢娜多數時間和她的家人待在店裡，特別是她的三個姊妹。她們跟雷夢娜一樣都是性感迷人的西班牙裔美女，隨便就能把男人迷得昏頭轉向。我幾次經過那一帶的時候，都能聽見她們如連珠炮般用西班牙語在對話，最後通常崩解成互相咆哮的爭吵。等一天結束後，她們又會和好如初。那是一個關係緊密的家庭。我看得出來她們瘋狂愛著對方，願意為彼此擋子彈。我很羨慕。

至於甘納，他是一名刺青師，在聖塔莫尼卡有一間小店鋪。他不在店裡時，我常看到他在後院健身。即使現在搭上朱利安，口袋有了錢，他仍喜歡用從垃圾場撿回來的器材，像煤渣磚和輪胎鏈。

他不太搭理我。話又說回來，我在這裡待越久，越注意到他其實不太跟任何人說話。我的意思是，他和這些人住在同一棟房子裡，差不多天天一起吃晚餐。到了一起大幹一票的時候，他簡直是把自己的性命交付給這些人。但他和他們不一樣。這點無庸置疑。房子裡似乎總是瀰漫一股微妙的不滿情緒，特別是對朱利安，現在則是對我。好像在說，要不是彼此有共同利益，他打死也不想花那麼多時間跟我們在一起。

露西呢？她是所有人裡頭唯一還沒找到日間工作的成員。離開勒戒所至今，她做過幾份工作，但都沒能做得久。她最近的興趣顯然是畫畫。房子裡掛了一些她的作品，朱利安也安排了幾幅作品在當地一間藝廊展示。她的作品看上去近乎迷幻，多數畫的是鳥類、小狗，甚至是我敢說她從未親眼見過的叢林動物。我覺得她畫得很好，不過沒賣出多少作品。

由於她的空閒時間最多，所以我經常和她待在一起，陪她畫畫或煮菜或做別的事情。有一天，她看見我在我自己的筆記本上畫她。我只是隨意畫畫，用鉛筆匆匆素描幾筆，但她拿走我手中的本子，看了很長一段時間。

「又多了一個討厭你的理由。」她說著把本子丟還給我。

他們仍把保險箱留在密室裡。那個月接下來的每一天，她不停試著想解開保險箱。我會看著她，千方百計向她形容我找到變短的距離時是什麼樣的感覺，但我知道我不可能逼她明白，她只能靠自己領悟。

無論她多努力，就是感覺不到。

✦✦✦

朱利安逼我丟掉我那張紐約市的偽駕照。他告訴我他幫我找到了一張「真正的」假證件。所以我不再是威廉・麥可・史密斯。

他一個朋友的朋友有個年輕鄰居，至今仍沒拿到他的加州駕照。老實說，他大概還得瘦個九十公斤，否則別想塞進駕駛座裡。伴隨每個月準時送到他家門口的一筆錢，他同意把他的身分「借」給我。需要的話，我能用他的名字開銀行帳戶。如果我想出去找個真正的工作，甚至還能使用他的社會安全號碼。

這就是我最新的假名變成羅賓・詹姆士・安格紐的由來。

當然，我仍把傳呼機帶在身邊。有一天，綠色傳呼機響了。根據鬼影跟我說過的，這個傳呼機已經安靜了好幾年。

他甚至不確定是否有人仍有這個傳呼機的號碼。

這個嘛，顯然有的。

我回撥螢幕上的號碼。接電話的人問我是不是鬼影。見我不作聲，他又問了一次，然後咒罵了幾句就掛斷電話。

我心想，綠色傳呼機差不多壽終正寢了。但我仍留在身邊，確保電池飽滿，就像其他傳呼機一樣。傳呼機就放在床底的鞋盒裡，我每天都會逐一檢查。

二月的第一天，黃色傳呼機再次響起。

我想過不去理它。最後我走到碼頭邊的公共電話回撥號碼。電話響了兩聲，然後我聽見說話的聲音。

「是麥可嗎？」

我心想，他知道我的名字。然而他似乎不知道我沒辦法回答他。

「我叫哈靈頓．班格斯。」他說。「我哈利啊。你記得我嗎？我在底特律的那間二手店跟你見過面。」

是，我記得你。你走進店裡問了幾個問題。隔天我看見你，在你的車子裡。你就只是呆坐在那裡，監視著。

「我能在什麼地方和你碰面嗎，麥可？我們真的需要談一談。」

他設法弄到了黃色傳呼機的號碼。我好奇他能不能判斷出我在洛杉磯回電話給他？算了，說不定他現在正在追蹤這個號碼，一路追到碼頭旁的這座公共電話。

「你可能讓自己陷得太深了。」他說。「你有聽我說話嗎？我覺得你最好讓我幫你一把。」

我掛斷電話離開，騎車回家。我回到屋內時，聽見黃色傳呼機又在嗶嗶作響。是同一個號碼。

我差點就要把這個蠢東西砸爛。我才不管底特律那男的得知我可能會出什麼事。然而，我只是取出電池，把沒電的傳呼機留在鞋盒裡。

✦✦✦

甘納越來越煩躁。他掩飾得不是太好。

「朱利安只會用同一招。」他對我說。我們正坐在餐桌前。朱利安、雷夢娜和露西人在廚房。「我為了蒐集情報花了六個月的時間。六個月！一切都得安排妥當，你懂嗎？我們必須清楚目標對象所有芝麻蒜皮的小事。他會不會半夜起床尿尿，我們也得知道。」

他喝完杯子裡的最後一口紅酒。

「我忙得半死的同時，朱利安卻能在他的紅酒專賣店玩耍，和雷夢娜一起陪那些大人物出門，招待他們吃飯喝酒。我和露西只能守株待兔，等到總算是時候行動為止。然後可想而知，所有苦工都是我做。我可是在該死的衣櫃裡待了六個鐘頭的傢伙。你也看到了。還有露西，她要嘛沒事可做，因為朱利安不信任她，要嘛就是某個老色鬼的誘餌。」

他拿起一瓶紅酒，開始往杯裡倒。他先斟了一些，最後一口氣倒個精光。他把酒瓶放回桌上，發出砰的一聲。

「人生苦短，這麼做太不值得了，你懂我的意思嗎？我們大可到大街上直接打劫。只要你動作夠快，三不五時冒點風險不會怎麼樣。你不必等到天荒地老，成天做個他媽的膽小鬼。」

我不知道他為什麼像這樣對我吐露心聲。畢竟我是新來的。但管他的，我猜我不該太過驚訝。你幾乎可以跟我說任何事，也不用擔心我會說出去。

但無論甘納有多焦躁，朱利安從不懷疑自己的做法。他繼續拓展人脈，一步步小心經營，慢慢了解目標人物的一切，直到他看見適當的機會來臨。前提是真有機會的話。

他只有一次誤判情勢。他在錯誤的時間，挑了錯誤的目標，本來差點要命喪黃泉。

反之，他卻遇上了鬼影。然後是我。

「你在底特律的夥伴。」朱利安對我說。「我還記得我初次見到他的情形。」

那是幾個晚上之後的事了。又一次豐盛的晚餐結束後，只剩我、朱利安和雷夢娜坐在一起，桌上擺著兩個空酒瓶。甘納和露西到外面兜風去了。朱利安如今總算把這個故事講給我聽，彷彿那是他對我說過最重要的事情。這麼形容大概也沒錯。

「他一走進店裡，我就知道他不是簡單人物。你見過他。你明白我的意思。我是說，他雖然不是全世界最高大的人，但感覺就好像比別人佔領了更多空間。你懂嗎？」

我點點頭。是的，我懂。

「那是好幾年前的一個九月天。看樣子他租了一艘大遊艇，聚集了一些正經八百的傢伙，一群人從奧勒岡州啟程，在那裡打了幾場高爾夫求，然後沿著海岸線一路往下航行，每隔幾天就停靠在小艇碼頭邊，上岸一陣子，再打幾場高爾夫球，若人在洛杉磯可能就會跑去拉斯維加斯。旅程聽起來挺有趣的，對吧？一場愜意又愉快的出航？」

我回想我和鬼影那兩次會面，很難想像他會打高爾夫球或坐在一艘船的甲板上，或做任何人類會做的事。

「一切還只是暖身而已。他們從這裡離開，往墨西哥前進，沿途中開始玩起撲克牌。金額無上限。大約七、八個人。基本籌碼額度五十萬美金。不貸款，純現金交易。所以他們那艘船上躺著將近四百萬美金，麥可。你能想像他告訴我的時候我在想什麼嗎？想想看，他就站在我的店裡與我分享這個故事，彷彿沒什麼大不了似的。我以前從來沒見過這個男人。總之，他說他來添購一些船上喝的紅酒，但我心裡想的是，今早老天爺起床後，突然覺得你太有錢了，先生。這是你出現在這裡的唯一理由。」

雷夢娜坐在他隔壁，微微一笑，搖了搖頭。

「我不太確定這局該怎麼玩。」朱利安說。「時間之窗是如此短暫，你懂嗎？他準備回到船上，他們隔天就要離開，帶著那一大筆鉅款前往墨西哥。我想了又想，該死，我不知道……我該怎麼做？他看起來對每件事都開放又坦率。如果我能多花點時間跟他相處，說不定能找到下手的角度。所以我跟他說我收集了店裡最棒的酒，真的很不錯的幾支酒，親自帶去船上給他。他一副「你人太好了」的模樣。快過來，我帶你到船上參觀參觀。演足了整套戲，你知道嗎？表現得真的很友善。當時我就應該發現有問題，但我太蠢了！四百萬美金，很容易讓人沖昏頭。」

「於是我來到碼頭邊，他的船就停在那裡。此地至今最大的一艘船，其他的船都相形失色。別忘了，那不是他的船，他只是租了這艘船一個月，包含船員在內，我敢肯定。總之，當時我和雷夢娜都在，身邊帶了幾箱的紅酒。雷夢娜弄了一些漂亮的花束和一些雪茄，應有盡有，對吧？我們拿著這些東西走上舷梯。雷夢娜穿著比基尼上衣，和大人物先生打情罵俏。其他人仍在岸上，所以船內幾乎空無一人。我猜我可以到船艙裡繞一圈，你懂吧？手裡拿著花束？打開幾扇門，看看裡面有什麼。如果被他看見，我可以裝傻，說我來船艙裡放花，當個好人，幫他一點忙。當然，我也知道錢不會成堆躺在那裡之類的，但要是我能找出錢的位置……起碼有機會，對吧？我在想，如果錢在保險箱裡，說不定露西能解開。當時她真的很認真練習，我只是希望，如果那不是什麼專業的保險箱……」

他停下來沉思片刻。雷夢娜的笑容已經消失。

「真的很蠢，我知道。像那樣見機行事。我完全失去理智。想當然耳，事後證明全是故意安排的陷阱。我在船艙裡四處打探，還真的給我找到保險箱，就在其中一間小房間裡，而且外觀老舊。我篤定露西打得開。所以我開始興奮起來。就在這時，我突然聽見背後傳來一個聲音。我轉身一看，有個男的站在那裡拿槍指著我，我以前從沒見過他，長得真的很奇怪。你見過他嗎？他有一張無精打采的臉，彷彿隨時都在打瞌睡？」

我點點頭。喔沒錯，我們見過。

「我開始對他找藉口。『朋友，我只是來這裡放些花束。』但他不相信。廢話，連我自己聽起來都覺得牽強。於是他把我帶到甲板上，雷夢娜和大人物先生正在那裡。突然間，他不再那麼友善了。他叫我坐下，要我給他一個不該把我丟到海裡棄屍的好理由。我拚命思考該說什麼，這時，雷夢娜跳出來說話。『因為鯊魚不喜歡墨西哥人。』她說。這話讓他開始思考。他說：『可是妳男朋友不是墨西哥人。』她接著說：『誰在說他了？』他被這句話逗得哈哈大笑，但後來他變得非常安靜，最後他說：『我聽說你們是好人，所以我非得親自求證。這是你一貫的騙局嗎？等待某個有錢人坐船出現？到船艙裡到處窺探？』我說：『不，先生。完全不是這樣。另外，你一開始是從哪裡聽說過我們的？』因為當時他不可能知道我們的存在。我是說，絕對不可能。但他湊到我面前說：『我無所不知。記住這一點就對了。』於是我心想，好吧，沒戲唱了。我們死定了。那個懶洋洋的傢伙已經準備好在我們的腦袋上開一個洞。」

「後來他放我們走。但他說有兩個條件。第一，謝謝所有的紅酒、雪茄和花束，把這些東西統統送上船實在非常體貼。第二，這裡是電話號碼。『如果你們活得夠久，學會該怎麼幹這一行的話。』他說，『那你們八成需要一個優秀的開鎖人。』只是千萬別忘了支付他百分之十的分潤。我們就是這樣認識鬼影的。」

「露西跟你說過要去拜訪他。」雷夢娜說。「說她想跟他學習？」

我點點頭。

「凡事總有解決的辦法。」朱利安說。「結果我們得到了你。」

我心想，是啊，事情是解決了。如今我人在這裡，跟一個曾經想對錯誤目標下手的傢伙共事。肯定是天底下最糟的目標。

難怪他現在如此謹慎。

✦✦✦

大約一個月過後，下一個目標的所有情報總算蒐集完畢。該是時候上工了。

目標對象是那種穿西裝不穿襪子的隨性傢伙，住在蒙特雷某棟海景第一排的奢華豪宅裡。最近每個禮拜都來洛杉磯出差，做些與好萊塢相關的生意。他喜歡昂貴的紅酒，尤其喜歡長相獨特又古怪的美女。這時候就是露西出場的時候了。她扮演誘餌，正如甘納對我說過的。

所以，在一個晴朗的四月天，朱利安從車庫裡把車開出來，我們一群人沿著海岸線一路開往蒙特雷，在一號公路上行駛六個鐘頭。我們在一間小旅社過夜，隔天就是拿下月亮臉男的時候了。月亮臉男是我們給他取的綽號。

那天傍晚，朱利安、雷夢娜和露西前往他家用餐。月亮臉男以美食家自詡，所以做了水煮海鱸什麼的，一行人喝光朱利安帶來的幾瓶紅酒。朱利安趁那男的不注意的時候，偷偷拿出一把小刀片，在其中一扇面海窗戶周圍的導電膜上劃了一條細線。不意外，所有窗戶都貼了導電膜。然而現在等那男的啟動保全系統，那扇窗戶就會顯示閉合電路斷線。他查看窗戶查不出原因後，就得打電話找保全公司修理。當然了，如果他晚上進城，打算找機會和年輕的露西上床的話，保全系統的小漏洞就會被擱置一旁，等隔天再處理了。

等他們終於離開房子後，換我和甘納上場了。房子鄰近馬路，以及其他幾棟坐落在懸崖邊的豪宅，所以我們只有一個適合的方法潛入。我們開著甘納從城裡租來的車，把車停在岸邊的其中一個觀測點附近。我們沿著礁石往下爬，橫跨海灘，最後一路往上爬回房子。攀爬的時間比我們想像的久，天氣更是突然轉壞。海面開始起風，腳下的浪越來越高。天色昏暗，難以看清前方的路。

我拚了老命爬上那些濕滑的岩石，而太平洋就在我的正下方。我心想，只要一個失足，我肯定沒命。這可不是我想要的死法。好死不死就在下一秒，我踩了個空，感覺自己開始往下墜。我已經感覺到冷水潑打我的身體，海浪把我翻覆，一路往海底拖。相較於海面的驚濤駭浪，海底肯定很安靜。

就在這時，甘納伸長一隻手抓住我的皮帶。當場救了我一命。我爬回岩石上，重新振作。我們繼續攀爬，最後總算抵達房子。

甘納找到導電膜遭破壞的那扇窗，在玻璃窗放上一塊油土，開始割洞，大小正好足以讓我們穿過。顯然我們這次進出不走乾淨俐落的路數。畢竟在窗戶上割了個大洞後，要掩飾行蹤簡直不可能。朱利安有信心我們這次不必遮遮掩掩，對月亮臉男沒有這個必要。所以我們強行進入，不到兩分鐘就已經站在屋內。這次沒有紅外線感應器需要擔心，我們安全得很。朱利安、雷夢娜和露西會把月亮臉男在外頭多拖延幾個鐘頭。

我們走進廚房，經過他們那桌杯盤狼藉的大餐。六、七只空瓶躺在桌上。我們找到那男的辦公室，保險箱直挺挺高站在角落。這傢伙不用入牆式保險箱。

我先把預設密碼的可能性剔除，接著開始上工。

找出接觸區域，把輪軸設定到初始位置，撥動，細數。三個輪軸，了解。

歸零，再次回到接觸區域，尋找距離變短的瞬間。

3、6、9、12、15。

轉到三十左右的時候，我開始越來越緊張。三組數字都那麼大嗎？大多數的人不會這樣設密碼。

45、48、51。

可惡，可惡。

72、75、78。

我開始冒汗。

93、96、99。

一無所獲。

我停下來，甩動雙手。

「有什麼問題嗎？」甘納說。

我搖搖頭。沒事，老兄。一切都好。

我能聽見外頭浪花拍打著礁石。我能聞到空氣中鹹鹹的海味。我重新開始。

這次，我轉到十五的時候，以為快有所獲，但差異感覺起來極其微弱，就像在幾千公里外調整廣播頻率。

我再次甩動雙手，努力讓思緒清晰。我甚至沒有問自己問題出在哪裡，因為在那一刻，我已經知道了。

我這陣子疏於練習。就這麼簡單。我在朱利安家沒有花足夠的時間撥動保險箱上的密碼盤，沒有撥動我的攜帶式保險箱鎖。我只是很久沒有練習了，自以為只要想解鎖，隨時可以上手。

所以我不得不花費接下來的整整一個小時重新找回手感，甘納則在一旁來回踱步，努力忍著不把我掐死。最後我終於把範圍縮小到幾組數字，但即便如此，我仍不敢百分之百確定。現在的我滿頭大汗。

我答應自己，再也不會把這個天賦視作理所當然。只要能把這東西解開，我保證我會天天勤加練習。

我撥動一個個可能的數字，一個也不放過，卻統統沒能打開保險箱。所以我得從頭來過，再度逐一檢視，找出正確的數字。等我總算找到後……等我恨不得希望我已經找到後……我又得再次撥動密碼。我們已經在房子裡待了兩小時。

我撥動每一個可能的密碼。浪聲越來越宏亮。我能聽見房間的某處傳來時鐘的滴答聲。

最後……我成功了，總算成功了！我猜中正確的密碼，轉動把手。甘納把我擠到一邊，開始把錢掃進袋子。我站起來，伸了個懶腰，到處走一走，看見車燈從面向大門的一扇窗照射進來。

媽的。

我跑回去協助他把錢裝進袋子，然後把門用力關上。我們回到窗戶的大洞，從頭到尾低著頭，接著像馬戲團藝人跳過大洞，在窗外的碎石沙礫上打滾，最後急急忙忙爬下岩石。

我們回到海灘上，立刻往租車的方向狂奔。浪現在打得更高了，我們的兩條腿也已經濕透。

我們爬回車子旁，站在原地拚命喘氣。接著甘納揪起我的上衣，把臉湊得好近。我等他對我大聲咆哮，罵我他媽的花了那麼久時間才打開他媽的保險箱。但他沒有。

「露西是我的，你有聽到嗎？她是我唯一愛過的人，這輩子唯一愛過的人。你明白了嗎？」

我看著他。他認真要挑這個節骨眼跟我講這個？

「你到底明不明白？」

我點點頭。是，我明白。

他放開我，把錢丟到後座，坐上駕駛座。我在他旁邊上車，默默對自己許下兩個承諾。離露西遠一點。勤加練習。

19

一九九九年七月，密西根州

我知道天下沒有白吃的午餐。我知道之後一定有代價。可是現階段的我毫不在乎。我人在屋外，不是在挖洞而是坐在一張椅子上，坐在艾蜜莉亞旁邊，還是經過她父親的正式許可。不知為什麼，感覺很不一樣。深夜時分，你可以是另外一個人。而現在……只有我們兩個，代表著白天真正的自我。兩個十七歲半的青少年，不僅上不同的高中，住在不同的世界，而且只有一個人會說話。

「你覺得很怪嗎？」她說。

我點點頭。

「你寧願去挖洞嗎？」

我想我不是非得回答這個問題。

「所以……我們該怎麼辦？我的意思是，我們該怎麼溝通？」

我正準備做出寫字的動作，請她可能的話去幫我找個筆記本，就在這時，她從椅子上起身一把抓住我。她吻我吻了好久好久，讓我渾然忘了筆記本和世界上的一切。

「你肯定懂手語吧。」她說著，坐回椅子上。「教教我。哈囉是……」

我揮了揮手。這讓我想起格里芬，他曾經問過我同樣的問題。

「也是，好吧。嗯。那『你看起來不錯。』」

我指了指她：你。接著在臉上畫個圓：看起來。最後簡單豎起大拇指：不錯。

「如果我想叫你再吻我一次呢？」

我舉起兩隻手，分別把四根手指和大拇指合起，像個準備說「太美味了！」的美食家。先把一隻手湊到唇邊，然後把兩隻手碰在一起。

「那是『吻』？你在開玩笑嗎？那是我見過最蠢的事了！」

我聳聳肩。別人發明那個手語的時候我可不在現場。

「我們需要『吻我』的秘密手語。」她說。「這個怎麼樣？」

她又一把抓住我，帶我到屋子裡，上樓進她的房間。我沿路東張西望尋找她的父親，心想這麼做肯定必死無疑。也許不是最慘的死法，但還是會死。他顯然跑去別的地方了，房子裡似乎暫時只有我們兩人。

接下來，我們做了一些需要一整套不同的手語來表達的事情。結束後，我們躺在她的床上凝視天花板。她不停用手指梳理我的頭髮。

「待在一個不會成天說個不停的人身邊真好。」

我心想，如果這句話是真的，那妳可來對地方了。

「你今天會為我畫點什麼嗎？」

老實說，我還沒有畫畫的心情。除了此時此刻我正在做的這件事外，我什麼也不想做。但到頭來，我們仍不得不下床著衣。她找到幾本大素描本和幾支筆，接下來的一個鐘頭左右，我們坐在她的床上畫畫。我們畫著正在互相描繪彼此的模樣。我畫中的她落下一束頭髮遮住臉頰，她畫中的我則擺著一張嚴肅的表情，近乎悲傷、抑鬱。我很驚訝在她畫中的我見到這種情緒。今天是幾千個日子以來我第一次感覺到真正的喜悅。在那之前我到底看起來有多糟啊？

又過了幾個小時，時間來到四點。真神奇，我沒在外面做得要死要活、分分秒秒數著何時能回家的時候，時間竟過得如此飛快。我們聽見她父親把車停進車道的聲音，於是下樓回到外頭的椅子上。

快轉到幾個小時後在後院舉辦的烤肉會。時間一分一秒過去，這天也越來越不可思議。我坐在餐桌的上位，艾蜜莉亞的旁邊，手裡拿著一瓶啤酒，即使還有三年半才到合法飲酒的年紀，但在這炎熱的夏夜就別管那麼多了吧。啤酒是馬西先生親自給我的，我才剛剛在他女兒的房間和她親密相處了整整兩小時。唯一的烏雲是艾蜜莉亞的哥哥亞當，為了今晚的烤肉會而從東蘭辛返家。他穿著一件有破洞的坦克背心，臂膀粗壯得彷彿塞了椰子。他把頭髮剪成軍人般的平頭，中間頂著一道龐克長假髮。他一見到我出現在他家後院，看起來就像要把我殺了。

「你就是那個闖進我們家的小王八蛋？」他說。

就在這時，馬西先生過來救我。他對亞當說我是個正直坦率的小夥子，說他應該放過我、原諒我、不要殺了我之類的。儘管在那之後，亞當仍在後院另一邊不停睜眼瞪我。他身邊站著五名萊克蘭高中的前橄欖球員，顯然還有更多人在過來的路上。馬西先生為了追上大家的食慾，正飛快地烤著熱狗和漢堡。

艾蜜莉亞伸出左手牽起我的右手，十指緊緊扣在一起。其他人似乎都沒注意到。她自己似乎也毫無意識，只是出神凝視著夜空。

「像這樣的夜晚，」最後她說，聲音細得只有我聽得見。「你會以為我們是一個快樂又友好的正常家庭。」

她轉頭看著我。

「別相信，一秒也別信。」

我不太確定她想表達什麼。我從未想像他們是快樂、友好或正常的家庭。我甚至不知道那是什麼樣子。

「如果我要你帶我離開這裡，你願意嗎？走得越遠越好？」

我緊緊捏著她的手。

「畢竟你是個罪犯。你可以綁架我，對吧？」

我再喝了一口啤酒，感覺到微弱的暈眩，就和闖進這棟房子的那天夜晚一模一樣。那又是另一個讓我覺得世界出現了無限可能的夜晚，彷彿任何事都有可能發生，無論是好是壞。

✦✦✦

夜色更深了。月光皎潔明亮。烤肉架的煙在空中徘徊。馬西先生在手提式收音機上播放海灘男孩的歌。這顯然是他最愛的樂團，起碼是在溫暖夏夜的最愛。他的合夥人施萊德先生及時出現，得到最後一個漢堡。我一看到他就發現我以前見過他。後來我想起來了。他就是之前到屋外看我挖了幾分鐘的洞，又回屋子裡找馬西先生的那個男人。今天他同樣穿著西裝，脖子上緊緊繫著一條領帶。頭髮看起來有點濕，像剛從健身房過來。

趁艾蜜莉亞暫時進屋的時候，馬西先生迎面而來，正式向我介紹那個男人。

「麥可，過來見見傑瑞．施萊德。我的合夥人。」

「我想我們之前見過。」他說著，與我握手。「很高興再見到你。」

「傑瑞不相信你真的有那項才能。」馬西先生說。「你仍覺得你能表演給他看嗎？」

艾蜜莉亞回到屋外及時救了我。

馬西先生抓住我，在我耳邊低聲說：「我們晚點兒再表演。」

接著他在我背上拍了拍，繼續回去烤肉。

幾小時後，亞當和他的朋友離去參加另一場派對。現在只剩下我們四人。

「該放這小夥子回家睡覺了。」馬西先生說著，一手勾住我的肩膀。「明天乾脆讓他繼續挖洞算了。」

「我以為他已經不用挖洞了。」艾蜜莉亞說。

「我說笑的，寶貝。我會讓你們兩個孩子道晚安。事實上，麥可，你離開前可以順便來一下我的辦公室嗎？我想再請你幫忙一件事。你知道的，關於我們新的工作安排。」

他關掉音樂，和傑瑞一起進屋。現在後院安靜漆黑。白色大帳篷彷彿在月光下閃爍。

「他又要你幹嘛了？」艾蜜莉亞說著，摟住我的腰。「還有施萊德先生在這裡做什麼？那傢伙讓我發毛。」

我搖搖頭。我根本一頭霧水。

「小心點，好嗎？那兩個傢伙湊在一起，天知道他們會想出什麼鬼點子。」

我不確定該怎麼理解這句話，不過我猜很快就會知道了。

她給我一個晚安吻。我不想她走。我想和她一起待在後院度過剩下的夜晚。但我知道那兩個人在等我。

她上樓回房。我往辦公室走去。他們兩人站在那條大魚下方。我一進去，馬西先生立刻拿出一個皮套交給我。

「你記得這些東西嗎？」

我打開皮套，看見我和鎖匠那場小小展示會所用過的同一套開鎖工具。

「你能向施萊德先生表演一下你能用這些東西做什麼嗎？」

我來來回回看著兩人。他們嚴肅得不得了。這不只是在酒吧的隨意賭注。

「好，我知道現在家中的門都換成了無法破解的高級鎖，不過這附近肯定有什麼……」

他在書桌東翻西找的時候，我站在那裡整理那些開鎖器和扭力扳手。真是一套完美的工具。我實在忍不住。我非得使用這些工具。於是，我對他們招招手，要他們跟我一起去後門。等我們三人來到門外，我把後門鎖住關上。

「你在做什麼？」馬西先生說。「你打不開這個鎖，記得嗎？」

我彎下腰，拿出扭力扳手和一根開鎖器直接上工。用相同邏輯處理這些鋸齒狀鎖簧……把所有鎖簧稍微抬過頭，再讓它們一個個落回恰好的位置……有了好工具，簡直易如反掌。

兩分鐘過後，我轉動門把，把門推開。

「老天啊。」馬西先生說。「你他媽是怎麼辦到的？」

「真有兩下子。」施萊德先生說。「我知道你跟我說過，但親眼目睹又是另一回事了。天啊。」

「你還能打開什麼東西？」馬西先生說。「任何種類的鎖你都打得開嗎？」

他從我旁邊推擠而過，來到廚房，開始在一個放雜物的抽屜翻找，接著拿出一只舊掛鎖。

「我連這個掛鎖的密碼是什麼都不記得了。你能解開嗎？」

我從他手中接過掛鎖。這八成是他其中一個孩子體育課置物櫃用的便宜掛鎖。丟進雜物抽屜，眼不見為淨。

「這我得見識見識。」施萊德先生說。

他不明白這種掛鎖比較簡單，簡單很多很多。但管他的。我撥動尋找卡點，找出顯而易見的最後一個數字，確定後開始使用那些美妙的數字家族進行超速撥動。我很幸運，因為第一個數字是三，所以花不到一分鐘就啪一聲打開掛鎖。

他們雙雙張大嘴巴，呆站在那裡，彷彿我剛剛飄在空中之類的。我是說，這對我而言真的沒什麼。

「我就跟你說吧！」馬西先生說。「他是不是很厲害？」

「太厲害了。」

我示意我需要某個東西在上面寫字，這樣才能給他們密碼，他們也才能重新使用這只掛鎖。

顯然他們腦中有更宏偉的計畫。

「你覺得如何？」馬西先生說。「他能用他嗎？」

我不知道他們說的是誰，也不確定我喜歡我聽到的口氣，但傑瑞已經揚起微笑，頻頻點頭。

「當然了。他怎麼可能不用他？」

「可能就是這個了。」馬西先生說。「這可能就是我們離開地獄的車票。」

✦✦✦

我回到米爾福德的時候剛過半夜十一點，但酒水店仍在營業。里托大伯站在收銀檯後方，聽筒貼著耳朵。我把頭探進門內，他立刻摔掉聽筒。

「你整晚都跑去哪裡了？」

我做出挖洞的動作。

「從中午挖到現在？你挖了多久？十二個鐘頭？」

我豎起大拇指給他一個讚，然後退到門外。我聽見他在叫我，但我繼續往前走，回到房子裡，進我的房間。我在書桌前坐下，沒有睡意，也沒心情畫畫。我只是坐在那裡，納悶我害自己捲入了何種麻煩。

我從屁股口袋拿出皮套，攤開後開始整理工具。我心想，至少現在我擁有這些，我會當成珍貴珠寶細心照顧。

當時的我太過天真。我不知道一旦對錯誤的人證明自己的用處後，將再也無法自由。

✦✦✦

隔天，大伯仍在氣我讓他擔心整晚。他坐在餐桌前，吃著燕麥粥。「你效力的那個傢伙，」他說。「你知道他是神經病。就我的經驗，他很有可能把你殺了埋在他的後院裡。」

我握拳貼著心口畫個圈。他向來對手語不太擅長，但這個他知道。對不起。

「你長大了，這我知道。你已經到了自以為無所不知的年紀。」

我對他點點頭，好奇他在和誰說話。想必不是我。

「我也曾經十七歲。我知道這很難想像。當然，我得面對的事情不及你的一半。」

我忍不住好奇他到底想表達什麼。

「你知道，在我十七歲的時候，想做的就只有一件事。」

喔，拜託。別說。

「好吧，兩件事，但目前其中一件事我特別想拿出來講。你猜得到嗎？」

我搖搖頭。

「跟我一起到店裡。昨天我本來要把這個送給你。」

我跟他來到屋外，繞進酒水店。他把鑰匙插進後門，消失在門後。出來時，他推著一輛機車。

「這是山葉機車850 Special。」他說。「雖然是二手車，但車況保持得非常好。」

我站在原地看著那輛機車。座椅是黑色的，鑲著深紅色的邊。排氣管在大太陽底下閃閃發亮。如果說他推出來的是一艘太空船，我也不會太訝異。

「我的一個常客付不出帳單。他提議給我這輛機車，如果我願意就此扯平的話。」

我心想，那想必是一筆鉅額帳單。

「快，上去騎騎看。等一下，我幫你準備了一頂安全帽。」

他回屋內時，我從他手中接過機車手把。他回來時拿著一頂安全帽和一件黑皮衣。

「你還需要這個。」他說。「但願尺寸剛好。」

要是我能說話，現在肯定啞口無言。我穿上皮衣，他幫我戴上安全帽。我坐上機車，感覺整輛車被我的體重壓得上下震動。

「那個客人跟我說他換了新的避震器，煞車也是新的。輪胎雖然不是很好，不過堪用。我們很快會幫你買些新輪胎。」

我仍不敢相信眼下發生的事。我真的可以騎這輛車嗎？

「剛開始慢慢來，知道嗎？別客氣，試試。」

他教我如何啟動引擎後，我試探性打檔，輕催油門，機車差點從我胯下衝出去。我再試一次，確定自己做好準備。在停車場兜了幾圈後，我騎車上路。起初，我騎得很慢，唯恐最後淪落在某人車子的引擎蓋上，後來我開始加速。保持平衡比我想像中簡單。而且不得不說，感覺實在太讚了。

我把機車騎回來，但大伯已經在收銀檯後方就定位，服務著他今天的第一位客人。他對我揮手，叫我回外頭熟悉一下那輛機車。他給我幾塊錢去把油加滿，於是我就出發了。

接下來的早晨我都在外騎車兜風。你不懂這種重型機車的加速能力有多強。完全靜止的狀態下，如果真的把油門催到底，感覺就像坐在一艘火箭上。我往西騎在鄉間小路，來到當時仍是一片農地的地方。我從未發現自己如此痛恨剛鋪好的柏油路，第一次騎上去時差點摔死。在那之後，我乖乖騎在石板路上，再也沒有發生意外。天地間就只有我、機車在兩腳之間的隆隆聲和拍打在安全帽上的風聲。我想把這種感覺跟艾蜜莉亞分享。我想牽起她的手，帶她坐上機車後座。我已經可以感覺到她雙手摟住我的腰間。

我多停一站，買了一副太陽眼鏡，又買了一頂安全帽給艾蜜莉亞。如今我已經擁有生命中所需的一切。我跨回機車，直接往她家騎去。

✦✦✦

我騎向那棟在陽光底下閃閃發亮有如白色大城堡的房子，感覺自己擁有全世界，感覺今天可能就是我開口說話的一天。有何不可呢？也許我需要的就是一輛機車。

然而，今天迎接我的，有一點點不同。

我看見馬西先生的車停在車道上，敲門時卻沒人應門。我再敲了一次。還是沒人。

我繞到房子的後院，站在帳篷底下張望。馬西先生拖到後院的植物全開始枯萎，於是我找了個澆水壺，花了幾分鐘在帳篷和水龍頭之間來回走動。

接著，我敲了敲後門。見沒人回應，我把門推開，走了進去。我一路往屋裡走，偷看一眼馬西先生的辦公室。裡面沒人。我抬頭往樓梯看，發現艾蜜莉亞的房門是關著的。我上樓敲門。

「誰？」她在屋內說。

我再次敲門。我還能怎麼辦？

「進來。」

我打開門，看見她坐在書桌前。她背對著我，不發一語。我猶豫半晌，最後走進房間，來到她正在忙的地方。我想碰她的肩膀，但我沒有。

她正在畫畫。畫建築物，畫一條小巷，大片大片的影子。前景有一個細長的人影，但我很難看懂她究竟在畫什麼。我在那裡站了很長的時間，看她畫畫。

「如果我不說話，這裡就變得挺安靜的，是吧？」她說。

她總算回過頭，這天第一次與我四目相對。

「你知道我母親是自殺的嗎？」

我點點頭。我記得馬西先生第一天跟我說過，在我還沒見過艾蜜莉亞前。

「今天是她的忌日。已經五年了。」

她始終把筆握在手裡，像個迷你指揮棒在指間打轉。

「整整五年前的下午一點。前後大約相差幾分鐘。事情發生時我人在學校。」

她起身走到床頭櫃前，在一疊文件和畫紙之間翻找，拉出一本作品集。我不打算向她坦白，但那正是我們闖進這棟房子的那晚我所翻閱過的作品集。那是我第一次見到她的畫，第一次見到她的臉。我記得裡面還有其他的畫，是一個年紀稍長的女人。我準備再次看見那些相同畫作。

「這就是她。」艾蜜莉亞說著，把畫一張一張攤在床上。有她母親坐在一張椅子上的樣子，在戶外，在海邊。「那時候我十二歲，她住在一間機構，他們把她送去好一陣子了。我去探望她。」

我如今在畫裡看出來了。平整的草坪、筆直的小徑、那張長椅，一切井然有序。如果這些畫真是出自一個十二歲小孩的手，只能說實在畫得太好了。

「那時候我好開心，因為我知道她很快就要回家了。三個月後……」

她閉上眼睛。

「三個月後，她把車庫封死，發動汽車。等我從學校回來的時候，她已經回天乏術。發現她的人不是我，是我哥哥。他先回到家，就看見她在那裡。我是說，看見她在車庫的車子內。那是我們搬來這裡之前的舊房子。總之，她沒有留下字條，什麼也沒有。只有……離開的時間。」

她開始把畫放回文件夾。她沒有看我。

「那不是她第一次企圖自殺了。你知道女人企圖自殺的可能性是男人的兩倍嗎？不過她們大多不會真的下手。男人自殺成功的機率高出四倍。」

她現在說話有點說得太快，彷彿不希望再有任何安靜的時刻。

「這是我昨晚查的，因為我想了解發生在你身上的事。我是說，我知道大概的故事。我知道大家叫你奇蹟男孩。」

我看見她臉頰上的一滴淚珠。

「我的事到現在已經五年了。」她說。「你的話，多久了？九年？這九年來，你從來沒有企圖……」

她擦掉臉頰的淚珠，總算回過頭面對我。

「就這樣了嗎？你認真不打算跟我說話？永遠不說？」

我閉上眼睛。此時此地，在艾蜜莉亞的房間裡……我閉上眼睛，深吸一口氣，告訴自己這就是我一直在等待的時刻。過去我未曾有那麼好的理由去嘗試……我只要張大嘴巴，放開沉默。就像那些醫生多年前說過的那樣。當時說得沒有錯，今天也不例外。我沒有不能說話的生理原因。所以我只要……

幾秒鐘過去了，然後是一分鐘。

「幾個人來家裡把我父親帶走。」終於她開口說。「大概是一小時前的事。我不知道他們去哪裡，甚至不知道他們會不會帶他回來。我說真的……我聽見你在車道傳來的動靜時，以為可能是他回來了。」

我伸手想摸她。她別過身閃開。

「我現在好害怕，麥可。我不知道該怎麼辦。你知道我父親這陣子惹上多少麻煩嗎？萬一他們……」

她突然抬起頭。

「天啊，是他嗎？」

她走到窗邊，看著底下的車道。我來到她身後，看見一輛黑色長轎車，接著是三個同時下車的男人。一人從駕駛座下車，另外兩人從後座下車。最後，又過了幾秒，另一個人下車。是馬西先生。他對著大太陽眨了眨眼，接著整理襯衫，整個人滿臉通紅。

「噢，該死。」她轉身奔出房間。

我追上去，下樓穿過大門。她直接從父親身邊走過，衝向那名駕駛，朝他狠狠揮了一拳。

「我要報警了，你們這些該死的流氓！」

馬西先生企圖從後方抓住她，與此同時那名駕駛掛著愚蠢的壞笑，一邊對她的攻擊左擋右閃。那麼多種帽子，他偏偏戴著一頂漁夫帽。最後，艾蜜莉亞不知怎地成功打掉他頭上的帽子。笑容消失了，他舉起空出來的右手，彷彿準備賞她一巴掌。就在這時，我及時趕上，一個箭步擋在中間。

另一個男人抓住我的衣領。他在三人之中身高較矮，長得很醜，雙眼看起來半張半闔。他用力揪著我的上衣，一張臉湊到我面前。

「你有任何遺言嗎，孩子？」他說。「還是你只是笨到無可救藥？」

「放開他。」馬西先生說。

「我在問你問題。」他對我說。

第三個男人仍站在車子的另一邊。他身材高大，留著與臉不相襯的濃密鬍鬚。

「把那孩子放了。」他說。「趕快離開這裡吧。」

那個眼神昏昏欲睡的男人再把衣領狠狠一揪，力道大得差點勒死我，然後把我推開。

駕駛撿起漁夫帽，對我們舉帽道別，坐上駕駛座。另外兩個男人坐進後座，車門關上之際，我們聽見他們已經開始爭吵。駕駛急速倒車回到大街上，呼嘯離開。臨走前，我看了後座那男人最後一眼。車窗後面那雙昏昏欲睡的眼睛正回瞪著我。

這不是我最後一次見到那雙眼睛。

✦ ✦ ✦

我們三人始終站在車道上。艾蜜莉亞在哭，不是嚎啕大哭，只是近乎沉默的輕聲啜泣。她把臉擦乾，走向她的父親，來到他正前方。他向她伸出手，如同我試過的那樣，她把他的手推開。

「你答應過我的。」她說。「你答應我不會再扯進這種鳥事的。」

他還沒能回答，艾蜜莉亞就轉身走回屋內，用力甩上大門。

馬西先生長嘆一口氣，在車道來來回回走了好幾次。步伐緩慢，看起來蒼老許多。

「聽著。」最後他對我說。「我知道我們前幾天才剛談到這件事，但我真的需要你幫幫我。幫幫我們。我和艾蜜莉亞。你願意嗎？拜託？」

我揉揉脖子，衣料在皮膚上留下紅腫的印子。

「我欠那些人很多錢，懂嗎？我只是……如果你能幫我這麼一次……」

他伸進口袋，拿出一張小紙條。

「我要你去找一個人。今天。我保證不會發生不好的事。只管去見這個男人好嗎？他會在那裡等你。這是他家地址，在底特律。」

我看著紙條，看著上面的地址。

「你一見到他就會認出他來了。」他說。「大家都叫他鬼影。」

✦✦✦

這個即將改變我一生的男人與我僅有六十公里的距離。我還不想騎車上高速公路，所以我改走二級道路來到格蘭德河，從那裡直接騎進市中心。我經過一個又一個街區，各種社會階層一覽無遺。沿途風景越來越開闊，建築物從玻璃鋼筋變成鐵條和灰色煤渣塊。

一路上有很多紅綠燈，很多讓我改變主意的機會。紅綠燈持續變綠，於是我也持續往前。抵達底特律時，我開始查看門牌號碼。又過幾條街，我知道我越來越接近了。我在車陣中等待空檔，接著一個轉彎，騎到馬路對面。整條街瀰漫著絕望和走投無路的氣味。這裡位於底特律的西邊，就在州界附近。

我數著門牌號碼往下騎，那裡有乾洗店、髮廊、一間販賣打折服飾、CD唱片和小家電的狹窄商店，還有一間空蕩蕩的店面。由於不是每個建築物的大門上方都掛有門牌，實在很難判斷我要找的人到底在哪裡。最後，我總算把範圍縮小到一間叫西部二手店的商店，店面是多數商店的兩倍寬，窗戶看起來十幾年前就該清理了。玻璃門內掛著一個休息中的牌子。

我再次檢查地址，確定這就是我要找的地方。我敲敲門。沒人回應。我再敲一次，準備轉身離去時，大門終於打開。探出頭的男人約莫六十歲，也許是六十五歲。他穿著一件毛背心，胸前掛著老花眼鏡，頂著一頭稀薄白髮，臉色蒼白，彷彿被陽光直射五分鐘都可能害他死掉。他眨了幾次眼睛，把我從頭到腳打量一遍。

「我們有約嗎？」

我遞給他馬西先生交給我、上面寫著他家地址的紙條。他戴上老花眼鏡看了一眼。

「我聽見的是你的機車嗎？」

我回頭看向機車停放的地方，就在街道下方不遠處。

「所以你希望你的機車今天被偷走嘍？這是你的計畫嗎？」

我搖搖頭。

「把車牽過來，天才。你可以停在店裡。」

我回去牽車，沿著人行道把機車推到他扶著門的站立處。店內的光線昏暗，就像把機車牽進一座洞穴。

他關上身後大門，把某樣東西踢到一旁。我花了幾秒適應黑暗。等視力恢復後，我看見成堆的廢金屬、舊家具、嬰兒床、高腳椅，和幾台並列擺放的冰箱。基本上就像一大部分的垃圾掩埋場被搬到了這裡。

「往這邊。」他說。我撐起機車腳架，跟隨他往店裡走。他沿著一條迷宮般的小徑穿梭在雜物之間來到另一扇門前。進門後，我能看見一台電視隱約發散的藍光。灰塵在空氣中形成一層薄霧，我幾乎能嚐到當中的味道。

「我週一不營業。」他說。「所以才沒開燈。我想請你喝瓶啤酒，但啤酒剛好沒了。」第二個房間囤積的雜物要好得多。除了電視外，大概有幾百個雜物堆放在高至天花板的架子上。燙衣板、熨斗、一些綠色舊瓶。諸如此類的東西。其中一面牆的幾個架子上塞滿書本。比起米爾福德的二手店，這整間店的雜物要多太多了。我好奇為什麼比較好的物品要統統藏在後面的房間。不過更重要的是，我好奇我為什麼被派來這裡。

「他們說你不太說話。」他站在一張擺滿雜物的桌子旁邊。桌面放了十幾盞檯燈，還有雪茄盒、獎盃和一尊九十公分高的自由女神像。男人把雕像推到一邊，正好讓他有足夠的空間靠在上面。

「大家都叫我鬼影。」他說。

我心想，是啊，不意外。看看你的德性。

「你只能這麼叫我，明白嗎？對你而言，我就是鬼影，或鬼先生，沒別的。」灰塵和黴菌開始讓我不舒服。再加上我還是搞不懂現在到底是怎麼一回事，也不知道他們要我怎麼樣。

「你真的不說話。他們沒在開玩笑。」

我想或許該是時候向鬼影要些白紙，讓我能在上面寫幾個問題，但他已經準備繼續下一步。

「走這邊，我有樣東西你可能會想看看。」

他推開另一扇門。我跟著他走過一條不長的走廊，擠過幾輛腳踏車，最後又來到另一扇門前。

他打開門，我們來到戶外。或者應該說半戶外。我們的頭頂有一張湊合著用的遮雨棚，由一條條綠色長型塑膠板所組成，零星的隙縫透著陽光。遮雨棚一路延伸到後院的圍牆，那裡長滿了茂密的漆樹和有毒的常春藤。

「我們開始吧。」他擠過一堆老舊的除草機，經過一台生鏽的烤肉架，扛起一扇看起來像從鬼屋拆下的鐵門，然後挪到一邊。以一個貌似退休教授的蒼白老人來說，他算是出奇強壯。

他讓到一邊，指引我走進這團雜物之中的小空地。在空地四周整齊排放一圈的是八個高矮不一的保險箱，密碼盤統一面向中央，就像由保險箱組成的巨石陣。

「不錯吧？」他繞著圈子，把保險箱一個個摸過一遍。「所有的大牌子應有盡有。美國牌、迪堡、芝加哥、莫斯勒、嘉信、維克多。我手邊這個已經有四十年的歷史了，那邊那個是新的，幾乎沒用過。你覺得怎麼樣？」

我慢慢轉了一圈，看著所有的保險箱。

「你自己挑吧。」他說。

什麼？他要我挑一個保險箱？好讓我能綁在背上，騎車帶回家？

他又戴上老花眼鏡，低下頭從鏡片上方看著我。「來吧，我們來看看你的能耐。」

我的能耐，他說。他想看看我的能耐。這個男的認真要我打開這裡的其中一個保險箱。

「最好是今天。」他站在帶綠的陰影底下，最後終於摘下老花眼鏡，讓眼鏡懸在胸前。我站在原地，動也不動。

「你到底是要選一個保險箱打開呢？」他說著，速度放得很慢很慢，彷彿在對一個笨蛋說話。「還是不要？」

我走到離我最近的保險箱前，是裡面最高的保險箱之一，大得就像一台可樂販賣機。密碼盤是設計精良的金屬裝置，像在銀行金庫裡曾見到的東西。我抓住密碼盤旁邊的門把，試探性地拉了一下。然而更多設計精良的金屬裝置說了一聲去你的，沒有移動分毫。

「好了，你在跟我開玩笑對吧？你現在成了喜劇演員了嗎？」

我看著他。我現在到底該怎麼辦？我該怎麼告訴他一切全是天大的誤會？我該怎麼讓這個男的相信我之所以來到這裡，是因為兩個大白痴的緣故，而我只是在浪費他的時間？

我們又在原地站了幾秒，「你一個保險箱都打不開，對吧？」

我搖搖頭。

「那你他媽的來這裡做什麼？」

我兩手一攤。不知道。

「我簡直不敢相信。你一定在他媽的跟我開玩笑吧。他們說會派個孩子過來，說他有天賦，有絕對的過人天賦。說他就是那個神童。」

他轉身背對我，離開幾步，然後又回頭走向我。

「你最好是什麼神童，你這該死的——」

他突然閉上嘴，看起來非常努力要克制自己。

「好，數到十，冷靜點。神童沒那麼神罷了，又不是世界末日。」

他暫時閉眼，伸出兩根手指按著太陽穴開始搓揉。他做了幾次深呼吸，然後張開眼睛。

「你還站在這裡。」他說。「為什麼會這樣？你想把我搞到腦中風是嗎？」

我往大門踏出一步，不確定自己有沒有辦法從那迷宮般的店裡找到出去的路。

「就是這樣！你終於開竅了。你不會開保險箱，但你知道什麼時候該閃人。這點值得讚許。」

他從我旁邊推擠過去，帶我穿過各式各樣的除草機和烤肉架。他打開後門，我們再次墮入黑暗。我通過走廊上腳踏車群的嚴峻考驗時差點害自己跌死。

「動作真優美啊！好一個意外驚喜。我真高興你今天前來拜訪。」

他匆匆把我趕出放了電視的那個房間，再穿過大廳來到前門。

「別忘了你的機車，神童。」

他替我扶著門，我笨手笨腳牽著機車，總算來到屋外。

「這就對了。」我走到人行道上時他說。「快滾，別再回來了。」

他關上大門。就這樣。真是振奮人心的大成功啊！飛舞在四周的紙花和彩帶簡直讓人看不清楚。

搞什麼，我心想。如果那是一場工作面試，我倒慶幸自己沒有通過。我把機車牽到馬路上，啟動引擎，一路奔馳到格蘭德河，真心以為自己再也不會回來。

✦ ✦ ✦

騎車回到馬西家。我走進大門上樓，敲她的房門。她要嘛去了別的地方，要嘛就是暫時不想跟任何人說話。包括我。

我轉身下樓，看見她就站在樓梯底下。

「你在做什麼？」她說。「你為什麼回來？」

我走下樓梯。

「話說回來，你去哪裡了？」

我心想，我要筆，還有紙。我為什麼老是不把紙筆帶在身邊？

「麥可，你幫我父親做了什麼？」

我做出寫字的動作。讓我告訴妳。

「我說不定根本不想知道，對吧？」

我想抓住她的雙肩。不，不是抓住，只是把雙手分別放在她的兩個肩膀上，讓她站在原地，一分鐘不說話，等我找些可以書寫的東西。她甩開我的雙手。

「我早該看出來了。」她說。「我的意思是，我知道他是為達目的不擇手段的人。可是看看你。總有一天他會把你害死。你為了見我一面，本來得趁夜闖進屋子。到了隔天，你就突然變成他的左右手，受邀參加家族烤肉……你是他眼中的神童。」

又是神童。這個稱號是突然從哪裡冒出來的？

「我是戰利品，對不對？你幫他做事，我就是你的酬勞。」

我心想，就是現在，該是開口說話的時候了。發個聲音，什麼聲音都好。就是現在。儘管開口就對了。

「你還不懂嗎？他打算把我們一起拖下水。我們兩個都是。」

張開你的嘴，快點，快說話。

「我無法再待在這裡了。一分鐘也待不下去。」

你這愚蠢的啞巴怪胎，快說話！

她企圖從我旁邊擠過去。我抓住她的手臂。這次是認真的。

我牽起她的手，與她十指交扣。我拉著她走出大門，來到車道上。

「放手，拜託。」

「你在做什麼？」

我拿起機車座位上的安全帽，準備戴到她的頭上。

「這是什麼？這輛機車是打哪兒來的？」

我拿著安全帽，伸長了手交給她，等她戴上。

「我不戴。」

我把安全帽丟進草坪，跨上機車，啟動引擎。我挪出座位後方的位置等她，甚至沒有回頭看，只是默默等待。

終於，我感覺到她爬上機車後座，感覺到她的雙手摟住我的腰。好，我心想。如果這是今天一整天我能遇到的唯一好事……我接受。現在這個瞬間。

「帶我走。」我聽見她在背後說。「我不在乎我們要去哪裡。只要你帶我走。」

我知道我還不能這麼做，不能真的離開，永不回來。但就這麼一天……悄悄離開幾小時……沒問題。我們可以離開這裡，跟隨這輛機車帶我們到遙遠的地方。

我把油門一催，出發上路。

20

二〇〇〇年七月、八月、九月，洛杉磯、亞利桑那州

隨著夏天逐漸降臨南加州，所有人回到觀望狀態。朱利安和雷夢娜邊賣酒邊尋找下個目標。甘納繼續做著刺青師，一邊抱怨朱利安和雷夢娜效率太慢，過度謹慎。此時，露西已經放棄畫畫，學了一陣子的吉他。後來，約莫過了一星期左右，她開始花大把時間和甘納一起待在他的刺青店。她總算決定親自學習刺青這門藝術。所以白天我多了很多自己的時間。我不是在解鎖就是在畫畫，不然就是坐上機車，到城裡兜風。

後來，我又接到綠色傳呼機的來電。還記得嗎？最後一次回電時，他們要求找鬼影，見我不發一語時嚇得不知如何是好。所以這次我不抱太多期望。然而我回撥號碼時，話筒另一端的人給我一個位於亞利桑那州斯科茨代爾的地址。騎上十號州際公路直接過去的話，離這裡不到六百五十公里，於是我跨上機車出發。五個半小時之後，我坐在印地安學院路上的一處加油站外頭，拚命喝水，肚子能灌多少就喝多少。最後我下了機車，背靠著硬邦邦的磚牆坐下。醒來時，太陽直射我的雙眼。

我等了一兩個鐘頭左右，直到天氣重回四十度的高溫後，我跨上機車，掉頭騎回洛杉磯。風塵僕僕騎了六個鐘頭回到家時，我能感覺到空氣中的緊張氣氛。朱利安和甘納又起爭執了。

「喔，還有這個傢伙。」我進門時甘納說。「這傢伙隨時想兼差就可以說走就走！他接到一通電話，砰，人就不見了！替其他人開保險箱賺錢。我卻得坐在這裡自娛娛人，等你們籌備計

畫。」

今天不是用那句話攻擊我的好時機。我不在乎他是不是可以徒手殺了我，我直接走到他面前，抽出屁股口袋的錢包，把所有的錢拿出來。幾張二十塊鈔票。大概有幾百塊吧。我把錢丟到他胸前，轉身離開。

✦✦✦

隔天，我來到後院，扛起甘納的一根廉價槓鈴，兩端綁著沙包的金屬水管。我使勁舉了幾次，就在這時看見甘納從屋子衝出來。我放下槓鈴，以為自己只會被臭罵一頓，要我別亂碰別人的東西。意外的是，他扛起槓鈴交給我。

「有人教過你使用器材的正確方法嗎？」

他向我示範二頭彎舉的正確方法。兩腳與屁股同寬，抬頭挺胸，雙手夾緊身體兩側，手肘保持穩定，出力往上舉後稍作停頓，放下時吸氣。

「你也該是時候做點運動了。」他對我說。「我們出外工作時，我需要你跟上我的步調。」

接下來，他要我反向鍛鍊三頭肌。全身保持平衡，他告訴我。從那天起，他變成了我的私人健身教練。每隔一個早晨就開始在後院折磨我。我是說真的極其所能地折磨我。我可以很有把握地說他樂在其中。

直到那天早晨……

我正拿著兩端綁著空心磚的鐵管做臥推。鐵管有點太粗，無法完全握實，而空心磚一直好像要滑過來痛擊我的腦袋。我永遠搞不懂他為什麼不去買真正的槓片，他現在明明有錢。

總之他正盯著我，而我練得很認真。我準備完成最後一組動作。我們在清晨的陽光底下赤裸著上半身。臥推長椅不過是一片用更多空心磚墊高的木板。我們在健身的時候，他鮮少跟我說話，但今天例外。

「我猜朱利安已經告訴你底特律那男人的故事了吧。」

我上氣不接下氣，胸前拿著槓鈴，準備再次往上舉。

「他跟你說過他們是怎麼認識的嗎？他們是怎麼上他的遊艇？偷窺保險箱等等的事？你怎麼想？」

我抬頭瞇眼看著他。他到底在說什麼啊？

「仔細想想。這傢伙湊了四百萬現金在他的保險箱裡。朱利安上船想要查看保險箱的時候被逮個正著，對吧？他們拿了一把槍指著他的腦袋，把他嚇得屁滾尿流？拿走全部的紅酒和雪茄？你不覺得有點怪嗎？」

我爬不起來，胸前重量讓我動彈不得。我只能困在那裡聽著他的長篇大論，一字不漏地聽完。

「你知道我們能怎麼做嗎，麥可？今年等那艘船開回來的時候……我們可以一起溜上船，拿光所有的錢。你覺得如何？」

我開始搖頭。不要。你瘋了。我不要。

「我知道那男的欠你一份人情，麥可。我很清楚。我也知道他很嚇人。我只是想說……要是這裡有人能長點膽子，我們就能挫挫那傢伙的威風。」

我仍不停搖頭。

「我不怕他。」甘納說。他總算拿走我胸前的槓鈴。「我誰都不怕。」

我坐起來，開始穿衣服。

「如果我跟你說我在船上培養了一個線人呢？有個能幫我們的人。」

我赫然停下動作。

「那個人替其中一名玩家工作。我知道朱利安以為只有他有能力搞定這類的事，好像我們其他人都不夠聰明似的。但這個傢伙，我告訴你……他的處境就跟我們一樣，你懂嗎？總得在別人底下做事。他已經受夠了。我敢說你也一樣吧。所以有一次我們搭上話，說著說著就變成了，嘿，說不定我們能合作幹點大事，幹點對我們都好的事。」

我起身離開。

「考慮一下。」他說。「我們還有時間。儘管考慮一下。」

沒什麼值得考慮的。這個計畫太瘋狂了，簡直是自尋死路。但甘納不放棄，每當我們獨處的時候，他就一直拿這件事煩我。

「他根本就把你當成一隻狗。」有一次他對我說。當然他說的是底特律那個男的，彷彿他看得見時常浮現在我腦中的畫面。我，一隻無家可歸的狗，卻必須在主人的呼喚下隨傳隨到。

「也許這輩子你該有那麼一次，考慮對那隻餵你食物的手反咬一口了。」

✦✦✦

月底，綠色傳呼機又響了。我走到同一具公共電話前回撥號碼。儘管我猜測八成又是那群讓我千里迢迢騎到亞利桑那州斯科茨代爾卻白跑一趟的蠢貨。

然而我錯了，這次不是他們。

「麥可，我是班克斯。是你嗎？」

搞什麼？

「我知道你不能說話。我很抱歉，上次我並不知道。我對你一無所知。現在我知道了，你一定要認真聽我說。」

我站在聖塔莫尼卡大道上。炎熱的夏日夜晚，路上的車流在我旁邊緩慢行駛而過。

「先前打這支號碼給你的那些人……他們已經出局了。永遠不會回來。同樣的事遲早會發生在所有人身上。你有在聽嗎？如果你相信我，我能幫你度過這次的難關。我會盡一切所能幫你。我知道你一定覺得自己別無選擇，但你錯了。」

略顯污濁的空氣從海面吹來。車輛隆隆作響。我的心臟在胸口劇烈跳動。

「你的大伯很擔心你，麥可。你的里托大伯。我跟他談過了。他希望你回家。」

我把前額貼著玻璃門。

「我現在人在加州，麥可。我知道你也在這裡。我給你一個地址。」

我掛斷電話，走回房子。

✦✦✦

夏季一天天過去。到了九月，氣溫仍舊炎熱難耐。接著有一天……一個冷清炎熱的下午。甘納人在刺青店。露西在我的公寓看我畫畫。她看起來有點焦躁，八成又和甘納吵架了。每次她心情不好總喜歡和我待在一起，因為她知道我不會問她一大堆問題，或建議她該如何改善生活。她看著我看了好一陣子，然後問我有沒有哪些作品可以給她看看。

我不想給她看我仍成天為艾蜜莉亞而畫的那些畫作，但我有很多其他作品，包括另外幾張她和其他成員的畫像。她把畫紙一張張攤開來，逐一仔細檢視。

「你怎麼做到的？」她說。「你把我們所有人畫得好精準。我是說，看看這張。」

她挑出一張甘納的畫像，是我趁他在後院剛健身完的時候畫的。陽光下飽滿緊緻的肌肉，腰窩上的疤痕，脖子上的蜘蛛網刺青。我承認，那是我心血來潮的佳作之一。

「這是我見過他最好的畫像。」她說。「我是說，比照片還好。感覺就像……這就是他。你怎麼辦到的？」

我沒有答案能給她。她目不轉睛地看著那張畫。等她終於把畫放下，又隨意看了幾張，最後拿起一張艾蜜莉亞的畫像。我沒注意到那張畫摻雜在內。

我有股衝動想把畫從她手中搶走，當場撕成碎片，後來就在下一秒，我明白這麼做多沒意義。畢竟那只是一張紙上的線條筆觸，微微象徵著某個我再也見不到的人，某個我永遠失去的人。

她看著那張畫看了好久好久。

「這就是她。」她說。「你愛的那個女孩。」

我點點頭。

「很痛，對不對？極度渴望一樣東西的時候。」

她看著我。她的頭髮一如往常凌亂不堪。一邊的眼皮比另一邊稍厚。

「你記得我畫的獅子嗎？朱利安掛起來的那一張？」

我記得。那可能是她最好的作品，因為那不像一般人會畫的那種矯揉造作、鬃毛蓬鬆的獅子，或那種高貴霸氣的獅子。畫中的獅子看起來狼狽飢餓，彷彿下一秒就會把你撕得粉碎。

「我擺脫毒品的時候……我是說，我戒毒成功的時候，知道自己有可能故態復萌。朱利安每次說到這件事，聽起來總像我在一天內戒毒成功，然後我和甘納就這樣加入他和雷夢娜的行列，從此以後成為一個大家庭。但他不明白過程有多困難。他不明白那是什麼感覺，毒品的誘惑仍成天如影隨形，等我重新上癮。」

她把畫放下。

「你有看過兩頭獅子做愛嗎？」

我搖搖頭，動作緩慢。

「很兇猛，很危險。感覺肯定很棒，但同時有可能被爪子抓死。」

她說話時，我一直看著她的嘴唇。

「想像有一頭獅子愛你愛得過火，彷彿對你過分渴望。我就是這個意思，感覺就是這樣。」

她向我伸出手，握住我的喉嚨。

「你內心到底在想什麼？為什麼你的內心阻止你和我說話？」

我用力嚥下一口口水，感覺到她冰冷的手指貼著我的脖子。我閉上眼睛。

「讓我看看你努力開口說話的樣子。」

我辦不到，我心想。我為艾蜜莉亞努力試過了。我辦不到，就算是為了她。

我推開她的手站起來。一秒過後她已經來到我後方，近得我能感覺到她吹在我頸邊的氣息。

「她叫什麼名字？」她低聲說。「告訴我那女孩的名字。」

我一個轉身，她吻了我。她在各方面都不像艾蜜莉亞，是兩個完全不一樣的生物。說真的，她倒更像我，整個人一塌糊塗。然而她就在這裡，兩手抱著我，我能感覺她胸口的心跳。她脫掉衣服時……看起來比艾蜜莉亞更赤裸。更蒼白，更脆弱。我看見甘納替她刺上的那些刺青。左肩胛骨的中文符號，右腳踝的黑玫瑰，最後是腰窩上甘納的名字，他真的用他的名字在她身上做記號，宣稱她永遠屬於他。現在她卻和我一起待在後院我借來的公寓裡，而我完全不知道自己在做什麼。感覺很好又不是太好，一切實在發生得太快。事後我們躺在那裡，我聽見床底下傳來微弱的嗶嗶聲。

「那是什麼聲音？」她說。

我起身抽出鞋盒，聯邦調查局的好朋友又打電話來了？來得真是時候。

不對。這通電話是認真的。

「誰？」她說著，探頭往鞋盒看。「是誰找你？」

我拿起紅色傳呼機。

我在心裡對她說，是主人打電話來了。請恕我失陪，我得一路汪汪叫跑回家。

21
一九九九年七月，密西根州

隔天，我騎車到馬西家，看見有車停在車道上。是前一天的黑色長型轎車。車上空無一人，但我一下機車就聽見引擎聲仍隆隆作響。他們剛到這裡不久。

我走到大門前敲了敲。屋內有個聲音叫我進去。我一推開門，就看見三個人在客廳裡。同樣的那三人。現在他們已經把這裡當成自己的家。戴著褐色漁夫帽的男人站在水族箱的一邊。留著一臉鬍鬚與他不太相襯的高大男人則站在另一邊。

第三個男人，那個眼皮沉重、看起來一副半睡半醒的傢伙坐在沙發上。

「你遲到了。」他對我說。「他們在辦公室等你。」

另外兩個男人抬起頭看我。我站在原地，納悶到底發生了什麼事，艾蜜莉亞又在哪裡。

「最好現在就去。」睡眼惺忪男說。

我往前走了幾步，在樓梯底部打住。我看見艾蜜莉亞的房門是關著的。

「嘿！」睡眼惺忪男說。「你是聾了還是怎樣？馬上給我滾進去。」

漁夫帽男和高大鬍鬚男似乎覺得有趣。睡眼惺忪男一根手指指著他們，準備說些什麼，但我沒有聽見。我打開辦公室的門走進去。

馬西先生坐在他平時的椅子上，賓客椅上坐著一個我沒見過的男人。他穿著灰西裝和白襯衫，打著一條紅領帶。他有一頭黑髮和濃密眉毛。皮膚有點粗糙，有如砂紙一般。他正抽著一根長雪茄。

「你來了。」馬西先生說。「快進來！坐啊！」

他跳起來，拉來另一張賓客椅。

「我有個人要介紹給你認識。」他說。「這位是，呃……」

那瞬間，一切突然靜止。抽著雪茄的男人抬頭看著馬西先生。馬西先生舔著下嘴唇。

「這位是我在生意上的另一個合夥人。」他說。「請坐。我們有些事想要，呃，跟你討論討論。」

我坐下。馬西先生坐回自己的椅子，擦去臉上的汗水。

「所以你就是那個年輕人麥可。」抽雪茄的男人說。「我聽過不少你的事。」

「都是好話。」馬西先生說。「都是好話。」

抽雪茄的男人轉頭看了馬西先生一眼，挑起一邊的眉毛。隱隱約約的。馬西先生舉起雙手，在接下來的三分鐘內閉緊嘴巴，不發一語。

「聽說你昨天去見了鬼先生，初步見面的結果似乎不太理想。」

我坐在那裡看著他。

「你同意這個說法嗎？」

我點點頭。

他坐在椅子上往前傾，兩根手指捏著雪茄，小心翼翼不讓菸灰掉在褲子上。我能聞到菸味和可能是他噴灑的香水味。我永遠忘不了那奢華迷人的氣味。

「你不說話。」他說。

我搖搖頭。

「你從來不說話。」

我再次搖頭。

他靠回椅背上。「那好，這是我能欣賞的特質，但願你能把這個天賦傳授給其他人。」

他沒有轉頭看馬西先生，他也不需要。

「諾曼告訴我你曾經闖進這棟房子。這是真的嗎？」

我點點頭。

「他告訴我你拒絕供出任何一名共犯。」

我再次點頭。

「前景看好喔，麥可。你聽起來像是我能信任的那種人。」

我轉頭看著馬西先生。他一邊微笑一邊點頭，兩隻手緊緊貼在一起。

「不過我們得先談談開鎖的事。」男人說。「因為有人讓我以為你什麼樣的鎖都打得開，所以我聽見鬼先生傳回來的消息時覺得很失望。」

我不知道該如何反應。我坐在那裡好奇艾蜜莉亞是不是在她樓上的房間裡，是不是很害怕或很生氣之類的。

「聽著，我知道鬼先生有時候有點魯莽，所以我好奇你們兩人會不會只是第一次見面時有所誤會。有可能嗎？」

我一動也不動。

「麥可？有可能嗎？」

我聳聳肩。男人目不轉睛看著我。

「事情是這樣的。馬西先生和他的合夥人施萊德先生目前背負了一些債務，但他們兩人恐怕都沒能支付那一筆錢。施萊德先生似乎已經人間蒸發，所以我不太確定在他重新露臉前該怎麼處置他。」

他終於轉頭看著馬西先生。馬西先生正凝視自己的雙手。那條大魚彷彿聳立在萬物之上。

「我得肯定馬西先生一件事。」男人說。「起碼他敢站出來面對。他想好好解決這些債務，我很欣賞。所以我願意和他合作。問題是，他現在槓桿玩得有點太大。除了手上那家健身房，又打算開分店，再加上房產開發的新計畫……這個嘛，他的所有資產恐怕已經不能再抵押借貸。你明白我說什麼嗎？這可憐的男人沒有任何有價值的東西能夠變現。不過他確實還有一樣東西……」

他再次往前傾。

「你。」

我又轉頭看了馬西先生一眼。他不敢與我四目相對。

「別誤會我的意思。我知道你不是他的資產，不過就我所知，法院判你這個夏天必須為他服務，任何他認為適合你從事的工作。在合情合理的情況下，當然了。這表示雖然你不是他的資產，但你確實有一段時間是屬於他的。每週、每天的數個小時。這是他現階段唯一算得上有價值的商品了，麥可。所以綜觀全局，他還能給我什麼來彌補錯誤？」

我望著雪茄的煙縷縷飄上天花板。

「所以我們希望你能考慮再給鬼先生一次機會。我已經跟他談過了。我說你聽起來像大有前途的年輕人——如今我見到你了，我看得出來此言不假——值得第二次機會。」

「這真的能幫我們一個大忙。」馬西先生終於找到勇氣開口說話。

「確實。」男人說。「這能幫我一個大忙，因為我非常感興趣想知道你到底有多厲害。這也絕對能幫上馬西先生，還有他的家人別忘了。你兒子，已經上大學了？年紀輕輕就開始發展橄欖球事業了？」

「是的。」馬西先生說。

「了不起。你女兒呢？」

馬西先生閉上眼睛。

「有什麼問題嗎？」

「不，完全沒有。她快升高三了。」

「非常好。你說她叫什麼名字？」

「艾蜜莉亞。」

「艾蜜莉亞。真好聽的名字。不是嗎，麥可？」

他見我緊緊握住椅子兩側的扶手。他沒有多說什麼。但我看得出來他在觀察我的反應。

「我想我們都達成共識了。」他說。「麥可，現在恕我們失陪。我們還有一些事情要討論。

我知道鬼先生在等，所以你最好趕快出發去找他。我敢說你們今天在一起的時光將大有收穫，是吧？」

他坐在椅子上等我。我站起來。

「很高興認識你，麥可。」他對我說。「我相信我們會再見面。」

我開門離開，經過那三個男人。他們現在全坐在客廳裡。剛剛顯然去了冰箱一趟，因為每個人的手上都拿著一瓶啤酒。

「談得怎麼樣啊，情聖？」

我不知道這句話是誰說的，我也不在乎。我直接上樓敲艾蜜莉亞的房門。她不在裡面。

「她走了。」睡眼惺忪男說。他站在樓梯底部，抬頭看著我。「爹地把她送走了。」

我走下樓梯，打算繞過他。他抓住我的手臂。

「你已經上我的黑名單了，記得嗎？將來我有話對你說的時候，你最好趕快離我遠遠的。」

他狠狠瞪我幾秒，指甲插入我的手臂。

「走吧，快走。你還有要事要辦呢。」

我走出門外，在外頭站了一會兒，思考下一步該怎麼做，任由熾熱陽光照著我的臉。我在腦海把所有情節重新播放一遍，一直到抽雪茄的男人說出艾蜜莉亞的名字那一段。光是聽見那男人的薄唇說出她的名字……

我跨上機車，出發前往底特律。

我這輩子不止一次遇到這樣的時刻，可以直接退出遊戲的時刻。及早收手，或許是向我的觀護人報告整個情況。我不禁好奇如果當初那樣做，我的人生會有多大的轉變。一次也好。

但我沒有那麼做。那天沒有。我沿著同一條路騎到同一個地方，大老遠回到格蘭德河大街上的西部二手店。雲層在蒸騰的高溫之下聚集增厚，然後大雨嘩啦嘩啦下了幾分鐘。後來又驟然停止，蒸氣在炎熱的人行道緩緩上升。

這次我直接把機車牽到門口，敲門等待。鬼影或鬼先生或管他該怎麼稱呼的那個人把門打開，探頭看我。他一樣穿著那件破舊的毛背心，一樣的眼鏡掛在胸前。他一句話也沒有對我說，只是搖搖頭，誇張地嘆口氣，彷彿我對他而言是個大麻煩。他替我扶著門，讓我把機車牽進去。

「你回來了。」他說。「我好開心。」

我把車停好，站在原地，等待接下來即將發生的任何大小鳥事。

「他們跟我說你大概是我能得到的最佳人選了。老天保佑。」

他轉身往商店後方走去，在近乎漆黑的環境下摸黑前進，穿梭在成堆的雜物之間。我跟上他，來到後面的房間，電視仍然開著，再穿過堆滿腳踏車的狹窄走廊，最後走出後門來到帶著綠色陰影的院子。今天的空氣更加沉悶，又濕又熱，漆樹和毒漆藤散發雨味。今天的鬼影在我看來衰老了些，不知道為什麼，面色蒼白得近乎透明。他的頭髮乾如稻草，頭頂零星長了許多老人斑。腳步卻十分輕盈，像一名老運動員，甚至是一名舞者。他走得很快，不曾回頭查看我有沒有跟在他後面。他直接走向保險箱，戴上眼鏡，然後才終於正眼看我。

「我的視力越來越差了。」他說。「這是第一個問題。」

他舉起右手，手心朝地。

「我的雙手也開始顫抖，這不是好事。」

從我所站立的位置不見顫抖。他的手看起來穩如泰山。

「我女兒的老公也離她而去，留下她和幾個孩子。她住在佛羅里達州。雖然我痛恨佛羅里達的每吋土地……」

他走到其中一個保險箱後方，拿出一張旋轉辦公椅。保險箱圍繞而成的圓形空地上鋪著膠合板。他把椅子轉了半圈，反著坐下。

「我想說的是……我的意思是，就這樣。我的事你只需要知道這麼多。其他統統不甘你的事，你明白嗎？」

我點頭。

「你今天想再試試打開這些保險箱，還是你真的完全不知道該怎麼開？」

這裡有八個整齊擺放的保險箱，其中四個保險箱放置在一個虛擬羅盤的四個方位點上，說不定是用真正的羅盤測量出來的。每個方位點之間再分別放置四個保險箱。在這堆滿雜物的房子裡，只有這裡空無一物，是一團混亂中鑿出的完美圓形。

「你到底會什麼？」鬼影說。「我應該先這樣問你嗎？」

我假裝手裡拿著開鎖工具在解鎖。他的反應冷淡，彷彿我剛剛做出動物造型的氣球，不過他還是帶我來到一張放在屋外牆邊的工作檯前。我們得小心走過一座油漆罐排成的微型城市。抵達後，我發現他在那裡建立了某種開鎖實驗室。工作檯用螺絲固定著一個透明的壓克力圓筒，圓筒裡裝設的是一組鑰匙鎖。他把鎖芯抽出來，滑開上方的蓋子露出一顆顆鎖簧。他戴上眼鏡仔細檢視，然後拿掉一顆鎖簧。附近有一個小抽屜櫃。他拉開其中一只抽屜，用新的鎖簧取代舊的，再小心翼翼把彈簧裝回鎖簧上方，沿著截線裝設他獨家客製的鎖簧結構。難易程度如何，我沒個底。完成後，他蓋回蓋子，把鎖芯放回透明圓筒，開始在工作檯上翻來翻去，我猜是在找開鎖工具吧。我從屁股口袋拿出皮套給他看。

「你隨時把這些東西帶在身邊？」

我點點頭。

「要是被警察攔下來，你可不想他們對你起疑吧？減輕他們的工作？」

他沒等我回答，只是朝鎖打個手勢，退後一步。

「準備好就開始吧，大紅人。」

我拿出扭力扳手和開鎖器開始上工。總算能做些我知道該怎麼做的事情感覺真好。我施加扭力，開始把第一顆鎖簧往上抬。與此同時，我能感覺到他就站在我正後方，隔著我的肩膀往前看。我幾乎能感覺到他的氣息。

「我沒有打擾到你吧？」

我繼續解鎖。第二顆鎖簧、第三顆、第四顆、第五顆、第六顆。鎖瞬間打開，不必我把步驟重複一遍。這些顯然是平頭鎖簧。

「很好，你會開簡單的鎖。萬歲。現在增加點難度吧。」

我讓到一邊，他滑開鎖芯上方的蓋子，換掉所有的鎖簧。我看見他放進去的新鎖簧上有小小的凹槽。這次裝彈簧時他費了不少力氣，腰越彎越低，臉湊到與鎖芯只有幾公分的距離。

「要命，什麼都看不清楚……」他低聲說。完成後，他摘下眼鏡，揉揉眼睛，接著往後退。

我接上他的位置來到鎖的正前方開始動手。

這次他舉起左手盯著手錶。「二十秒。」他說。「時間在跑。你最好快點。」

我施加扭力，準備逐一抬起鎖簧。

「二十秒。」

我告訴自己，別理他。把他趕出你的腦袋。

「三十秒。我們快沒耐心了。」

調整鎖簧的位置，感覺它往上移動，不多不少，繼續。

「四十秒！你得再快一點！」

一個一個來。維持適當的扭力。別太用力。別讓他影響你。別緊張。就是這樣……

「五十秒！你在跟我開玩笑嗎？」

繼續，慢慢抬起鎖簧，感覺那若有似無的讓步。

「一分鐘！條子很快就要擠滿整棟大樓了！」

我感覺到汗水從背後滑落。後方雜草叢生的某處，有隻惱人的昆蟲正在嗡嗡作響。

「警察在撞門了！你這白痴！」

下一顆鎖簧。保持扭力。別太用力。

「砰！聽到了嗎？砰！」

我閉上眼睛，讓自己完全靜止不動。我稍微鬆開扭力扳手，以慢到不能再慢的速度移動。

「我們已經倒大楣了！現在到處都是警察！」

還剩三顆鎖簧，兩顆。

「太遲了！快跑，笨蛋！快跑！」

還剩一顆。我感覺到鎖簧讓步，整個鎖芯轉動起來。我抽出工具，竭盡所能忍住想在鬼影那張該死的蒼白臉龐上狠狠揍一拳的衝動。

「搞太久了吧。」他說著，冷眼看著我，彷彿他剛才沒有花上整整一分半鐘對我又吼又叫。

「我也從來沒見過有人用你那種方式拿開鎖器。我不知道是哪個傢伙那樣教你的。」

他回來在工作檯上東翻西找，螺母、螺帽、螺栓散落一地。

「當然，這年頭鎖匠多得滿街都是。隨便都找得到。」

他總算找到需要的東西，拿起來扔給我。是一個密碼掛鎖，但看起來不便宜。

「很簡單的轉盤密碼鎖對吧？你怎麼解？」

我拉開鉤環，開始撥動密碼盤，尋找卡點。接下來是一貫的例行公事，找出最後一個數字，然後利用數字家族縮小至可能的數字範圍。

鬼影看著我解鎖。最後一個數字是25，所以從1開始，利用超速撥動尋找中間數字，開始逐一撥動。

「你他媽的在幹什麼？」

我抬頭看他。不然你以為我在幹什麼？

「你不會真的打算用猜的吧？要是碰到專業的鎖，你以為你能得逞嗎？一來專業的鎖可不像那些便宜的爛貨有同樣的規矩可循。二來……我是說，老天啊，你到底有多外行啊？你難道沒有所謂的手感嗎？」

他沒有等我回答，雖說我也沒有答案。他從我手中拿走掛鎖，開始撥動密碼盤。

「你必須用心感覺，好嗎？沒有別的辦法。我是說，媽的，如果連一個簡單的掛鎖都做不到……」

他匆匆看了密碼盤一眼，把掛鎖拿到左耳旁一會兒，然後繼續撥動。他閉上眼睛。

「你要嘛有感覺，要嘛沒感覺。懂嗎？就這麼簡單。」

他張開眼睛，開始把密碼盤往反方向轉。

「我連睡覺都可以解鎖，大紅人。我沒開玩笑。開車的時候也行，講電話的時候也行，做愛的時候也不成問題。」

他把密碼盤稍微多轉一點，停住，再換方向。

「你明白我在說什麼嗎？我解鎖的時候，根本不必思考。」

他拉開鉤環，把成功解開的掛鎖丟還給我。

「坐下仔細研究。等你可以像真正的開鎖人解開它的時候再通知我。我要去吃午餐了。」

開鎖人。這是我第一次聽到這個稱號。他把我獨自留在綠色陰影的後院這些巨大鐵製保險箱的中央時，那三個字仍在耳邊迴盪不去。

一個真正的開鎖人。

等我總算離開那個地方時，正值夕陽西下。掛鎖就放在口袋裡。我的第一項功課是不斷撥動密碼盤，直到我能感覺到三個圓盤完美對齊，以及能夠光憑手感而非作弊的方式打開這該死的掛鎖為止。

我本該直接回家練習，卻反而騎車回到馬西家。我把車停上車道時，每扇窗都是暗的，但我能聽見屋內某處傳來的音樂聲。我打開大門，往裡偷看。立體音響正在高聲播放海灘男孩的〈這樣不是很好嗎？〉我記得那是馬西先生最喜歡的樂團。音量震天價響，像在開派對，但燈光全暗，我一個人也沒看見。

我走進客廳。大水族箱散發詭譎的光芒。我看見馬西先生辦公室的門縫底下透著微光。我先上樓，打開艾蜜莉亞的房門再把燈打開。她仍不在這裡。

我關掉她房間的燈離開。下樓時，歌曲剛好結束，四下安靜了幾秒鐘，接著又響起另一首海灘男孩的歌曲〈你仍相信我〉。我來到辦公室的門前把門推開。音樂更大聲了。

我注意到的第一件事是巨大的魚標本不見了。我注意到的第二件事是與其說標本不見了，倒不如說是被取下牆壁，丟出窗外。下半身仍在裡面，上半身在外面。

我注意到的第三件事是那張背對著我的辦公椅。我看見一隻手臂垂掛在一邊。我站在原地看了幾秒，等待生命跡象出現。

就在這時椅子轉了過來。馬西先生另一手拿著一杯酒癱坐在上面。他抬頭看我，沒有一絲驚訝神情。

「見到你真好。」他說。「替自己弄杯飲料吧。」

我看見他桌上的筆記本，連同一支筆一起抓起來，開始寫字。*艾蜜莉亞在哪裡？*

我把筆記本交給他，他把本子拿到面前，開始前後移動讓文字聚焦。

「她走了。」

我再度拿回本子。*她去哪裡？*

這個問題似乎讓他瞬間意志消沉。他閉上眼睛好長一陣子，我還以為他迷迷糊糊睡著了，就在這時他清清嗓子。

「我把她送走了，送去某個安全的地方。我知道她想打電話給你，但是……這個嘛，你也知道這很難，對吧？」

他把剩下的酒一飲而盡，杯子放回桌上。他放得小心翼翼，彷彿我不禁想起第一次見到他坐在那張椅子的時候。那穿著背心和短褲的黝黑男人，一口完美的牙齒，奢華的腕錶，昂貴的髮型。當時的他盛氣凌人，出口狂妄，如今看起來卻如此害怕，雙手都無法停止顫抖。

「如果我和她聯絡上，我會幫你跟她，你知道的……我是說，我會幫你跟她說些好話。我會告訴她你正在幫我，她很快就能回家了。」

我走到那條大魚的尾巴旁邊。標本卡在破窗的模樣，彷彿想逃離這個地方。我完全明白這種感覺。

「況且，現階段你需要專注。」馬西先生說。「我需要你全心全意的努力。你支持我嗎？」

我連看都沒看他一眼，轉身走向大門。

「他們會殺了我。」

我停下腳步。

「我需要你相信我，麥可。他們鐵定會殺了我。或者萬一他們覺得我活著對他們比較有幫助的話……他們可能會傷害亞當，終結他的橄欖球生涯。」

他的語氣平淡，毫無生氣。

「或傷害艾蜜莉亞……」

不。別說了。

「我不敢想像他們會怎麼對付她。」

這種事絕對不能發生，我心想。簡直比惡夢還慘。

「我實在不該把你牽扯進來。」他說。「但我別無選擇。」

他沒有再對我多說一句。

他也沒有必要。

22
二〇〇〇年九月，俄亥俄州

鬼影對我說得很清楚，我也知道規矩。紅色傳呼機響起時，你必須以人類所能達到的最快速度拿起話筒撥下號碼。

「動作真快。」一個粗啞的聲音說。我知道我以前聽過那個聲音。「好孩子。現在把我的話寫下來，因為我只說一次。我們要你動身前往克里夫蘭。我們星期五一大清早大約八點左右會過去。所以從現在開始你有兩天半的時間。我把地址給你……」

我寫下街道名和門牌號碼。

「那是一間酒吧還是餐廳之類的。反正你就進去待著等我們過去。喔，還有一件小事。現在警察盯比較緊，所以別用飛的過去。你懂嗎？別上該死的飛機。聽清楚了嗎？」

他似乎認真在等我說點什麼。

「你能不能按個電話鍵之類的讓我知道你人還在？按一次代表好，兩次代表不好，怎麼樣？」

我按下其中一個電話鍵。按了一次。

「這就對了。我們找到溝通的方法了。那麼我們俄亥俄州見。相信我，我跟你一樣不喜歡到那裡，所以別跟我嘰嘰歪歪。」

他掛斷電話。我看著本子上的地址，撕下後放進口袋，開始在下一頁寫字。

我得走了。幾天後回來。

我把本子放在桌上。一旦有人來這裡找我，我相信他們會發現的。

我匆匆收拾行李，出發上路。

✦✦✦

俄亥俄州遠在三千公里外的地方。路程簡直折騰，但我想我沒太多選擇。我在日落前抵達拉斯維加斯，剛過猶他州的聖喬治，準備停下來過夜。我住進一間小旅社，付現訂了一個房間，衣服都沒脫就倒頭大睡。

隔天醒來時，陽光熱辣辣地照在臉上。銀河般的塵埃從窗簾隙縫照進的一束陽光底下飄浮著。我起床，吃了點早餐，繼續上路。

那天我橫跨猶他州，再穿越科羅拉多州。我感覺雙手開始發麻。我一路騎到內布拉斯加州，沿途路面筆直，我循規蹈矩地讓機車保持在馬路正中央，不停騎啊騎。我心想，這是一場測試。這是不可能的任務，但他們還是要我去做。

我在格蘭德艾蘭外另一間旅店停車過夜。那晚我下機車時，幾乎不能走路。我付錢訂了房間，沖了個澡，企圖補眠。我累壞了，卻無法闔眼。我坐起來開燈畫畫。不用說，所有工具我都帶在身上。我無法想像工具不在身邊的日子。所以我畫下自己坐在床上，坐在這間旅店的小房間裡。房間離馬路很近，每當有卡車經過，我都能感覺牆壁在震動。獻給艾蜜莉亞關於我現階段人生的又一個篇章，那途經俄亥俄州前往天知道什麼鬼地方的麥可。

早上，我又開始收拾行李之際，聽見藍色傳呼機響起。紐約那些傢伙？他們從哪裡打聽到我已經在前往紐約的半路上了嗎？盤算我或許可以順道過去多幹一票？

我直接拿起旅店房間的電話撥號。第一聲鈴聲都還沒響完，話筒另一端的人就接起電話開始說話。

「麥可，你得聽我說。」

是班克斯。先是黃色傳呼機，然後綠色。現在他又弄到藍色傳呼機的號碼。

「朋友，快沒時間了。你得面對現實。我們快錯過我能幫助你的時機點了。」

我望向窗外，突然有種被監視的感覺，就在這個當下，在內布拉斯加州這個地方。總覺得房門會突然倒下，衝進十幾個人叫我趴在地板上，雙手放頭上。

「這可能是你最後的機會。你有在聽我說嗎？」

不對，他不可能在監視我，否則不會先打電話來。如果他知道我在哪裡，他會直接來找我，不會多此一舉打這通電話。

「麥可，別掛斷，好嗎？仔細在電話裡聽我說，我想幫你。」

他們能追蹤這支電話。我坐在一間旅店房間裡，而他們能追蹤這支電話。

我連忙掛斷，離開這裡。

✦✦✦

我在芝加哥一帶碰上嚴重的塞車，後來在轉換時區又少了一小時。等我總算抵達克里夫蘭，已經過了午夜。我在連續第三間旅店歇腳，這間位於機場旁邊。我盯著天花板很長一段時間，好奇隔天會發生什麼事。

到了早上，我打起精神，騎往我抄下的地址。時間不到八點，但我能看見停車場上的黑色轎車。我在密西根州見過的同一輛車。

我把機車停在轎車隔壁，準備進去。就在這時，睡眼惺忪男從門口走出來。

「歡迎來到這該死的湖岸。」他說。「怎麼搞那麼久？」

我指指手錶。

「是、是。省省吧。快進去。」

他回到房子裡，喚來另外兩個男的。

「小子到了。」第一個男的說著，朝我上下打量。「活生生的本人。」今天他沒戴漁夫帽，但他對我而言永遠是漁夫帽男。

「路上還順利嗎？」第二個男的說。是高大鬍鬚男。我最後一次見到這些傢伙已經是一年前的事。他們看起來完全沒變。這不見得是好事。

睡眼惺忪男為我打開一扇後門。他開門的同時，另外兩個男的搶先出去。睡眼惺忪男搖搖頭，不悅地喃喃自語幾句。我看得出來這群人之間融洽的團體氣氛同樣沒有改變。

駛上高速公路時，清晨的陽光直射著我們的雙眼。所以我們現在往東。行經凱霍加高地、加菲爾德高地和楓葉高地。克里夫蘭郊區的高地還真多。這天中西部的氣候和煦，天空是淡淡的藍色，正如我過去住在密西根的那些日子。我不想待在這裡，不想以這種方式。

「我有件事想問你。」睡眼惺忪男敲敲我的手臂說。

我轉頭看他。

「你知道我們從底特律開到這裡有多遠嗎？」

「喔天啊。」高大鬍鬚男說。「又來了。」

「我知道你才剛剛騎車橫跨全國，但我不管，你騎的是機車。那不一樣。」

「別說了。」高大鬍鬚男說。

「所以我的問題是這樣。」睡眼惺忪男說，不理會他的夥伴。「為什麼每次都是我坐在他媽的後座？可以請你幫我回答一下嗎？」

「你不能開車。」高大鬍鬚男說，「因為你的駕照被吊銷了，記得嗎？而且讓你坐在前座也沒道理，因為你比我矮了將近一英尺。」

「一英尺是三十公分。我才沒有矮你三十公分。」

「我要說的是，我的腿比你長得多。這就是你坐在後座的原因。」

「你們兩個可以閉嘴嘛！」漁夫帽男說。「你們天天都得這樣嗎？」

「回程的時候，」睡眼惺忪男說。「換我和小子坐前座怎麼樣？然後等我們放他下車之後，就只剩我一個人了。」

「我說呢，除非你先把我們兩個給殺了。」高大鬍鬚男說。

「再說一個字，」漁夫帽男說。「我就把這輛車掉頭，直接送你們倆回家。」

這話一出惹得高大鬍鬚男放聲大笑。

「是啊，真好笑。」睡眼惺忪男說。「我在後面快笑死了。」

大家好一陣子沒說半句話。我想了想即將從這裡前往底特律的三小時車程。我至今還沒回過密西根。我忍不住好奇此時此刻艾蜜莉亞在做什麼。

「我老是最倒楣的那一個。」睡眼惺忪男對我說。「每次有爛攤子要處理的時候？要倒垃圾的時候？出現緊急或無聊或危險情況的時候？你猜都是誰去做？」

「巴拉、巴拉、巴拉。」高大鬍鬚男說。

「是誰總得擠在該死的後座或塞在一艘笨船的狹窄船艙裡整整兩個禮拜？」

「喔，是啊，真辛苦。」高大鬍鬚男說。「在一艘他媽的豪華遊艇上航行兩個禮拜。我真是替你抱不平。」

「你以為我很享受嗎？八個大人物在玩撲克牌，而我卻只能像家具一樣站在那裡？」

來了，我心想。那艘大船。

「在太平洋上待兩個禮拜。」高大鬍鬚男說。「享用不盡的美食、美酒、美女……要什麼有什麼。」

「哪來的美女？全是一幫男人。每個人都有自己的保鑣，你知道嗎？所以是怎樣？我和七個嗑藥嗑過頭的左膠待在一起？你以為我們人人都有自己的船艙嗎？你以為我們過得很奢華嗎？」

「喔，不好意思喔。你得在豪華遊艇上跟別人共用船艙。」

「我們全都待在同一個船艙，你這混蛋。七個嗑了藥的白痴左膠全想表現得比其他人更行，所有人都睡在他媽的同一個房間裡，好像我們在二次大戰的潛水艇之類的。你覺得很有趣嗎？」

「我倒想問什麼是左膠啊？你一直在說左膠，我不知道那是什麼意思。」

「左膠就是一個被塞進沙丁魚罐頭然後漂在海上兩個禮拜的傢伙，只要斜眼看他一眼就等著被殺掉，懂了嗎？這就是左膠。這就是我他媽每年九月都得經歷的鳥事。」

「你們兩個能不能他媽的安靜一秒！」漁夫帽男差點把我們載到路邊。他開回路中央時，車上籠罩不安的沉默。

我想起甘納跟我說過的話。他會不會真的有這艘船上的線人呢？其中一個「左膠」？他認真以為我們有辦法搶了那艘船後逃過一劫？

朱利安說得沒錯。這絕對是自尋死路。

✦✦✦

半小時後，我們來到一座名叫查格林福斯的小鎮。這裡讓我想起米爾福德。同樣有一條流經小鎮中央的河，也有許多商店和餐廳。我們路過不停，直接從小鎮的另一端離開，那裡的樹林和房屋逐漸稀少，你能看見數公里外的平坦地平線。

我們拐彎開上一條長長的碎石子車道。我看見前方有一間農舍。旁邊坐落著穀倉和好幾間附屬建築物。我們經過一輛老式鏟雪機。等到車子越開越近，我才發現有人花了很多的時間和金錢把這裡翻新過。那輛鏟雪機不過是為了增添農村風味的裝飾品。

我們在農舍旁邊停車。三個男的魚貫下車。我也跟著下去。睡眼惺忪男走到農舍後門敲了敲。這時我才注意到他戴著黑色手套，另外兩個男的也一樣。我站在那裡好奇到底是怎麼一回事。如果我們計畫打劫這間農舍，那……通常不會走到門前敲門才對。

一個男的前來應門。他看起來六十歲左右。相貌出眾，髮鬢灰白，穿著昂貴的高爾夫球衣。

「你們來這裡做什麼？」他說。

他說完這句話，睡眼惺忪男馬上朝他肚子揍了一拳。男人猛然蹲下，睡眼惺忪男不得不跨過他進入房子。他揪住男人的衣領，開始把他往屋裡拖。

「還不快過來幫忙。」他對另外兩個夥伴說。

他們一人抓著一條腿，幫忙把男人從玄關拖進廚房。我看見一人份的豐盛早餐還擺在桌上。

「還不把門關上。」睡眼惺忪男對我說。

我站在原地，動彈不得。

「我說把門關上！」

我關上後門。

「你們想怎麼樣？」男人說。他躺在地上，仍捧著自己的肚子。「我告訴過ㄈ——」

睡眼惺忪男朝他的肋骨狠狠一踢。

「不准你大聲說他的名字，你這該死的蠢蛋。我不想從你的嘴裡聽到他的名字。你聽懂了嗎？」

男人拚命大口喘氣。我等待那股感覺湧上，每次闖進陌生房子時都會出現的平靜感，卻事與願違。我猜我不該驚訝。這跟我以往非法闖入其他房子時的情況截然不同。

「錢在哪裡？」睡眼惺忪男說。「啊？」

男人無法說話。睡眼惺忪男跪下來抓住男人的頭髮。

「在哪裡？」

「他不能呼吸了。」漁夫帽男說。

「閉嘴。」睡眼惺忪男頭也不抬地說。「去找保險箱。」

漁夫帽男和高大鬍鬚男彼此交換眼神，八成是今天互看的第一千零一次。接著他們分開搜查房子。

「議員先生，見見我們的小子。你知道他為什麼在這裡嗎？」

男人仍舊氣喘吁吁。

「他在這裡是以防萬一你不告訴我們保險箱的密碼，或以防我們先殺了你。都有可能。」

關上開關。感受那股脫離感，彷彿事情並沒有真的發生，彷彿我沒有在這個男人的廚房裡目睹他生命中的最後幾個小時。

他終於又開始呼吸。他搖搖頭，朝廚房地板吐了一口血。漁夫帽男把頭探進廚房，宣布保險箱已經尋獲。在地下室。

「到地下室去。」睡眼惺忪男說。

他把男人拉起來，帶他到樓梯口，然後把他推下去。男人大叫一聲，接下來我們聽見的是他身體碰撞每一層階梯、一路摔到地下室的聲音。

「有必要嗎？」漁夫帽男說。

「我說了閉嘴。」睡眼惺忪男說。「快下去看看他是不是還活著。」

✦✦✦

整件事是一場夢魘。我只能這麼說。如果你剛好住在俄亥俄州，八成還記得我在說什麼。二〇〇〇年九月發生在那個地下室的慘劇，我就在那裡從頭到尾目睹了整個過程。

我們找到男人時，他已經不省人事。地下室尚未完工，露出房子建造至今多年來的原始紅磚地基。他們把他拉起來，靠在那些粗糙的磚牆上，開始賞他巴掌讓他清醒。對面牆壁放著一個獨立式保險箱。

「我們來個小比賽。」睡眼惺忪男對我說。「你去動手解開保險箱，我們來瞧瞧我能不能先從他嘴裡問到密碼。」

我仍站在原地，目測到樓梯的距離。如果我趁他們不注意的時候偷跑，領先的優勢有多大？

睡眼惺忪男走到我面前，直視我的雙眼。

「你對這一切有什麼問題嗎？」

「他醒不過來。」漁夫帽男說。「幹得好。」

「我們不需要他醒過來。」睡眼惺松男說著，始終盯著我的眼睛。「這就是我們帶這小子過來的原因。」

「要是你剛剛肯給他一個機會，他說不定已經把密碼告訴我們了。」

「那還有什麼樂趣？」

「你真他媽瘋了。」漁夫帽男說。「你知道嗎？你就是個徹徹底底的瘋子。」

「相信我，你不是第一個這麼說的人。」

「等等。」高大鬍鬚男說。「我想他快醒了。」

他輕輕拍打男人的臉。男人睜開眼睛，企圖看個清楚。他用舌頭舔了舔斷掉的牙齒。

「密碼是什麼？」高大鬍鬚男說。「快說，省得我們麻煩。」

「去你媽的。」男人說。

「這老兄有懶趴。」睡眼惺松男說。「這你不能否認。」

他走過去，往男人那個部位不偏不倚踹下去。

「看在老天的份上。」漁夫帽男說。「你能不能別那麼衝動，拜託？你今天到底吃錯什麼藥？」

男人呻吟，喘氣，吐了更多鮮血，最後終於供出密碼。漁夫帽男不得不蹲下來，湊近聆聽。

「二十四、四十九、九十三。」

「你是專家。」他對我說。「去解鎖吧。」

我猶豫片刻，然後走向保險箱，開始撥動那些數字。右邊轉四次，左邊轉三次，右邊轉兩次，左邊轉一次。停住，轉門把，開門。

裡頭有錢，一疊又一疊的錢。

「誰有袋子？」漁夫帽男說。

沒人帶在身上，於是他上樓去拿。幾分鐘後，他拿著一個垃圾袋下樓，開始把錢往裡塞。

男人垂喪著頭，衣服上沾滿血漬、口水、眼淚、牙齒，天知道還有什麼鬼東西。

睡眼惺忪男走到他面前，從外套裡掏出一把槍。

「有人付錢請你提供服務的時候，你就應該動身去提供那項服務。」他對男人說。「這是常識，對吧？你明白我在說什麼嗎？」

男人抬起頭看。鮮血從嘴裡汩汩湧出。

漁夫帽男和高大鬍鬚男雙雙退後，兩手摀住耳朵。

睡眼惺忪男沒有開槍。他回到我面前，再次直視我的雙眼。接著他把槍遞給我，槍柄朝前。

「你對保險箱沒什麼貢獻。」他說。「所以你何不過去把這裡收個尾？」

我低頭看著那把槍。我沒有把槍拿起來，我連碰都不打算碰。無論那天發生什麼事，我都不會去碰那把槍。

睡眼惺忪男一直等著我。最後，他的兩個夥伴放下雙手。

他就是這個時候才終於轉身，在議員頭上開了一槍。

睡眼惺忪男掛著微笑回頭看我。「這樣就結束了。」他說。「有那麼難嗎？」

接著，他再次舉槍，射殺了他的夥伴。

先是漁夫帽男，正中脖子。高大鬍鬚男一槍打在胸口。兩人神情驚訝地倒下，掙扎了將近一分鐘才死去，鮮血緩緩在地下室的地板上擴散開來。

「我這兩個朋友……」睡眼惺忪男說著，把槍放下。「一直以來都和一名FBI探員偷偷見面。」

他來到我面前，看著我的眼睛。

「往後要是有像那樣的人聯絡你？感覺像探員的傢伙？想跟你吃個中餐或只是喝個下午茶之類的？我會建議你婉拒邀請。」

他最後一次回頭看著整個場景，然後把手揮向樓梯。

「你先請。」

我跨過逐漸漫延的血泊上樓。我們一起來到屋外。睡眼惺忪男坐上駕駛座，把裝滿錢的垃圾袋丟到後座。車鑰匙懸掛在發動器上。我暗想，要是剛剛趁他們不注意時跑走，或許有機會脫身。現在為時已晚。

我坐進他隔壁的副駕駛座。

「明白我的意思了嗎？」他說著，伸展雙腿。「這樣才對嘛。是不是舒服多了？」

他把我載回餐廳。三十分鐘的車程，與他並肩而坐。他開始哼歌，彷彿剛剛完成粉刷房子的工作，正準備返家。抵達目的地後，他把車停好，一手放在我的頸背上。

「我知道這趟旅程對你而言可能像是浪費時間。」他說。「這樣大老遠騎車過來。但你在洛杉磯待多久了？快一年了？和那群瘋孩子住在一起？很高興我們能保持聯絡，你知道嗎？」

他把手伸向後座那大袋錢，然後拿出一疊現金。

「很高興看你還記得我們是為誰工作。」

我把錢收下。真的，我收下了。然後我打開車門下車。我回過頭時，他搖下車窗。

「祝你回去一路順風。」他說。「還有，記得把傳呼機放在枕頭邊。我很快會再跟你聯絡。」

✦✦✦

他開車離去後，我在機車上坐了很長一段時間，甚至沒有離開停車場。我滿腦子都是那些鮮血，彷彿十幾條小溪流過地面的模樣。

我永遠不可能脫離這種日子，我在心底暗想。無路可逃了。

現在我又得掉頭，整整騎上三天的車程一路橫跨全國。回到滿屋子的竊賊身邊，回到我唯一受歡迎的地方。

那些漫漫長路。我實在好累。

除非……

不行，我做不到。

行的，我非做不可。這可能是我最後的機會。我可能再也不會離那麼近了。

我發動機車，騎車上路。但我沒有往西，而是往北前進。

兩個鐘頭過後，我回到密西根。

23
一九九九年七、八月，密西根州

我不知道艾蜜莉亞去了哪裡，躲在何處，直到她父親願意讓她回家。想當然耳，因為我不是正常人，她也不能直接打電話給我。她不能打給我，跟我說話，告訴我她很好，我們很快會再見面。無法像其他被拆散的年輕情侶那樣。

不。要是我見不到她本人，她就像被送到另一個星球沒有兩樣。沒有字條。沒有留話。就這樣一走了之。儘管聽起來荒唐，但我知道只有一個方法可以帶她回來。

我必須學會該怎麼打開保險箱。

✦✦✦

我差不多整晚都在研究掛鎖。我不停撥動密碼盤，用心體會我理當體會到的感覺，無論那感覺是什麼。接著，我翻找我的那些舊密碼鎖，找到被我切開的舊鎖，在接下來的一個小時裡坐在那裡研究那該死的東西。

方法其實很簡單。只要對齊三個圓盤，鉤環就會打開。我沒道理做不到。

我回頭研究鬼影給我的鎖。經過這天所發生的一切，我此刻實在疲憊不堪。我一直看見上半身卡在窗外的那條大魚。

只管用心體會。撥動密碼盤，然後用心體會。

我不小心睡著了。醒來時，完全不知道現在幾點。掛鎖仍握在手中。我再次撥動密碼盤，這次我認為我感覺到了應該要有的感覺。我把鉤環一拉，掛鎖打開。

我睡眼惺忪，幾乎看不清楚。或許這就是關鍵。或許我腦中的其他訊號非得變得遲鈍、變得糊裡糊塗，這樣掛鎖傳達的訊號才能突破重圍被我聽見。無論猜得對不對，我持續鑽研摸索，直到我覺得自己可以把注意力完全集中在那個訊號上，直到最後不得不再次闔上雙眼。

有什麼了不起的，那抱怨不休的聲音從腦海深處傳來，聽起來跟鬼影的聲音如出一轍。你不過就是解開了一個廉價的密碼鎖。那聲音直到隔天我騎回底特律的時候，仍在腦中徘徊不去。空氣中籠罩著大雨欲來的氣氛。終於，雲層散開，我瞬間淋成了落湯雞。

我來到西部二手店，把機車牽到門口。

我敲了敲門，在雨中整整等了一分鐘，鬼影才出現讓我進去。

「那把鎖研究得怎麼樣？」他說。「小心別弄髒了。」

我從口袋取出掛鎖，拿到他面前。

「看起來沒解開。」

他站在那裡看我解鎖，同一時間外面下著傾盆大雨。往右撥、往左撥、再往右撥。砰。我拉開鉤環，把鎖遞給他。

「別開始擺出自以為是的樣子。」他闔上掛鎖說。「否則我就把你踢出去淋雨。」

他轉身往屋後的辦公室走去。我跟上他。走到一半的時候，他從一張舊桌子拿起另一把密碼鎖，直接高舉過頭往外扔。我一下子措手不及，室內光線也如往常昏暗。幸好我成功從半空中把鎖接住，沒讓它打中我的臉。

我們穿過辦公室，經過狹窄走廊，一直來到後院時，我仍在忙著解鎖。雨水打在綠色塑膠板上滴答作響，聲音大得簡直就像站在一個大鼓內。

「好。」他說著停下腳步，看見我還沒把第二把鎖解開。難道一邊走在漆黑環境裡，一邊當心不被成千上萬個雜物絆倒的情況下，我還得早早把鎖解開嗎？他交叉雙臂看著我，大概看了兩分鐘，但每分鐘都彷彿一小時之久。我好不容易解開後，他拿走我手上的鎖，那極度不屑的態度讓我以為我肯定又要被請出門外了。然而他只是把鎖丟到工作檯，吩咐我在原地等待。

他推開一扇滑門。各式各樣的耙子、鋤頭和園藝工具朝他翻滾而出。他咒罵一聲，手刀砍出一條路，最後站在一間儲藏室裡。儲藏室的天花板中央有一顆赤裸的燈泡。他拽起細繩一拉，燈泡沒亮。

更多咒罵聲，更多雜物被踢到一邊、翻倒一旁。最後鬼影用平背手推車載著某樣東西從儲藏室倒退出來，那樣東西覆蓋著一張沾滿灰塵的白布，死沉的重量讓他拉得吃力。

他把手推車推離門邊，要我趕快讓開，免得他疝氣發作。他停下來，把東西放到地板上，暫時歇一口氣。

當然，我知道那是什麼東西。一百二十公分高，約莫九十公分寬，深度七十五公分。中型保險箱的標準尺寸。可是為什麼這個保險箱特別保存在儲藏室裡，還蓋上一張白布呢？

「這是你得見識的第一樣東西。」他說著，用手帕擦額頭。「做好心理準備，因為這東西簡直不堪入目。」

他拉掉白布，揚起一片灰塵。果然是保險箱，但這個保險箱已經被各種想像得到的方式破壞殆盡。其中一側的外殼已經拆除，中間的水泥層顯然遭到鐵錘一再敲打，直到露出內層，再用某種方法撬開。

我繞到保險箱後面，發現上頭被鑿開了一個長方形。接著我走到另一側，又看見另一個長方形，這個長方形的邊緣焦黑。最後繞回正面，看見上頭鑽了五、六個小孔。保險箱頂部也有三個小孔。

「我就講一次。」鬼影說。「所以專心點。」

他暫時閉上眼睛，深吸一口氣。

「如你所見，這個保險箱已經慘遭破壞。始作俑者是在實驗強行入侵保險箱的多種方法。這一側你會看見使用蠻力的成果。把這該死的東西當作巨大的罐頭硬生生撬開，再挖鑿水泥。肯定花了好幾天的時間。」

他走到後面。

「這裡，用的是高速滾輪切割器。一樣，太花時間，很多噪音。這裡呢……」

他走到邊緣焦黑的長方形，把手放上去，再抽回來，彷彿邊緣仍然滾燙。

「你能用氣銲切割像這樣的金屬。當然了，這表示你得拖著一個巨大燃料箱和一個氧氣罐。用熱噴槍會更燙，大概六千度吧。你知道那有多燙嗎？如果保險箱裡放了某樣東西，你覺得等你切穿箱子，那東西化作灰燼的機率有多高？整棟房子都被你燒了也不一定。」

他站在原地，稍微搖搖頭，然後走回保險箱正前方。

「我們的人在這裡鑽了孔，這起碼有用點腦袋，用了一些技巧。我的意思是，你必須清楚知道鑽什麼地方才能避開整個閉鎖裝置。每個保險箱的位置都不同。現在有些保險箱還有特別的防護板，要破壞就更困難了。所以有時候必須從其他角度進去。」

最後，他讓自己觸摸那個保險箱，一根手指放進頂部的其中一個孔。然後，他在密碼盤旁邊跪下。

「有些保險箱你能往密碼盤上捶一拳。」他直接把密碼盤扯下來遞給我。我拿在手上，注意到邊緣有許多缺口，明顯是被撬開的。

「比較老舊的保險箱還能使用炸藥。」他說著，一手沿著門邊摸著。「炸膠是一種塑膠炸彈，類似硝基，大家稱之為膠凍。只要在正確的位置放上一點點，就準備完成了，前提是你沒把自己的手炸飛的話。」

他把門拉開，讓我參觀內部。看著泛綠的陽光從大大小小的孔照射而入感覺真奇怪。

「就像我剛剛說的，現在新型的保險箱讓這些手段變得窒礙難行。除了防護板外，還有反鎖裝置，只要企圖破壞外牆就會啟動。有些保險箱在周圍繞了一圈鋼索。破壞外牆就等於破壞鋼索，最後亂成一團。我是說，整個箱子就沒用了，連箱子的主人也無法拿來做什麼。」

他把門關上，拿走我手中的密碼盤，試著裝回去。但他手一拿開，密碼盤就掉到地上。他沒有費心去撿起來。

「重點是……一個保險箱無論做得多好，只要夠努力還是打得開。你能帶到某個倉庫裡，花上足夠的時間，足夠的力氣，足夠的高溫，足夠的噪音……」

他推了自己一把站起來，伸懶腰時一臉疼痛。

「最後終究打得開。如果你不在乎你得多暴力，不在乎打開後保險箱變成什麼模樣。」

他拿起白布，一手抓著一角攤開，蓋回保險箱上，讓保險箱再次消失，就像拿白布蓋住一具屍體那樣。

「我告訴過你畫面會很醜陋。」他說。「但願你感同身受。如果你和我沒有同樣的感覺，你現在就應該離開。」

我不太確定他是什麼意思，但我不打算離開。

「這些是粗人採用的方法。他們無法面對保險箱帶給他們的挑戰，無法面對保險箱原來的模樣。所以他們怎麼做？做出幾千年來男人一再重複的事，對吧？訴諸暴力。」

他拿起平背手推車，塞到保險箱底部。

「沒耐心，沒技術，沒腦筋，只有一身的蠻力。他們非得搞破壞，這是他們唯一知道的辦法。」

他把手推車往下壓，準備把保險箱向後傾，就在這時他停下來。

「來，你來。把這東西推回儲藏室。我受不了這東西在這裡多放一秒。」

他讓到一邊，換我接下手推車。我握住把手，努力想把保險箱往後壓，但實在太重了。

「想像把這東西推出一棟建築物。」他說。「好讓你帶回家大肆破壞。你能想像自己幹出這種事嗎？」

我再施力往後壓，感覺到這該死的東西微微移動。到了第三次，我終於把保險箱撬起，一邊穩住那左搖右擺的勁頭。差個幾公分，整個保險箱就可能翻倒在地。

「輕一點，大力士。趁你不小心殺了誰之前趕快把這東西推走吧。」

我大致朝著正確的方向往前推。才推到一半，我的前臂開始痠痛。我以為我這兩條前臂現在早已無比強壯，畢竟在馬西先生家的後院挖了那麼多土。我不慎撞上儲藏室的門，震得整面牆格格作響。我拿出最後的力氣，使勁推進儲藏室的一角，讓保險箱掉落在適合的位置，把手也順勢從手中鬆脫。我站在近乎全黑的儲藏室裡，拚命喘氣，聽著血液在耳邊沸騰。

等我終於離開儲藏室，鬼影已經坐在旋轉椅上，就在那群保險箱的正中央。

「過來看看這些美麗的生物。」他說。「真他媽美麗極了。它們讓你聯想到什麼？」

我站在圓圈外緣的兩個保險箱中間，仔細聆聽他在說什麼。

「永遠像觸摸女人那樣觸摸保險箱。」他說。「千萬別忘了，聽見了嗎？」

我點點頭。

「年輕人，世界上最困難的謎題，一個男人所能面對的最大挑戰，就是解決神秘費解的女人心。」

他緩緩把椅子轉到其中一個保險箱前。

「這，」他說著，把左手放上保險箱的門。「是一個女人。靠近點。」

我往前一步踏進圓圈內。

「這個，」他說著，把右手放上密碼盤。「是女人的心。」

好吧，我心想。我就配合你。

「你想打開這扇門，該怎麼做？用球棒敲她的頭？把她拖回你的山洞裡？你覺得這樣有用嗎？」

我連搖頭都省了。

「當然沒用。你希望她打開心房，就要從了解她開始，了解她內心在想什麼。過來看看。」

我走近，單膝跪下。

「這個保險箱叫愛拉托。」他說。「她非常特別，非常開放。因為她和大多數的保險箱不一樣，你可以親眼看到她內部是怎麼運作的。」

他輕輕拆掉門背面的襯裡面板，接著移除閉鎖裝置後方的小金屬板。他撥動密碼盤時，我能看見在三個輪軸後面有一個驅動輪軸完美地同步轉動。他告訴我該如何讓每個輪軸的缺口完全對齊，想當然耳，方法就是撥下正確的密碼，這麼一來輪軸上方的防護桿就會落入新形成的溝渠，進而使操作桿降下，鬆開門閂，讓門把轉動。

「就這麼簡單。」他說。他的聲音壓得很低，我能聽見遠方街上的車水馬龍，聽見籬笆後方凌亂的雜草堆傳來各種昆蟲嗡嗡作響的聲音。撥完正確的密碼，他轉動門把，十條門閂自動縮進門內，左右各三條，上下各兩條，每條門閂皆由五公分厚的堅固鋼條製成。

「這就是開保險箱的方法。」他說。「世界上所有的保險箱只是這同樣概念下的變異。」

我仍單膝跪在原地。這整件事，把保險箱當成女人而且還有名字，可能早就嚇得某些人逃之夭夭，但我沒有。

「知道密碼的時候當然很簡單。」他說著，右手握拳像是握住某樣東西。「但萬一你不知道呢？」

他張開右手，宛如魔術師向觀眾展示裡頭空空如也。

「這時候，我年輕的大紅人，就輪到技術上場了。你準備好了嗎？」

我點頭，非常緩慢地點了一下。

他不發一語，看了我很長一段時間。

「確定就沒有回頭路了。」最後他說。「我也一樣。」

我一動也不動，等著他決定無論是什麼讓他萬分糾結的決定。

「那好吧。注意看了，這就是真正的大師開保險箱的方法。」

✦✦✦

好，現在我可能會違反了某些行為準則。鬼影把知識傳授給我，清楚表明我必須保守秘密，不得洩漏給同行。或許有一天，我找到合適人選，就得以把知識傳下去，但只能讓那個人知道。我謹慎挑選的人，能肩負重責大任的人。畢竟，看看我被搞成什麼德性，為了這十惡不赦的技術付出的代價。

不過，說真的……這個知識也不是我光用嘴巴說你就學得會。我是說，我想我已經把基本概念告訴你了。你見我實際操作過，對吧？先排除預設密碼，碰運氣看看屋主是不是懶過頭沒去改。

在這之後，事情開始變得棘手。你撥動密碼盤的同時，必須想像著驅動輪軸上的V形凹槽。你得感覺操作桿碰觸到凹槽的一邊，然後再輕輕一轉，感覺操作桿碰觸到另一邊。這就是你的「接觸區域」。

除非已經知道保險箱裡有多少輪軸，否則你必須撥個幾圈，把所有輪軸轉到離接觸區域遠遠的位置，再往反方向撥，仔細聆聽帶動銷驅動了幾個輪軸，這樣一來你就能得知輪軸的數量，進而得知密碼共有幾組數字。

那些步驟我大概可以用幾分鐘時間示範給你看，但接下來的步驟我只能敘述給你聽，沒辦法實際讓你知道該怎麼做。你要嘛會，要嘛不會。大部分的保險箱對多數人而言就是學不會。

這一次，你把所有輪軸歸零，然後回到接觸區域。你「測量」這段區域的距離有多長。每次都會有點不同。如果其中一個輪軸剛好在某個數字附近有個凹槽的話，距離就會稍微短一些。根據鬼影的說法，大部分的保險箱竊賊會在一張小圖表上寫下每個數字的距離長短，但要是你的記憶力夠好的話，可以把距離記在心裡。回去，撥到3，再量一次。然後撥到6，以此類推。這得花上一段時間。大多數密碼盤的數字最多到100。

一路撥下去，接觸區域較短的那些數字最後很有可能就是密碼。你必須回頭縮小範圍。如果是33，就一併測量32和34，以此類推，直到找出最終的數字。

最後一部分就比較像體力活了，因為雖然你已經知道數字，卻不知道順序。如果你有三個數字，就有六組可能的密碼得試。如果有四個號碼，就是二十四組密碼。五個數字，一百二十個組。六個數字，七百二十組。這可說是非常龐大的密碼組合，但要是你密碼盤轉得快就沒那麼糟。別忘了，你不必把所有組合統統試過一遍，只需找到正確的密碼即可。幸運的話，有可能提早猜中。

儘管鬼影看我慢條斯理地找出小密碼鎖的數字時總是大動肝火，諷刺的是，輪到大保險箱時，一旦找出確切數字，除了一次撥動一個數字慢慢找出正確順序外，沒有別的辦法。

基本概念就是這樣。問題是，保險箱越專業，密碼盤就越安靜。尋找接觸點……需要特殊手感，鬼影一再提到的那種手感，把保險箱當成女人一般愛撫，感受她內心深處那若隱若現的悸動……這是我現階段未能擁有的手感。無論我多努力遏止腦中那些歌唱聲，無論我離保險箱多近，臉貼著冰冷的鐵箱，右手放在密碼盤上……我邊撥動邊感覺操作桿碰撞接觸點大致是什麼概念。他把整個流程向我示範了七、八次，讓我自行操作一遍。他甚至把密碼給了我，好讓我知道在哪個位置能確切找到它們。我撥到17，感覺到操作桿第一次碰撞接觸點，然後是接觸點之間的空缺，然後碰撞第二次。太好了，我感覺到了，就在那裡。現在撥到25，我現在應該能感覺到其中的差異，感覺到第一個接觸點，然後是第二個。有哪裡不一樣嗎？你感覺得到嗎？

不行，我感覺不到。才第一天我辦不到。

他給我更多功課，給了我一把保險箱鎖帶回家。附有密碼盤和一整組輪軸的鎖。跟我第一個鎖差不多大，重量不超過一公斤。我得以隨身攜帶，隨時練習。雖然感覺不同於在一個真正的保險箱上練習，但也是個開始。

這就是我的功課。每個白天，每個夜晚，每個走路的時刻。反正艾蜜莉亞仍不在家，我還能做什麼呢？

我依然感覺不到。差得可遠了。

✦ ✦ ✦

隔天回去時，店裡竟然真的出現了一位客人。我漸漸明白鬼影是故意把這個地方搞得不受歡迎。他保持店內漆黑，把大部分物況最糟的雜物擺在前方。要是真有人走進來，他對待他們的態度就如對我一樣親切。如果他們真的想買東西，他就會捏造一個離譜的價錢，一毛錢也不肯降。顯然賣雜物給街上的人不是這間二手店存在的真正理由。當時我只知道那麼多。

所以，等這天的客人被趕出去後，鬼影帶我回到後院找保險箱，然後把所有步驟重新示範一遍。他其實不必大費周章。我很清楚一切是怎麼運作的，我只是還做不到。

「你有練習我給你的那把鎖嗎？」

我點頭。

「打開了沒？」

我搖頭。

「坐下，繼續練習。」

我聽話照辦。接下來的四個鐘頭裡，我除了撥密碼盤外什麼也沒做。我穿梭在保險箱之間，希望能找到稍微簡單的保險箱。我邊轉邊聽，努力感受那些接觸點。到了下午四點，我已經渾身大汗，頭痛欲裂。鬼影進來，甚至不必問我成功了沒。他叫我回家，告訴我再繼續多加練習，隔天早點過來。

隔天我又回來了。情況大同小異。撥密碼盤，逼自己撥到筋疲力竭，這樣我才能帶艾蜜莉亞回家。

然後又過一天，更多撥密碼盤的練習，帶著練習的鎖回家繼續撥。

再隔一天，我不得不暫時休息，去跟我的觀護人見面。他看起來有點累，工作過度的樣子。他請我在他的辦公室坐下。我對於他接下來可能會說什麼，毫無頭緒。

「我今天早上和馬西先生聊過了。」他說。

這可有意思了，我心想。

「他說你仍把房子內外打理得很好。現在在健身房是嗎？他把你調到健身房工作？他真的什麼事都放手讓你去做，是吧？」

我點點頭。沒錯，什麼事都做。

「話說回來，游泳池挖得如何？」

我向他微微聳肩。不錯。

「完工後我等不及要瞧瞧了。」

是啊，我也是。

「你知道嗎？我們該談談等你完成那邊的時數後接下來的計畫。你的緩刑期大概還剩十個月，這表示我會和你的高中老師持續聯絡。你明白完美出席率是你該遵守的一部分，對吧？」

我點點頭。是，當然。

「那好，我想今天就到此為止嘍？」

再好不過，我心想。我和他握手道別，離開他的辦公室。跨上機車騎回底特律，繼續前往保險箱破解學校度過又一天的日子。

✦✦✦

我繼續埋頭練習，在二手店後院待了好多時間，甚至開始有了家的感覺。有一天，鬼影留我一個人在店裡幾小時。他說他得去辦些事，如果有人進到店裡，我只需要待在後院，等他們放棄離開即可。

幾個鐘頭過去了，就只有我和成群的保險箱。直到後來我抬頭一看，發現有個男的站在那裡，注視著我。他很高，黑髮貼著頭皮梳成了油頭，彷彿這天早上花了大把時間整理似的。他穿著藍西裝，搭配白襯衫和紅色寬領帶。

「抱歉，我不是故意要嚇你的。」他說。雖然我很確定我沒有露出受到驚嚇的模樣。

「我在找老闆，他在嗎？」

我搖頭。

「你這裡都是些什麼啊？保險箱？」

我把手從密碼盤上移開，在椅子上坐直身子。

「真漂亮。」

他一隻手撫摸著其中一個保險箱光滑的金屬表面。

「這些有在賣嗎？你真該拿到前頭才對。」

我環顧四周，不太確定該怎麼辦。這個男人說不上哪裡怪怪的，光是他一路走到這後頭，摸黑穿過走廊……就不是大多數人會幹的事。

「我叫哈靈頓．班克斯。」他說。「大家都叫我哈利。」

他伸出右手。我猶豫了一下，然後與他握手。

「你不介意我來這後頭吧？我想說這裡是店的一部分。」

我始終抬頭看著他。就算我沒有坐在旋轉椅上，他也已經夠高了。

「你不是老闆，對吧？」

我搖頭。

「當然不是，你太年輕了。」

他在我隔壁的保險箱頂端用力一拍。

「這個嘛。」他說。「我大概應該讓你回去繼續，嗯……」

他看看一個保險箱，再看看另一個，話語之間停頓了彷彿一世紀之久。

「繼續工作了喔？」

他退後一步。

「我會再回來。也許下次我會碰見老闆。你叫……」

我動也不動。

他舉起右手，彷彿想從空中抓住我的名字。「下次我也會知道了，對吧？在那之前……」

他站在原地，默默點頭一陣子，最後終於轉身離開。

「再見，祝你愉快。」

說完，他走了。我本該讓鬼影知道這位客人的來訪，但我發誓我完全忘了。因為同一天下午發生了另一件怪事。鬼影仍不見蹤影，我同樣坐在我的椅子上，心情特別沮喪，因為我仍然沒有進展。就在這時，我聽見了那個嗶嗶聲。

我起身東張西望。聲音清晰可聞，那連續不間斷的嗶嗶聲。我企圖不理會，回到保險箱旁，但聲音不停干擾我。我再次起身，在後院四下走走。我來到走廊上時，聽見聲音漸漸變大。等我走進屋後的房間時又更響亮了。這房間大概囤積了七千個雜物，所以我不得不循序漸進縮小範圍，最後找到桌上的鞋盒。我打開鞋盒，音量瞬間加倍。

別忘了，這年是一九九九年。並非全世界人手一支手機。有些人仍使用傳呼機。我相信在我拿出鞋盒裡的傳呼機前，以前應該從來沒有碰過。傳呼機仍瘋狂嗶嗶作響。上方有個小螢幕，顯示十個亮紅色的數字。我猜應該是電話號碼。

我還沒想到該怎麼處理，傳呼機突然靜止。我把它放回鞋盒和其他的傳呼機擺在一起。裡面總共有五個。統統是黑色的，但各別貼上不同顏色的膠帶。紅、白、黃、藍、綠。

約莫一小時後，鬼影總算回來了。我舉起鞋盒，拿出剛剛響起的傳呼機給他看。是貼了紅色膠帶的那一個。他搶走我手中的傳呼機讀了號碼。我曾經以為他的臉色已經蒼白得無以復加，但如今看起來又更慘白。他奔向話筒，撥下號碼，見我直盯著他看，便揮手把我趕走。我回到那群保險箱旁。

鬼影幾分鐘後回來了，一副剛見到鬼似的。「我有客人要來。」他說。「所以你最好趕快離開。」

我騎上機車回家。大白天離開那裡感覺好怪。我經過艾蜜莉亞的家。沒有原因。雜草長得好高，都能做成乾草了。我敢說舍伍德湖的鄰居肯定樂不可支。

今天車道上停了另一輛車。一輛紅色的BMW，看起來有點眼熟。我看見有人坐在駕駛座上。我停在那裡看了一陣子，等待某事發生。最後，駕駛下了車。是齊克，親愛的齊克。

他走向大門，手上拿著某樣東西。紅玫瑰嗎？沒錯，是一枝紅玫瑰。他走到門前，把玫瑰留在踏墊上，手伸到屁股口袋拿出一張紙，放在玫瑰旁邊。不用說，肯定是情書，說不定是一首豐沛的情詩。

他沒有敲門，代表他肯定知道艾蜜莉亞不在。嘿，說不定他天天都來一趟，說不定這對他來說是一種儀式。

他回到車邊時，發現我坐在機車上。我拉下面罩，騎車離開，懶得看他有沒有跟上來。

在我快要到家——準備轉彎騎上主街之際——才看見後照鏡的紅色閃光。我回頭看見那輛BMW敞篷車，越追越近。

是他。

我轉彎騎上主街。如果你對機車有一定的了解，就知道即使是普通大小的機車也能加速超過任何一輛四輪汽車。我把他遠遠拋在後頭，停到路邊等一會兒，然後掉頭回到城裡。

歷經無數空虛的日子……沒有艾蜜莉亞的身影，開保險箱也毫無進展。歷經眾多沮喪和孤單的日子，換來的卻是這個。躲躲閃閃，唯恐被艾蜜莉亞的前男友撞飛。我受夠了。

我不認為他會在那裡守株待兔等我，我說真的。但我一轉彎離開商業大街，他的車就映入眼簾，停在加油站旁。他這樣冷不防出現把我嚇了一跳。我油門一催，再次騎回主街，但那裡畢竟不是空曠的大馬路。稍微一個閃失，我就有可能栽在某人的引擎蓋上或在人行道上摔得頭破血流。

我們雙雙來到鐵橋，他就在我的正後方。我把車速放慢免得撞上坡堤。齊克也慢下來免得釀成死亡車禍，卻沒能閃過左側車身刮上水泥所發出的刺耳聲響。當下頓時火花四濺，車子打滑，車身直晃，左前輪傳出漏氣的嘶嘶聲。

我暫時停車，看著車子在酒水店的幾公尺外停下來。我打了P檔，坐在機車上，等著瞧瞧接下來會發生什麼事。

駕駛座的車門打開。齊克下車，步伐踉蹌。他的左臉流下一條細細的血痕。他一見到我坐在機車上，腳步立刻恢復穩健，如子彈般朝我衝來。我跳下機車，扔掉安全帽，與他在半路相會，低頭閃過他的猛力一拳，再等他繼續揮拳攻擊。最後他終於擦到我的眼角，這樣很好，好極了，因為我就希望他打我。發生這麼多事之後，我希望能流點血，讓我們一塊打到負傷見血。

他再次揮拳，但我已經來到他的攻擊範圍之內。我屈臂往上一記直拳，正中他的下巴，接著是他的肚子。最痛快的一拳打在他那綁著馬尾的愚蠢有錢人的腦袋上。

我站在那裡等他站起來。但他沒有。我轉身走進酒水店。里托大伯站在大門邊，隔著玻璃往外看。他滿臉通紅。

「他是什麼人啊？」他說。「還有，你什麼時候開始打人了？」

我走進後面的屋子，走進孩童時期待了好長一段時間的那個房間。我在那裡拆解了第一個鎖，學會鎖的運作方式。我坐在舊椅子上，拿出鬼影給我的保險箱鎖。我心跳加速。我聽見遠方的警笛聲。

混亂。噪音。各種聲音在我腦海尖叫。

我把密碼盤往右撥，感覺到裡頭的運作過程。我聽見了。我也看見了，就在腦海深處的某個角落。我把密碼盤往左回撥，然後再往右撥。

警笛聲越來越嘹亮。

我需要這個。我需要這個。

心痛、絕望、孤獨、悲苦，仍住在體內的八歲男孩，唯有他能辨得到。

我感覺到了。我現在感受到那把鎖的內部金屬互相碰撞的細微感覺。又如何？去他的，我心想。這不重要。我需要真正的保險箱。

我需要真正的保險箱，因為我知道在前方等著我的是什麼。

於是，我又回來屋外騎上機車。一輛警車已經來到現場，另一輛警車也準備停車加入第一輛車的行列。我騎上大街，催動油門，一路狂奔，穿梭在車陣中，不知怎地保住了性命，沒有失控衝進格蘭德河。這段路我天天騎，但我知道這次會很不一樣。

我知道。

我來到二手店，把車停在路邊。要偷就偷吧，我心想。我不在乎。鬼影出現在門邊，看樣子正要離開，準備打烊結束這一天，但這時他見到我。這位從不曾提起一絲興趣想知道我過得如何的仁兄把我攔下來，問我吃錯了什麼藥，為什麼看起來一副腦袋秀逗的樣子。我把他推開，走進店裡，摸黑把所有擋路的雜物統統丟到一邊。

我走向那群保險箱，在椅子上坐下，來到名叫愛拉托的保險箱前。鬼影的最愛。我把頭靠在冰冷的金屬表面，感覺心跳聲在胸口怦怦作響。

安靜，所有人安靜。我得仔細聽。

安靜、安靜、安靜。

就是在這個時候，我聽見了。那個聲音，像有人在呼吸，穩定但淺薄。

撥個幾圈。歸零。來到接觸區域。

聲音從保險箱內部傳來。

撥到3，到接觸區域。

有人在保險箱裡，快窒息身亡。

撥到6，到接觸區域。

如果我不能及時解開的話……

撥到9，到接觸區域。

他就會死。

撥到12。

他會沒有空氣。

到……

他會死在保險箱裡，永遠待在裡面。

……接觸區域。感覺不太一樣，感覺比較短。

我撥到15。接觸區域恢復正常。

18，沒事。

21，沒事。

24，砰。又來了。

我有6。我有24。

你得加快速度。你得馬上帶他離開那裡。

27、30。我繼續撥動，每隔三個數字停下來，測試，感受。我一路摸索，找到粗略的三個數字，然後回頭重新縮小範圍，最後得到5、25、71。

我把密碼盤歸零，開始撥動。鬼影在我背後出現。

「慢慢來。」他說。「你不必那麼快，只要做得正確就行了。」

我持續撥動密碼，速度越來越快。

「放輕鬆好嗎？你可以晚點再練習速度。」

我不想理你，我心想。你不在這裡。這裡只有我和這個大鐵箱。

沒空氣了。他沒救了。

如今汗水涔涔流下我的背。我往左撥三圈來到71，往右撥兩圈來到25，然後往左撥到5的位置。我一握住門把，就已經感覺到了。

有可能太遲了。他可能已經死在裡面了。

九年一個月又二十八天。自從那天之後，時間已經過了那麼久。

九年一個月又二十八天。我將門把一拉，門嘩地打開。

隔天，艾蜜莉亞回家了。

24

二〇〇〇年九月，密西根州

回到密西根的感覺很怪。我從沒想過自己有辦法回來這裡，隨著里程數不斷增加，我也不斷思索自己是不是犯了天大的錯誤。但，我仍繼續往前騎。這突如其來能再見艾蜜莉亞一面的機會，即使只有一下子……還是讓我難以抗拒。

我先騎經米爾福德。這裡看起來差別不大，直到我來到轉角處才發現第一個驚訝之處。烈焰餐廳不見了。原本的位置現在成了一家外觀普通的家庭餐館，週日上完教堂後會去的那種地方。更重要的是，酒水店也不見了，取而代之的是一間紅酒專賣店。雖然不像朱利安的店那麼高級，但仍叫人驚訝。若是其他日子，肯定會惹得我發笑。

我不知道里托大伯是不是仍住在同一棟房子裡。我是說，如果酒水店不見了……他現在可能在任何地方。

我轉個彎，騎進紅酒專賣店旁邊的小巷來到後面的房子。我沒看見那輛雙色侯爵古董車。我把機車停好，走到房子大門前，從窗戶往內偷看。我看見同樣的桌子，同樣的木椅，同樣的破沙發。

我拿出開鎖工具，很快打開大門。這是我很久以前練習過的一把鎖，今天花不到一分鐘就解決了。

走進屋內，撲鼻而來的是同樣熟悉的雪茄味和孤獨感。我往裡走，穿過客廳和廚房，回到我的舊房間。床上堆滿待洗衣物。除此之外，一切如昔。回到這裡感覺好怪。歷經了那麼多事情之後……日曆上寫著才過了一年，對我而言卻彷彿一輩子。

我重回客廳，翻閱桌上的報紙，看見賽馬表格。我記得大伯不止一次提過，等他不做酒水店的生意後，他要天天泡在賽馬場裡。今天的他大概就在那裡。

但我看得出來情況沒那麼單純。這不只是一個為了做自己一直想做的事而退休的男人。桌上有不少帳單。繳費通知和恐嚇信件。還有三瓶新的處方藥。我還住在這裡的時候知道他沒有在服的藥。

就在這時，另外有東西吸引了我的注意。我走向廚房中島。放在一堆髒碗盤的旁邊，是一支手機。

光是手機本身就讓我驚訝，但後來我也納悶他為何沒有把手機帶在身上。我是說，如果你打算把手機留在家裡，一開始又何必買呢？

我打開手機，看見電池是滿的。我查看來電紀錄，空空如也。沒有一通打進來或撥出去的電話。

我查看通訊錄。只有一個聯絡人。

班克斯。

我關掉手機，放進口袋。我心想，情況可能有兩種。班克斯把這支手機交給大伯，以免我哪天回家了他可以打電話聯絡他，好讓他能把我監禁起來，一切都是為了我好。我看得出來他會用這招對大伯洗腦。

或者他之所以把手機交給大伯，是為了請大伯轉交給我，好讓我能親自打電話給班克斯。無論是哪種情況，都讓我突然感到岌岌可危。我來到客廳的窗戶前往外看。我心想，此時此刻班克斯有可能就在外面，監視著我。

我來到屋外的機車旁，四面八方仔細觀察，尋找有誰走在這條路上，有誰坐在一輛車的駕駛座上，大概正在看報紙，

就像當初他監視著西部二手店那樣。

我掏出這天早上睡眼惺忪男給我的那筆錢，回到屋內放在廚房中島上那原本放手機的位置。我想起多年來一直放在酒水店收銀檯旁邊的舊咖啡罐。幫助奇蹟男孩，連同旁邊那張泛黃的剪報。

收下吧，里托大伯。別在賽馬場上輸光了。

✦✦✦

我來到小鎮盡頭的紅綠燈下時，一輛巡邏警車在我隔壁停下。我感覺到自己被上下打量。我沒有轉頭看他們。等綠燈一亮，我就催油門出發，一邊等待警笛響起。我早已計畫好，如有必要甩開他們該往哪裡去。但警笛並未響起。

我往東騎，這六公里的路程我再熟悉不過，人生中最重要的六公里。曾經是一片空地的路段如今蓋起許多新房子。一棟比一棟高大，櫛比鱗次，相互爭鋒，用盡了每吋土地。不過仍是同一

條路，我也清楚知道自己要去哪裡，就算蒙著眼也不會迷失方向。

我來到她家那一帶時，看見車道上停了十幾輛車，還有更多停在路邊。看樣子正在舉辦某種派對。說不定是為艾蜜莉亞而辦的？我要這樣闖進去嗎？這才叫真正的驚喜派對。

我把機車停在路邊，脫下安全帽，走向大門。我按了兩次門鈴，但沒人前來應門。所以我繞到後院。

後院果真出現了游泳池。一座貨真價實的嵌地式泳池，不偏不倚就在我開始挖洞的同個位置。整個泳池外圍繞了一圈白籬笆。到處擺滿桌椅，綠桌巾和各式繁花。四十到五十人拿著斟了白酒的塑膠杯四處站著聊天。我一個人也不認識。

他們開始一個接一個注意到我。我只是呆站在那裡。最後，後門打開，馬西先生走了出來，兩手各拿著一瓶酒。我只能說，他看起來氣色很好，顯然找回了皮膚黝黑、高高在上的自己。他發現所有人正在盯著某樣東西，立刻停下腳步，跟隨隱形的視線直到他終於看見我。他愣了兩秒理解目前的情況，竭盡心力不讓酒瓶跌落。

「麥可。」他說。「你在這裡做什麼？」

他把酒交給別人，朝我走來，把手放上我的肩膀把我一個轉身，半推半就地帶我繞回房子大門。

「很高興見到你。」他說。「可是我以為……我是說……你好嗎？」

好真誠啊，我心想。我感動得要哭了。

「如你所見，我們正在開個小派對。我第二家健身房總算開幕了。現在我正在規劃第三家。」

我們來到車道上才終於停下來。遠離那場派對，遠離任何可能聽見我們說話的人。

「聽著。」他說。「我知道我欠你很多。我是說，我不知道說聲謝謝夠不夠。但是謝謝你。好嗎？你給了我擺脫那些傢伙的機會。我的債務已全數還清，現在一切順利。他們再也不會糾纏我，或我的家人。」

你說得大概沒錯，我心想，但原因你永遠猜不到。

「你記得傑瑞．施萊德吧？我以前的合夥人？他似乎憑空消失在地球表面。我再也沒有見過他。這是很好的一次教訓。你必須堅持下去，承擔後果，你懂我的意思嗎？只管保持積極的態度，直到情況開始如你所願。」

你真是滿嘴屁話，我心想。要不是你是艾蜜莉亞的父親……

「但我不確定你該不該出現在這裡，你懂嗎？我是說，我不確定這是不是好事。但別誤會，我很高興見到你。我會轉告艾蜜莉亞，我保證。」

我往上指著她房間的窗戶。

「是的，她過得很好。我保證會告訴她你來過。」

我耐心等他講完。我不打算離開。

「她現在主修美術，正如她一直夢寐以求的。很棒吧？」

我繼續等待。

「她現在在倫敦，你能相信嗎？她非常喜歡那裡。」

倫敦……

「我會告訴她你來過。她每個星期都會打電話給我。」

她在倫敦。

「聽著，我真的該回去了。如果你需要任何事……我是說任何事，儘管讓我知道，好嗎？好好照顧自己。」

他一手放上我的肩膀，然後回到派對裡。

我不確定該怎麼辦，只是在車道上站了一陣子，抬頭看著她的窗戶，好奇她的房間是不是一如往昔。車庫門是開的，擺了好幾個裝滿冰塊的大桶子。這裡是他放酒以及礦泉水、汽水和其他飲料的地方。我拿了一瓶薑汁汽水，心想他起碼欠我一瓶汽水吧。一瓶冰涼的薑汁汽水換他的性命、房子、事業和家人。他那輛舊賓士車停在車庫的另一邊。等新健身房一開張，他肯定會換輛新車。我正準備轉身離開時，注意到他車子後窗上的貼紙。

密西根州立大學。

在那上方是……密西根大學。

我知道他兒子亞當是密西根州立大學的橄欖球明星。沒記錯的話，從初次與他見面開始聽他吹噓過的那些大話可以知道，那也是馬西先生的母校。所以為什麼他會有一張密西根大學的貼紙貼在車上？

只有一個原因，天才。不過你不得不佩服他。倫敦的藝術學院。他腦筋動得挺快。

我甚至狠不下心責怪他。

✦✦✦

千里迢迢來到這裡之後，不過再六十公里就能抵達安娜堡。九月的一個和煦午後，我來到自認是校園中心的所在地。到處都是來來去去的學生，肩上拽著背包，穿著象徵密西根大學的黃藍色T恤，一張張掛著微笑的年輕臉龐。

我騎上洲街，欣賞著一棟棟的建築物。那棟最為雄偉的建築物正前方有八根巨大圓柱，隔壁則是美術館。我猜我肯定越來越接近了，但到處不見藝術學院。後來我把車停好，到處閒逛，最後找到校園地圖。看樣子藝術學院位於北校區，跟安娜堡在截然不同的區域。我回到機車上，騎往北校區的方向，途中經過那棟大醫院。如今看起來僅有模糊印象。我當初來到這同一條路上，為了見某些專家讓我再次開口說話時，想必才九歲大。

主大街上有許多藍色公車跑來跑去。這大概是學生在兩處校區間移動的方法。我繼續往前騎，終於看見藝術大樓。整棟大樓由金屬和玻璃建成，在傍晚的陽光下已經開始從內部閃閃發亮。

我再次把車停好，走進大樓。那裡的人，那些藝術學院的學生……似乎不像主校區的學生走得那麼匆忙。穿著比較講究。我就實話實說吧，他們看起來就是更迷人，更體面。他們畢業後賺不了多少錢，但起碼過得比較有意思。

這裡就是我該待的地方，我心想。如果一切沒有被搞得天翻地覆的話。只要再過一年的平凡日子，這可能就會是我的人生。

我從未像這樣大動作地獻殷勤，所以不太確定下一步該怎麼做。在一張紙上寫下她的名字？到處拿給別人看？

不，還不行。我決定先到外面騎車繼續找人。我騎上山坡，找到一間很大的學生宿舍。看樣子是北校區唯一的宿舍，也是藝術學院附近唯一的宿舍，所以我猜她有很大的機會住在裡面。

宿舍裡有兩個女生在前台。她們本身看起來就是學生，彷彿這整個城市都是由二十多歲的人所掌管的。我走向她們，做出寫字的動作。她們互看對方，直到其中一人拿出了紙筆。我寫下艾蜜莉亞．馬西，後面加上一個問號。

第一個女生接過我那張紙看了看。「好，嗯……」她看了看另一個女生。「我其實不該這麼做，不過你何不上樓，在她的房門留張字條？你說不定能見到她。」

她指引我到六樓的路。我走過長長的走廊，與眾多學生擦身而過，大概準備去吃晚餐吧，我猜想。我搭電梯來到六樓，沿著走廊走向她們給我的房間號碼。我聽見途經的每扇敞開房門傳來音樂聲，最後終於找到她的房門。我敲了敲門，沒人回應。

我直接坐在走廊上，背靠著硬邦邦的牆壁。左右兩邊都傳來音樂聲，我又累又餓，開始懷疑這是不是一個好主意。也許這不是正確的待人之道。你不能就這樣在一年後突然出現，還期待她不會直接給你一巴掌。我把雙手擱在膝蓋上，低頭倚著雙臂。

時間一分一秒過去。

「麥可？」

是艾蜜莉亞。她看起來漂亮極了，美麗迷人，光彩耀眼。還用說嗎？她穿著黑色長褲、黑色無袖上衣、黑色工作靴。頭髮往後梳到一邊，其他方面卻如往常叛逆。

我起身，站在她的面前，站在她學校宿舍的走廊上，與她不告而別後，已經整整一年不見。

「我有個問題想問你。」最後她說。

我做好準備。

「你的頭髮是怎麼回事？」

✦ ✦ ✦

我坐在她的床上。她坐在她的書桌前。我望著她閱讀我的畫，望著她追上我過去一年的生活。從離開她的那天開始。騎向東邊。我的第一份工作。在紐約市落腳。在康乃狄克州那棟房子裡的恐怖事件。最後往西前往加州的長途旅程，和在那裡發生的所有大小事。

當然，我沒有機會畫下過去幾天的日子。與露西之間的事，然後是前往克里夫蘭目睹三起謀殺案的那趟旅程，最後一時興起決定來到這裡找她。

即便如此，也已經足夠。

艾蜜莉亞淚流滿面看著我的故事，一頁接著一頁。我心想，這就是我來這裡的原因。這就是所有的原因。只要這世上有一個人可以理解我所經歷的一切……只要有一個真正了解我的人……那我已別無所求。

她讀完後，小心翼翼地把畫紙疊在一起，放回信封袋。

「你的意思是，是我父親害你捲入這一切的？」她說著，抹去臉上的淚水。

我對她半點頭。情況沒那麼簡單，不過基本上沒錯。

「你成了……保險箱竊賊。這是你非走不可的原因。」

是。

「你要收手了嗎？」

我沒有答案。

「你一開始為什麼要答應呢？」

為了妳，我心想。但我不想告訴妳。

「你知道嗎？」她說著朝我湊近。「這裡有些畫給我的感覺……好像你真的樂在其中。」

我別過臉迴避她的目光，看向窗外逐漸消逝的日光。這一天還沒過完，我已經覺得無比漫長。

「麥可，看著我。」

我回頭看她。她給我一本筆記本和一支筆。

「你為什麼不收手？」

我在本子寫下：我沒有選擇。

她看看本子，再看看我的臉。

「可是……你有的。凡事都有選擇的餘地。」

沒有。我在兩個字底下劃線。

「這當中肯定有內情……」

我用力嚥下一口口水，然後閉上眼睛。

「這跟你過去的遭遇有關，對不對……在你還是孩子的時候。」

我不驚訝她一下子把話題跳得那麼遠。全世界也只有她能這麼做。

「我什麼事都告訴你。」她說。「我告訴你我母親自殺的事，我去年夏天所經歷的一切。毫無保留。」

我搖搖頭。這部分……不是我來到這裡的原因。

「你說過我們有很多共同點，記得嗎？如果這是真的，我怎麼都不曉得？你還是沒有對我坦白一切。」

我指指她手中的畫紙。我要說的全在裡面。

她不相信我。

「你到底發生什麼事？」她說。「你有打算對任何人說嗎？」

我一動也不動。

她深吸幾口氣，牽起我的手，一下子又放開。

「我不知道為什麼我對你有這種感覺，好嗎？我努力不去被你吸引，因為這簡直……這簡直是瘋了。但我對天發誓，除非你馬上告訴我你到底他媽的發生了什麼事讓你變成這副德性，否則我要把你踢出宿舍，你永遠也別想再見到我。」

幾輛車從她的窗戶底下經過。人群於傍晚出門散步。正常的人。她周遭有成千上萬個正常人正在彈奏樂器，談天說笑，而我卻坐在她的床上，大腿擺著一本筆記本。我又開始書寫。

我想跟妳說。

「那就說啊。」

我不知道如何開口。

「從事發地點開始。畫下那間房子給我看。」

我看著她。

「我是認真的。你當時八歲，對吧？事情是那時候發生的？你住在哪裡？」

我考慮了一陣子，接著放下本子。我站起來，走到門邊把門打開。

她看著我，緊咬著嘴唇。

「好吧，隨便你。」她說。「再見。」

我留在門邊。

「什麼？你想怎樣？」

我拿起本子。

我們走吧，我寫著。

「去哪裡？」

我帶妳去看事發地點。

✦✦✦

現在天色漸暗，這麼做實在瘋狂。我不應該帶她去我準備要帶她去的地方，但我逃避了好久……我已經累了，而且過去幾天大難不死的經歷已經足夠支撐我一輩子。所以不曉得自己在做什麼也許是件好事，也許這正是我們需要的。

她坐上機車後座，就像以前那樣。能有她摟著我的腰感覺真好。我們離開安娜堡，往東前進。我知道我要去哪裡。我一直都知道，即使我已經十年沒有去過那附近了。

我趁高速公路帶我們進入市中心前下交流道，緩慢曲折往河面前進。我知道我們現在不可能迷路，只要繼續往前騎，直到抵達底特律河。

我們來到傑佛遜大道時，已經接近午夜。我們轉向北方，經過河邊那座巨大的鋼鐵工廠。煙味和空氣中的沙礫在我們越來越近之際開始侵襲我們。艾蜜莉亞把我摟得更緊了。

我繼續前行。我知道我們越來越近了，就在這時我看見那座橋。

魯日河上的那座橋。

我看著路標前進，就在快來到橋下之際，我最後一次往左轉，抵達河岸邊的最後一次轉彎。

我們現在騎在維多利亞街上。我慢慢停下來。

「到了嗎？」她說。風仍在耳邊呼嘯。「這裡真的是你以前住的地方嗎？」

請理解一點，這件事跟魯日河流經的這座城市毫無關聯，也跟這裡的居民或商店或街道或河川本身沒有關係。這裡就和其他地方一樣，是你成長、上學、對抗世界形塑自己立場的地方。不過要是你特地來到這條街，和我們一樣下了車，四處張望，呼吸這裡的空氣，相信你也會像艾蜜莉亞一樣驚訝。

維多利亞街的南邊有六間房子，北邊則是一座石膏板工廠。這座城市本身就是磚塊和鋼鐵、煤管和煙囪、水塔和一堆又一堆的石膏。

「這裡的空氣一直都像這樣嗎？」

艾蜜莉亞用手摀住口鼻。除了石膏外，還有河川上游那座鹽工廠的鹽，兩座鐵工廠的焦炭和礦渣，更別提從廢水工廠向外排放，或每次下雨時從下水道氾濫而出的鬼東西。

「你以前住哪間房子？」

我沿著街道往前走，在房子前停下腳步。她跟上來。那是一間簡單的平房。裡面有一間小客廳、一間小廚房、三間臥室、一間廁所、一個未完工的地下室。起碼我記得是這樣。我從出生開始就住在這裡，一直住到一九九〇年六月的那一天。幼稚園、一年級、二年級。空氣尚可的日子就在小小的後院玩耍，其他日子就待在房子裡。

我一看就知道裡面沒人。我知道這裡已經廢棄十年之久。沒人願意買下這間房子。沒人願意住在這些牆後。先別管空氣品質或對街的工業區。一旦知道裡面發生過的事，你一秒也不會踏進這間房子。

而每個人都知道。每個人都知道。

整條街宛如一片廢墟。我打開其中一袋行李，拿出手電筒，然後我牽起艾蜜莉亞的手，帶她走上兩階樓梯來到大門前。我轉動門把，門上了鎖。我拿出工具開始解鎖。

「你在做什麼？」

時間花不了多久，不超過一分鐘。我轉動門把，推門進去。我再次牽起她的手帶她走進屋內。

迎面衝擊而來的第一件事是屋內有多冷。即使在溫暖的九月天，這個地方仍異常寒冷……工廠的燈光從每扇窗戶流瀉進來，所以屋內沒那麼昏暗，但我仍不自覺想要伸手去找電燈開關，讓這裡增添一些溫暖的光，彌補這片讓一切看起來彷彿沒入水底的黯淡光線。

艾蜜莉亞不發一語，只是跟隨我走進客廳，我們的腳步聲在木地板上嘎吱作響。客廳沒鋪地毯。這我記得。其他回憶也漸漸湧上心頭，像是電視機的位置，或我坐在地上看卡通的時候，母親會坐的沙發放在哪個位置。

我們走進廚房。有幾處的磁磚已經隆起。以前那些電器仍放在原位。

「為什麼這間房子還在這裡？」她說。「為什麼沒拆掉？」

是啊，我心想。拆掉吧。把木材和所有可燃物燒個精光吧。帶著灰燼埋進地底。

我帶著她重新回到客廳，來到更加昏暗的走廊上。她緊緊抓著我的手，我帶她經過浴室、主臥室、我以前的房間，來到房子最深處那間多出來的空房。

房門是關著的。我把門推開。

裡面空無一物。窗戶上仍掛著百葉窗。我過去拉開窗簾，整片百葉窗就直接從窗戶上掉落，發出砰的巨響。

「好，我開始有點緊張了。」她的聲音在這片空曠之中顯得微弱。

我沿著木地板尋找模糊的凹痕。總共有四個。就在對面牆緣的正中央。

我拿出筆和筆記本，把本子就著窗外透進來的微弱月光開始書寫，後來又把本子放回口袋。我無論如何都辦不到，我不可能讓她知道那是什麼感覺。這整趟旅程就是天大的錯誤。

「快告訴我吧。」她說。「我想知道發生了什麼事。」

我搖搖頭。

「我們來這裡是有原因的。快告訴我。」

我再次拿出本子，開始畫畫。但這本子的空間不夠。光憑這個愚蠢的小本子我能做什麼？我氣得把本子往牆壁一丟。

就是這個時候，我有了一個主意。

牆壁是簡單塗了一層白漆的水泥，一直以來都是如此。這間房子沒有鮮豔的色彩，也沒貼壁紙。

我打開手電筒，走到牆邊，開始拿筆畫畫。艾蜜莉亞走到我身邊，隔著我的肩膀往前探頭。

我畫了一個小男孩在客廳看漫畫書，畫了一個邊抽菸邊看電視的女人。我母親。在她旁邊的沙發上……這部分就複雜了。是一個手中拿著飲料的男人，但不是父親。這一點該怎麼釐清呢？這個男人不是父親。

「麥可，你的機車上有文具嗎？原子筆？鉛筆？」

我點頭。

「我馬上回來。」

什麼？妳要把我留在這裡？

「只要一下下就好。你繼續畫。」

她離開房間。我聽見她的腳步聲，感覺到她打開前門時空氣的改變。這漫長的一兩分鐘就只有我和幽靈在一起。我拚命想擺脫我將永遠受困於此的錯覺，擺脫門已鎖死、她永遠不會回來的錯覺。

然後，門再度打開，她又出現了。她提著我裝美術工具的木盒，認真做這件事的一切所需。尤其是有她幫忙的話。

我完成第一格的時候，她來到我後方開始補畫一些細節。第二格就快多了。我只是草草畫個大概的輪廓，然後由她收尾，我則繼續畫第三格。

我們就是這樣完成的。我總算把這個故事告訴她。在這個九月的夜晚，在這昏暗的空房裡，我和艾蜜莉亞再次重逢，填滿了這些牆面。

✦✦✦

一九九〇年六月十七日。父親節（美國父親節為每年六月第三個星期天）。事情發生的那一天，至今仍持續上演的那一天。這一天是存活在時間之外的日子。

我正坐在客廳的地板上看漫畫書。母親坐在沙發上抽著菸。我稱作K先生的男人坐在她旁邊的沙發上。儘管今天是父親節，但他不是我父親，而且與我母親一起待在沙發上。

他的姓確實是K開頭，但我一直記不清楚。克賽諾？克納斯？諸如此類的。總之，這就是他叫K先生的原因。

他最近經常來訪。我不太介意，因為多數時候他待我還不錯。一來他帶很多漫畫給我。這天我正在看的這本漫畫就是他給的，裝在他隨身攜帶的小手提箱裡。他買下漫畫，再送給我，有時候我在看漫畫的時候他和母親進房間。

當時我八歲，但我不是傻瓜。我知道漫畫是讓我保持忙碌的方法。我也順著他們，因為，嘿，難道我有辦法阻止他們嗎？他們想幹嘛就幹嘛吧，起碼這樣我有漫畫可看！

我記得以前有時候週末會看見父親。在我五、六歲的時候。我們會去看電影或底特律老虎隊的比賽。我記得有一次我們搭了一艘大汽艇遊底特律河，雖然那天下了一整天的雨。後來在我看來他似乎人間蒸發了。即使人不在，母親仍會接到他的電話。她和他說話的時候會把我趕出房間，說完後，她會走到屋外，坐在階梯上抽菸。

她在河岸其中一座工廠裡工作。我沒猜錯K先生應該是她的老闆。他第一次過來的時候，他們出門了一整晚，把我丟給一個褓姆，但在那之後，他開始頻頻來家裡，也越待越久。就是這時，他開始帶漫畫過來。

所以說，父親節……大家一起坐在客廳裡，就在這時，我們聽見大門傳來一陣噪音。母親起身，隔著小窗戶往外看，但沒看見任何人。回沙發前，她扣起門上的小鎖鏈。把鎖鏈扣滑進小孔的那種小鎖鏈。不管我多大，我知道像那樣的小鎖鏈無法阻擋任何真心想闖空門的人。不是說所有人都有這個念頭。我只是說如果。

廚房有扇後門，通往圍著一圈木柵欄的小後院。所以共有兩扇門和七扇窗。我之所以會知道，是因為我算過。此外，房子側邊還有一扇小門，給以前送牛奶的人使用。那是我出生之前的事了，但有一次我們被反鎖在門外時，那扇小門確實派上了用場。當時我正好矮小得足以穿過去。

但說到那扇後門，我父親就是從後門進來的。我已經整整兩年不見的父親。突然間，客廳不只有坐在沙發上看電視的母親和K先生，以及坐在地上看漫畫的我。而是坐在沙發上看電視的母親和K先生，坐在地上看漫畫的我，以及站在門邊的父親。他兩腳交叉，靠著牆壁，擺出一副再自然不過的模樣說：「大家在看什麼啊？」

K先生率先起身，父親馬上拿某個東西往他臉上揮過去。是他從廚房拿到的擀麵棍。K先生雙手抱頭彎下腰，父親用靴子一腳踢在他臉上。母親開始尖叫，急著離開沙發，卻被茶几的桌腳纏住。與此同時，我繼續坐在原地，從頭到尾目睹整件事發生。父親再次敲打K先生的腦袋，然後朝母親追過去。她手忙腳亂想打開前門卻打不開，全因為那該死的小鎖鏈。

緊接著，他把母親轉了幾圈，兩人彷彿在跳舞，然後他問母親有沒有想他。母親一邊尖叫，一邊企圖打他，最後總算一把抓傷他的臉。他把母親推倒在我旁邊。K先生又掙扎著想站起來，於是父親拿起擀麵棍，再次往他腦袋敲下去。一次、一次、一次、又一次。擀麵棍打在他頭上的聲音讓我聯想到一件事，那就是球棒打中球的聲音。

母親哭喊著要他住手，於是他把擀麵棍扔向電視機。擀麵棍打中螢幕，砸爛其中一半，另一半瞬間刷黑。後來母親準備爬著逃走的時候，父親跪下雙膝，總算來到我身邊。

母親求父親離我遠一點，但他只是拿走我手中的漫畫看了看。

「我不會傷害我們的兒子。」他說。「妳怎麼能這麼想？」

接著，他用手背賞了她一個耳光。

「進房間去。」他對我說，口氣變得溫柔。「快去。一切都會沒事的。我保證。」

我不想起來只為了一個單純的理由，那就是我尿濕了一褲子，不想讓他看見地上的水窪。

「快去。」他說。「快啊。」

於是，管不著有沒有水坑，我終於站起來，往房間走去。走著走著，我回過頭看，父親正在脫上衣，母親在哭，一邊設法逃走。我走進房間，想打開窗戶，房子裡七扇窗的其中一扇。可是我的褲子全濕，我想換褲子，但不記得褲子放在哪個抽屜。我甚至沒想到我可以把抽屜一個個打開找出正確的抽屜。在客廳傳來那些噪音的情況下，我完全無法理性思考。

房間有一疊漫畫和一張書桌，桌面上是我畫了許多超級英雄的筆記本。另外還有一個放了書的書櫃，最上方則是樂樂棒球的獎盃。此時我拿起獎盃，思忖這說不定派得上用場，因為拿來敲頭真的很痛。

我打開房門，僅僅開了一道門縫，就像每次晚上我該去睡覺卻想看電視的時候那樣。不過當然了，現在電視已經被砸爛，我只能看見父親在客廳對母親所做的事。我可以畫一張詳細的圖畫，但我一樣搞不懂情況。她趴在茶几上頭髮懸在地面的樣子，父親脫掉褲子站在她後方，一次又一次動腰撞擊她臀部的樣子。

他沒看見我右手拿著樂樂棒球的獎盃走出房間，越走越近，近到我看見他對K先生的屍體幹了什麼好事。他脫掉K先生的褲子，就像他脫掉了自己的褲子，不同的是K先生的兩腿之間沾滿了血，因為他要嘛剪掉或扯掉，要嘛就是用其他方式處置K先生的私密處，我洗澡時母親都是這樣稱呼那個地方。

我跑回走廊，只是這一次我走進另一個空房。我們在那裡存放我長大睡不下的舊床，還有曾經屬於父親的槍枝保險箱，因為太重而沒丟棄。

母親不止一次說過，遇到任何情況我都不能打開那個保險箱，碰都不能碰。門邊的螺栓特別危險，因為上面裝有彈簧，只要門一關就會自動上鎖。然而今天在目睹了方才的事情後，我突然覺得這似乎是個很好的機會，我不希望父親用他對付K先生的方式對待我，於是我拉開保險箱的門進去。可想而知，現在裡頭空空如也，因為父親已經不住在這裡，也沒有槍或其他東西可放，所以我只要盤起腿坐，空間綽綽有餘。接著我把門關上。

就在這時我才發現保險箱內部沒有門把。就算有心我也出不去，除非有人在外面撥動正確的密碼。我開始好奇我會不會真的窒息而死，又好奇就算窒息了我怎麼會知道。我想起過去躲在棉被底下、空氣逐漸沉悶的那些時刻，直到我把鼻子探出去，空氣才又變得沁涼清香。現在開始有這樣的感覺，我是說空氣沉悶的部分。但就在此時，我注意到保險門連接鉸鏈的地方有一條細細的光線。我只要把鼻子湊上去，幾乎能聞到新鮮空氣。

於是我盤腿待在裡面，抬高鼻子貼在門邊。我聽不太清楚保險箱外的動靜，但我很肯定一件事。如我從小到大所知的每件事一樣肯定，我必須保持安靜。

等待。

等待。

再等待。

最後我聽見腳步聲。走進房間，走出去，再走進來。父親的聲音。

「麥可？」

聲音忽遠，忽近。

然後聲音來到保險箱旁邊。

「麥可？你在裡面嗎？」

我絕對要安靜。

「麥可？別鬧了，你跑到裡面去了嗎？你知道你不應該在裡面。」

安靜、安靜。不能有半點聲音。

我感覺到保險箱傾斜了幾公分。

「麥可！出來！你不會真的跑進去了，對吧？你會死在裡面的！裡面沒有空氣！」

我又感覺到一股暖意從褲子擴散開來。

「麥可，快開門好嗎？你非開門不可。」

我聽見密碼盤撥動的聲音。

「我不記得密碼了！你得把門打開！」

他繼續撥動密碼盤。真是簡單的概念。如果他突然想起那三個數字，就能撥動那些數字，把門打開。

「密碼是什麼？幹！都已經是兩年前的事了！我怎麼可能記得？」

一隻手砰一聲打在保險箱的頂部。我忍著不哭出來。沒事。別出聲。

「聽我說，你得馬上打開這個保險箱。只要伸手轉動門把就行了。你非打開不可，快！」

安靜。安靜。

「快點，麥可。快轉門把。」

這裡沒有門把。

「我向你保證，不會痛的。好嗎，孩子？我對天發誓，不會痛的。快出來，我們一起走，好嗎？就你和我。」

安靜。

「快點，麥可。我一個人辦不到。你得跟我一起走，好嗎？」

這裡沒有門把。安靜。這裡沒有門把。

「很快就結束了，你甚至不會有感覺。我向你保證。我鐵了心想死。我希望我們能一起做這件事。好嗎？」

我始終把鼻子貼在門邊，但我開始感到頭暈。

我聽見父親在哭，然後聽見他離開。總算離開了。他總算離開了。

安心感和慌張感一下子同時湧上。他離開了，但現在我要永遠待在這裡了。

然後又是腳步聲，以及沙沙的皺褶聲響。光線越來越暗。

「我們會一起離開。」他說。「我在這裡陪著你。我恨不得可以再看你一眼。沒事的。別怕。我們會一起離開。」

空氣越來越稀薄。我的腦袋開始不聽使喚。保險箱底部透著細如針孔的光。先不管他拿了什麼東西，總之他不是打算把整個保險箱包裹住，他是企圖阻斷我的空氣……

整個世界暫時一片黑暗。我想是吧。我昏過去又醒過來。我能聽見他的呼吸聲。

「你還醒著嗎，麥可？你還聽得見我說話嗎？」

就在這時，我感覺到整個世界傾斜了。我聽見底下輪子持續傳來的嘎吱聲，滑行在木地板上的隆隆聲。走下階梯。咚、咚、咚。保險箱門縫透進一陣新鮮空氣，讓我一下子清醒過來。我們現在來到外頭，走在人行道上，撞擊每條縫隙，砰、砰、砰。來到平滑的路上，一輛車按著喇叭，與我們擦身而過。接下來，晃動的保險箱幾乎完全靜止。我聽見父親在外面用盡力氣想拖動保險箱。我們想必在崎嶇不平的路面上，佈滿泥濘、碎石和雜草的路邊。不會是往河邊走吧，不會吧。

再往前走了幾步，我們停下來。

「麥可，就你和我。你聽見了嗎？就你和我，永遠在一起。」

然後是墜落，一股衝擊讓我撞上保險箱的一側。黑暗突然襲來。

然後是從門縫滲進來的水。水好冷，一點一滴淹沒保險箱，擠掉我僅有的空氣。

時間一分一秒過去。我感覺到水淹過我的臉。

我不能呼吸。我好冷，我快死了。

我不能呼吸。

我閉上眼睛等待。

✦✦✦

我畫完最後一格分鏡圖。艾蜜莉亞就在我正後方，加深線條，讓輪廓突出，彷彿把畫燒進牆壁似的。那晚，她第二次淚流滿面。

我們往後站，仔細觀看我們的成果。分鏡格從保險箱以前擺放的位置開始，覆蓋三面牆，一路延伸到走廊上，再繼續來到客廳，最後在大門對面的牆壁、也就是以前放沙發的地方作結。最後的分鏡圖是當中最大的。一張在水面下的全景圖，加上堆積在河底的垃圾。舊輪胎、空心磚、酒瓶、一塊有釘子的木頭和穿過垃圾向上生長、隨波擺動的細長雜草。

在所有東西的正中央，一角微微傾斜沒入沙子裡的，是那個巨大鐵箱。沉沒水底，慘遭遺棄，永遠回不了水面。

就這樣，這就是最後一格。

「為什麼不畫了？」她說。「他們把你弄出來了。他們救了你。」

我明白她的意思。她說的是現實……沒錯，他們把我救出來了。畢竟那是個廉價保險箱。這就是保險門為什麼關不緊，還有我能持續呼吸的原因，至少在沉入水中之前。這也是為什麼把保險箱拖出水面的那些人有辦法破門的原因。用大鐵撬嗎？還是用油壓剪？我不曉得。我沒能醒著目睹那部分。但這其實不重要。在我心中，保險箱仍在河底，也會永遠在那裡，裝著一輩子鎖在裡頭的我。這才是唯一真實的我，再真實不過的我。

「你已經不在那個箱子裡了。」她說著，抹抹臉頰。「你已經自由了。你可以把箱子留在這裡。」

我看著她。

「既然你已經全畫下來了。難道你就不能把整件事留在這間房子裡嗎？」

事情有那麼簡單就好了。

她吻了我，就在六月那一天最可怕的環節開始發生的房間裡。她吻我，把我抱緊。我們一起在地板上坐下，待了好長一段時間。就只有我們兩人在這間房子裡。

等我再次睜開眼睛……時間已經好晚了，超過半夜十二點。我們在這間房子裡待了很久。我們收拾東西，走出屋外，坐上機車。然後我載她回到安娜堡。

我們離開之際，我知道要是任何人敢進入這間房子，他們將看見那個故事。他們將清楚知道這裡發生了什麼事。

✦✦✦

我們在她宿舍前停下來，她爬下機車，在我旁邊不發一語站了好一陣子。她把手伸進衣服裡，拉出一條項鍊，上面掛著我一年前送給她的戒指。

「我還留著。」她說。「我每天都戴著它。」

我多想說點什麼。我多想開口和她說話。

「你離開後……我非常努力想把你忘記。真的。」

她吻了我。

「我知道我們現在不能在一起，所以……」

她欲言又止，抬頭看著繁星。

「我辦不到。我不能就這樣讓你騎車離去。」

我把手伸進行李拿出筆記本，再拿出一支筆，為她寫下一行字。我對任何人寫過最重要的一行字。

我會想辦法回來，我保證。

她拿走我手中那張紙，讀完後，折起來放進口袋。無論她相不相信……這個嘛，她要是不信我也不會怪她。但我是認真的。我知道我會找到一個回來的辦法，或至少拚死一試。

「你現在知道哪裡可以找到我了。」

她轉身走進宿舍。我騎車離開之際，對天祈禱這句話永遠不會失真。

✦✦✦

一路返回洛杉磯，又是另一趟漫長的旅程。

我起初騎得很慢，但騎到一半的時候，聽起來儘管瘋狂……絕望且無可救藥……但我知道這可能是我身為自由人的最後機會。

我決定放手一搏，我告訴自己。無論如何，我都要試一試。

剩下的路程，我一路狂飆。

25

一九九九年，八月、九月，密西根州

那天早晨，我騎車前往她家，經過剛上新漆的鐵橋坡堤，邊緣是鮮豔的櫻桃紅。我抵達時她已在那裡，肩上拽著大大的帆布包，結束與北部親戚的「假期」後，準備搬回自己的家。她一見到我，立刻放下行李，在我下機車的同時奔到我身邊，緊緊抱住我好幾分鐘。她一邊親我，一邊說她有多想我等等，這從天而降的喜悅讓我全然不知所措。

這是我學到的第一課：只要你精心做一件具體的小事，就能改變你的人生。

我幫她把行李拿進屋內。當我見到齊克的所有情書連同乾掉的玫瑰都丟在她房間的垃圾桶時，心中又湧起一絲的純粹喜悅。她要我騎車帶她出門兜兜風，但時間已經接近中午。這是我第一次領略左右為難的滋味，也是往後八月日復一日的寫照。幸好今天馬西先生掩護我，告訴艾蜜莉亞我必須到健身房工作，他保證我晚點會再見到她，然後趁她不注意時，偷偷對我眨眼，比了一個讚。

到後來，事情勢必如此進行。畢竟我仍對馬西先生有法律責任。除此之外，我也知道與鬼影合作是讓大家安全且開心的唯一辦法。即使艾蜜莉亞尚不知情，我正忙著阻止大野狼進入她家。

我並不天真，我知道自己在做什麼。真的。我是說，認真思考一下就知道，我學這些東西不只是為了讓我有能力在主街上開一間自己的鎖匠鋪。我知道這些傢伙終究會希望我實際打開一個保險箱，打開一個屬於別人的保險箱。我想我能接受。打開一個保險箱，讓他們做該做的事，然後轉身離開。

我以為一切就是那麼單純。我真心這麼以為。

✦✦✦

到了那個週末，我已經可以一次解開八個保險箱，坐在椅子上從一個保險箱移動到另一個保險箱。花了整個下午才完成。等我打開最後一個保險箱之際，背已全濕，頭痛欲裂，但起碼我做到了。次日，鬼影會重設所有密碼，我又得重新再來一遍。

到了下個週末，我已經可以在一半的時間內完成而不至於搞死自己。攜帶式保險箱鎖仍放在家中。當然，我會在傍晚時分和艾蜜莉亞見面，但等我回家後，每晚都會持續練習解鎖，只為維持手感。

有一天，其中一個傳呼機響了。我光從聲音就聽得出來是不一樣的傳呼機。鬼影離開房間去打電話，但這次他回來時，並沒有像個被叫去校長辦公室的小孩全身發抖。

「一群該死的菜鳥。」他說。倒不是真的在對我說，而是在自言自語。「這世上難道沒有真正的專家了嗎？沒有人知道自己在幹嘛嗎？」

我聽他說著諸如此類的話，但仍不太清楚他到底在說什麼，也不知道傳呼機另一端的那些人究竟是何方神聖。我只是繼續做自己的事，精進技術和速度。我天天前往底特律和鬼影在一起，然後再和艾蜜莉亞吃晚餐，坐在她房間裡畫畫，騎機車出門兜風，再回來，有時候在她床上過夜。事實上，頻率越來越高，我才發現沒人阻止我們。她父親每天會離家幾小時。即使在家，他也往往待在辦公室裡，彷彿絕不會上樓打擾我們。如今回頭看其實挺病態的，他想必覺得自己欠了我數不清的自由，即使在他自己的家。

最後……那天終於來臨。那是八月中旬。我前往西部二手店。從走進店內那一刻起，我就知道有事不對勁。鬼影叫我坐下，把他的椅子推到我面前，然後開始說話。

「第一條規矩。」他說。「只和你信任的人合作，其他人一概不理，明白嗎？」

我坐在那裡看著他。為什麼跟我說這些？

「我需要你讓我知道你有把我說的話聽進去。」他說。「我想這個要求他媽的不過分，對吧？所以給我一些反應。我所謂的信任問題，你懂還是不懂？」

我點頭。

「很好，謝了。」

他暫時讓自己冷靜下來，然後繼續說。

「我知道你目前誰都不認識，所以你必須利用你的直覺。你接到一通來電，和某人準備合作的時候，只管問自己一個簡單的問題。你問自己，我能賭上自己的性命相信這個人嗎？賭上自己的性命？因為你確實把性命交付給他。你直視他們的雙眼，問自己這個問題，你的直覺會回答你。如果有任何事不對勁……我是說任何事，你就走人。馬上轉身，然後離開。聽到了嗎？」

我點頭。

「稍微有點緊張沒關係，但如果看起來太緊張呢？一副草木皆兵的樣子？你掉頭走人。醉醺醺的？吸毒吸到超興奮之類的？你掉頭走人。」

他一邊思考，一邊用手指擺弄眼鏡的鍊子。這個穿得像無家可歸的圖書館員的男人正在囑咐我這些規矩。

「太多人，你掉頭走人。你問我怎樣叫太多人？依情況而定。簡單的進出，也許得處理一個警報器，有人把風，有人開車。這樣需要多少人？四個？也許五個？所以萬一你到場時看見十個王八蛋站在那裡怎麼辦？搞得像帶朋友上班日之類的？你掉頭走人。因為你可不需要多幾個礙事的白痴吧？或在事成之後到處吹噓？更別提只要多一個人，分成就會變少。誰想要啊？掉頭走人就對了。」

我坐在他面前，雙手從頭到尾放在膝上。我覺得手有點麻。

「還有什麼你知道嗎？告訴你，你不能帶槍在身上。除非緊急情況，否則連碰都別碰。明白嗎？」

我點頭。這部分我毫無異議。

「帶槍不是你的責任。除了開保險箱外，其他事統統不是你的責任。這是你在這裡的唯一理由，也是你唯一該做的事。你就像產房裡的醫生，懂嗎？醫院裡有護理師處理其他鳥事，在寶寶準備出生前像瘋子一樣忙東忙西。等時候到了，也只有那個時候，他們才會……請醫生過來！他一出現，砰，寶寶就生出來了，皆大歡喜。醫生回去本來的地方，醫生休息室之類的。他擺出高人一等的姿態，彷彿他的時間比其他人寶貴得多。因為嘛，沒錯，你說得對！這就是事實！他很清楚，其他人也很清楚。他是醫生，其他人都一文不值。」

我在綠色塑膠棚底下覺得好熱。典型的八月尾聲，沒收到夏天快結束的備忘錄。

「堅持底線，孩子。底線。你是大師，你有資格擺出自命不凡的姿態。他們也預期你是那副德性。萬一沒有，他們會覺得哪裡怪怪的。難保他們不會終止整個計畫。大家預期的是一位大師，來的卻是這個蠢蛋。幹他媽的搞什麼？我們回家吧。」

他把椅子朝我挪近。

「我們這種人已經所剩無幾了。」他說。「這是再簡單不過的事實。少了你，他們就得進去，把保險箱扛出來，幹些天知道什麼蠢事。你見過他們不得已為之的手段，把保險箱拆得四分五裂的樣子。少了你，整件事就變成他媽的拆彈任務。所以你有控制權。懂嗎？千萬別害怕搬出這一招。」

他今天看起來格外疲倦，特別蒼白、衰老、心力交瘁。我忍不住好奇是不是這份工作把他搞成這樣的，這份他正在對我解釋的工作。

「給你瞧瞧我這裡有什麼。」他說著，拿起地板的鞋盒放在大腿上。「這個非常重要，所以仔細聽好了。」

他打開鞋盒，拿出其中一個傳呼機。

「你知道這是什麼東西對吧？傳呼機、嗶嗶叩，隨便你怎麼叫。有人想和你聯絡，只要撥打某個號碼，傳呼機就會響。他們的電話透過這個小小的電子裝置顯示後儲存起來。你看見這個螢幕了嗎？裡頭有記憶體，所以萬一你剛好沒看見的話可以回頭找電話號碼。」

他按下一個小按鈕示範給我看。

「你想知道的話，他們留的通常是安全號碼。公共電話的號碼之類的，或某個臨時地點，只要是合法的就成。總之，要是你收到傳呼機的號碼，就打電話過去。」

我等他自行看出那顯而易見的問題。他給了一個似有若無的罕見微笑，然後搖搖頭。

「是，我知道，大紅人。我知道你不常打電話給別人。不用擔心，需要知道你這號人物的那些人會知道你打過去只聽不說。如果他們不知道，那正好，這又是另一個讓你可以過濾合作夥伴的方法。連出門都省了。」

他放下手中的傳呼機，拿起另一個。

「如你所見，我在上面標示了不同顏色，確保你不會搞混。我手上綠色這一個……天啊，我想這個已經兩年沒響過了。我不曉得我為什麼還留著沒丟。」

他又放回鞋盒，拿起另一個。

「藍色這一個……不常響。大概一年一次吧？還是兩年一次？大多是從東岸打來的。他們是行家，所以如果這些傢伙打來你可以放心。你聽懂了嗎？」

藍色傳呼機回到鞋盒，又出現另一個。

「好，再來是黃色。你會常常聽到這個傳呼機嗶嗶作響。問題在於，你永遠無法確定你要應付的是哪種人，也不會知道電話是哪裡打來的。媽的，從墨西哥之類的地方都有可能。這就是我用黃色標示的原因。黃色等同黃頁電話簿，代表什麼樣的阿貓阿狗都能拿到這個號碼打給你。同時，黃色也代表謹慎行事。懂了嗎？」

放回鞋盒，再拿出一個。他把這個甩了幾下。

「白色傳呼機。」他說。「從來不成問題。這些傢伙等於錢，知道嗎？他們就是他媽躺在銀行的鈔票。大多待在西岸。我得坦承，他們有點不同尋常。他們每次安排一個計畫，通常得花上很長一段時間。他們設了一個局後，知道有好幾天見不到你，但他們知道你是他們需要的那個人，所以他們會願意等你。傳呼機響了，你就去，因為像我說過的，這些傢伙是不可多得的專業人士。」

他把白色傳呼機放回去，拿起最後一個。他小心翼翼地拿在手中，彷彿這個傳呼機本身就比其他的更危險。他把椅子稍微朝我挪近。

「好，來了。」他說。「紅色傳呼機。我會簡單直說，免得有誤解的可能。如果這個傳呼機響起，你他媽得用最快的速度回撥。仔細聽那個人說什麼。如果他想在某個地方碰面，你就過去和他見面。聽清楚了嗎？」

我點頭。

「紅色傳呼機另一端的男人，就是允許你做這一切的人。每件事之所以發生，都是因為他允許它們發生。事實上，不管是誰使用你的服務，那男人都能分成。你懂了嗎？他就是老大。要是你膽敢站錯邊，乾脆直接自殺算了，省得其他人麻煩。因為這個男人會用你無法想像的方式把你和你身邊所有的人搞死。這點我們都清楚了嗎？」

我再次點頭。我隱約覺得我知道這個男人是誰。就是我在馬西先生辦公室遇到的男人。穿著西裝、散發古龍水和異國菸味的男人。

「紅色傳呼機響起的話，」他說。「你該怎麼做？」

我用拇指和小指擺出電話的模樣，然後拿到耳邊。

「多快得打電話？」

我指指地面。馬上打。

「我知道這跟我叫你擺出自命不凡的樣子和掉頭走人的說法相互矛盾。可是相信我，當他需要你的時候，你最好馬上出現。」

他把紅色傳呼機放回鞋盒，蓋上蓋子。

「別擔心。」他說。「他不常打電話。他在生活當中需要的幫忙可不多。」

他把鞋盒遞給我，等我接過去。

「你準備好了，拿去。」

不，我心想。我絕對、完全、還沒準備好。

「你要知道，目前這個節骨眼你可沒有選擇的餘地。」他說。「你已經選擇了。我不想把話說得太沉重，不過下次紅色傳呼機響起，他要找的人就是你了，無論你喜不喜歡。」

我接過鞋盒。鬼影從椅子上站起來。

「千萬記得每天都要持續練習解鎖。你知道一旦停下來就會失去手感。」

他把手伸進口袋，拿出一串鑰匙，往我扔過來。

「大把的鑰匙是大門的，銀色那把是辦公室的。其他有些應該是儲藏櫃那邊的鑰匙。最後一把是後門的，八成早就打不開了。」

我抬頭看他。我需要這些鑰匙做什麼？

「我猜你應該不想經營這間店，所以最好把大門鎖好了。立個牌子，說我們暫時關門整修之類的。你還是可以進來練習。」

我指指他。你要去哪裡？

「我說過了。」他說。「我女兒需要我。在佛羅里達。美夢成真了，對吧？她住在那種沒有地基的預製組合屋，其實就是寬敞拖車的高級說法。後面有個滿是鱷魚的沼澤會出來吃掉所有的小狗。」

我示意四周的雜物。

「我懂，我怎能把這些東西留在這裡呢？別擔心，我對它們大多沒有感情。反正統統都不是我的。」

我把雙手一攤。

「你問這些東西都是誰的？你覺得呢？」

他指了指紅色傳呼機。

「現在恕我失陪，我想去和女士們說再見。」

我當然明白他的意思。我留他在西部二手店的後院，讓他可以花最後幾分鐘和那群保險箱獨處。我把機車牽到人行道上，鞋盒就塞在我的腋下。幾公尺外的乾洗店大門前有一個垃圾滿溢的垃圾桶。我可以直接把鞋盒留在垃圾桶上面，我心想，一走了之，再也不回來。

然而，我卻打開機車後座的小儲藏間，把鞋盒放進去。剛好勉強放得下。

我站在人行道上，看見停在對面街上的那輛車。我趁駕駛拿起報紙遮住自己前匆匆瞥見他的臉。是那天到店裡來的那個男人，一路走到保險箱旁邊的男人。我忽然想起他的名字。哈靈頓·班克斯。他的朋友都叫他哈利。

肯定是條子，我心想。我的意思是，還有誰會做這種事？我可以過去敲他的車窗，趁事情鬧大前拿個本子把我知道的一切統統寫下來。

我戴上安全帽，騎車前往艾蜜莉亞的家。

✦✦✦

艾蜜莉亞的父親不在。她在樓上房間裡。我一見到她，就知道有事不對。

「今天工作還順利嗎？」她說。

我對她聳了聳肩。還行。

「有意思。我去了健身房一趟，但你不在那裡。」

糟糕。

「那裡沒有人聽過你的名字。」

我在床邊坐下。她坐在椅子上轉身面對我。

「你每天都在幫我父親做什麼？」

事情不妙，我心想。我該怎麼跟她說呢？

「跟我說實話。」

她拿起筆記本和一支筆，帶過來給我，在我旁邊的床上坐下，等我開始寫字。

對不起我對妳說謊了，我寫道。

然後我把那行字劃掉寫了別的。

對不起我要妳父親對妳說謊。

「你就直說吧。」她說。「我想知道他都逼你做了什麼。」

他沒有逼我做任何事。

「麥可……告訴我你都在做什麼。」

我思考了幾秒鐘，最後寫下我想得到的唯一字句。

我不能告訴妳。

「為什麼？」

我這是在保護妳。

「放屁。是非法的事情嗎？」

這個問題我得好好想想。

很接近。

「很接近？這是什麼意思？」

我總有一天會告訴妳。我會盡快，我保證。

「不管你在做什麼，就是那些人不再過來找我父親的原因，對不對？」

我點頭。

「這也是他讓我回家的原因。」

我再次點頭。

她拿走我手中的本子。

「我好氣他把我們所有人拖下水，我也氣你順從他劈頭想出的蠢主意。」

她起身，把本子放回書桌，然後站在那裡，低頭看著我。

「我更氣自己無論如何每分每秒都想和你在一起。」

她伸出右手撫摸我的左臉。

「我到底該怎麼辦？」

我突然有個想法。我把她拉到床上和我一起，把想法付諸實行。

✦✦✦

我來往西部二手店的行程……仍是我對她絕口不提的秘密。雖然少了鬼影在這裡感覺很怪，就只有我和那群保險箱。我和女士們。感覺簡直就像我背著艾蜜莉亞跟八個情婦亂搞。

我沒再見到班克斯。他要嘛不再監視這間店，要嘛就是更會躲了。我會東張西望找他的蹤影，然後用鬼影給我的鑰匙打開大門，摸黑在雜物堆中跌跌撞撞，花幾個鐘頭的時間在後院練習解鎖。從頭到尾頻頻以為自己聽見腳步聲。

暑假最後幾天過去了，該是時候返回學校上課。別忘了，如今我是米爾福德高中三年級的學生，艾蜜莉亞則是萊克蘭的高三生，還有親愛的齊克。所以返校第一天很難熬。格里芬老早去了威斯康辛州，以前的美術老師也到處不見蹤影。他因為罹患某種慢性疲勞症而請假，回校時間遙遙無期。於是我們有了一個長期的美術代課老師，六十歲左右的老嬉皮，一頭灰髮披在背上。比起所謂的「平面藝術」，他更喜歡立體藝術。

綜觀一切，我已經可以預期這會是漫長的一年。

那天下午回到家，我脫掉安全帽放在椅墊上。風和引擎的聲音仍在耳邊轟隆作響，所以離開機車時，我差點錯失了嗶嗶聲沒聽見。

我打開後座的儲藏間，拿出鞋盒，打開蓋子，在裡頭東翻西找，直到發現正在嗶嗶響的傳呼機。是紅色那個。

去公園，我心想。走到河邊，把整個鞋盒扔進去，目送它漂走。這是我腦中冒出的第一個念頭。

我進屋撥打號碼。有人在另一端接起電話。一個我聽過的聲音。他沒說你好或請問哪位或有何貴幹，只是直接給我一個位於底特律市中心博賓街上的地址，以及一個時間，十一點整。今晚。敲後門，他說，然後就掛斷電話。

✦ ✦ ✦

那天傍晚我和艾蜜莉亞在一起。我們一起吃晚餐以紀念返校的第一天。無論是好是壞。她告訴我她討厭回到萊克蘭高中，尤其現在知道我在整個城市另一端的米爾福德。我不停看手錶，因為我知道十一點得趕去某個地方。我在十點出頭離開她家時……她知道有事不對勁。我不可能永遠瞞著她。瞞得了一時，瞞不了一輩子。但她還是讓我離開。

我沿著格蘭德河前行，經過窗戶全黑的西部二手店，一路來到底特律的市中心。所有街道就像車輪的輻條在大馬戲公園匯集，我沿著街道繞到公園最下方，在十點五十分左右抵達博賓街。地址原來是希臘城的一間牛排館。這裡是底特律進駐大型賭場的第一年，看起來生意很好。我騎進停車場把車停好，繞到後門，經過垃圾桶和空木箱。後門是一扇和酒水店一樣的厚重鐵門。我敲了敲門。

幾秒鐘過後，後門開了。廚房的亮光照進夜裡，投射出兩道人影。我和站在那裡看著我的男子。他是個大塊頭，穿著一件白色大圍裙，皮帶緊緊繫在腰間。

「進來吧。」他帶我穿過廚房，那裡有另一個穿著相同圍裙的男子正在烤肉架上忙著。第一個男子打開食品儲藏室的門，站到一邊讓我進去。我看見三個人站在裡面，此外還有高至天花板的番茄、橄欖和甜椒罐頭，一瓶又一瓶的醋和食用油，以及開餐廳時不易腐壞的各式食材。我一踏進儲藏室，立刻認出那三人，而我第一個衝動是轉身逃出後門。

「你早到了。」漁夫帽男說。他正在替義大利辣味香腸切片，一邊遞給另外兩個男的。

「我不曉得鬼影過來第二順位就是你了。」高大鬍鬚男說。

剩睡眼惺忪男還沒開口說話了。他走向我，步伐緩慢。「小子，為什麼我們一直撞見你？」

「放輕鬆。」漁夫帽男說。「這就是我們的人。他是小鬼影。」

睡眼惺忪男又盯了我整整一分鐘，才總算退開。

「你想來點嗎？」漁夫帽男把那根辣味香腸伸長了遞給我。

我舉起雙手，不用了謝謝。

他回頭看一眼高大鬍鬚男，兩人彼此交換一個微笑。

「我們聽說你不太說話。」漁夫帽男說。「原來不是開玩笑。」

「我們聽說你完全不說話。」高大鬍鬚男說。「從來不說！是真的嗎？」

我把頭一點，回頭看向廚房。我覺得睡眼惺忪男快把我的背給看穿了。

接下來的幾分鐘，沒人費心閒聊。他們只是站在那裡，吃著辣味香腸，一邊看著我。

「你覺得呢？」漁夫帽男終於開口，看了手錶一眼。「該上工了嗎？」

「出發吧。」高大鬍鬚男說。

「沒問題。」

他們帶我掉頭穿過廚房，回到外面的停車場。我們魚貫坐進那天開進馬西先生家的同一輛黑色轎車。漁夫帽男開車，高大鬍鬚男坐在副駕，這意味我和睡眼惺忪男坐後座。

「好，我們來找點樂子吧。」漁夫帽男說著，啟動引擎，開上大街。他來到傑佛遜大道，往左轉，開始沿著底特律河往東行駛。他開得很慢，碰到黃燈必定停車。

睡眼惺忪男仍看著我。「你幾歲？」最後他說。

我對他比出十根指頭，再比七根，但他沒在看我的手。

「現在你是開鎖人了？這是你的意思嗎？」

我什麼也沒說，先生。你可以繼續保持安靜，我沒有意見。

「他的聽力肯定特別好。」高大鬍鬚男說著，回頭看我。「是嗎？你的聽力是不是特別好？因為不能說話的關係？」

「你在說什麼鬼話啊？」睡眼惺忪男說。

「一個人失去一個感官的時候，其他感官就會變得特別敏銳。你沒聽說過嗎？」

「說話能力不是感官，你這白痴。」

「明明就是。你知道的，視覺、聽覺、觸覺、說覺……還有一個是什麼？嗅覺，對吧？這樣五個了嗎？」

「你根本不知道自己在說什麼。」

「你們兩個給我閉嘴！」漁夫帽男舉起方向盤上的雙手，目光盯著路面。

「我想說的是，我不和孩子合作。我的麻煩已經夠多了。」

「有沒有實力才是最重要的。」高大鬍鬚男說。

「我說夠了。」漁夫帽男說。「我們能不能安靜幾分鐘好做準備？」

所有人安靜了一陣子。睡眼惺忪男也總算停止盯著我看。我把頭靠上椅背，閉起眼睛。

我們繼續往東行駛在傑佛遜大道上，途中經過 Waterworks 水上樂園。我們左轉來到凱迪拉克街，開始往北前進。就在這時，漁夫帽男慢下車速，所有人似乎都專注在馬路左邊那間小小的兌現銀行。店面尚未營業，但霓虹大字仍在宣傳他們的服務。支票兌現！郵政匯票！火速享受退稅！

時間剛過十一點半，街上相對寧靜但並非空無一人。依我看，選擇這個時間下手很聰明。沒錯，再晚一點可能會更安靜，但到時候反而特別引人注目，不管是碰巧沒睡的一個傢伙，或夜巡經過的警察。漁夫帽男左轉開上一條街，在附近的住宅區兜圈子，再開回凱迪拉克街，最後右轉開進銀行後方的停車場。

停車場有道約莫快兩公尺的圍牆，後門正上方掛著一盞感應照明燈，但只是簡單的圓形燈泡，所以光線不會明確照在某個地方。附近幾棟房子內的人是可以看見我們，但沒人在外面。我們所有人坐在車裡等了幾分鐘。有個男人牽著狗經過。每隔幾秒就有車子在凱迪拉克街上奔馳而過，但沒有半輛車轉進小巷內。

車上很安靜，唯一的聲音是我們四人的呼吸聲。又一分鐘過去了。漁夫帽男舉起一隻手。

「好。」他輕聲說。「警報系統應該關閉了。」

「應該？」睡眼惺忪男聽起來不太高興。

「對，我的人是這樣告訴我的。」

我對警報系統仍然一無所知。媽的，我除了開鎖或開保險箱外，根本什麼都不懂。

睡眼惺忪男打開車門。我猜我也應該跟著照辦。另外兩人耐心坐在位子上。

我們來到後門時，我隨即明白了。我解鎖時確實沒必要所有人站在旁邊。我拿出開鎖器，插進扭力扳手。這種地方用的肯定是好鎖，我心想。肯定不簡單。這些日子以來，我一直花時間研究保險箱，已經好一陣子沒有開這種鎖了。扭力扳手握在手裡感覺陌生又生疏。該死，萬一我打不開怎麼辦？

我感覺得到睡眼惺忪男開始不耐煩。他站得離我太近。我停下手邊動作，匆匆看他一眼。他向後退了一步。

「動作快一點，知道嗎？」

我把他逐出腦海，全神貫注在門鎖上。你已經做過好多次了，這簡單得要命。施加扭力，開始推動那些鎖簧，一次一顆慢慢來。很好，就是這樣。很好。

一輛車開進小巷，從我們旁邊經過，相隔八公尺左右。車子沒有停下來，也沒有減速。

我努力維持本來的扭力，告訴自己放輕鬆，繼續解鎖。

時間分秒過去。一顆鎖簧、兩顆、三顆、四顆、五顆。沒有動靜。我確定這些最起碼是蘑菇狀鎖簧。

睡眼惺忪男現在呼吸沉重。別理他，只管把他隔絕在外。全世界除了這幾個小金屬外，其他東西一概不存在。

什麼都別想。連艾蜜莉亞也一樣。

我暫時停下來。

「怎麼了？」

我重新開始，第二次嘗試。一顆、兩顆、三顆、四顆……

我碰到最後一顆鎖簧，感覺到整個鎖芯讓步。門把一轉，我推開後門。

睡眼惺忪男率先進去，拿出屁股口袋的手電筒。我跟著進去，聽見有人跟在我後面走進來。是高大鬍鬚男，他的任務顯然也是把風的。漁夫帽男留在車上。這是他們盤算的計畫。

保險箱就擺在後面的房間裡，與後門不過三公尺的距離。那是一個快兩公尺高的龐然大物，有著美麗黑色拋光表面的維多牌保險箱。我無法想像這東西有多重，難怪屋主不必費心把它藏起來。他就算把它放在人行道上八成也一樣安全。

我把手伸向密碼盤。要事優先，確定門真的上了鎖。確實。我試了幾個已知的預設號碼，統統沒中。

好吧。我從附近的書桌抓了一張椅子，讓自己舒服坐好，開始上工。

「這得花多久時間？」睡眼惺忪男說。

「別吵他。」高大鬍鬚男說。

睡眼惺忪男走到前門大廳。我看見他彎腰躲進櫃檯後面。我再次把那個小丑趕出腦海，專注在自己的任務上。

找到接觸區域，撥動幾次，把輪軸歸零。往反方向轉，總共有一……二……三……四，沒了。有四個輪軸，正如我所擔心的。第一次出馬就碰到格外困難的保險箱，但總得一試。再撥動幾次，轉到0，回接觸區域，用心感受，感受距離是否完全相同，讓保險箱告訴你裡頭發生什麼事。

很好，就像這樣。轉到3，回接觸區域。

我的側臉始終貼著金屬門。時間慢了下來，一切都消失了。我繼續幹活，找到變短的距離大概落在15、39、54、72附近。我回頭再試一次，最後範圍縮小到16、39、55、71。

我甩動雙手。高大鬍鬚男把後門開在他一隻眼睛剛好能望進來的寬度。睡眼惺忪男如今坐在地板上盯著我。

來到最後一個步驟。四個輪軸代表有二十四組可能密碼。我開始逐一撥動，先從16、39、55、71開始，然後把最後兩個數字互換，再把中間兩個數字互換，以此類推。

我試了十二組，試了十三組。試到第十四次時，門把動了。

這讓睡眼惺忪男從地板上爬起來。他走到我的後方徘徊，我將門把轉到底，打開保險箱的門。

裡頭空空如也。

「你他媽的在跟我開玩笑嗎？」睡眼惺忪男轉身，往前門的櫃檯走去。

「怎麼回事？」高大鬍鬚男說。他仍站在後門邊，不曉得自己等一下會有多失望。

我呢？我站在那裡看著空無一物的保險箱，有一種奇怪的複雜心情。首先，沒有什麼比空保險箱讓我更有茫無涯際的虛無感了。每次把門打開看見空空如也的保險箱，我的胸口就會感覺到一股奇怪的凹陷，有如空寂的外太空。

就是這種感覺參雜著巨大的成就感，知道自己能夠光憑耳朵和雙手和腦袋在這種情況下打開一個保險箱，知道自己真的辦得到。

又參雜著，喔不，這個保險箱竟然他媽是空的，這三個傢伙準備要抓狂了。這或許不完全是我的錯，但我仍得去處理。

我的感覺到此為止，因為兩三秒後，一切都將潰堤。我們接下來聽見的是四個輪子在門外人行道上留下四條黑色煞車痕的特有聲音。然後是高大鬍鬚男打開後門，有如大炮般衝進夜裡的聲音。連鎖反應的最後一環是睡眼惺忪男爬過櫃檯，整個身體撞上前門，手忙腳亂摸索門把，以驚人速度打開後，仆倒在人行道上。

這就剩下我、一個空保險箱和後門出現的一道長影。

我連忙衝向前門，心想跟隨睡眼惺忪男的腳步會是個好主意。

「馬上給我站住，否則我就轟得你後腦勺開花。」

我停下來。

「轉身。」

我轉過身。那個人大約六十多歲，一臉粗獷，一看就知道他是過去不常受人鳥氣、現在也不打算接受的那種人。他穿著一件對他而言有點太年輕的黑皮衣，但那不是最大的問題。最大的問題是他右手那把再真實不過的手槍。

「你的朋友全走光了。」

那是一把半自動手槍，看起來就像大伯放在收銀檯底下的那一把。槍管對準我的胸口。

他的聲音極度冷靜。他朝我往前一步，走進從前窗透進來的一束細小光線。他的臉更清晰可見了。他有一個大鼻子，紅潤的臉頰，迫切需要刮個鬍子。

「我想你需要交些新朋友。」他說著，再往前一步。「你不覺得嗎？」

我沒異議。

「你只是個孩子，嗯？這樣吧，我和你做個交易。你告訴我那些傢伙是什麼人，我就不朝你的腦袋開槍。」

我不動聲色。他又靠近一些。

「快啊，孩子。別傻了，你想要是換作那些傢伙，不會三兩下就把你供出去嗎？快告訴我他們是誰。」

這可能會是個問題，我心想。我應該沒辦法幫上你的忙。

男人搖頭，微微一笑，看起來準備離開。但下一秒，他突然來到我正前方，一手揪住我胸前上衣，另一手則把槍抵著我的脖子。我聞到他身上的菸味。那股味道瞬間帶我回到我在里托大伯家的房間，那遠在幾千公里外的地方。

「不回答問題有點沒禮貌，你不覺得嗎？你到底說不說？」

完了，我心想。一切都完了。

「他們是什麼人？」

槍管把我的脖子抵得更用力了。他把角度稍微朝上，子彈將直接往上射穿我的腦袋。

「好吧，好吧。」他說。「也許你不曉得他們的名字。是不是這樣啊？嗯？」

他會殺了我。

「只要告訴我你是在哪裡認識他們的，你辦得到嗎？是誰安排你和這些傢伙見面的？」

我在地球上的最後一分鐘。就是現在。

「說話，孩子。馬上給我說話，否則我對天發誓，我會扣下扳機。」

可能還有更慘的事情會發生。

「倒數三秒。不說話就準備死。」

比像這樣活著更慘的事。

「三。」

也許這是脫身的唯一辦法。

「二。」

即使這代表我再也見不到艾蜜莉亞了。

「一。」

真希望我至少有先跟她道別。

「零。」

幾秒鐘過去，那把槍仍抵著我的脖子。我繼續呼吸。我聽見屋外有輛車開進停車場。車燈從敞開的後門照進整個房間。

男人把槍放下，一隻手臂繞過我的頭，往後一拉靠在他的肩膀上。有那麼一瞬間我以為他要扭斷我的脖子。

但他沒有。他在擁抱我。

「很好，孩子。」他說。「很好。」

漁夫帽男從後門走進來，隨後是高大鬍鬚男，然後是睡眼惺忪男。

跟著是鬼影。

「我跟你們說過了。」鬼影說。「你們以為我他媽在開玩笑嗎？這孩子不說話的。他就算想也不會出賣你們。」

「你說得對。」拿槍的男人說。他想必就是這裡的屋主，幫某人的忙把這個地方借給這些傢伙當作劇院，自己也跳下去演戲。

「我也說過他有辦法打開保險箱，我有沒有說過？」

「你又說對了。」

回頭一想，整件事確實有點像是刻意安排的，但起碼我通過測驗了，對吧？當地孩子大獲成功，向罪犯證明了自己的價值。

他們載我回到希臘城的那間餐廳。鬼影沒有和我們一起進去。他站在停車場，再次和我道別。這次是認真的。

「這次是真的了。」他對我說。「經營權是你的了。」

他坐進自己的車，駕車離去。其他人帶我進去，從我在大伯的架子上見過的一只酒瓶裡倒了一杯酒給我。我立刻灌下一大口。

「抱歉我們把事情搞得那麼絕。」漁夫帽男說著，捧著我的頸背。「我們非得親眼看看你是怎麼處理事情的，你懂嗎？確定你可以完成任務。萬一所有鳥事發生在你身上的時候，你的膽子有多大。」

不管怎樣，顯然夠大了。這場戲的最後一幕，是我被帶到一張用屏風與餐廳其他地方阻隔開來的私人餐桌旁。桌邊坐著三對情侶，但說到誰是這晚的老大我絕對不會搞錯。就是我以前見過一次的那個男人。黑眼濃眉，嘴邊叼著長長的香菸。空氣中瀰漫著相同的氣味，他噴灑的古龍水混合了菸味，以及其他說不上是什麼的東西，味道獨一無二，是我從來沒有聞過的。

那股味道本身就已經把我需要知道的一切告訴我了。就像鬼影說過的，這可是你不想招惹的男人。

「很高興再見到你。」他對我說。「我就知道我對你有種很好的預感。」

我紋風不動。

「絕口不說話的人。多美妙的一件事啊，喔？」

餐桌上的其他人對這句話點頭如搗蒜。兩個穿西裝的男人，三個穿戴鑽石、盛裝打扮來到這裡的女人。

「如果你有機會見到馬西先生，告訴他我很遺憾他的合夥人施萊德先生至今仍舊不見蹤影。他往後應該更加注意他做生意的對象。」

這句話引得餐桌傳來笑聲，接著他們就放我走了。睡眼惺忪男帶我離開，在我的右手塞了一捲鈔票。我來到外面時，張開拳頭，看見五張皺成一團的一百塊美金。

傳呼機仍放在機車後座的小儲藏箱裡。我好奇如果我把傳呼機帶回餐廳裡會怎麼樣。如果我直接放到桌上然後轉身離開會怎麼樣。我努力想像可能的情境，就在這時，我聽見睡眼惺忪男在叫我。

「這邊。」他說著，招手要我來到黑色長型轎車旁，就是我在馬西先生家的車道上見過的同一輛車。

「老大要我給你看一樣東西。」他說。「他覺得這可能……他是怎麼說的？有幫助？」

睡眼惺忪男匆匆張望四周，接著打開後車廂。燈光忽然間亮起，我看見馬西先生的合夥人，傑瑞・施萊德那張死氣沉沉的臉。我來不及搞清楚狀況，來不及看見他是怎麼死的，或他的屍體是否完好無缺，後車廂就又砰的一聲關上。

「我可不建議後車廂裝了像這樣的東西還把車停在市中心裡。」睡眼惺忪男說。「不過我們今天總算逮到他了，這個嘛……似乎正是時候。先讓你完成今晚的小測驗，再讓你留下深刻的印象，一次搞定。」

我只是站在原地。我的腦袋還沒能支配身體做任何事。

「歡迎來到現實世界，小子。」

他在我臉頰上拍了一下，走進屋內，留我獨自一人站在黑夜中。

✦✦✦

我回學校又上了兩天課，整個高三生涯就此結束。星期四晚上，藍色傳呼機響了。我回撥號碼。電話另一端的人有濃濃的紐約口音。他給了我一個位於賓州的地址，就在賓州邊界。他說希望我在兩天內出現。我坐在那裡很長一段時間，盯著地址看。

我需要一張證明，我告訴自己。我需要一張證明向學校請假，這樣明天才能去賓州，幫忙某些竊賊偷保險箱。

隔天早上，我買了兩個行李袋，分別掛在機車後座的兩側。回家後，盡量把衣服全塞進去，還有牙刷、牙膏、天天用得到的日常用品。我也打包了攜帶式保險箱鎖，打包了這個暑假艾蜜莉亞畫給我的每一張畫。我打包了傳呼機。

我自己存了快一百塊美金，外加上次那場假搶劫後那些人給我的五百塊。扣掉買行李袋的三十塊，一共是五百七十塊左右。

我前往酒水店，從後門進去，免得里托大伯如往常於晨間打盹。我走到店前時，他就攤在櫃檯上，頭枕著兩隻前臂。要是有人從前門走進來，他會瞬間清醒，努力裝作剛剛沒在睡覺的模樣。

我悄悄從他旁邊繞過去，站在收銀檯前面，按下收銀機上的神奇按鈕，抽屜叮一聲彈開。我很快數了一下，金額不多。我原封不動放回去。我不能拿。我關上抽屜時，里托大伯醒過來。

「什麼？發生了什麼事？」

我把手放上他的背，非我一貫的作風。

「麥可！你還好嗎？」

我對他舉起大拇指。從沒那麼好過。

「你在做什麼？你不是應該在學校嗎？」

他今天看起來很蒼老。我父親的哥哥，對於發生在我身上的遭遇自覺有責任的這個男人，儘管他完全沒有照顧另一個人類的天賦。

但他努力過了，對吧？他努力過了。

還送了我一輛那麼棒的機車。

我第一次也是最後一次擁抱他，接著走出大門。

✦
✦
✦

最令我難受的部分來了。我還有一個地方得去，街尾的那間二手店。我走進去，向老人揮手，就是很久以前賣給我最初幾把鎖的同一個老人。

今天我不打算買鎖。我走到玻璃櫃檯，指向一枚戒指。我不知道上面的鑽石是真是假，我只知道我以前見過，我很喜歡，而且剛好有足夠的錢買下它。戒指只要三百塊。

我一拿到裝在小盒子裡的戒指，塞進外套裡後，就騎車前往艾蜜莉亞的家。房子空無一人。馬西先生白天出門去了健身房或其他地方，畢竟我已經替他贏回他的生活。

艾蜜莉亞人在學校，想當然耳，就像每個正常的十七歲小孩一樣。

大門深鎖，於是我繞到後門，後門也鎖住了。看在過去的分上，我最後一次拿出工具把門打開。這讓我想起第一次和橄欖球員一起闖入這棟房子的時光，以及之後闖進來只為在艾蜜莉亞的房間留下一張畫的那段日子。

我一點也不後悔。至今仍不後悔。

我來到屋內，上樓在她的床上坐了好一會兒。艾蜜莉亞的床，正式成為地球上最美妙的一塊地方。我坐在那裡，想起所有的事。然後這天，我最後一次企圖遊說自己。

你現在可以立刻去接她，我心想。帶她離開學校，親自把戒指交給她。帶她和你一起走。你愛她，沒有她你活不下去，你會找到成功的辦法。為什麼你會有這種感覺？如果你的心告訴你她就是你想共度餘生的那個人，而你卻無法實現，那你還需要什麼心？

我不停想啊想，直到真相終於在眼前浮現，有如晨光般清晰，有如她臉上的表情一樣清晰，就在那些男人把她父親押在後座來到她家時。

我不能帶妳一起走，我心想。我不能讓妳接觸這種事，一點都不行。我甚至不能告訴妳我要去哪裡。

我站起來，拿出外套裡的戒指盒，放在她的枕頭上。

我所做的一切全是為了妳，艾蜜莉亞。現在，我還得再去做一件事。

26

二〇〇〇年九月，洛杉磯

甘納率先出聲加入。當然了，這打從一開始就是他的瘋狂主意。朱利安和雷夢娜不肯加入，這也不意外。

「我跟你說過了，這是自尋死路。」朱利安說。「你心知肚明。」

「絕對萬無一失。」甘納說。「我們一下手完就跑。我們掩飾足跡。四百萬美金輕鬆入袋。」

「你不覺得他們在兩秒內就會知道是誰把錢拿走的嗎？你乾脆直接從那艘船到這棟房子之間畫一個大大的霓虹箭頭算了。」

「不。」甘納說。「你沒搞懂。我在那艘船上還有一個線人。」

「你一直在說的那個線人到底是誰？給我個名字。」

「你不認識他。他的名字對你而言沒有意義。」

「你怎麼認識他的？」

「我幫一個傢伙刺青的時候，他說他認識另一個準備上那艘大船的傢伙。當保鑣的。於是我進一步追查。你知道的，就是你一直在做的那些事。」

「你瘋了。」朱利安說。「你已經完全失去理智。」

「你只是不想承認設下這個局的人是我。終於有一次，把所有情報完美蒐集起來的人是我，而你無法居功。」

露西和我一樣沉默，看著他們一來一往，互不相讓。最後，她走上樓，直到傍晚前都沒有下來。此時，情況歸結至一個簡單的結論。我們歡迎房子裡的其他人加入，但如果不得已，我和甘納會獨自下手。我知道這只是在說大話，朱利安和雷夢娜八成也知道。但最後……他們加入了。

金額實在大得令人難以拒絕。

如果花時間仔細琢磨的話，你不得不承認……萬一我們能按計畫完美進行，真的有可能僥倖成功。

◆◆◆

因此接下來的幾天所有人都忙著做準備。首先是把商品湊齊。紅酒、雪茄，所有東西。當然，這件事朱利安以前幹過。他曾經把商品送上船，當作給底特律那男人的報酬，以換取活著下船的機會。現在他只需要再做一次，加上我們其他人的小小協助。

注意，這是臨時起意的計畫，沒人敢說萬無一失。不過，這仍是掩飾身分的合理藉口，是理直氣壯走上那艘船的方法，彷彿那是天底下最自然不過的事情。萬一計畫失敗，有人問起我們在船上做什麼的時候，也是可以用來打發的招數。

我們仔細偵察過碼頭本身。雖然朱利安已經對那地方瞭若指掌，但他不想出任何差錯。他想知道那艘船停泊的確切位置、確切時間。誰會在哪個時間上岸，他們會去哪裡，在那裡會待多久。這樣我們才能籌備計畫，安排每個行動。

我們排練了一次又一次，直到所有人都清楚知道自己該做什麼為止。

現在要做的就是等大船出現。

✦✦✦

露西最近的舉止怪異。自從那個下午……我們之間發生了那件事過後……她就一直對我很冷漠。她再也沒有趁下午過來和我待在一起，晚餐時也幾乎不看我一眼。她真的準備好了嗎？她有辦法勝任她在任務中的角色嗎？

大日子的前一晚，朱利安在房子兩端來回走動，一邊喃喃自語。雷夢娜不想獨處，但也不想講話，她趁著最後幾個鐘頭打包禮物籃，桌面擺滿了昂貴禮品。紅酒、單一麥芽威士忌、古巴雪茄、登喜路香菸。她不讓任何人幫忙，要是誰敢靠近那張桌子一公尺內就準備倒大楣了。甘納正在後院做些輕量健身訓練，獨自待在黑暗中。露西戴著耳機坐在椅子上聽音樂。我呢？我畫畫打發時間，不意外。我努力捕捉最後一個悠閒夜晚的大小事，所有人做準備時的模樣。無論結果如何，一切將不復以往。

午夜來臨。我們試著入睡。

隔天早上……甘納接到線人來電。那艘船改變計畫，最後決定不在瑪麗安德爾灣停靠，而是直接航向墨西哥。

✦✦✦

「四百萬美金。」甘納說。「那艘該死的船上有四百萬美金，卻不靠岸？你他媽能相信嗎？」

「也許他們聽到什麼風聲。」朱利安說。「他們知道有事不對勁。」

「別傻了。這些傢伙是聰明人，但他們可不是靈媒。」

「也許是牌局越玩越認真了。」朱利安說。「也許他們只是想跳過其他鳥事，直接上岸打高爾夫，或去拉斯維加斯……」

「我們應該弄一艘自己的船。」甘納說。「速度快的船。開過去，直接在大海上解決他們。」

「是啊，這肯定有用。真是個好主意。」

「我是認真的，朱利安。我他媽的沒在開玩笑。」

「你去試試吧。他們會把你劈成兩半，丟去餵鯊魚。」

「我很慶幸我們沒這麼做。」露西說。她已經取下耳機。這是兩天來她第一次開口說話。「我有種不好的預感。」

甘納盯著她良久，然後拿起其中一個雷夢娜精心打包的禮物籃往房間一丟，撞上牆壁破開，整間屋子充滿雪茄和皺巴巴的綠色棉紙和威士忌的溫熱氣味。

隨後，所有人往四面方八各自飄走。沒人一起吃晚餐。

正當甘納準備上床睡覺時，又接到第二通來電。他的線人說船將於早上停靠在聖地牙哥，科羅拉多大橋聖地牙哥港口北端的其中一個碼頭。如果能趁大清早到那裡，我們或許有機會趕上。

✦✦✦

朱利安開車。雷夢娜坐在他旁邊的副駕上。我和甘納則坐在後座，露西坐在我們中間。太陽正準備升起。

「一定會成功的。」甘納說。「他們絕對意料不到。這就像你老是掛在嘴邊的，殺他們個措手不及，對吧？八個各帶五十萬美金在身上的大人物？他們會擔心什麼？海上的海盜？墨西哥搶匪？他們會放下戒心是什麼時候？一次心血來潮的短暫停留！也就是他們在美國的最後一站！」

「我們從沒到過那裡。」朱利安說。「我們完全不知道會惹上什麼麻煩。」

「你這輩子能不能就這麼一次學著隨機應變一點。」甘納說。「速戰速決，快進快出，然後甩頭走人。我們可以的。」

「妳怎麼想？」朱利安對雷夢娜說。

「你現在倒問起我的意見來了？就在我們已經上路的時候？」

「是，我在問妳。」

「我的意見是我們照計畫去送貨。如果感覺不對就閃人。沒損失。」

「四百萬美金。」甘納說。「在我聽來像是很大一筆損失。」

「你的命呢？」雷夢娜說。「你的命就不算損失嗎？」

「不會發生的。」

「你從來沒見過這個傢伙。」她說著，回頭看著他。「你從來沒有像我一樣直視他的眼睛。」

「大家都別說了。」露西說。「都別說了。」

於是他們閉上嘴巴。所有人停止說話，加入我的行列陷入緊繃的沉默。朱利安繼續開車。儘管顧慮萬千，帶我們飛奔前往目的地的人仍是他。

我們接近聖地牙哥港的北端之際，太陽正從聖馬科斯山脈探出頭。下一秒，海面突然在陽光照射下閃閃發亮。我們開上橋前往北島，在碼頭附近慢下來時，可以看見一排整齊停靠的遊艇。我們在服務處的入口停車。朱利安打開後車廂，我們開始把東西搬下碼頭。一箱箱的紅酒，一簍簍的禮物籃。

當然，我們全穿著任務時的服裝。朱利安、甘納和我穿著如出一轍的黑長褲和白色高爾夫球衫，盡量看起來平凡無奇，就像日復一日服侍他人的那些平庸之人一樣。

另一方面，雷夢娜和露西則脫得只剩短褲和比基尼上衣，竭盡所能轉移他人目光之用。

我們走下長長的碼頭，手上都抱滿了東西。我們經過的每一艘船，都能看見船員在甲板上拿著水管在沖水。我們看見穿著帆船休閒鞋、腳踝黝黑的有錢人，高坐在我們上方享用早餐，同時海鷗在一旁尖聲要人餵食。我們繼續往前走。

「我沒看見。」朱利安說。「那艘該死的船在哪裡？」

甲板盡頭有一條很長的舷梯通往當中最大的那艘船。船身肯定有六十公尺長。船頭朝外停放，舷梯朝上通往船尾的第二層甲板。兩個男人站在舷梯底部，兩人都高大魁梧，都穿著一身黑，都專業地擺出不友善的模樣。

「不對。」朱利安說。「這不是那艘船。」

「肯定是。」甘納說。「我們去看看。」

甘納走向那兩個男人，瞬間進入角色，一個不太精明、只想快點卸貨的送貨員。

「嘿，各位，還好嗎？我好奇這是不是我們在找的那艘船？」

其中一人揚起一邊眉毛。

「我們找的可能是另一艘船舶。」朱利安說著，跟著進入角色。「他們的船叫斯庫拉號。」

「那是去年的事了。」其中一個男人說。「這是新的船。不好意思，是新的『船舶。』」

兩個男人互相交換一個眼神，接著開始注意到雷夢娜和露西。一切開始照計畫順利進行。

「我們有一堆東西得搬上船。」甘納說。「你們不介意的話……」

「是、是。」男人說。「上去吧，慢慢來。」

甘納走上舷梯，我和朱利安跟隨在後。與此同時，雷夢娜和露西為了多點露面時間稍微落後。碼頭和船尾之間有幾公尺的空隙，我忍不住發現我們就在海面正上方。舷梯隨著每一步在腳底下震動。最後來到甲板上時，我們把木箱擱置在吧檯上。

「我不熟悉這艘船。」朱利安說。「這可能會是個麻煩。」

「幹，那又怎樣？」甘納說。「還是同套戲碼，對吧？快點找到保險箱吧。」

雷夢娜和露西來到甲板上。

「這艘船真不得了。」雷夢娜說。

「比去年那艘還大。」朱利安說。「別忘了，我們要分批回去。」

朱利安和雷夢娜留在吧檯邊，慢條斯理地取出紅酒，一邊保持警戒。我、露西和甘納沿著走廊來到特等艙。露西推開第一道門，放下她的禮物籃。房間不大但很舒適。一張床、一台電視。整個房間以上等木頭和精緻黃銅裝潢而成。

甘納打開下一道門，匆匆在走廊上四處打量，然後對我指指最後幾道門。他拿走我手上的禮物籃，把我留在走廊。

我把頭探進每個房間，看見更多床、更多上等木頭、更多奢華。沒有保險箱。

「我們不能待太久。」我們雙雙回到走廊上時甘納說。「太可疑了。」

我們回到吧檯，走下舷梯，經過朱利安時，甘納很快對他搖了搖頭。朱利安等了幾分鐘後，跟上我們。我們回到車子前，再扛起一批紅酒和禮物籃。

「你們先走。」朱利安說。「我們得分頭行動。」

我和甘納走回碼頭。雷夢娜和露西跟警衛聊了起來，問他們船要去哪裡，誰會搭這艘船，他們多久健身一次才會有那麼好的身材。那兩個傢伙全盤接收。

我走過舷梯時再次注意到海面，發現自己一步踏得離邊緣太近，感覺到手中的重量把我往下拉。我恢復平衡，繼續往前走，心中突然湧上出任務時從未有過的慌張感。

這次，我們下樓來到下層甲板。第一間探頭查看的房間是目前為止見過最大間的。一張撞球桌被推到房子的一側，五、六張行軍床經過精心擺放，好讓空間最大化。這裡想必就是睡眼惺忪男跟我說過的房間，所有保鑣睡在一起逼瘋彼此的地方。

他曾經睡在這個房間裡，我心想。忍不住打了個冷顫。

甘納往下一個房間探看，但我已經注意到走廊盡頭的那扇門。相較於其他的門，我看得出來那扇門用的鎖比較高級。我過去轉動門把，門把動也不動，於是單膝跪下，拿出開鎖器。插進扭力扳手，很快梳理一番，砰，門開了。我們這天第一件幸運事。

我踏進房間，看見足以供應整個海豹部隊穿的潛水衣，另一面牆上掛著一打的高級深海釣竿，最後靠在對面牆壁的，是一個保險箱。這天第二件幸運事。

我甩甩雙手，來到保險箱前。

上面沒有密碼盤，只有一個觸控面板。

那是一個電子保險箱。

✦✦✦

好，要破解一個電子保險箱有很多方法。顯然有人找到方法在電腦輸入一個程式，發送特殊的無線訊號到電子保險箱裡的閉鎖裝置，以閃電般的速度把所有可能的密碼試過一遍，直到猜中正確的密碼為止。

想當然耳，我身邊碰巧沒有電腦能發送特殊的無線訊號。換句話說，我死定了。

我站在那裡讓現實沉澱一會兒，然後離開房間，關上身後的門。甘納正拿著另一個禮物籃從走廊上走來。他一見到我立刻睜大眼睛。

「有什麼問題嗎？」

我揮手要他過來門邊，替他扶著門，指向保險箱。

我用手指做出戳東西的動作，彷彿正在觸控板上輸入密碼。他來來回回看了幾次，我、保險箱、我、保險箱，然後才終於明白。

「什麼？怎麼了？」

「幹，你在跟我開玩笑嗎？你打不開那玩意兒？」

我搖搖頭。

「肯定有什麼辦法吧。」

我再度搖頭。他看起來打算再次施展拿手的丟禮物籃絕技，但下一秒又恢復沉著。他打開離他最近的客艙，把籃子用力放上床邊的小桌子，上樓回到第二層甲板。

我一上樓，甘納、朱利安、雷夢娜和露西全站在吧檯邊。我看得出來甘納已經把消息告訴他們。

「這全是一場笑話。」朱利安說。「你們在跟我開玩笑。樓下並不是真有個電子觸控板吧。」

「是啊。」甘納說。「最好是場笑話。」

「另一艘船上是一般的保險箱。我發誓。」

「好啊，那我們去找那艘船打劫一番，你說怎麼樣？」

「我們現在該怎麼辦？」雷夢娜說。

朱利安拿出木箱裡最後一瓶紅酒放在吧檯上。「我們像一群乖寶寶把貨給送完，然後就走吧。」

「四百萬美金。」雷夢娜說。「躺在保險箱裡，在一艘空無一人的船上。而我們卻看得到摸不到。」

「我們可以劫持整艘船。」甘納說。「直接把船開走。」

朱利安只是盯著他看。

「無所謂。」甘納說著，力道過重地在我肩頭拍了一下。「我早該知道這事太美好了不可能是真的。」

「別為難他了。」雷夢娜說。「這不是他的錯。」

「是，我知道。這他們在保險箱破解學校裡沒教。」

他從我們身邊走開，下了船，走回舷梯，駐足片刻對其中一個警衛說了幾句俏皮話，然後繼續沿著碼頭往回走。

我們剩下的人跟上去。所有人來到車邊時，一塊扛起剩下的商品，準備搬上船。要是甘納決定坐在車內留我們完成工作的話我也不意外，但他扛起一個大酒箱搬回船上。我們再次上船，分頭發送剩下的禮物籃。沒人說半句話。

我拿著我的禮物籃走到下層船艙，走進其中一個房間時，不禁注意到那微弱的氣味。異國香菸混雜古龍水的味道。這是他的房間。我目前的老大且看樣子會一直當我老大下去的那個男人。永永遠遠。

站在這張他每晚睡在上面的床旁邊感覺很怪。而他的五十萬美金就躺在隔壁的保險箱裡。

我把禮物籃放到桌上。這天我唯一完成的任務是貼心地送來各式各樣的精美禮品讓他的旅程更加愉快。一些高級的古巴雪茄、一瓶六十年分的樂加維林威士忌、一支德國Birko直式剃刀，搭配刮鬍刷和刮鬍膏、一罐義大利的L'Amande爽身粉。願你用得開心，先生。很高興能為您服務。

我離開房間，在走廊上走著走著。停下腳步。

我回到那個房間，查看禮物籃。我剝掉玻璃包裝紙，拿出裡頭那罐爽身粉。接著我走出去，來到盡頭的房間。我打開房門。

「麥可！」是露西的低語，從我後方某處傳來。「你要去哪裡？」

我走向保險箱，倒了一些爽身粉在手中，把粉末拿到距離觸控板五公分外的地方一吹。

「你在做什麼？」她來到我的正後方。

我在房裡東翻西找，在其中一個抽屜裡找到一支手電筒。我拿回來照亮觸控板，一邊喬角度，一邊移動我的頭，移動手電筒，直到終於達到我要的效果。

「你難道是打算……」

我沒看她，直接點頭。

「我去叫其他人稍微拖一下時間。祝你好運！」

她離開房間，現在只剩下我了。我、觸控板、手電筒、一些爽身粉，和四個數字上的四枚清晰指紋。

✦✦✦

我知道最後這部分該怎麼做。這就像我在密碼盤上縮減到最後幾個數字時，再回頭把每個可能的密碼組合試過一遍。四個數字表示有二十四組可能性，假設每個數字不重複的話。我開始逐一嘗試，按下輸入鍵後盯著那小小指示燈。按到第五次左右，我開始懷疑裡頭會不會有某種試太多次錯誤密碼就會反鎖的裝置。

我屏住呼吸，按下第六組密碼。

或者你知道嗎？也許試太多錯誤的密碼會引發刺耳的警報聲。那就好玩了。

我按下第七組。

差不多了吧，我心想。如果下一組又是錯的，肯定會發生可怕的事。警報器會鈴聲大作，那些彪形大漢會帶槍衝上船。

我按下第八組。指示燈由紅轉綠。我轉動門把，打開保險箱。

好，我知道一疊百元鈔票是什麼模樣。一疊百元鈔票等於一萬塊美金。一百疊等於一百萬美金。我初步估計每個空酒箱可以裝進一百疊，於是我留下敞開的保險箱，匆匆跑回第二層甲板，直接走進那群人之中。

那兩個警衛已經走上舷梯，如今站在吧檯邊，手中各拿著一瓶墨西哥啤酒。雷夢娜和露西仍面露微笑，談笑風生，仍扮演著自己的角色，但當我瞥見雷夢娜的目光時，發現那一閃而過的無助。朱利安和甘納在吧檯前重新擺放所有商品，把酒瓶到處移動，努力擺出他們仍在這裡的好理由。

我知道我們需要拿幾個空酒箱到樓下，越快越好，但有這些警衛在場，我們絕不可能把空箱子搬下去裝錢。

「你們差不多要結束了嗎？」其中一個警衛說。

「喔，差不多了。」朱利安說。「確保一切完美。」

「也許你們可以帶我們在船上四處參觀一下。」雷夢娜說。「既然我們人都在這裡了……」

「這可以安排。」男子說。「只要付一筆合理的費用。」

她輕笑出聲。我看見甘納把紅酒瓶猛地放上吧檯時，前臂那繃緊的肌肉。

「告訴我們上面是做什麼的。」雷夢娜說著，指向上層甲板。「例如說，是可以享受日光浴的地方嗎？」

「我們可以帶妳們去上層甲板看看，沒問題。也許再帶妳們去參觀一下特等艙？」

雷夢娜簡直是用推的把那男的推上樓梯。露西跟著另一個男的，臨走前匆匆看了甘納一眼。

「快，我們走吧。」朱利安等他們離開後說道。他抓起兩個空酒箱，準備下樓。

甘納一動也不動。

「我們在浪費時間。」朱利安說。「你得專心點。」

「他敢碰她一根寒毛我就他媽宰了那傢伙。」甘納說著，也抓起兩個空酒箱。

我們一行人回到放保險箱的房間，朱利安和甘納開始把鈔票一疊疊放進木箱。趁他們在忙的時候，我把爽身粉拿回當初尋獲它的房間。我把爽身粉塞回禮物籃，回保險箱那裡幫忙收錢。

「太多了。」朱利安說。「我們連一半都還沒拿完。」

「這不止四百萬吧。」甘納說。「有可能嗎？」

「他們今年是怎麼了？把籌碼加倍了嗎？我看這個保險箱裡有他媽八百萬美金。」

「他們不可能只是在玩撲克牌那麼單純。肯定還有其他事。」

「這重要嗎？快搬啊！」

幾分鐘過後，我們把六個酒箱塞得滿滿的。保險箱裡仍剩了兩百萬美金左右。

「走吧。」甘納說。「把這些扛回車上，才能再回來把剩下的錢裝完。」

「已經夠了。」朱利安說。「這裡有六百萬。」

「反正我們本來就還會回來，對吧？你要把兩百萬留在這裡嗎？」

於是我們各自拿起兩個木箱，在腋下一手抱一個。重量總共二、三十公斤左右，所以很難走得快，尤其是走到舷梯盡頭，不得不繼續走完整個碼頭的時候。等我們抵達車旁，朱利安已經氣喘吁吁。

「這就是你不跟我們一起健身的下場。」甘納說。他打開自己的兩個木箱，把錢倒進後車廂。「我和麥可去接女生，順便拿剩下的錢。發動引擎，隨時準備出發。」

朱利安看了他一會兒，不習慣成為接收命令的人。接著他對我們點點頭，拿出車鑰匙。

「你有看見他就那樣直接讓雷夢娜跟那男的走掉嗎？」我們跑回船上時甘納說。「他看起來完全無所謂的樣子。」

全是工作的一部分，我心想。不然他還能怎麼辦？不過沒關係。我們還剩兩箱鈔票要打包，所有人就能馬上離開這個鬼地方。

來到舷梯上，走得飛快，舷梯有如蹦床般上下晃動。回到下層甲板，把剩下的錢塞進最後兩個木箱，然後，正當我們準備收尾時，聽見樓上傳來騷動。

「怎麼搞的？」甘納說。

我關上保險箱，他走到門邊，往走廊偷看。

「走吧，我想我們最好趕快離開這裡。」

我們一人抱著一個木箱在走廊上走到一半時，聽見第二層甲板上那些男人的聲音。我們低頭躲進最近的客艙。

「現在怎麼辦？」甘納說。「我們死定了。」

我一手放上他的手臂。我想我們應該沒有太大的麻煩。

「對，你說得對。」他說。「我們只需要把最後一趟路走完。都已經搞定了。就算拿著這些箱子又怎麼樣？裝作裡頭是空的就得了。」

我點點頭。

「好，我們走吧。」

我們走上樓，我們只是兩個結束工作的送貨員。

就在此時，我們看見了那些豪華轎車。

轎車一輛輛在舷梯前停下來，兩個警衛連忙跑下去迎接，後頭跟著雷夢娜和露西。露西匆匆回過頭，一見到我們，雙眼睜得老大，但現在她沒辦法幫我們。我看見一輛豪華轎車的車門打開，看見睡眼惺忪男下車，後面跟著底特律那個男的。一個想必是港務長的紅臉男子追上來開始咆哮，無疑對於轎車開上他的碼頭而不高興。雷夢娜和露西趁沒人發現的情況下溜走——但我們仍受困在船上。

「我們不能下去。」甘納說。「他們沒見過我，可是你……」

他不必把話說完。儘管他們知道我人在加州……但現在這個節骨眼……要是見到我在這艘船上……魔咒將立刻失效，一切都毀了。我們倒不如當場割喉自殺還比較乾脆。

「我們得找別的辦法下船。」

他走到樓梯口，很快看了一眼底下的舷梯，然後急忙往最上層走。

「快啊，你還在等什麼？」

我跟他上樓，然而我已陷入絕望。畢竟船頭已經開始往外開。沒有其他離開的辦法了。

「走這邊。我們別無選擇了。」

我跟隨他沿著舷側扶手往前走，來到船前方的上層甲板。甘納走到船頭往下看。我們離海面約莫六、七公尺，但對我而言跟世界盡頭沒兩樣。

「把錢抱緊了。」他說完，縱身一跳。

我聽見底下傳來水花四濺的聲音。我越過船頭一看，看見他的頭浮出水面。他開始踢水，努力把木箱抱在懷裡。

「幹他媽的快下來啊！」他對我說。「快！」

我紋風不動，持續低頭看著海面。

「麥可！快跳啊！這沒那麼高！」

高度不是問題，我心想。我對高度沒意見。

「你這該死的傢伙！快跳啊！」

我能聽見人群從舷梯上來。再過幾秒我就會被逮個正著。

「別想太多！跳就對了！」

我最後回頭看了一眼，然後往前一步踏上甲板邊緣，然後我真的做了。

我跳了下去。

我的雙腳先落水，一路沉到水底。我睜開眼睛時，四周除了岩石和綠影外什麼也看不到。整個世界煙消雲散，只剩我和海水，四面八方包圍著我的海水。我恐懼已久的東西總算把我吞噬，彷彿這段日子以來，海水一直都在耐心等待，這一次再也不打算放我走。

我抬頭望向水面，離我遙遠得有如外太空。我的肺腑在燃燒。再過幾秒我就不得不放棄了。我不得不吸進最後一大口水，嚥下，然後躺臥在這些長滿綠藻的岩石上。

這時，我看見一條魚。

那是一條小魚，不過我的手指那麼大。牠朝我游來，然後突然停住，像是在對我上下打量，一邊想搞清楚我怎麼會出現在這裡。牠離我好近，我只要伸手就能握入掌心。

反之，我放開木箱，把自己推離水底。我朝水面上升時，那條魚迅速游走。我破水而出，被水嗆得透不過氣，貪得無厭地大口吸著冷空氣。

「麥可，安靜。」

我回頭看見甘納在幾公尺外。他靠著船體看著我。

「快過來，快啊。」

我潛回水底下，努力推動自己前進。我再次浮上來，又再次沉下去。然後我感覺到一隻手抓住我的衣袖，把我往上拉到他旁邊。

「你到底是哪根筋不對啊？在我們逮到機會溜走前，待在那裡別動。」

我持續踢動雙腳，讓頭浮在水面上。我抓住船身，但表面滑得像冰川。

「等他們一準備離岸，我們就得到那裡去。」他指向遠在二、三十公尺外與我們平行停靠的一艘小船。「我們最好待在水面下，到那裡之前都不要浮出水面。你行嗎？」

我搖頭。

「可以，你行的。你非行不可。」

我們等了好久好久，幾乎難以判斷到底過了多久。一分鐘或一小時。後來我們聽見引擎啟動的聲音，該是時候閃人了。甘納把自己推離船身，當我看著他越游越遠，這才發現他仍抱著他的那箱錢。他利用木箱的重量讓自己潛在水面下，邊踢水邊用空出來的那隻手划水，一路游到了另一艘船。

我深深吸進最後一口氣，然後跟上他。我沒法潛得那麼深，但我模仿他的動作，不知怎地靠自己游過大海。我教會了自己游泳，就在這個當下，因為不學會的話就是死路一條，就是永遠見不到艾蜜莉亞，儘管那一天所做的一切就是為了讓我有可能再次見到她。

就是我在她家後院、第一次見到她的那一天。她站在那個坑洞旁邊，低頭看著我。這就是我心裡所想的，她臉上的那抹陽光。

甘納在船的另一邊等我。「我本來不確定你會不會成功。」他說。

我們待在水上直到大船發動引擎離開碼頭。最後終於是時候脫身，但甘納還有一件事得先確認。

「你把錢丟到哪兒去了？」他說。「那可是他媽的一百萬。」

我搖搖頭。不知道。

他搖搖頭，把他的木箱交給我。

「什麼事都得我親自來。」他說著，再次潛進水底。

✦✦✦

我的肩膀披著一條大浴巾。我們沿著海岸線開回北方時，我一直凝視窗外。沒人出聲，沒人慶祝。因為即使我們全部活著逃出那裡，計畫卻只完成一半。

兩小時過後，我們回到家中。雷夢娜和露西拿出吹風機開始吹著那些濕掉的鈔票。朱利安回頭繼續踱步。甘納坐在沙發上看著手機。

「我不喜歡這樣。」最後朱利安說。「接下來的環節我們完全沒有掌控權。」

但這是我最關心的環節，我暗想。是我唯一在乎的環節。我不在乎錢。

「我的人已經在著手了。」甘納說。

「那些傢伙彼此認識。他們不會相信當中有人會敲他們竹槓。」

「他們互相討厭好嗎？他們每年參加這個旅行只是為了可以向彼此炫耀。你以為他們信任彼此嗎？」

「我不知道。只是——」

「你以為他們為什麼要帶保鑣在身邊？八個黑道分子，八名保鑣，統統全副武裝……聽起來像是一場愉快的旅程嗎？只要一個小摩擦，我的線人說的。一個小摩擦，然後就砰。」

「而他知道該怎麼做？」

「小事一樁。」甘納說。「只要跟其他保鑣說，譬如，嘿，有件事很奇怪。我看見幾個傢伙扛了一堆箱子往船外丟進海裡，我還看見遠方有另一艘船正在靠近。你們想他們該不會是找到保險箱的密碼吧？別擔心，他會掰出一整套故事，就像我跟你說過的。對了，他幾個禮拜後會過來一趟。他一定會很開心發現自己的那份翻倍了。」

「我還是覺得我們不該在這裡坐以待斃。我們應該待在別處，以防萬一。」

「絕對沒問題的啦。」甘納說。「放輕鬆。」

於是我們繼續等待。等鈔票乾了，我們一併放進保險箱。就是當初出發前往好萊塢山的第一份工作前，朱利安帶我進密室練習解鎖的同一個保險箱。裡面的空間正好放得下用一百元鈔票組成的八百萬美金。

然後我們等待。

再等待。

這晚剛過十點，甘納的手機響了。他按下按鍵接聽，沒說隻字片語。等他終於掛斷電話時，只是抬起頭，一個接一個看著我們。

「幹得不算漂亮。」他說。「但奏效了。我們想丟去餵鯊魚的那兩個男的被丟去餵鯊魚了。」

所有人不發一語。我們每一步都很清楚自己在做什麼。但現在計畫成真了。有兩個人死了。當然，沒人會想念他們。少了他們，世界仍會繼續順利運轉。但他們之所以雙雙死去，是我們一手造成的。

朱利安和雷夢娜彼此相擁。甘納仍看著手機。露西來到我面前，一手捧住我的臉頰。我轉身背對她，走出客廳。

我回到車庫旁邊的小公寓。這個小房間，我過去一年的家。我不禁回想起在這裡發生的點點滴滴。我查看傳呼機的那些時光……隨時幫電池充飽電……這是我每天的例行公事。檢查有無來電，看看哪裡需要自己，立刻回電，特別是紅色傳呼機響起的話。

都結束了。

我不再是底特律那男人的附屬品。我再也不必回應那些傳呼機。我身為保險箱竊賊的日子結束了。

我自由了。

✦✦✦

次日，我寫了封信給艾蜜莉亞。畢竟我現在真的有她的地址了。由安娜堡的那間學生宿舍轉交。這次我沒有用圖畫填滿整封信。我沒有試圖把前一天發生的事全數畫下，關於那艘船、那些錢和水中的我。那些可以晚點再說。目前我只希望她知道我準備回家了。

我想我們可以等我到了那裡之後，再一起討論細節。我的意思是，她在藝術學院，我絕對不會剝奪她在藝術學院讀書的機會。管他的，也許我可以幫自己買一個新身分，重新開始生活。甚至去那裡註冊上課，買一間離學校不遠的房子，讓她和我一起住。凡事都有可能，對吧？我現在有錢了，沒道理不能回去實現這一切。

我外出寄信。完成後，我繼續騎車到處兜轉，驚訝一切竟已經開始感覺如此不同。不必再去想那些傳呼機或下一個重要任務，或去想任何事。

最後，我騎到聖塔莫尼卡碼頭，一直走到碼頭的盡頭。我靠著欄杆，低頭看著大海。

你也控制不了我了，我心想。連你都別想。

✦✦✦

騎車回家時已是傍晚。我開始思索打包行李和跟他們道別需要花多少時間，好奇離開會是什麼感覺，知道我八成再也不會見到他們。

直到進屋那一刻。

我馬上知道出事了。地板到處是報紙和雜誌，彷彿被人從桌面掃下來似的。我聽見樓上某個地方傳來流水聲。

越往上走，聲音就越大。

我先探頭看進甘納和露西的房間。裡面沒人，一切看起來毫無異狀。

我走進朱利安和雷夢娜的房間。床墊有點歪斜，像是有人經過時推了一把卻懶得恢復原狀。水聲越來越大，是從浴室傳來的。我不想打開那扇門。但我還是開了，我非開不可。

我愣在原地，讓自己震攝在整個景象之中。朱利安。雷夢娜。每個小細節。水在浴缸裡流動，混合他們的鮮血。我把畫面盡收眼底，然後我關上浴室門。

我彎下腰，感覺血液直衝腦門。我以為我要當場昏倒在地，但後來感覺過去了。

怎麼會發生這種事？是誰幹的？

第一個慘遭毒手的人是誰？

那些人把他們帶到樓上，把他們壓在浴缸邊緣。一個接一個。他們對雷夢娜的頭頂開槍，接著是朱利安。

還是他們先對朱利安下手？

我滿腦子想的只有這個。基於某種原因，這對我很重要。

我想知道誰是第一個死的。

接著出現的第二個念頭……甘納和露西在哪裡？他們也死了嗎？

我回到走廊，進入他們的房間，推開浴室門，準備目睹又一個可怕的景象。但沒有，浴室是空的。

我下樓退出大門，在街上東看西看，然後繞回我位於後院的公寓。裡頭同樣空無一人。

你知道這種事肯定會發生，我告訴自己。在腦海深處，你其實心知肚明。當然，你害死了底特律那個男人和睡眼惺忪男。你害死他們，如同親手把他們扔進海裡一樣。但事情沒那麼簡單，從來沒那麼簡單。你怎會如此天真？

有人想通了錢的去向。那人現在正到處找你，而你連他是誰都不知道。他、他們，不管是誰，你完全一無所知。你只知道你死定了，就像朱利安和雷夢娜一樣死定了，就像未來的甘納和露西一樣是死路一條，無論他們現在人在哪裡。

你甚至不能打電話給他們。你不能警告他們。你什麼也不能做。

有一件事，我心想。你有一件事可以做。

我拿出那盒傳呼機，把它們撥到一邊，找到我從密西根帶走的那支手機。我從大伯的廚房中島上拿走的那支手機。回來這裡之後，這是我第一次打開電源。一打開，我看見語音信箱裡有十幾通留言。我不意外。要是班克斯得知我曾回到密西根州帶走了這支手機，他一定會拚命打，直到聯絡上我為止。

現在我不必聽他的任何留言。我知道他大概會說些什麼。情況還不遲，快去自首。我只是想幫你，同一套老調。我從不買帳。可是現在，嗯……一切都變了。朱利安和雷夢娜被殺的樣子……有一天就輪到我了。就算不是今天，也是不久的將來。

即使我真的回到密西根，那我們兩人都有可能遭殃。同樣的景象，換成我和艾蜜莉亞。

我搜尋儲存在手機裡的唯一一組號碼，按下通話鍵。鈴聲響了兩下，班克斯接起電話。

「麥可，是你嗎？」

我把手機貼著耳朵，一邊往回走，沿途跨過甘納的槓鈴。

「我真高興你打來了。聽好了，現在我要你這麼做。你在警察局附近嗎？」

我走進房子，在餐桌前坐下。

「喂？麥可？你在嗎？別掛電話，知道嗎？」

就在這時我看見書櫃門微微開了一條縫，通往密室的那道門。我結束通話，把手機放回桌上。我暫時閉上眼睛，深吸一口氣，起身走到書櫃前。

我一拉開櫃門，就看見甘納跪在保險箱旁。有人站在他上方。是睡眼惺忪男。

他一見到我，立刻拔槍對準我的胸口。他其實不必擔心。那一刻我驚訝得什麼也做不了。他走到我面前，把我拉進密室。

「也該是時候出現了。」他對我說。「你的朋友對保險箱有點小問題。」

「麥可和露西成天改密碼。」甘納說。這話沒錯。露西會重設密碼讓我解開，幫我維持手感。「所以他才是有辦法開保險箱的那一個。」

他表現得太冷靜了，我心想。他不是被逼的。

「快打開保險箱。」甘納的語氣平淡，毫無情緒。「別把事情搞得更複雜。」

「你沒料到吧。」睡眼惺忪男說著，臉上帶著那抹似有若無的病態微笑，那個我憎恨至極的笑容。「在你們之中有個叛徒，而你卻他媽的毫不知情。」

就在這時，一切都合情合理了。甘納確實有線人在船上。睡眼惺忪男。其他事情全是假象。他們一起合作設了這個局。

我怎會沒料到？如今仔細一想，他們其實非常相似。連說話的感覺都很像，抱怨苦差事老是他們在做，痛恨身邊的每一個人。甘納只是比較善於掩飾。

「我不會道歉。」甘納對我說。「至少不會對你道歉。我相信我跟你說過離露西遠一點，對吧？我有沒有說過？」

「話說回來，她在哪裡啊？」睡眼惺忪男說。「是那個紅髮小妞對吧？」

「聽著，你得到你要的一切了。」甘納說。「你很快就會拿到四百萬美金，你甚至除掉了你的老大。」

所以他們確實完成了那部分的計畫。底特律那個男的死了。對睡眼惺忪男而言，這一整天就有如美夢成真。

「我只是問你一個問題。」睡眼惺忪男說。「那個紅髮妞在哪裡？」

「她走了。不必擔心她。」

她不可能跟這件事有牽連，我心想。甘納，我大概相信。但露西？不可能。他肯定把她蒙在鼓裡，然後等事情大功告成後送她離開。她現在大概正在等他，就在外頭的某個地方，完全不曉得這裡發生了什麼事。

睡眼惺忪男始終低頭看著他，後來又把注意力放回我身上。

「你呢？」他說。「你有什麼驚喜要給我嗎？」

我真恨不得我有，例如口袋裡的一把槍之類的。

「所以就乖乖打開保險箱，好嗎？」

甘納站起來，讓我取代他的位置。我沒有移動。

「我再跟你說一遍。」睡眼惺忪男說。「請打開那該死的保險箱。」

你沒轍，我心想。你根本拿我沒轍。

睡眼惺忪男舉槍對著我。我生平第一次認真地看著槍。槍管末端擰上了消音器變得好長，我還是第一次見到。

「拜託你嘍。」

接著他一個轉身，往甘納的眉心開槍。

那個聲音很空洞，一點也不像真正的槍聲。我愣了一會兒才明白發生了什麼事。甘納持續站在原地好一陣子，臉上帶著驚訝的神情。他的額頭突然少了一大塊，紅色鮮血噴灑在後方的牆上，接著他倒了下去。

「把保險箱打開。」睡眼惺忪男說。「快。」

我自始至終站在他面前。我在腦中一路追溯，想起當初酒水店的那個搶匪，想起他握著那把槍、看起來比我們還要害怕的模樣。

如今情況大不相同。那麼多年以後，另一個人，另一把槍，但這個男人一點也不害怕。他會像開電視一樣平靜地射殺我。

「我要在你的左腿開上一槍。」他說。「接著是你的右腿。我會一直開槍，直到你把保險箱打開為止。你明白嗎？」

我依舊動也不動。

「我已經幹過好多次了。我的最高紀錄是十二發子彈。對象是一個不肯在電腦上輸入密碼的傢伙，不過意思差不多。你今天想讓我挑戰十三發子彈嗎？」

他把槍管對準我的左腿，這才總算逼得我移動。我單膝跪下，開始撥動密碼盤。

「我一直滿喜歡你的。」他說。「希望你知道這一點。」

往左轉四圈，往右轉三圈。一旦轉開門把，我心想，他就會殺了我。毫無疑問。

往左轉兩圈。

再一圈我就要死了。要是他對保險箱有點了解，大可在這之前就殺了我，自己動手轉最後一圈，直到密碼盤停住。

我往左轉了好幾圈。重新開始。

「少給我拖時間，知道嗎？快打開。」

我把數字歸零，重新撥動，往左四圈，往右三圈，往左兩圈。我抬頭看他一眼。

他給了我那抹似有若無的笑容。

我把密碼盤往右轉。現在唯一要做的就是轉開門把。

敞開的櫃門傳來聲音。「把槍放下。」

睡眼惺忪男抬頭一看。

「放下，快。」

哈靈頓．班克斯緩緩踏進密室，手槍不偏不倚地對準睡眼惺忪男的胸口。我看見他的後方還有三個人，個個都有足夠的火力把他轟成兩半。

睡眼惺忪男又給了我最後那抹笑容，接著把槍放下。

✦ ✦ ✦

帶他們來到這裡的是那支手機。我現在才知道手機沒關的話，可以追蹤信號進而得知手機的大概位置。他們起碼被帶到了正確的街區。接下來所要做的就是一間一間搜查，直到他們找到這一間為止。當初萬一還得再找一間的話，我大概早就已經死了。

幾分鐘後，睡眼惺忪男被銬上手銬帶走了。班克斯帶我出去，讓我在餐桌前坐下。他問我想不想喝點什麼。我搖頭。

我再也見不到艾蜜莉亞了。我腦中想的只有這件事。我無法遵守我的承諾。

「你真的很難找。」班克斯對我說。「不過我很高興你打來了。」

我們紛紛起身，他的其中一個夥伴準備給我上手銬。

「不必麻煩了。」班克斯說。「沒必要給我們自己難堪。」

27

仍在蹲苦牢，但自由的日子一天比一天接近了

於是我又回到原點。我在這間牢房裡已經待了將近十年。十年。你記得我第一次被逮捕時說過這一切是如何運作的嗎？你要是不慎犯法，只需要三、四個人湊在一起就能決定該如何處置你。就這麼簡單。

以我的例子，我有幾個優勢。首先，我是奇蹟男孩。破碎家庭的產物。精神受創，心靈受損。除此之外，這個嘛，要是你理智點看，我做這些事並非完全出於自願。我是說，如果你仔細瞇起眼看，稍微把頭歪過一邊……我簡直就是一個被洗腦成為保險箱竊賊的青少年，對吧？我無法充分理解我的行為所造成的嚴重後果。

你懂我的意思。這就是我律師的辯護手法，在我初次犯下闖入住宅罪後替我爭取到緩刑的同一位律師。

但當中最有力的王牌是我能向警方提供所有任務的內容和我替哪些人做事，我順便搭上的那些任務也有其價值。尤其是俄亥俄州那位議員的案子。警方對於那樁案子特別感興趣。始作俑者的是睡眼惺忪男的老大，當然，也是我的老大。擁有我們所有人、如今已經死透的那個傢伙。但睡眼惺忪男本人呢？他比我大尾多了，就像掛在馬西先生家牆上的那條魚一樣大尾。

有時候故事結局可真有意思，不是嗎？因為甘納的背叛，導致睡眼惺忪男活下來。而到最後，他活著比死去對我更有價值。

種種因素加起來，我被判至少十到二十五年的刑期。我被捕時十八歲，最終判決下來時是十九歲。你真該看看我第一個月剛到這裡時，這些人是什麼德性，把我當成魔術大師胡迪尼一般對待，以為我能逃出世上任何一座監獄，以為我真可以一路逃出我牢房的門，然後是我那區的門，然後是大樓側翼的門，然後大概再闖七扇門，最後來到外面的世界。簡直太好笑了。

但如我說過的，十到二十五年。我傾向往十年去想，而十年大限就快到了。所以我現在已經來到期限內了，對吧？如今我隨時都有可能接到出獄的消息。

隨時都有可能。

✦✦✦

當然，我多了很多時間思考。我之後還能做些什麼？我回想過去種種，看見自己本來可以選擇另一條路的那些時刻，一切本來可能變得多麼不同。

到最後，我大多覺得很後悔，除了與艾蜜莉亞之間發生的那些事，我一點也不後悔。只要能和她在一起，我願意把所有事情再做一次。

進來大約四年後，我收到她寄來的第一封信。沒錯。我說的是信，但根本算不上信，而是一張漫畫，就像過去的美好時光。

第一格是穿著婚紗的艾蜜莉亞。一見到她穿著那件禮服，我差點當場死掉。知道她已經繼續過自己的生活，和別人結婚，我實在受不了。我是說，她何必寄這種東西給我？

在我還沒往下看到第二格之前，滿腦子想的就是這類的事。她看著鏡中的自己，大家都在忙著打理她的婚紗，沒注意到她有多不開心。她的頭頂上方有個泡泡框。「為什麼我忘不了他？」

下一格她正準備離開房間，大家在她前後左右追趕，對她喊叫，問她這是在幹什麼。

她在她的車裡。她正開車前往某處。

她在維多利亞街停車。沒錯，就停在那棟老房子旁邊，我們徹夜在牆上畫畫的地方。這次，她沒有進屋，而是直接走進河裡。她把巨大的婚紗脫過頭頂，留在河岸邊，再脫掉剩下的衣服。沒錯。她從背後的視角畫下這個景象，全身赤裸站在河邊。

然後她縱身一跳，直接潛了進去。

她現在人在魯日河裡。河水混濁得她幾乎看不清楚。她一路往下游到河底。與此同時，她的雙腿消失了。或者該說，她的雙腿融合在一起，變成一條尾巴。

沒錯，她就是這樣畫的。

有了尾巴，她現在成了厲害的游泳好手。她可以去河裡任何想去的地方。她可以永遠待在水底。但她正在尋找某個明確的東西。她在尋找保險箱。

最後，她找到了。她開始撥動密碼盤。她的頭頂出現另一個泡泡框。「幸好他給了我密碼。」瘋了，我知道。但我很清楚她那句話是什麼意思。我把密碼給了她，也只給了她。她轉到最後一個數字，轉動門把，把門打開。

我就在那裡。

我已經長大成人。二十多歲，看起來有點累，但仍然活著。保險箱的門橫著許多鐵條。我坐在保險箱的迷你牢房裡。

「怎麼那麼久？」我對她說出這幾個字，大聲說出口，儘管我們人在水底。

就這樣。這就是最後一格。

我們之間就是這樣開始的。重新開始。

✦✦✦

我們這樣持續了五年半。這就是和對方保持聯絡的方法。我們彷彿住在一個可以天天在一起的想像世界裡。相信我，牢獄生活仍然不容易，但知道艾蜜莉亞在等我，我想我會熬過去的。

我至今仍未真的說出一個字。只要在這裡的一天，我很肯定我不會嘗試開口說話，但等我出獄後……

等我再見到她的那一天。

我還不曉得第一個字會是什麼。但那個字一定會在那裡，等著說出口。

過了這麼多年後，我會說些什麼。

我知道我會的。

謝辭

我要感謝現實生活中的保險箱破解專家Dave McOmie，感謝他幫忙提供破解保險箱所需的一切素材——我們確保內容夠正確，富有說服力，卻又不至於讓本書成為一本訓練手冊。我同時要感謝當初讓我決定以鎖為主題著手的Jim Locke，他的名字可謂相當貼切。感謝Debbie Noll在美國手語上的幫助，以及George Griffin提供的機車相關知識。

感謝Bill Massey和Peter Joseph在本書與我的共同努力。我無法形容我有多感激。

一如既往地感謝Bill Keller和Frank Hayes，感謝Jane Chelius，聖馬丁出版社（St. Martin's Press）和英國獵戶座出版社（Orion UK）的所有人。感謝Maggie Griffin、Nick Childs、Elizabeth Cosin、Bob Randisi、美國私立偵探作家俱樂部（Private Eye Writers of America）、Bob Kozak和IBM的每個人，以及Jeff Allen和Rob Brenner。

感謝密西根州米爾福德鎮和魯日河的善良居民。我想說的是，本書中這兩個地方的描寫都是基於我那不完美的記憶，若說是來自我的一場夢境也不為過。我知道那是與現實不符的世界。

想深入了解創傷事件是如何影響人的心智，我推薦唐納．卡爾謝（Donald Kalsched）撰寫的《創傷的內在世界：生命中難以承受的重，心靈如何回應》（Brunner-Routledge出版社於一九九六年出版[1]）。

---

❶ 中譯本於二〇一八年由心靈工坊出版。

最後，我要把所有一切歸功於Julia，她真的費盡心力幫助我完成了本書。感謝很快就要開車離家的Nicholas，感謝Antonia，她非常高興我除掉了章魚。

Storytella **144**

解鎖師

The Lock Artist

解鎖師/史蒂夫.漢密頓作；周倩如譯. -- 初版. -- 臺北市：春天出版國際文化有限公司, 2022.12
面；　公分. -- (Storytella ; 144)
譯自：The Lock Artist
ISBN 978-957-741-597-4(平裝)

874.57　　　111014895

ISBN 978-957-741-597-4
Printed in Taiwan

作　者　史蒂夫・漢密頓
譯　者　周倩如
總編輯　莊宜勳
主　編　鍾靈

出版者　春天出版國際文化有限公司
地　址　台北市大安區忠孝東路四段303號4樓之1
電　話　02-7733-4070
傳　眞　02-7733-4069
E－mail　bookspring@bookspring.com.tw
網　址　http://www.bookspring.com.tw
部落格　http://blog.pixnet.net/bookspring
郵政帳號　19705538
戶　名　春天出版國際文化有限公司
法律顧問　蕭顯忠律師事務所
出版日期　二〇二二年十二月初版

定　價　460元

總經銷　楨德圖書事業有限公司
地　址　新北市新店區中興路二段196號8樓
電　話　02-8919-3186
傳　眞　02-8914-5524
香港總代理　一代匯集
地　址　九龍旺角塘尾道64號 龍駒企業大廈10 B&D室
電　話　852-2783-8102
傳　眞　852-2396-0050